U0140853

"中国传统文化与21世纪"
国际学术研讨会
论 文 集

中华书局编辑部编

中华书局·2003

图书在版编目(CIP)数据

"中国传统文化与21世纪"国际学术研讨会论文集/
中华书局编辑部编.—北京:中华书局,2003

ISBN 7 – 101 – 03840 – 9

Ⅰ.中… Ⅱ.中… Ⅲ.传统文化—中国—国际学
术会议—文集 Ⅳ.G12 – 53

中国版本图书馆 CIP 数据核字(2003)第 008200 号

"中国传统文化与21世纪"
国际学术研讨会论文集
中华书局编辑部编

*

中华书局出版发行
(北京市丰台区太平桥西里38号 100073)
北京冠中印刷厂印刷

*

787×1092 毫米 1/16·18 $\frac{1}{2}$ 印张·381 千字
2003 年 7 月第 1 版 2003 年 7 月北京第 1 次印刷
印数 1 – 2000 册 定价:38.00元

ISBN 7 – 101 – 03840 – 9/K·1598

出 版 说 明

　　2002 年,中华书局已经走过了九十年的风雨历程。6 月,中华书局隆重举办了一系列庆祝书局成立九十周年的纪念活动。

　　6 月 6 日至 6 月 8 日,作为曾经给中华书局出版事业以关心支持的作者,作为几十年来一直热心帮助中华书局的新老朋友,百余位专家学者被邀请至香山饭店,参加在那里举行的学术研讨会。学术研讨会的主题是"中国传统文化与 21 世纪",与会代表就"中华书局与古籍整理、学术研究"、"中国传统文化研究"、"中国传统文化的现代化"、"中外文化交流"等议题进行交流讨论。

　　会后,我们陆续收到近六十份论文稿。在论文里,专家学者们各抒己见,怀着同样的热忱,从不同的角度对相关问题进行了阐述,相信会给读者们提供一些有益的启示。经过仔细的甄选和征求作者意见,最后将这近四十份论文收入论文集,作为局庆纪念书出版发行。

　　借论文集出版之机,中华书局谨向所有的作者朋友,向曾经给予我们帮助的各界朋友,向给我们的工作提出意见和建议的读者朋友,表示衷心的感谢!

中华书局编辑部

2002 年 12 月 20 日

目　录

中国古籍整理出版的回顾与展望……………………………宋一夫　岳庆平（ 1 ）

古籍整理如何适应现代化需要…………………………………………李裕民（12）

古籍整理与辨伪求真……………………………………………………王树民（15）

解放前中华书局古籍整理出版工作中的两大项目……………………白化文（20）

《四部备要》在文化传承中的作用……………………………………卞孝萱（27）

21世纪古籍整理的前瞻…………………………………………………程毅中（36）

传统文化与古籍整理的现代化…………………………………………吴宏一（40）

中华书局与20世纪的孙中山研究………………………………………林家有（48）

近代史室出书回眸与透视………………………………………………陈　铮（54）

中华书局与清代官方文献的整理出版…………………………………朱赛虹（64）

中华书局与中外关系史研究……………………………………………崔　丕（79）

中华书局的出版活动与我国近现代教育文化学术的发展…………王余光　吴永贵（82）

《元史》点校的经历和体会……………………………………………周清澍（91）

略谈宋代别集的整理……………………………………………………孔凡礼（105）

王国维的诸种矛盾和最后归宿…………………………………………刘梦溪（111）

《楚辞补注》标点正误…………………………………………………黄灵庚（118）

西夏文文献的价值和整理出版的新进展………………………………史金波（126）

《清真集校注》对陈元龙注《片玉集》的突破………………孙　虹　王丽梅（132）

中国佛教哲学的现代价值………………………………………………方立天（139）

全球化与中国传统文化的关系…………………………………………朱金甫（151）

发扬尊师重教传统　推动人类文明进步………………………………吴同瑞（158）

儒家传统与中国人权……………………………………………………陈志尚（163）

社会历史形态的和合诠释………………………………………………张立文（171）

中华地理学在21世纪的地位与作用…………………………于希贤　于　涌（180）

中华文化如何走向世界…………………………………………………胡经之（187）

试论古籍整理研究数字化、信息化的现状与问题……………………祝尚书（193）

传统文化与爱国主义……………………………………………………张习孔（199）

历史和共时：就技术发展对传统文化之影响进行的思考…………斯蒂芬·欧文（204）

中华文明的古代辉煌与未来命运 …………………………………… 王　东（209）

论古代中国儒学对东亚和欧洲的传播 …………………………… 孟祥才（217）

全球化与文化自觉 ………………………………………………… 刘曙光（224）

仁学与人类文明 …………………………………………………… 王国轩（231）

对传统文化的反思与建构 ………………………………………… 朱靖华（240）

中国传统文化在21世纪的地位和作用 ………………………… 吴宗国（256）

齐鲁文化在传统文化中的地位及其现代价值 …………… 安作璋　王克奇（263）

传统文化：精神的流动体 ………………………………………… 宁宗一（271）

中国的文化传统与"尊孔"、"批孔" …………………………… 郭预衡（274）

"中国传统文化与21世纪"国际学术研讨会发言稿 ………… 严绍璗（280）

简短的归纳 ………………………………………………………… 熊国祯（286）

中国古籍整理出版的回顾与展望

中　华　书　局　宋一夫

北京大学哲学系　岳庆平

上篇　古籍整理出版不寻常的一百年

（一）20 世纪中国古籍整理出版的三大变化

随着 20 世纪的结束，中国古籍整理出版在走完 20 世纪历程的同时，也完成了时代赋予它的历史使命。

20 世纪在人类历史上是极不寻常的一百年，同样，中国古籍整理出版也度过了一个不同于以往的一百年。在这一百年之中，中国古籍整理出版出现了十分显著的三大变化。

1．汉语的书面语，即著述语言发生了根本的变革。从先秦到 20 世纪初，几千年留传下来的各种典籍基本上都是用文言汉语写成的，只有为数不多的讲谈说唱的记录以及后来兴起的通俗小说才使用了白话文。在"五四"运动先驱者们的倡导下，白话文取代了文言文，作为书面语而风行于教育、文化、科学技术及各种社会传媒中。文言文与读书写作逐渐拉开了距离，随着许多语言学家深入细致的分析研究和大批优秀白话文作品的问世，现代汉语书面语日益成熟并更加普及。

建国以后，以国家的力量进行了现代汉语的规范工作，█████████的现代白话文著作作为汉语语法的标尺。1955 年，文化部和文改会发布了《第██████████书》，废除了1055 个异体字。国务院从 1956 年起，先后公布了《汉字简化方案》██████████ 年10 月，中国科学院在北京召开了现代汉语规范问题学术会议，成为汉语的███████语向现代汉语完成转变的标志。1964 年，中国文字改革委员会又总结编印出《简██████

共计简化字 2238 个。这使得传统典籍与现代书籍间又出现了更大的鸿沟。写作语言上的变革,使 20 世纪的中国人越来越难读懂古籍。古籍对 50 年代后出生者来说,无论是文字还是语言,都更为陌生,不经过专业训练,是很难读懂的。

语言的变迁,文字的趋简,是时代前进的需要。但对于绵延不断的五千年来的传统文化和三千多年积累下来的 15 万种左右的古籍来说,则由于这种语言与文字的变革,导致了有被遗忘和断裂的危险。

2. 古籍整理出版的操作手段发生了根本性变化。主要表现是 19 世纪后期影印技术、印刷机械从西方的引进和 20 世纪 90 年代电子计算机在古籍整理出版上的使用。据记载,清光绪二年(1876)上海徐家汇土山湾印刷所岳子昂与法人翁相公首办石印,首印天主教《唱经》等传教士所需宗教用书。紧随其后,上海点石斋石印书局石印《康熙字典》。光绪七年(1881)徐裕子在同文书局购入 12 架机器,雇佣 500 人,专来翻印古之善本、《康熙字典》、《二十四史》等书。商务印书馆《四部丛刊》,从民国八年(1919)倡议,到民国二十四年三编出齐,共收书 477 种。从此,大量的古籍图书得到影印。北京图书馆编辑的《影印善本书目录》共收录 1911—1984 年影印图书 1049 种。有关人士统计,20 世纪共影印古籍图书不少于 20000种。电子计算机应用于古籍图书的排版及古籍电子出版物的出现大约在 90 年代以后,现在正以惊人的速度发展着。20 世纪的这些变化,也导致中国古籍的整理出版发生了根本性的变化。第一,它使复制古籍成为现实,使长期保存古籍的文物价值得到了一定程度上的实现,这是从前根本无法解决的问题。第二,使古籍能得到原样复制的目的,解决了古籍在多次排印或因版别不同而面目皆非以及以讹传讹等问题。第三,为深入研究古籍提供了可靠的基础。从不同版本的影印,既可以看到最初版本的真实面貌,又可以看到流传后各种版本的变化,使研究者不会误入歧途。同时也有利于校勘等工作。更为重要的是解决了人们很难见到和使用善本、孤本的问题。第四,电子计算机在古籍整理出版上的应用,不仅加快了中国古籍整理出版的速度,而且会导致一场古籍整理出版的新革命的到来。

3. 中国古籍在意识形态里的统治功能已退出了社会的主导地位。在 19 世纪以前,中国社会的意识形态被来自于中国古籍中所蕴藏的传统文化所控制,起主要作用的是儒家、道家、法家的思想。在几千年中,虽也不乏对其批判之人,如李贽、王夫之等,但其统治地位从来没有动摇,甚至很少有人怀疑它。从近代中国"开眼看世界的第一人"林则徐开始,有志之士抱着治国强兵的愿望,开始向西方学习。两次鸦片战争的失败,天朝大国的门户洞开,西方的文化开始涌入中国。民族的耻辱,国力的衰微,科学的落后,制度的僵化,又使更多的中国人开始探求这其中的原故。也正是在这样的背景下,最有代表性的儒家思想首先被否定,人们提出"打倒孔家店"的口号。在传统文化被打倒的同时,西方各种文化思潮不断地传入中国。马克思主义同时也在中国大地传播。以中国共产党为代表的先进的中国人,把马克思主义在中国发扬光大,逐渐成为中国人进行革命和建设的指导思想。从 1949 年以后,马克思主义、毛泽东思想、邓小平理论在中国意识形态中占主导地位。

中国的古籍在 20 世纪有没有进步的社会功能？这一在过去既提不出，也不可想象的问题被人们提了出来。中国古籍是中国传统文化的主要载体，如果传统文化没有任何价值，那么，古籍的价值就仅存于历史的记录和文物的层面上，它的内容的价值也就非常之小了。这种争论从 20 世纪以来一直很激烈。争论的重点是有没有价值？哪些有价值？有多大的价值？近几年，人们又在思考、研究如何建设有中国特色的社会主义文化。有中国特色的社会主义文化主体是马克思主义、毛泽东思想、邓小平理论，但中国特色的社会主义文化离不开中国的历史，也离不开在几千年历史中形成的传统文化。江泽民总书记在十五大报告中指出："有中国特色社会主义的文化，是凝聚和激励全国各族人民的重要力量，是综合国力的重要标志。它渊源于中华民族五千年文明史，又植根于有中国特色社会主义的实践，具有鲜明的时代特点。"(《高举邓小平理论伟大旗帜，把建设有中国特色社会主义事业全面推向二十一世纪》)毫无疑问，有中国特色的社会主义文化包含着传统文化。传统文化与马克思主义、毛泽东思想、邓小平理论均是中国特色的社会主义文化的有机组成部分，但占主导地位的是马克思主义、毛泽东思想、邓小平理论。传统文化在 20 世纪中国文化中的主宰功能已经丧失。

(二) 20 世纪古籍整理出版的变化给古籍整理出版带来的不同结果

1. 现代汉语标点代替了以往的句逗。句逗在明清时就大量出现了。句逗变成为现代汉语的标点用在古籍整理出版上，主要还是 1949 年以后的事。在这之前，虽然有但只是个别的。解放后标点校勘本古籍的出版，特别是加标专名线与引文起讫的复式标点，使古籍整理出版符合现代出版物和人们读懂古书的要求。标点后的古书，清晰显豁，层次分明，疑难问题已去大半，因而点校成为 20 世纪古籍整理工作的一种基本形式。

2. 简体横排有逐渐取代几千年来的繁体竖排的趋势。就大陆的二十几家古籍出版社来说，除了一两家仍还出版繁体竖排古籍外，大多数出版社出版的古籍均是简体横排(还有一部分出版社保留原文繁体字)。中华书局过去出版古籍图书，多以繁体竖排，实际上与广大读者的阅读水平与习惯存在着很大的差距，尤其是 40 年代以后出生的人，接受繁体竖排有一定的困难。

3. 古籍整理的范畴不断扩大。出现校勘、影印、古注、今注、古注今注并存、导读、串讲、今译、研究专著、编制书目和工具书等整理古籍的多种形式。尤其是今译，这是 20 世纪古籍整理出版的一大特色，今注也是如此。不用现代的语言来阐述古籍中的内容，就会有很多人看不懂古籍。

(三) 20 世纪古籍整理出版的基本情况

1. 现存中国古籍总数

据国家古籍整理出版规划小组《中国古籍总目》(品种目录)收书情况：

经部：8000 余种

史部：40000 余种

子部：32000 余种

集部：47000 余种

丛部：2800 余种

合计：132800 余种

这是依据未经核查的古籍总目稿本统计的，是最低限度可以确认的现存古籍数目，至少还应当再加 10% 左右，估计称 15 万种是可以的。

2．民国时期古籍整理出版情况

中华民国建立后，随着西学东渐力度的加大，不少学者开始重新审视中国传统文化。如胡适在 1919 年提出"整理国故"的口号，主张对中国传统文化进行认真整理，并创办《国学季刊》作为整理国故的阵地。当时整理古籍的某些学者如鲁迅、王国维、胡适、梁启超等，不仅具有深厚的传统文化基础，而且了解世界学术发展的趋势，他们从跨学科和国际比较的角度从事古籍整理工作，作出了重要贡献。影响较大者有鲁迅的《中国小说史略》、王国维的《宋元戏曲考》和梁启超的《中国近三百年学术史》等。

民国时期古籍整理出版的成就也体现在新出版古籍整理著作的数量上，根据《中国古籍总目提要》编纂室收集的资料，1911 年—1949 年出版的各类古籍整理著作大约为：哲学 430 种，文学 1000 种，历史 140 种，语言文字 50 种，宗教 200 种，合计约 1800 种，包括标点、笺注、今译及各类选本。其中有相当数量为修订重版或不同出版社出版的同一书籍，也包括大批重要典籍的不同选本。

此外，有《丛书集成》3000 余种，大多数为断句排印本。还有《四部备要》300 余种，其中若干种有断句。

民国时期影印书主要为《四部丛刊》(初、二、三编)、《道藏》、《续道藏》、《涵芬楼秘籍》等，约有 1000 多种。

3．1949 年—1999 年古籍整理出版情况

中华人民共和国建立后，古籍整理出版工作在马克思主义的指导下，注重弘扬优秀的传统文化，发挥其进步的社会功能，注重为人民大众服务，为社会主义精神文明服务，进入了前所未有的新时期。这一时期可分为三个阶段：

(1)1949 年—1966 年，古籍整理出版工作改革和科学规划阶段。

为了全面系统地整理古籍，1958 年 2 月，国务院科学规划委员会成立了古籍整理出版规划小组，指定中华书局为办事机构，并制定了古籍整理出版的十年规划，点校"二十四史"是其中的重点项目。1959 年 6 月，在陈毅、聂荣臻等领导的支持下，北京大学首次设立古典文献专业，这是中文、历史、哲学三系协作的产物。古典文献专业的设立，说明古籍整理研究人才培养的工作开始步入正轨。

(2)1966年—1978年,古籍整理出版工作基本停顿阶段。

1966年"文化大革命"开始后,国务院古籍整理出版规划小组无法继续工作。点校二十四史的工作和北京大学古典文献专业人才培养的工作也停止了,直到1972年才逐渐恢复。

(3)1978年—1999年,古籍整理出版工作全面发展阶段。

1978年党的十一届三中全会后,古籍整理出版工作进入了全面发展的新阶段。1981年9月17日,中共中央颁发《关于整理我国古籍的指示》,指出:"整理古籍,把祖国宝贵的文化遗产继承下来,是一项十分重要的、关系到子孙后代的工作……整理古籍是一件大事,得搞上百年。"1982年初,国务院古籍整理出版规划小组恢复工作。1983年,全国高等院校古籍整理研究工作委员会(简称"高校古委会")建立,由其直接联系的现有18个古籍研究所、1个研究中心、2个研究室和4个古典文献专业,共25家。此外,各省市属院校和部分部属院校也相继成立了68个研究所、室,再加上教育系统之外的古籍整理出版机构,共同组成了阵容强大的古籍整理出版体系。据统计,至1995年底,与高校古委会直接联系的单位已授予1204人硕士学位,授予164人博士学位。在培养人才的同时,各种古籍整理成果也不断出版,其高峰应在90年代初,每年在600—700种之间,1993年以来有所下降,每年也有300—400种之多。以下所列1949年—1991年每年出书数量,是根据《古籍整理出版情况简报》统计的。需要说明的是,这几年统计的主要是点校、笺注本,而选本、今译以及质量不高、选题不当者均未计入。其中有的是丛书,1种中实际包含了许多可以独立核算的品种。

1949年(10月以后)	2种	1962年	114种	1979年	78种
		1963年	137种	1980年	152种
1950年	9种	1964年	48种	1981年	120种
1951年	16种	1965年	34种	1982年	319种
1952年	6种	1966年	7种	1983年	345种
1953年	28种	1971年	2种	1984年	402种
1954年	85种	1972年	3种	1985年	500种
1956年	174种	1973年	12种	1986年	508种
1957年	265种	1974年	22种	1987年	485种
1958年	271种	1975年	29种	1988年	435种
1959年	292种	1976年	20种	1989年	445种
1960年	76种	1977年	24种	1990年	538种
1961年	67种	1978年	33种	1991年	729种

注:其中1991年数据为不完全统计

（四）20世纪古籍整理出版存在的问题

1．影印。影印技术传入中国以后，在抢救整理古籍方面，起着非常重要的作用。20世纪共影印多少种古籍？仅从影印出版的几部大型古籍丛书看：

（1）上海古籍出版社	《文渊阁四库全书》	3462种
（2）齐鲁书社	《四库存目丛书》	4508种
（3）上海古籍出版社	《续修四库全书》	5213种
（4）上海书店、江苏古籍出版社、巴蜀书社	《中国地方志集成》	2000种
（5）中国书店	《稀见地方志丛刊》	200种
（6）中华书局	《中华大藏经》	1939种
（7）文物出版社、上海古籍出版社、天津古籍出版社	《道藏》	1476种
（8）中华书局	《古今图书集成》	15000余卷
（9）中华书局 上海古籍出版社	《古本小说丛刊》 《古本小说集成》	二套共约200种
（10）商务印书馆、中华书局	《古本戏曲丛刊》	约500种
（11）北京图书馆	《北京图书馆古籍珍本丛刊》	473种

以上各书所收书品种基本不重复，从品种上看，涵盖了绝大部分影印单本书或丛书。此外，中医类古籍影印品种也有1000种左右。综上，已影印的古籍品种应超过20000种。

影印中存在的问题主要有：

（1）重复影印。已经有好的、公认的古籍整理本，还要影印错误多、价值不大又没有进行加工整理的版本。

（2）非出版单位影印。有些单位并不具备影印的条件和知识。这一点1982年原文化部出版局有明确规定：①除中国书店、上海书店外，其他各地古旧书店原则上不再开展此项业务；②如确有必要开展影印、复制的，要报批；③内容不但应是流传稀少，较为珍贵，还有必须具有地方特色。现在这几点大大突破。此外，还有超出专业分工影印古籍的现象。

（3）有些出版社影印、复制条件很差，又缺少必要的影印专业人员，也争着搞影印，对原书漫漶之处不作描修，也不会描修，缺页缺字不做配补，也不懂配补，加上印制粗糙，字迹不清，这样的影印书无法使用。

（4）有些专业出版社急于出书，不认真选择底本，不作任何加工，有的既无出版说明，又没有新编目录，更有甚者，一部影印书，拼版之后，连总页码也没有编。（杨牧之先生《古籍出版中的几个问题》，见《古籍整理出版情况简报》第243期，1991年）

2．校勘。校勘在清代有着非常好的传统，但也存在问题。清焦循《雕菰集·辨学》载：

"校雠者:《六经》传注,各有师授,传写有讹,义蕴乃晦,鸠集众本,互相纠核。其弊也,不求其端,任情删易,往往考者之误,失其本真。宜主一本,列其殊文,俾阅者参考也。"清顾广圻《思适斋集》卷十四《礼记考异跋》载:"校雠之弊有二:一则性庸识谐,强预此事,本失窥作者大意,道听途说,下笔不休,徒劳无累。一则才高意广,易言此事,凡遇所未通,必更张以从我,时时有失,遂成疮痏。二者殊途,至于诬古人,惑来者,同归而已矣。"从 20 世纪古籍校勘看,很多学者花费了大量心血,也成果甚丰,出版了许多好的古籍校定本。如中华书局的"二十四史"、《资治通鉴》、《十三经清人注疏》等。但也有如顾广圻先生所讲的流弊,尤其近二十年泛滥成灾。汪宗衍先生发表文章《点校本〈楚庭稗珠录〉勘误及佚文》(见《古籍整理出版情况简报》第 169 期,1987 年 1 月 10 日),文中指出《楚庭稗珠录》勘误 21 处,近 2 页的佚文。这样的例子近些年不胜枚举。古籍整理,一是保存文化遗产,使这笔遗产以更真实更完善的形式流传下去;二是为现今和将来的研究打下坚实可信的文献基础。古籍整理工作者应该注意古籍在流传过程中形成的衍、讹、脱、倒的问题。

3.今注、今译。今注的水平参差不齐,好的今注学术价值极高,可以雅俗共赏;而差的今注只是旧注的转述,甚至旧注里注得好的,辞书里讲明白了的,也不看、不查,只是随文敷衍,以致闹出笑话。(张政烺先生《关于古籍今注今译》,见《传统文化与现代化》1995 年第 4 期)今译的质量更令人担忧,1994 年 3、4 月间,新闻出版总署聘请了 10 位专家组成检查小组,进行了一次大型古籍今译图书的质量检查工作。共检查九种古籍今译图书,主要有三方面问题:

(1)译文不准确。

①错译或误译。"我杀人,何与汝也?"原文的意思是我杀人,与你有什么相干? 却错译为:"我杀人,怎么差点连你也杀了?""萧公角",乃人名,姓萧名公角;却错译为"萧县之公角"。"天下事大定矣",应译为天下事大局已定;却错译为"天下的事情是有定局的"。(以上出《中国历代帝王秘史》)"齐桓公宫中七市,女闾七百,国人非之",原文中的"女闾",指在王宫中设门为市,使妇女聚居,以便行商;却错译为"在齐桓公的宫中,一共拥有七个市场和七百个妓院"。"何则?"即今天我们常说的"为什么?"却错译为"以什么法则治国?"(以上出《文白对照全译战国策》)

②多译(衍文)。"夫江上之处女,有家贫而无烛者",原文只是说"在江上的处女中,有一个家里贫穷而没有蜡烛的";译者却任意发挥为:"所谓江上处女,就是一大群长江之畔的少女,她们平日自命清高,而不肯跟出身贫贱的凡人接触。这时有个家里穷到没蜡烛点的少女,也由于某种关系而跟处女们生活在一起。"(《文白对照全译战国策》)

③漏译(夺文)。"有汉中,蠹。种树不处者,人必害之……"译者仅译出"秦国享有汉中,就像把一棵棵树种在不适当的地方……"关键性的一个字"蠹"("于国有害")漏译(《文白对照全译战国策》)。"十月庚寅,蝗虫从东方来,蔽天",译为:"十月,从东方传来蝗灾";漏译"庚寅"、"蔽天"(《精选白话〈史记〉》)。

(2)编校差错过多。《文白对照全译战国策》共70万字,抽查今译部分10万字,发现文字和标点错误100处,占审读总量的万分之十。

(3)古籍整理的方法不规范,体例不统一。有的书原文与篇目的分合,不严格依照底本,又未作校对,造成混乱;有的违背校勘常识,按照《史记》的文字删改《战国策》等。(《古籍今译图书质量亟待提高》,见《新闻出版报》1994年9月9日第一版)

20世纪古籍整理出版的成绩是巨大的,是以往任何一个世纪都不可比拟的,但也存在一些问题。只有对这些问题给予足够的重视,才能使中国古籍整理出版走向一个更新更高的阶段。

下篇 充满挑战和机遇的21世纪

世纪之交,科学技术突飞猛进,知识经济已见端倪,国力竞争日趋激烈。21世纪无疑是充满挑战和机遇的世纪。在这样的大背景下,中国的古籍整理出版工作在20世纪的基础上,必将面临更新的变化,也必将取得更大的进展。

(一) 古籍的载体要发生根本性的变化

即由原来的纸为载体而转变为声、光、电、磁为载体。21世纪电子出版物在很大程度上会逐渐取代以纸张为载体的古籍图书。这一变化必然导致古籍整理出版的全新变化。这种不可抗拒的趋势主要来自于在全文录入基础上制作的机读版古籍,会产生以往古籍整理出版所不具有的特殊功能。

1. 存储量大。以几年前的存储技术,一部"二十四史",占据空间不足一张光盘的六分之五;据说现在要存储《四库全书》(由3000余部书构成),大约需要10张左右的光盘即可。而现代影印本,即使是4面合1张,也有1500册之巨。

2. 检索方便。全文检索即逐字检索已是计算机数据处理的一般方式。在此基础上进一步加工,还可以确定以不同的字段长度做为检索点(即各类专名或者句子),这在很大程度上可以取代现今的索引编纂工作。但计算机所能提供给古籍整理的应用能力尚不止此,机读版古籍还具有如下一些潜在的优势:第一,方便而完备地保存与比较版本异同。可以一个版本为基础,将不同版本的差异或明或暗地标注出来,通过增删、取代、互乙等方式,即可以屏显或打印校对后的定本,也可随时复原某一版本,或者由某一版本转换为另一版本。也就是说,计算机只需一个版本的存储空间就可以保存同一古籍的所有不同版本。第二,方便而完备地查询相关资料。如使用一部书时,可将与其有关的作者档案、注释评改、序跋题记、版本著录甚至相关著作等从相应库中随时调阅,汇于一屏。第三,在大规模录入古籍的基础上,可以通过相应的处理系统,把古籍的具体篇章节段与一定的知识结构有机地连结起来,即对原文加以恰当的、内藏的提示性标引,形成网络,构成一个超文本系统,一个全文资料库,为学术研究提供所需要的资料,以备浏览与钩稽。当需要查询一个主题时,各书中相关资料可循序调出,也可以随时对检原文之上下文。换句话说,是既可以用丛书方式汇集各书,保持原书的完整性;又可以用类书的方式使用各书,主题明确,脉络清晰。相同的文献对不同学科来说,所支持的论点往往有学科的差异,因此,能用不同的学科主题和知识结构对古籍进行不同的标引,一段古籍原文不仅可以对应不同的知识结构,也可以对应同一个知识结构的不同结合点。可以想象,大批量的经过计算机数据处理的古籍必定会极大地方便各类原文研究。

(二) 古籍图书仍会有很大的市场潜力

一方面在 21 世纪中,我们还有很多古籍图书亟需整理和抢救。如影印图书,就 20 世纪出版的影印古籍数量来说,只占今存全部古籍图书(约 15 万种)的 15%左右。虽然有价值的古籍,大部分都已影印,但尚有 10 多万种古籍如不及时抢救,有些就难免要灭绝,这从古籍的保存来说,已成为不可回避的问题。另一方面,繁体标点注释类古籍图书和简体横排注释今译类古籍图书将并存于 21 世纪。繁体标点注释类古籍图书从重新检排制作古籍的角度说,更接近于历代遗留下来的原创性古籍图书,虽然经过再次制作,但不存在繁简字的转换问题。中国古籍图书中,有些字是不能随意繁简转换的。如"閒诂"不宜写成"闲诂"。就现代的古籍整理来说,起码用现代的标点整理过的古籍,最多不会超过 5000 种,这在 15 万种古籍当中,还是很少的一部分。所以,继续整理和出版繁体版古籍图书仍很必要。但必须看到,繁体版古籍图书的市场会愈来愈小,因为,再过 15 年左右时间,60 岁以下的人,除了专门从事历史研究、古籍研究的专业人员外,很少人能认识繁体字了,更谈不上读懂古籍图书的文法。简体横排注释今译类古籍图书在 21 世纪的古籍图书中占主导地位,这是历史发展的必然。这就给我们现今从事古籍整理者和出版者提出一些新的课题,这些课题主要有:第一,如何实现从繁体字向简体字转换的古籍图书文字的正确性。第二,如何实现注释、串讲、今译的正确性。这两个实现的关键是整理者和出版者的专业素质。

(三) 古籍整理出版的社会功能

1. 整理和研究中国传统文化。中国的古籍大致可分为基本典籍、普通典籍两大类。基本典籍是中国传统文化的精华所在,也是中国传统思想文化的基础。中国学术史的一个重要特征,是以若干部经典为中心,在解说与注释中挖掘、推阐其义蕴,并在此基础上扬弃和构造新的学说。基本典籍中记述史实的著作,构筑起一部完整的中国史框架;而文学著作,则以其开创的主题与意境,以其建立的语汇和描述手法,开启后代文学创造之先河。基本典籍大多是学习研究传统文化者必读之书,是前代学人奠定其学问基础的教科书。历代由官方出面组织的古籍整理工作,大多也是通过对基本典籍建立权威解释,以建立或巩固其统治思想体系。基本典籍不是一个十分明确的概念,其时代不同使之范围差别很大。基本典籍的数量有多大? 学者们因角度不同,说法不一。少则数十种、数百种,多也有开列 2000 余种的,如《书目答问》。但其内核是大致一定的:儒家经典、正史通鉴、周秦诸子、楚辞文选、大家文集以及各学科门类创始或汇总之作。

普通典籍中有相当大一部分是围绕着基本典籍成书的。自孔子删订诗、书、易、礼、春秋五经之后,即有六经、九经之说,直到宋代始成十三经定本。十三经本身不过 64 万字,但历代学者有关十三经的著述十分浩繁。汉代、唐代,特别是宋代、清代均开一代之风气,成为研究经学的几个重要时期。如清道光九年(1829)阮元编辑《皇清经解》,收集清代学者 74 人,解经著作 188 种。此后,光绪十年(1884)王先谦又编辑《皇清经解续编》,收集作者 111 人,收书 209 种。两部经解共收清人经学著作近 400 种。又如《易经》,据《汉书·艺文志》载,"凡《易》十三家,二百九十四篇";《隋书·经籍志》载有《易》之著述,"通计亡书,合九十四部,八百二十九卷";《唐书经籍艺文合志》计为 78 部,673 卷;《宋史·艺文志》增至 213 部,1740 卷;《明史·艺文志》载易类为 222 部,1570 卷;《清史稿·艺文志》载易类为 334 部,1985 卷。上述数字,显然已经脱漏甚多,难以查考。《四库全书》收录 475 部。据今人统计,现存历代有关《易》经的著作,达 2000 余种。经学是这样,其他各部也大都如此。在普通典籍中,只有少部分质量甚佳者已与基本典籍融为一体,成为其最佳读本而广为流传,其它大多只有在深入研究该专业时才被涉及。更大量的普通典籍由于其内容过窄、过偏或作者创作力不高等原因,历来读者十分有限,雕版印行的机会很少,收藏自然也少,常有散佚之危。

所以,中国传统文化的基本内核主要蕴藏于基本典籍之中。基本典籍的确定,有历史、现实、未来三个不同的标准问题。历史的标准,主要指在历史上起过重大作用的,或能保障记述历史的完整性和延续性的;现实的标准,主要指对我们今天建设有中国特色社会主义文化能起到积极作用的;未来的标准,主要指传统文化中的某些部分,虽然在今天作用还不大,但随着时代的变迁,会在未来的社会中起到积极作用的。

2. 在古籍整理出版工作中,应十分重视发挥传统文化的普及功能。古籍的简体横排、标点、注释、导读、串讲,这些都是普及传统文化的好形式。有些古籍也可以做今译。很多专家认为不应对古籍进行今译,原因不是反对今译这种形式,关键是缺乏能真正译好的作者,缺乏能很好把握译文质量的编辑出版人员。

3. 古籍整理出版应开展对传统文化的优选和提纯的工作。在未来社会,时间会被高度浓缩,文化也会更加丰富多彩。所以,传统文化必须要有一个适合于时代变化的传递方式,让人们在有限的时间内,接受最优秀、最先进的传统文化。要做到这一点,首先是对传统文化在理论上的把握,即把握中国传统文化各家的基本理论、基本命题、内在逻辑、相互关系。在此基础上进行专题研究。专题研究以基本命题或基本问题为中心均可,讲清来龙去脉、承传演变、精华糟粕、价值所在。其次,在传递方式上要有所突破,要让传统文化与现实社会结合,同人们的工作生活结合,同现代的文化传媒结合。

4. 从 21 世纪世界大文化形成,中华民族文化将在世界大文化中占有什么地位的高度来做好古籍整理出版工作。世界各国各民族在保存自己文化的基础上,形成大的世界文化,这只是个时间问题,而且也不会很久远。文化不仅影响各国各民族的命运,而且也将影响人类社会的命运。中华民族有着五千年的文明史,有着人类最优秀的历史文化,这些文化大多蕴藏在我们的文化典籍之中。如何将这些优秀的文化宝藏从浩如烟海的 15 万种古籍中提炼出来,不仅为我中华民族所用,而且为世界人民所用,将是历史和现实交付给古籍整理者和出版者的重要使命。

(四) 古籍整理出版的学科建设

随着人类对自然和社会认识的深化,相关学科在不断分化的同时,又在不断向综合的方向发展。从分化的角度说,古籍整理已逐渐从历史学、文学等学科中分离出来,成为单独的学科。从综合的角度说,古籍整理出版工作需要历史学、文学、哲学、考古学、语言文字学、政治学、经济学、法学、社会学、人类学、民俗学、民族学、心理学、教育学以及自然科学等多学科的知识,是一门跨学科的综合学问。大力建设和尽快完善古籍整理学科尽管具有一定的难度,但从建设有中国特色的社会主义文化的角度看是势在必行的,而且具有一定的基础。如前所述,我国的古籍整理出版具有悠久的历史、一定的理论和丰富的经验,目前拥有阵容强大的古籍整理出版体系,每年培养上百名古籍整理学科的博士和硕士,每年出版数百种古籍整理的成果。

从古籍整理出版的学科建设的角度看,关键还是多培养高水平的优秀人才,多出版高质量的研究成果。要想多培养高水平的优秀人才,在教育过程中一方面要深化专业的学习,积累专门的知识,另一方面要加强学生的基本功训练,拓宽学生的知识面,改进学生的知识结构,使学生毕业后可以相对自如或得心应手地综合运用多学科的理论和方法进行中国古籍整理出版的研究。而要想多出版高质量的研究成果,则需要在吸取前人研究成果的基础上更进一步,针对目前的情况看,特别要注重古籍整理出版方面的理论性研究,避免将古籍整理出版视为单纯的技术性工作,过分强调实践经验。古籍整理出版是一门新兴的边缘学科,这一学科的大力建设和尽快完善,不仅需要全体古籍整理出版工作者的共同努力,更需要全社会各阶层人士的关心与支持。

古籍整理如何适应现代化需要

陕西师范大学历史文化学院　李裕民

　　我国正在迈步走向现代化,经济上学习西方的长处,思想文化上既要学习西方的长处,也要保持和发扬中国传统文化的特色。中国的传统文化有一些已深深地渗透到现在每个人的身上,而更多的则保存在中国的古籍之中,需要我们去开发,去研究,去分辨,去继承。而这一切,又都需要有人做前期工作:整理古籍。

　　中国的古籍是世界上数量最多、内容也最丰富的。但它存在着许多不便于今人利用的问题:如许多善本书珍藏在国内外的图书馆或个人手中,一般人很难看到,需要影印;有些书在长期流传过程中讹误颇多,使用不便,需要标点校勘;有些古文字很难读,如甲骨文、金文、竹简、帛书,需要作研究整理;有些考古发掘中新发现的资料,需要及时结集出版;有些重要的古籍不光专家需要,一般群众也需要,他们要从中吸取营养,但古文阅读有困难,这就需要作新注,甚至翻译成现代汉语。这一切,都得成千上万人长期努力,方能完成。为了避免不必要的重复,还应当有计划地进行。

　　近百年来,古籍的整理大致经历了三个阶段。

　　一、解放前,以中华书局、商务印书馆为代表的出版机构影印出版了一批好书,如《四部丛刊》、《四部备要》,以及"四库珍本"、"丛书集成"等。

　　二、解放后,国家组织专家点校了"二十四史"、《资治通鉴》等书。质量高,但数量太少。

　　三、80 年代后,古籍整理与出版进入高潮期。成立国务院古籍整理出版规划小组、国家教委古籍领导小组,进入有计划、有步骤的新阶段。每年投入大量经费,并且在许多高校建立古籍研究所和文献专业,培养和造就了一大批专业人才。在古籍整理方面的主要成就是:
1.影印了一大批珍贵古书。如国内外收藏的地方志、敦煌吐鲁番文书《四库存目丛书》、北京图书馆藏善本书、碑帖,新中国出土墓志,竹简帛书,《中华大藏经》、《道藏》、《藏外道书》。2.

整理了一大批古书。如《甲骨文合集》、《殷周金文集成》、《全宋文》、《全宋诗》、《全辽文》、《全元文》、《全明文》、《续资治通鉴长编》、笔记等。3.出版了一大批工具书:《中国古籍善本书目》、二十四史人名索引、地名索引、《大百科全书》、《汉语大词典》、《汉字大词典》等。4.出版了一批研究性的杂志(《传统文化与现代化》、《文献》、《古籍整理与研究》、《书品》、《学林漫录》)、论文集、专著。5.翻译了一大批重要古籍。

以上成就,使研究传统文化的著作得以大量产生,对精神文明建设起了良好的作用。说明古籍整理在适应现代化需要方面已迈出了一大步。然而要更上一层楼,还需要找出存在的问题,提出改进措施。

目前古籍整理还存在哪些问题? 我以为主要有:

1.古籍整理的精品不够多。由于商品大潮的冲击,追求短平快,有些影印的大部头书质量相当差。如《历代笔记小说汇编》(辽沈书社出版),版本差,印刷模糊。有的虽然作了整理,但水平不高,如《宋诗话全编》,编次凌乱,诗话体创自欧阳修,比他晚 6 年的文莹《玉壶清话》却放在他之前,刘叔赣与刘攽乃一人,而误分为二,且将刘叔赣误放到欧阳修之前。许多诗话年代都没有考证,时序颠倒,比比皆是,书前的长序对此作断代研究,岂能得出正确的结论? 有些书挂大名骗人,如新出的《唐诗宋词全集》,加注释,才十来本,根本不全,却说全,这是欺诈行为。有些译本粗制滥造。

2.近来古籍整理有速度放慢的趋势,尤其是高水平的书。这与不少单位政策有关,某些领导认为古籍整理不算研究成果,评职称不予计算,这必然会影响一些人的积极性,年轻人评不上职称,就会影响工资、住房等,因而不愿再承担此类项目。以中华书局出的宋元明清人笔记为例,近年出的比 80 年代少。

3.有些新资料未能加快速度出版,如新收集到的《永乐大典》。有些人们急需的书未能及时重印,如:范仲淹的《范文正公文集》、沈括的《梦溪笔谈》(胡道静校注本)、王明清《挥麈录》(1961 年中华书局上海编辑所)、《夷坚志》等。有些编就的书未能及时出版,如《全宋文》编了 200 册,但只出了 50 册,就停止了,一停就是十来年。

4.古籍整理无止境,再有名的专家也会出错,这就需要不断地修改、提高,而提高的捷径就是展开学术批评、学术讨论,过去中华书局汇辑成《古籍点校疑误汇录》等书,起了很好的作用,但是,现在,这方面的成果越来越少了。许多论著的评奖主要看反映如何,有些人怕提了问题,影响人家评奖,不愿写。也有极个别人用抓辫子的手法,无限夸大,借此贬低、打击他人,也影响了整理古籍的积极性。

怎样改进才能更好地适应现代化的需要? 我建议:

1.《中国古籍善本书目》中从未面世的书,特别是孤本,全部影印出版,有的古本有很重要的史料价值,如天一阁的《宋天圣令》,改变了人们对唐、宋之际法律的认识。上海辞书出版社的《实宾录》，内引不少《十国纪年》的佚文，对研究五代十国史有重要价值。新收集到的《永乐大典》残卷应及时影印，最好将北大出版社出版的《顺天府志》（抄自《永乐大典》）、北大藏的《宋状元及第图》等以及今藏美国的文廷式传抄的《永乐大典》散页一并收入。

2.将明、清时期的宝卷全部影印出版，这是研究民间宗教、民间信仰、民间文学的宝贵资料，以往只秘藏在图书馆、档案馆中，极大地制约了学者对它的研究。可以说至今研究的人甚少，成果寥寥无几，水平不高。这类书发行范围可以适当控制。

3.有关古籍整理与研究的刊物应当开辟学术批评的专栏。应当提倡百家争鸣，端正学风，刹住吹捧风和诬陷打击之风。

4.古籍整理的体例应力求完美一些。

(1)书前有研究性比较强的序。序要交代作者的情况，书的来历、价值、版本等。

(2)标点问题。有些书标专名号，有些书不标。我以为标比不标好，尤其是有关外国或少数民族的人名、地名，如不标很难正确辨认。

(3)正文有校勘记。主要应是用版本校和他校。理校难度大，不易掌握，不必硬要求。

(4)有佚文者要作辑佚。辑佚是沙里淘金的工作，费力不讨好，但又很重要。辑佚很难一次就解决。它最容易出现的问题是：不全，有伪。对伪者应作考证，辨明后，加以剔除。

(5)附录。有关该书及作者的资料。

(6)编制有关的索引。如：人名或书名索引。地理书则应有地名索引。中华书局出版的"二十四史"体例比较完美，可取。所出笔记体例也佳，但大多无索引，宋人笔记中唯《涑水记闻》有之。

5.提高注释水平。有的书，你知道的他都注了，你不知道的他也不注，这样的注释本就没有多大价值。我认为，辞典中可以查到的应择要注，主要应注释那些难以查到的字或词，或辞书中也没有解释清楚的字或词。

6.多出点高质量的工具书。官制常常是古籍中的拦路虎，中华书局出的《宋代官制辞典》很受读者欢迎，如果其他各个朝代都编一本官制辞典，成为一个系列，使用起来就方便多了。《唐刺史考》、《宋代郡守通考》都是很有用的工具书，可惜做得相当粗，当然，这种书要做好难度太大，需要再精加工，前者加工后再版，质量有了明显提高，但愿后者也能如此。

古籍整理与辨伪求真

河北师范大学　王树民

上

　　古籍是古人遗留下来的文字记录,这些文字记录的内容必须符合事实,并须有明确的时代和作者等,事实上这些基本要求常常不能满足,这样的问题是整理古籍者会时常遇到的。远在战国时期,这个问题就受到重视了。如孟子说:"尽信书则不如无书,吾于《武成》,取二三简而已矣。仁人无敌于天下,以至仁伐至不仁,而何其血之流杵也。"(《孟子·尽心》下)《武成》是《尚书》中的一篇,记武王伐纣事,孟子认为其文写得过于夸张,不可尽信,所持理由虽然主观性较强,态度是可取的。东汉时班固著《汉书·艺文志》,明指一些古书为后人托名之作,如杂家,"《大禹》,三十七篇,传言禹所作,其文似后世语"。农家,"《神农》二十篇,六国时,诸子疾时怠于农业,道农耕事,托之神农"。后世各代都有人指出一些古书名实不相符合,认定是伪书。清代的姚际恒所著的人,即称为《古今伪书考》。民国时期,梁启超著《中国历史研究法》,着重发挥辨伪之义;又著《古书真伪及其年代》,在总论中系统地论述了战国以来从事辨伪的人和著作。又张心澂著《伪书通考》,把过去有关辨伪的书和事都集合起来。当时辨伪的风气盛行,成为一项重要的学术工作,许多古书的伪托之迹都被揭露出来。这原是一件大好事,而由于工作中的某些偏差,却得到了相反的效果(详见下文)。又因辨伪是一项细致深入的工作,一般人既缺乏认识,更无此功力,于是视辨伪工作为可有可无之事,因而许多伪书反在古籍整理的名义下,散播流传起来,成为批判地接受和发展传统文化的重大障碍,本文只能原则性地指出一些要点,细节则旧日的辨伪之书多有论述,今可从略。

　　往日学者所做的辨伪工作,最大的偏差是只辨明了古籍的内容与作者的时代不合,或与作者的思想事迹不合等,便定为伪书。这样做的结果,许多极受尊重的古籍显露了原形,使一些人产生了失落感。如经书是历代最受重视的,其中的《尚书》称为《古文尚书》者二十五篇,被证实为伪书,《今文尚书》二十八篇,其中也有一部分为后人所作,并非当时人的纪录。《易经》中的十翼,相传为孔子所著,终被证明为秦汉时人的作品。《周礼》一书,向来认为是周公制礼作乐的成就,经多方面证明,其成书时代不能早于战国时期,与周公无关。我们一向是以有五千年文明古国自豪的,其证据即在有许多古书记载,忽然大部分被证明是伪书,产生失落感是不难理解的。其实从考古的发现看,我国的古代文明不止有五千年,不过不是伪托的古书所说的那个假象罢了。原来古书辨伪是一项革命性质的工作。革命工作,一般要分为消极性的破坏和积极性的建设两个阶段。辨伪必须打破旧的体系,正是破坏性的工作,重要的是必须继之以求真的建设性的工作,在辨伪之学盛行的时候,这一点便未做到。如梁启超的《古书真伪及其年代》,总论部分共分五章,其中一至四章,详论辨伪工作的必要、伪书的种类和来历及辨别伪书的方法等,并历述了辨伪学的发达情况。只有第五章是对伪书的评价,内分四点:(1)保存古书;(2)保存古代神话;(3)保存古代制度;(4)保存古代思想。这部分略具辨伪的积极意义。总论部分共六十八页,第五章只占二页稍强,与前四章的比例是33∶1,轻重之间极为明显,在读者的思想上产生失落之感也就不足为奇了。

考辨伪书既缺乏建设性的求真工作,对于论定为伪书者,不知如何运用,惟有置之不顾,形同弃物。如《古文尚书》二十五篇被论定为伪书后,在清代学者便只讲《今文尚书》二十八篇,甚至科举考试也不从《古文尚书》中命题。其实伪书的焦点是名实不相符合,当把名实求得一致的时候,伪书仍然会起到真书的作用,如伪《古文尚书》是魏晋时人作的,冒称为夏、商、周时之书,自然是伪书,在确定其为魏晋时人所作的事实后,其书会提供许多有价值的资料,这时就不能视为伪书了。如《五子之歌》为骈体韵文,与魏晋时期的文风一致,便是文学史上的绝好资料。又如《武成》篇:"我文考文王,克成厥勋,诞膺天命,以抚方夏。"按"方夏"一词,在汉代以前绝不见使用,而是魏晋时期方通行的。笔者发现此情况后,和顾颉刚老先生谈到时,顾老高兴地说:"这是伪《古文尚书》晚出的一个铁证,阎若璩等还未见指出来。"更为重要的是,伪《古文书》与伪孔安国《尚书传》,和王肃的经说多相一致,原来汉代的经学占据了学术主流,而汉末的郑玄成为垄断经学地位的大师,王肃要和他争夺经学大师的地位,伪造经书和传注是一个省事而有力的手段。从这个角度来看待这些书,便都是可宝贵的真实资料,而不是伪书了。

古籍辨伪另一个重大的偏差是推广工作不够,被论定的伪书只为少数人所了解,多数人未能接受,甚至不为多数人所知,而传统的影响又根深蒂固,以至一班人对于伪书伪史不加辨别。如"三皇说",在古代原无其事,不过是战国秦汉以来人的设想。远古时期原为部落林立的状态,当时只有单独活动的部落或部落联盟,没有三皇那样的统一朝代,从远古的传说和现代的考古发现,都可以充分证明。后人习惯了统一的朝代,于是把远古时期也说成为统一的朝代,一些伪书和伪史由此产生出来。这些伪书和伪史,常常附会一些古代传说中实有的时代和人物,如伏羲、神农、黄帝、炎帝、太昊、少昊、颛顼、祝融等,将他们列入三皇五帝的系统,构成一套完整的历史假象,这是根本不符合古代史实的。而为历史假象所附会的古代传说,其中常常包含了一定的史实素质,应该受到重视,所以要与历史假象严格分开。历史假象对于研究古代历史是一无足取的,而在研究古代史学史时,则可以说明古代史学如何走了弯路,就是变无用为有用了。

伪书伪史能够长期存在,有两个重要条件,主要是其内容符合统治阶级的需要,其次则一般人的童蒙好奇,也起了很大的助长作用。如伪《古文尚书·大禹谟》有四句话:"人心惟危,道心惟微,惟精惟一,允执厥中。"这十六个字成为宋代理学家的理论核心,称为尧舜禹三圣传授心法的要诀,他们对于《古文尚书》虽有所怀疑,而始终不敢定为伪书,到清初发生了汉学与宋学之争,伪书之案方为汉学家所论定。至于一般人的好奇心理,如历代君王多有异常的传说,秦始皇被说成为吕不韦之子,晋元帝被说成为小吏牛金之子,元顺帝被说成为宋德祐帝之子,清乾隆帝被说成为海宁陈氏之子,虽为捕风捉影之谈,而流传不绝。明建文帝之出亡为僧的传说,其产生之迹更为明显。明英宗正统年间,僧人杨应祥冒充为建文帝,事败被诛,而建文为僧之传说则因之而起。《从亡录》、《致身录》等伪书随之而出,《传信录》则称明宣宗为建文之子,宣宗生于建文元年,附会之说盖由此而起。可注意者,这些荒唐的说法,虽为识者所斥,而流行自若。《明史》绝不言其事,而《明史纪事本末》则照录其文,《致身录》等后世且多翻刻。这类书绝无史料价值可言,惟可以说明其传说与流传乃对建文帝有同情怀念之意,及某些人之童蒙好奇而已。

在整理古籍的辨伪工作中,由于消极性占了重要的成分,加上所引起的浓厚的失落感,以至一些人产生了反感,不仅不重视求真的工作,反以为辨伪是多余的,不必要的,于是谬误的说法依然流传于世。如有些刊物列举我国古代许多第一的纪录,其中一项是关于日蚀的记载,以《尚书·胤征》之文为证,说是夏代仲康时期之事。其实《胤征》是伪《古文尚书》,不足为据,其文原出于《左传》(昭公十七年),并未言明为仲康时之事。梁启超曾指出一些西方学者上过《胤征》篇的当,说这些人不明伪书的真相,"可笑亦可怜也"(《中国历史研究法》第五章第二节《鉴别史料之法》)。可是我们自己的人,远在梁氏著书之后,还要犯这样的错误。

古籍整理,近年来在国家领导同志的重视下,经多位学者的努力,已经取得了很大的成就,出版了一些有价值的古籍,不过一般的形式只是标点校勘,加上一篇前言或出版说明,很少作进一步的探讨。甚至有人说,辨伪求真是研究工作,不在古籍整理的范围之内。点校与注释为治标之事,辨伪求真方有利于古为今用,目前的形式显然有所偏重,不利于古籍整理工作的发展,这是应该予以重视的。

下

以上原则性地指出辨伪求真的重要性,下面谈一点具体的问题。过去整理古籍注重辨

17

伪求真，主要是在经学分为今文与古文学派开始的。经学自汉代以来据有学术思想的主要地位，而分为今文学与古文学二派也是从汉代开始的，今文学派最先立于学官，由博士主管，古文学派后起，要争立学官，于是二派以所持经书的真伪发生了争论。今文派说古文经是伪书，古文派则说今文经残缺不全，不如古文经齐备。二派的争论，钱玄同先生有一个有趣的比喻，《聊斋志异》中有一个故事，两个女人同时和一个书生要好，于是互相攻击，在互相揭底中显露出真相，原来一个是鬼，一个是狐狸，都不是人。

关于经学和今文与古文学派的争论，我们都不必参与，应重视者则有二点。其一是所依据的经书确是古代流传下来的文献资料，不因其与经学有关而被否定，尤以二派争论最激烈的《周礼》、《左传》和《尚书》三部经书，关系最大。《周礼》一书，古文学派说是周公辅政致太平之作，显然不符合历史事实，但其书记载了古代社会、经济、风俗、制度等许多方面的重要资料，这是其他古籍不能与之相比的，作者的主名和时代，都难考定，约略计之，决不在战国以后。其书原名《周官》，刘歆改称《周礼》，今文学派便称为刘歆伪造。不免为过甚其词。《左传》原名《左氏春秋》，是配合《春秋经》而作的一部编年体史书，《春秋经》以鲁国之事为主，《左氏春秋》则扩大到列国之事，形式上仍以鲁君纪年，而非阐释经义。所以今文学派谓"《左氏》不传《春秋》"，这是对的。《左氏春秋》改称《春秋左氏传》也始于刘歆，今文学派便坚持刘歆伪造之说，同样是过甚其词，不须详辨。关于春秋时期及其前的历史，《左氏春秋》是最重要的资料宝库。

《古文尚书》的情况，与《周礼》和《左传》二书的性质不同，其书为魏晋时人所作，伪托为西汉时孔安国得自孔子的故宅中。作者有很高的学术水平，将战国以前各古书引用的《尚书》原文都收集起来，按照儒家思想，用《尚书》的形式，编写为虞夏商周之书，实为有意作伪，而很能以假乱真。为了解开其伪造之迹，经学家费了很大的精力，逐字逐句进行了分析，于是发展成为考证之学，这套方法是我们应予以重视并保持下来的另一个重点。伪《古文书》的内容不能用以证史，本文上篇所举夏代日蚀之例，就使很多人受其愚弄。而在说明汉魏间学派的关系方面，则为很好的直接史料，也就是伪书起到真实的作用了。

以《今文尚书》二十八篇为真者，乃就其确为伏生所传而言，《尚书》的本意为古代史官记言之书，据此权衡，则《今文尚书》中之《虞夏书》与《盘庚》篇以前各篇都不是古代史官所记，其中一部分为后人改写，一部分则为集合传说以成书。传说与史实虽有距离，而常有踪影可寻，如《尧典》中有个政治地位很高的四岳，他向尧推荐鲧治水，九年无功，后来又向舜推荐禹为司空以平水土。其实四岳是禹治水的助手，其政治地位是因治水成功得到的，传说将他的时间提前，但仍与治水有关系，可见传说在演变中仍保留着史实的形迹。这已入于专题研究的范围，在古籍整理中不必深论。在《盘庚》以后的各篇中，也有明显存在着真伪问题的，如《洪范》、《金縢》等篇，性质都比较复杂，由此可知古籍整理工作的复杂性，不可轻率对待之。《今文尚书》之伪多出于传说演变，与《古文尚书》之有意作伪者，性质不同，在适当的条件之下，仍可有证史之用。

经学现在已如僵尸，但经学所依的经书，是极重要的古史资料，因今古文派互相揭短所建立的考证方法，也是一项宝贵的文化遗产，这是应受到重视的两点。不仅如此，在繁杂的注疏方面，也保存着重要的史料，如赵翼在《廿二史劄记》中（卷 15《魏齐斗秤》）据《左传正义》（定公八年）指出："魏齐斗秤于古二而为一。周隋斗秤于古三而为一。"就是很好地利用了注疏的资料。如果讲经学史，这更是不可忽视的直接史料了。所以古籍整理不要以圈圈点点自限，而要重视原书的真义，以达到古为今用的目的。

解放前中华书局古籍整理出版工作中的两大项目

——《四部备要》和影印本《古今图书集成》

北京大学信息管理系　白化文

一

我们探讨这一问题，主要是从解放前中华书局和商务印书馆两大出版单位竞争的角度来观察。这是因为，一则，史实就是如此。二则，通过比较与参照，极能说明问题。且说，中华书局从它诞生之日，即 1912 年 1 月 1 日起，或者再提前一点来说，从它预测革命必将很快成功，因而在地下编纂共和国教科书，以便夺取商务印书馆在宣统年间几乎独占的教科书市场起[①]，这两家多方面的竞争就开始了。头一次竞争，即这次教科书的竞争，中华抢先，商务慢了好几步，大吃其亏。可见，预见并能顺应新潮流，十分重要。这种靠预见性取得巨大成功的范例，当代的出版社领导者似乎应该好好地学习呢！

可是，商务的历届领导人都很精明，业务人员干练者甚多。商务的底子又远比中华要厚。所以，商务很快从这次打击中苏醒过来，取得经验教训。此后，商务领导出版界新潮流的高招可就层见叠出，把中华给比下去了。表现在选题策划等方面，中华往往是跟在商务后面跑。商务出台一项新措施，一种新选题，中华就跟着人家开出的道路走，显得总是慢几拍的样子。解放前，商务是中国出版界的老大，比起老二中华、老三世界书局等，总体实力高出一大截。除去经济实力等因素，商务领导的经营头脑灵活，决策层高级知识分子多而又不冬烘，常常想出好点子，又有魄力下大本钱付诸实践，未尝不是他们能坐稳头把交椅的一个原因。这一点，似乎也可供当代出版者作为一条经验来参考。

可是,中华的领导也不是笨蛋。他们并非亦步亦趋,而是在学习对方的选题规划和经营策略时,不照猫画虎,避免雷同,总要在同类选题内搞出点不一样的花样来。而且,力争"后出转精",要比商务出得早的同类出版物在某些方面表现出不同的"更美,更高"的面貌来。当代的一些出版商,文化水平低,没有长久打算,往往一窝蜂,奔一种能捞钱的选题去掘金。结果常常适得其反。这一条经验教训虽然已经近于老生常谈,但却是很值得所有的出版家汲取的。

二

商务印书馆在张元济先生主持下,从 20 世纪 10 年代起,即致力于古籍影印事业。特点之一是规模大,气魄雄,以大套丛书行世。《商务印书馆九十五年》(1992 年商务印书馆出版)一书所载王绍曾先生所作《记张元济先生在商务印书馆办的几件事》一文有概略记载。请参阅,不具引。王先生举出十部影印本大丛书。可以补充的是,《丛书集成初编》的一部分和《万有文库》、《国学基本丛书》中的一小部分,也是洋装缩印影印本。还有那原附属于《万有文库》的影印本《十通》、《佩文韵府》(此二书均加有新编索引)呢!

现在,但就《四部丛刊》和《四部备要》来作比较。崔文印先生在 2002 年第 1 期的《书品》杂志上,写有《近代最有影响的两部丛书》一文,精简扼要。李鼎霞女士曾在《文史知识》杂志 1982 年第 3 期上发表过《〈四部丛刊〉与〈四部备要〉》一文,是首先就此两书作比较性探讨的专文。以上两篇文章讲到的,我们就少说几句。

首先要说的是,这两套大丛书是商务与中华商业竞争的产物。崔文印先生誉为"商业竞争的良好典范,……不是取巧,而是在产品质量上下了真功夫"。这话不假,还可以进一步分析的是:在当时"整理国粹"呼声形成合唱的大环境中,在新旧各派学者对整理古籍都表现出兴趣的气氛笼罩下,中华当然会想到分商务这一杯羹。大部头丛书便于各种图书馆一次扩容,如新开办的各级学校图书馆、省市图书馆。即便是库容很大的大馆老馆,购入这么一大套书,在当时也算不上珍稀之物,如果开架阅览,也省得总是入库找书,还省得动善本。至于那时附庸风雅的有钱人,有这么一大套摆在客厅或书房,也很壮观呢!再说,整套打折预订后,分批出书时一般总得多印不少,拆零售卖。因此,出古籍丛书固然本钱下的大,回报必然可观。中华步商务的后尘,往这上面打主意,就是必然的了!

中华一没有涵芬楼那样的善本图书室,二缺张元济先生与南北内外藏书家、图书馆的交往,三则当时重要的善本已被商务各丛书影印得差不多了——虽然那时有许多书籍商务还没有影印出来,但至少是在策划中——所以只能自辟蹊径。1920 年 6 月,中华购进丁辅之兄弟新造的"聚珍仿宋"系统活字并经过补充后,1921 年就开始辑印《四部备要》。这是中华聪明之处。因为这种字特别适合印古籍线装本,古雅大方,当时中华独一份。这就甩掉了影印方面无法取胜的包袱或说无法克服的弱点——那是非影印善本不可的——排印则主要看内容有无价值,底本不是主要的考虑对象。

影印善本受底本的限制大,在丛书中按目录的要求组成良好的整体不太容易。好比募兵,哪能班班齐呐! 从《四部丛刊》的"经部"就可看出,费了挺大劲,还是得羼进许多宋本以后的本子才凑齐。如《仪礼》用明徐氏翻宋本,《大戴礼记》用明袁氏嘉趣堂本,即是。商务后来在二次印时又作补苴替换,如《说文解字系传》四十卷,初印本全用述古堂影宋抄本,二次印则卷三十至四十改用宋本,即是。清刻本当时尚多,一般说是不宜影印的,这就限制了许多清代优秀著作,特别是为前人著作所作的注疏等,被划在《四部丛刊》之外了,而那些著作却正好是从事古籍整理的读者十分需要的。自《书目答问》之后,梁任公、胡适之等先生对清代学者整理旧籍的总成绩估价很高,还有人不断开书单子。中华得以凭借参考的这种推荐目录很有几种,排印的天地又极为自由宽广,因而,单纯从那时的学术角度来看,《四部备要》收书的系统性要比《四部丛刊》强。例如,拿崔文印先生举出的"经部"来说,"十三经"就有"十三经古注"、"十三经注疏"、"清十三经注疏"三整套;"经义"有朱彝尊主编的《经义考》,王引之的《经义述闻》;"小学"有通用的段玉裁《说文解字注》,等等。总之,研究经学的主要书籍基本齐备。不像《四部丛刊》那样,似乎是请来一大批高士,可是经世致用的人才不全,需要时还得另行外请。"史部"呢,商务大约眼光太高,用多年时间准备出《百衲本二十四史》。可是,即以《旧五代史》而言,因为"终望金南京路转运司刊本尚在人间","展转追寻,历有年所。迷离惝恍,莫可究诘。今诸史均将竣事,不得已,惟有仍用刘氏《大典》本(按,即刘氏嘉业堂本),以观厥成"。(张元济先生《涉园序跋集录》中"旧五代史"条)按商务原意,是用这套"二十四史"来配《四部丛刊》的,所以,《四部丛刊》"史部"打头的"正史"就全部缺员。而《百衲本二十四史》由于主要是找好的版本来配合,直到1930年才开印,1936年才勉强完成。这就使早在1919年就出版的《四部丛刊·初编》,如多兵种作战时一个主要兵种严重残缺(如炮兵之缺少重炮队),有点不尽如人意啦! 相对来说,《备要》就像程不识的部队,严谨整饬,整体看来很有精神。

《四部丛刊·初编》发行后,很快就遇到出来竞争的《四部备要》。从当时流行的"推荐目录"、"导读书籍"中,从与《四部备要》收书在目录方面的对比中,聪明的商务领导马上认识到这部大丛书结构上的缺点。他们补救的办法却是继续搜集善本并影印《续编》、《三编》。这两编因为是《初编》的补充,同时也受到找寻善本的限制,因而,从目录角度看,更加散漫,有如飞将军李广的营伍。似乎是为了补救《初编》中大部头的书较少的缺陷,《续编》中影印了《大清一统志》五百六十卷(还附有新编的索引,这是商务的长技),《三编》中影印了《太平御览》一千卷,这都是大手笔。可是,综览这三编全局,终不如《备要》整齐严饬也。

拙见是,从古籍丛书书目结构的角度看,《备要》堪称组织得最好,收书最全面的,实用性最强的一套丛书。《〈四部备要〉改印洋装缘起》[②]一文中透露,《四部备要》是以《四库全书荟要》为目录和全书规模方面的主要参照物的:"……《四库全书》凡三千四百馀种,七万七千馀卷。因全书卷帙浩繁,阅览不便,乃于全书中撷其菁华,缮为《荟要》。阅七载而成书,凡四百七十三种，一万一千馀卷。""乃仿《四库全书荟要》办法，而有《四部备要》之辑印。十四年来，成书三百五十一种，计一万一千馀卷。分量与《荟要》略相等，所选之书亦三分之二相同。"以下叙述其不同之处，请有兴趣的读者自行观览，不赘引。希望达到的目标，则是："现在研究国学者，得此一万馀卷之《四部备要》，可以无俟他求矣！"总之，从一起手就注意有组织地按目录配书，也就是较严格地执行由目索书配套再印行，这是一。找到一部一般读古籍的人得之"无俟他求"的体量接近的参照物，并从收书范围方面根据时代发展加以取舍，这是二。这是个聪明的办法，除了已成为古董不合时代要求，当时更没有印本的《荟要》，按此设想，为读者着想而编印出这样一部大丛书者，前无古人，至今也得算后无来者。《备要》留给我们的经验，这一点是最重要的。可以说，即使到了我们的时代，一位钻研古籍的学者，若是按照《备要》的目录来为自己的书房配置书籍——但不是买《备要》——主要的必备的用书就接近完备了。图书馆置备与补充书籍，亦足资参考。

返观《丛刊》，编纂的想法虽然与《荟要》、《备要》相似，都是要编出一大套"四部"必备用书。可是执行的结果，是印出一大套至今为止世界上最大的一套缩印影印善本丛书来。单纯从目录结构来看，可议之处就多了。与《备要》对比，就会明显地看出来。例如，唐人别集，编入《备要》的全是大家名家，多采清人整理本、注释本为底本。《丛刊》则从稀见名贵版本角度，收录名震江南的"上元邓氏群碧楼"藏《李群玉诗集》、《碧云集》、《披沙集》，"常熟瞿氏铁琴铜剑楼"藏《甲乙集》等。仅仅从目录结构来看，如果排印，决不会优先考虑这些别集的。从影印名贵版本来看，那可是至今令学者赞叹的了。

《备要》于1926年发售全书预约，好比全部演员出台，客观上隐隐地影响了《丛刊》的《续编》、《三编》选书。例如，《备要》的"词曲"部分，"词"的要籍基本收纳齐备，殿以大部头的四种《词综》（共一百三十卷）和《宋六十名家词》。这就足敷一般使用了。20世纪30年代，"曲学"早已进入大学课堂，《备要》只以《元曲选》充数，可显露出有点保守的样子。《丛刊》的三编则采用几种那时稀见的中小型本子，如《朝野新声太平乐府》九卷、《雍熙乐府》二十卷、《吴骚合编》四卷、《梨园按试乐府新声》三卷等，当时必然使人耳目一新。商务还不甘心，在《国学基本丛书》中缩印影印了《宋六十名家词》，同样可以零售，报纸本售价较低。从而觇见商务与中华之间真是处处竞争啊！

三

《丛刊》是影印本，编辑重点与难点在底片拍摄（与原书书品优劣极有关系）及描润（描润优缺点另议），不需考虑标点。《备要》是排印本，就得进行校点。早期出版的《备要》，中华本来是不加圈点，就照原本排印的。后来，大约还是出于争胜，从便于读者阅读着眼这一点以广招徕，也对一部分重点书进行校点了。但是，限于种种条件，只能采用旧式圈点，"无论正文、注释，概加句点"。据《备要》的"改印洋装缘起"中的"办法"第五条载，重点书有"经部之

《四书集注》及《十三经》古注,史部之'二十四史'、《资治通鉴》、《国语》、《国策》,子部之周秦诸子四十种以及浅近之性理书,集部之《楚辞》、诗文词总集等"。点句者,除使用本书局的专家外,外请清代翰林等遗老。后者也有壮声威出宣传效果之意罢。可是,执行起来效果并不见佳。拿翰林们来说,阅读校点古籍的能力是否超群,就难打保票,何况他们又老又有许多外务,多半由门生故吏来代行呢(美其名曰分给他们点钱花)。倒是本书局及外请的一部分"国学耆宿"堪称专家,出色当行(一部分专家在"缘起"中列名)。时移世易,到了我们新时代,整理古籍理应校点,使用标点符号,出校勘记。新一代青年人读《备要》那样的圈点,也十分费劲。因此,《备要》虽出版仅七八十年,可就显出老态龙钟,早就跟不上时代要求啦!作为一种能够引用的"版本",限于上述条件,《备要》恐怕不够格。您看见学术书籍与论文的注释中,有引《备要》本的么?青年人有首选阅读《备要》本的某一种典籍的么?附带说一下,已经有人指出,《备要》采用的底本颇多可议,禁不住细心的学者比对。③这也是《备要》难以长期行世的一块定时炸弹类型的硬伤。我们就不再就此讨论了。

作为影印本,《丛刊》的价值却是越来越高。特别在经过战乱的七八十年之后,至今古籍善本已经很难借阅的现实情况下,研究、阅读古籍的学者早已把影印本看成下真迹一等的虎贲中郎矣!作为一种能够引用的版本,"丛刊本"却是常见于学术著作中的了。

《丛刊》属于缩印式影印本,优点之一是整套丛书开本可保持一律。再一个优点是,其底板缩放随意使用,出版大小开本任凭尊便。商务就尽可能地利用了这一点。例如,先在《续古逸丛书》中出大开本,然后收入《丛刊》。如《孟子》、《尔雅疏》、《窦氏联珠集》、《清波杂志》、《续幽怪录》等,莫不如此。再如,《昭德先生郡斋读书志》(宋·袁州本)在《续古逸丛书》、《丛刊》(线装、洋装两种)、《万有文库》(缩印洋装)中连续推出,一菜三吃,生财有道。惟影印方能有此本领,中华望尘莫及矣。

风物常宜放眼量!从而我们应该悟出:要像下围棋,着眼在几十着之后。我们并不是盲目提倡影印古籍,而是认为,对于专家来说,优秀的影印本极为有用,其津逮学人,不仅几代。而古籍整理本,最好一次到位,也就是说,要校点好。不宜落后于时代。中华编印《备要》时,掌握新式标点的专家尚不多,观夫鲁迅在20世纪30年代对某些标点本讹误的揭露,便可看出兹事大难。解放后中华组织校点《资治通鉴》来作试点,那样多的优秀专家参与,书局上下各部门兢兢业业,尚且让人找出上千的错误来。至今,揭示各种古籍校点讹误的文章不断出现。可见,此等事不能苛责先辈,不可怪罪《备要》。但是,客观地看,《备要》终究在历史上成为昙花一现的一种入不了古籍版本之林的丛书。这就是《备要》留给作古籍整理工作的后人的最大的教训。

四

中华也想要和商务在影印方面一比高低。最大的一次试探性进军,就是影印《古今图书集成》。时在1934年。运筹经营情况,详见陆费逵先生《影印〈古今图书集成〉缘起》④一文。

"分典发行"是从《备要》、《丛刊》发行中可以零售脱化而出的一种增加营业额的新办法。商务针锋相对,1935—1937年推出影印本《十通》与《佩文韵府》。清代乾隆十二年(1747)武英殿刊《三通》;光绪年间,浙江书局刊《九通》,后有光绪二十七年(1901)上海图书集成局排印本,二十八年(1902)上海鸿宝书局石印本。说明在那时此种工具书还是有相当大的市场需求的。《佩文韵府》旧有清康熙五十年(1711)扬州诗局刻本,清季翻印石印缩印本,均为线装,卷帙繁重。商务把它们影印缩印并洋装,编入《万有文库》,作为订购全套《文库》的附带赠送礼品书。这礼品颇为富丽堂皇,显得出手大方,很能勾起那些图书设备不足的新设立的图书馆和小型图书室管理人的胃口,促使他们下定决心订购全套《文库》。肯下这种大诱饵,足显商务的魄力。同时,《十通》、《佩文韵府》当然可以单独出售。多财善贾,长袖善舞,于此见之。

这次竞争,虽然是各出各的书,各不相扰。但是,除了影印以外,商务还加上新的一着:新编索引!特别是《佩文韵府》的索引,将按韵排字的《佩文韵府》改为按首字排列,结果,索引本身变成一部新编的《骈字类编》,比专收双音词的《骈字类编》收的词语还多(有三音、四音词语,双音词也多些)。这就把原刊本、道光年间海山仙馆本、光绪十二年(1886)上海同文书局影印本全给比下去了。缺点是缩印得字迹太小,好在还清楚,凑合着拿着放大镜查阅罢。索引可是排印得挺清晰的。《十通·索引》的优点可以类推。可见,即使单纯影印一部书,也得想着添点什么有用的东西。中华在这方面又输给商务了。平心静气地说,中华为影印《古今图书集成》,花在印刷技术方面的心思不少,为此,我们可以称此本为"中华缩印本"。它为解放后的重印本打下很好的基础。可是,索引还是解放后新印本所附的新编。不论这部新编的索引优缺点如何,它究竟显示出新编的姿态。可见,影印古籍,如果仅仅只着眼于印刷等技术方面,绝不能充分表现出我们整理古籍的水平。这也是我们需要重视的经验教训罢!

<h1 style="text-align:center">五</h1>

《丛刊》和《备要》的竞争,属于同一种选题而在选择底本和印刷手段方面各有千秋的竞争。中华出影印本来抢占商务的一部分市场,印刷手段相同,具体的图书选题则不同。我们举出此二种竞争方式说明,出版界在出版业务方面竞争的主要方式大致就是这两项。其主要得失,前面我们已经提出自己的见解,仅供讨论而已。

解放后一大段时间内,中华与商务各有专攻,此种竞争似已成为历史。改革开放后,各地各种出版社不断涌现,光是专业古籍出版社就有二十多家。竞争更趋激烈。中华占有近五十年的老大哥优势,比解放前大不相同。由靠边的老二成了不折不扣的老大。商务受分工的限制,早就不跟中华在古籍整理方面竞争了。商务的许多遗产反倒归了中华。我看,中华靠"中华"二字,就显示出必然是整理古籍的专门家的样子,把整理古籍贡献比中华大得多的商务给挤到一边,专干出版与外国有关的书籍的营生去了。这是时代的赐予,深望中华珍重这一赐予,在21世纪的激烈竞争中,作出更大的成绩才是。

经过上个世纪近五十年的积累,中华已经出版了许多校点排印得极好的书籍,并形成若干丛书类型系列。我们建议,在此基础上,逐渐有意识地向集成一大套《新四部备要》发展。此外,影印书最好多加上一些显示出经过整理的给读者以方便的附加新材料,例如索引,带研究性质的前言后语,附录些重要的相关文章,等等。

本文得到梁静波女士提供资料等帮助,在此致谢。

附注:

① 蒋维乔先生《民元前后见闻录》中《创办初期之商务印书馆与中华书局》一节对此有生动记述。《中国现代出版史料·丁编》(中华书局1959年出版)中转载此一节。

② 据《四部备要书目提要》中所载。

③ 李向群文《四部备要版本勘对表》,载于《陕西师大学报》1998年第7期,又见《古代文献研究集林》第一集。

④ 《中国现代出版史料·乙编》(中华书局1955年出版)中收录此文。

《四部备要》在文化传承中的作用

南京大学中文系 卞孝萱

　　解放前,商务印书馆出版了《四部丛刊》(以下简称《丛刊》),中华书局出版了《四部备要》(以下简称《备要》),这是两部脍炙人口的大型古籍丛书,前者注重版本,后者注重实用,海内外久有定评。但《备要》注重实用表现在哪些方面,尚未见有专家详细论证。特撰此文,略抒管见。

　　中华书局《校印〈四部备要〉缘起》云:"吾国学术,统于四部,然《四库》著录之书,浩如烟海,坊肆流传之籍,棼若乱丝,承学之士,别择维艰,……同人有鉴于此,爰于前年,择吾人应读之书,求通行善本,汇而集之,颜曰《四部备要》,……经、史、子、集最要之书,大略备矣。"对于这一段话,需作两点解释:(一)什么是"应读之书"、"最要之书"? 如"段氏之《说文》,孙氏之《周礼》,姚、王、曾之选古文,沈、姚、曾之选诗,以及近代名家……等专集,……极有用者"。可见,所谓"应读之书"、"最要之书"即"极有用"之书。(二)在版本学上,通行本与善本,是两种价值不同的书籍。通行本一般指普遍流通、文物价值不高的书籍;善本一般指流传甚少、文物价值高的旧刻本、旧钞本、手稿本等。《备要》所求之"通行善本",是些什么书呢? "更有校勘精本,如阮文达之《十三经》,平津馆之诸子等,则书虽同而校本不同。"可见,所谓"通行善本",就是通行本中的校注精审者。

　　有比较才能鉴别。今例举若干种书籍,将《备要》与《丛刊》对照研究,以说明二者采辑方针之不同,从而显现《备要》注重实用之特色。

　　先师范文澜先生说过:"'五四'运动以前二千多年里面,所谓学问,几乎专指经学而言。……派别繁杂,训解浩瀚。"(《中国经学史的演变——延安新哲学年会讲演提纲》)面对这个实际情况,《备要》所选收的经部书,既有《十三经》古注,又有阮元校刊的《十三经注疏》,还有清代学者所作的《十三经注疏》，基本上囊括了《十三经》的重要注疏，给学者研究国学极大的便利。这是《备要》注重实用的表现。我的介绍，也就从《备要》的经部书说起。

（一）《备要》采用清阮元校《十三经注疏》，《丛刊》无。

《十三经注疏》者，十三部儒家经典的注疏。南宋以后，开始合刻。清人阮元据宋本校刊，附《十三经注疏校勘记》。《清史稿·阮元传》云："博学淹通，……撰《十三经校勘记》，……专宗汉学，治经者奉为科律。"张舜徽《清代扬州学记》（以下简称《学记》）第六章云："（阮元编刻《十三经注疏》）每卷之后，附校勘记。凡有关校勘处，旁有一圈，依圈检记，至便学者。"《备要》采阮刻《十三经注疏》之后，1980年中华书局又校补世界书局缩印阮刻本影印出版，可见此书之"极有用"。

（二）《备要》辑"清十三经注疏"，《丛刊》无。

"清十三经注疏"者，《备要》采惠栋《周易述》，江藩、李林松《周易述补》，孙星衍《尚书今古文注疏》，马瑞辰《毛诗传笺通释》，孙诒让《周礼正义》，胡培翚《仪礼正义》，朱彬《礼记训纂》，洪亮吉《春秋左传诂》，陈立《公羊义疏》，钟文烝《谷梁补注》，皮锡瑞《孝经郑注疏》，刘宝楠《论语正义》，焦循《孟子正义》，郝懿行《尔雅义疏》而成。

惠栋等十二人，《清史稿》有传，表彰其新撰诸经注疏之贡献。为节省篇幅，兹不赘引。梁启超《清代学术概论》（以下简称《概论》）十四云："清学自当以经学为中坚。其最有功于经学者，则诸经殆皆有新疏也。"接着梁氏列举了二十一部清代著名经疏，其中有十部是《备要》所采者。范文澜先生在《经学讲演录》中列举了十部清代经学名著，其中有五部是《备要》所采者。可见《备要》所采辑的"清十三经注疏"是精当的，对学者有用的。

（三）《备要》采胡承珙《小尔雅义证》，戴震《方言疏证》，王念孙《广雅疏证》，以及朱彝尊《经义考》、王引之《经义述闻》等经学名著，《丛刊》无。

胡承珙等五人，《清史稿》有传，表彰其治经之功。为节省篇幅，兹不赘引。《四库全书总目·史部·目录类一》评朱彝尊《经义考》云："上下二千年间，元元本本，使传经原委，一一可稽，亦可以云详赡矣。"梁启超《概论》十四云："其在《说文》以外之古字书，则有戴震之《方言疏证》，……胡承珙之《小尔雅义证》，王念孙之《广雅疏证》，……得此而六朝以前之字书，差无疑滞矣。"同书十二又云："《经义述闻》，全书皆纠正旧注旧疏之失误。所谓旧注者，则毛、郑、马、贾、服、杜也；旧疏者，则陆、孔、贾也。宋以后之说，则其所不屑是正矣。是故如高邮父子者，实毛、郑、贾、马、服、杜之净臣，非其将顺之臣也。夫岂惟不将顺古人，虽其父师，亦不苟同。……王引之《经义述闻》，与其父念孙之说相出入者，且不少也。……吾侪今日读王氏父子之书，只觉其条条皆犁然有当于吾心，前此之误解，乃一旦涣然冰释也。虽以方东树之力排'汉学'，犹云：'高邮王氏《经义述闻》，实足令郑、朱俯首。汉唐以来，未有其比。'（《汉学商兑》卷中之下）亦可见公论之不可磨灭矣。"

（四）《备要》采王夫之《读通鉴论》、《宋论》，章学诚《文史通义》、《校雠通义》，以及万斯同《历代史表》，齐召南、阮福《历代帝王年表》，陆费墀《历代帝王庙谥年讳谱》，段长基《历代统纪表疆域表沿革表》，李兆洛《历代纪元编》、《历代地理志韵编今释》等史学名著，《丛刊》无。

王夫之等六人，《清史稿》有传，表彰其治史之功。为节省篇幅，兹不赘引。章学诚生平，见《清史稿·文苑传二》。传云："著《文史通义》、《校雠通义》，推原《官礼》而有得于向、歆父子之传。其于古今学术，辄能条别而得其宗旨，立论多前人所未发。"

又，《四库全书总目·史部·别史类》评万斯同《历代史表》云："其书自正史本纪、志、传以外，参考《唐六典》、《通典》、《通志》、《通鉴》、《册府元龟》诸书，及各家杂史，次第汇载，使列朝掌故，端绪厘然，于史学殊为有助。"梁启超《概论》十四云："清初诸师皆治史学，欲以为经世之用。王夫之长于史论，其《读通鉴论》、《宋论》皆有特识。……自万斯同力言表志之重要，自著《历代史表》，自后表志专书，可观者多。……齐召南有《历代帝王年表》。"同书十五又云："中清之地理学，亦偏于考古一途。……其通考历代者，有……李兆洛之《历代地理志韵编今释》，皆便检阅。"《丛刊》忽略表谱。

（五）《备要》采黄宗羲《宋元学案》、《明儒学案》、《明夷待访录》，江藩《汉学师承记》，黄汝成集释《日知录》，钱大昕《十驾斋养新录》，《丛刊》无。

黄宗羲等三人，《清史稿》有传，表彰其学术研究之贡献。为节省篇幅，兹不赘引。《四库全书总目·子部·儒家类三》评顾炎武《日知录》云："炎武学有本原，博而能通贯，每一事必详其始末，参以证佐而后笔之于书，故引据浩繁，而牴牾者少。"（黄汝成博采诸家之说，成《日知录集释》。）同书《史部·传记类二》评黄宗羲《明儒学案》云："于诸儒源流分合之故，叙述颇详，犹可考见其得失，知明季党祸所由来，是亦千古之炯鉴矣。"梁启超《概论》十四云："黄宗羲始著《明儒学案》，为学史之祖。其《宋元学案》，则其子百家与全祖望先后续成之。皆清代史学之光也。"张舜徽《学记》第四章云："江氏著述虽多，而传布最广、影响最大者，首推《汉学师承记》一书。……于是汉学二字的招牌，在当时学术界，便很彰明地挂出来了。"

（六）《备要》采张先《张子野词》，周邦彦《片玉集》，范成大《石湖词》，辛弃疾《稼轩词》，吴文英《梦窗词集》，周密《蘋洲渔苗谱》，张炎《山中白云》，王沂孙《花外集》，《丛刊》无。

《四部备要书目提要》云："鲍氏廷博得绿斐轩《张子野词》钞本二卷，凡百有六阕。……既又得侯文灿《十名家词集》所刊，去其重复，得六十三阕。复于诸家选本中采辑一十六阕，次为《补遗》二卷。合计得词一百八十四阕，于是子野词收拾无遗。……本局特据鲍本校印，并附近人朱氏孝臧校记。"

阮元《四库未收书目提要》卷一云："《详注周美成片玉集十卷》：……此宋陈元龙注释本。……元龙以美成词借字用意，言言俱有来历，乃广为考证，详加笺注焉。"

《四部备要书目提要》云："宋范成大《石湖词》，……此系朱孝臧《彊村丛书》本，本局据以校刊。"

同书又云："宋辛弃疾《稼轩词》四卷本……此本系据王氏鹏运四印斋重抚元大德信州本校刊。……又《稼轩词补遗》一卷……朱孝臧以万载辛启泰辑本刊入《彊村丛书》，并附校记。兹特精为校刊，附于卷后，以成完璧。"

同书又云："宋吴文英《梦窗词》不分卷，附《补遗》，朱氏孝臧以万历张廷璋所藏旧钞本，一再校勘，刊入《彊村丛书》，后附自撰小笺，本局即据此本校刊。……自经朱氏笺证，词中故事，大都已有线索可寻。"

同书又云："宋周密《蘋洲渔笛谱》二卷，仪征江昱为之考证，复以家藏《草窗词》诸本编附于后，为《集外词》一卷，以补《渔笛谱》之遗。其弟恂，刻于新安，传本颇罕。朱氏孝臧复命工重雕，列入《彊村丛书》。……题中人地岁月以及本事轶事词话倡和之作，凡有关系可互相发明者，并疏附词后，考证至精。"

同书又云："《山中白云词》八卷，……此本系朱氏孝臧以江昱疏证、江恂参较手稿本精校刻入《彊村丛书》。江氏兄弟……瘵疑辨惑，……遂使词中精蕴，挹之逾出。……朱氏付雕时，复举所知者补证十馀条，附记集后，亦颇精核。"

同书又云："《花外集》一卷，一名《碧山乐府》，宋王沂孙撰。词法之密，无过清真；词格之高，无过白石；词味之厚，无过碧山，足称词坛三绝。……本局特据王鹏运四印斋本精校，并以叶德辉《郋园读书志》跋语，附刊卷后。"

（七）《备要》采侯方域《壮悔堂集、四忆堂诗集》，宋琬《安雅堂诗集》，赵执信《饴山堂集》，吴雯《莲洋诗钞》，袁枚《小仓山房诗文集》，孔广森《仪郑堂骈体文》，唐鉴《唐确慎集》，郑珍《巢经巢集》，《丛刊》无。

侯方域等八人，《清史稿》有传，表彰其文学业绩。为节省篇幅，兹不赘引。《四库全书总目·集部·别集类二十六》评赵执信诗云："平心而论，王（士禛）以神韵缥缈为宗，赵以思路劖刻为主。王之规模阔于赵，而流弊伤于肤廓；赵之才力锐于王，而末派病于纤小。使两家互救其短，乃可以各见所长，正不必论甘而忌辛，好丹而非素也。"又评吴雯诗云："雯天才雄骏，……此本沿新城之派，又以神韵婉约为宗，一切激昂沈著之作，多见屏斥，反似邻于清弱，亦不足尽其所长。……惟雯诗本足自传，不藉士禛之评为轻重。"梁启超《概论》十七云："美文，清儒所最不擅长也。诸经师中，……能为骈体文者，有孔广森、……，其文仍力洗浮艳，如其学风。"

（八）《备要》采龚鼎孳《定山堂诗馀》，曹贞吉《珂雪词》，顾贞观《弹指词》，纳兰性德《纳兰词》，郭麐《灵芬馆词四种》，《丛刊》无。

龚鼎孳等五人，《清史稿》有传，表彰其文学业绩。为节省篇幅，兹不赘引。《四库全书总目·集部·词曲类二》评曹贞吉词云："其词大抵风华掩映，寄托遥深，古调之中，纬以新意，不必模周范柳，学步邯郸，而自不失为雅制，盖其天分于是事独近也。陈维崧集有贞吉《咏物词序》云：'吟成十首，事足千秋。赵明诚《金石》之录，逊此华文；郭宏农《山海》之篇，惭斯丽制。'虽友朋推挹之词，不无溢量，要在近代词家，亦卓然一作手矣。"

（九）《备要》采许梿《六朝文絜》，姚鼐《古文辞类纂》，黎庶昌《续古文辞类纂》，李兆洛、谭献《骈体文钞》，曾国藩《经史百家杂钞》，《丛刊》无。

姚鼐等四人，《清史稿》有传，表彰其文学业绩，兹不赘引。《四部备要书目提要》云：

"(《六朝文絜》)凡措词淫艳之病,隶事繁冗之病,……悉摈不选录。……所评各语,穷源竟委,启发颇多。圈点亦极精当。"又云:"桐城统绪相承,一派盛于姚鼐,姚氏义法,具于所选《古文辞类纂》。"又云:"(《续古文辞类纂》)皆以补姚氏《类纂》所未备。"又云:"(《经史百家杂钞》)足与姚氏《类纂》并传也。"

李兆洛生平,见《清史稿·文苑传三》。传云:"其论文欲合骈散为一,病当世治古文者知宗唐、宋而不知宗两汉,因辑《骈体文钞》。"

(十)《备要》采王士禛《古诗选》,沈德潜《古诗源》,姚鼐《今体诗钞》,曾国藩《十八家诗钞》,《丛刊》无。

王士禛等四人,《清史稿》有传,表彰其文学业绩,兹不赘引。《四库全书总目·集部·总集类存目四》著录王士禛《古诗选》。

《四部备要书目提要》云:"文悫诗学淳正,诚不愧为一代大宗。如此编(《古诗源》)历久不磨,自有其可传者在。"

《清史稿·文苑传二·姚鼐》云:"尝仿王士禛《五七言古体诗选》为《今体诗选》,论者以为精当云。"

(十一)《备要》采查为仁、厉鹗《绝妙好词笺》,余集《续钞》,徐楙《续钞补录》,张惠言《词选》、董毅《续词选》、郑善长《九家词选》,朱彝尊《词综》,王昶《明词综》、《国朝词综》,黄燮清《国朝词综续编》,毛晋编《宋六十名家词》,孙默编《十五家词》,舒梦兰《白香词谱》,臧懋循《元曲选》,《丛刊》无。

厉鹗等四人,《清史稿》有传,表彰其文学业绩,兹不赘引。《四库全书总目·集部·词曲类二》评《绝妙好词笺》云:"宋词多不标题,读者每不详其事,……非参以他书,得其源委,有不解为何语者,其疏通证明之功,亦有不可泯者矣。"《四部备要书目提要》云:"原附余集《续钞》一卷,徐楙《续钞补录》一卷,并采(周)密说部诗话所录,足以上继草窗之志。"

《四部备要书目提要》云:"《词选》七卷,清张惠言辑。……此编所选,虽町畦未辟,而奥突已开,嘉庆以来名家,大抵自此而出。……后附董毅《续词选》,郑善长《九家词选》,造微踵美,述作斐然,虽所录不多,要亦足以张其宗风也。"

《四库全书总目·集部·词曲类二》评朱彝尊《词综》云:"是编录唐宋金元词通五百馀家,……其去取亦具有鉴别。盖彝尊本工于填词,……其立说,大抵精确,故其所选能简择不苟如此,以视《花间》、《草堂》诸编,胜之远矣。"《四部备要书目提要》云:"此本即《四库》著录之本,而以王昶补入二卷,附于词后。"

《四部备要书目提要》云:"《明词综》,清王昶辑。……得朱氏(彝尊)遗稿于汪小海所,乃合以生平所辑,得三百八十家,……以成朱氏未成之志。……有明一代词人杰作,大致已尽于此。"又云:"《国朝词综》四十八卷、《二集》八卷,清王昶辑。自清初至嘉庆初年止,都凡七百馀家,所选极为宏富,其去取宗旨悉本朱氏。"又云:"(《国朝词综续编》)都凡五百八十馀家。"

《四库全书总目·集部·词曲类存目》评毛晋编《宋名家词》云："晋此刻,搜罗颇广,倚声家咸资采掇。其所录分为六集,……共六十一家,……随得随雕,……非谓宋词止于此也。"

《四库全书总目·集部·词曲类二》评孙默编《十五家词》云："一时倚声佳制,实略备于此,存之可以见国初诸人文采风流之盛。"

《四部备要书目提要》云："《白香词谱》四卷,清舒梦兰辑。为之笺注者,则谢朝徵韦庵也。……此编所选百篇,篇各异调,每调于四声所宜举堪会意。谢氏笺注,则悉仿查为仁、厉鹗笺《绝妙好词》体例,于本事穷源竟委,……诚词坛初步必需之书也。"

同书又云："《元曲选》十集,都百种,明臧晋叔辑。元代文学,以曲为盛,……所惜原书多佚,至今流传人间者绝少。……其菁华固已尽萃于是也。"

(十二)《备要》采沈德潜《说诗晬语》,吕璜《古文绪论》,曾国藩《鸣原堂论文》,万树《词律》、徐本立《词律拾遗》、杜文澜《词律补遗》,《丛刊》无。

《四部备要书目提要》云："《说诗晬语》二卷,沈文悫公德潜撰。……此编于诗之纪律体裁音节神韵,穷流溯源,指示极为详晰,而大要一归于中正和平。"

同书又云："(《古文绪论》)系吴氏德旋答吕璜所问之语,经吕氏一一条记。……吴氏往来于桐城阳湖之间,其中甘苦,喻之深,故能道之切如此。其馀所论各条,亦多甘苦有得之旨。"

同书又云："《鸣原堂论文》二卷,清曾文正国藩辑。……此选于各篇后,均有评语,读者宜细细体会,庶于作公牍文时,自有一种曲尽事理之趣。"

《四库全书总目·集部·词曲类二》评万树《词律》云："是编纠正《啸馀谱》及《填词图谱》之讹,以及诸家词集之舛异。……谓古词抑扬顿挫,多在拗字,其论最为细密。至于考调名之新旧,证传写之舛讹,辨元人曲词之分,斥明人自度腔之谬,考证尤一一有据。"

《四部备要书目提要》云："杜氏文澜究心词学,始有《词律校勘记》之作,……同时又购得徐氏本立所辑《拾遗》原版,使附《词律》之后,……徐辑后二卷《补注》,已经杜氏采入《校勘记》中,前六卷为补调补体,凡补调三百一十有六,补体一百六十有五。杜氏复为掇拾,得调五十,附为《补遗》一卷,总名曰《校刊词律》。……其津逮后学之功,实匪浅鲜。"

孝萱案:以上十二例,揭示《备要》注重实用,它选收了大量的《丛刊》所无的重要古籍。特别需要指出的是,《备要》系统地收采词曲名著,而且吸收王鹏运、朱祖谋的最新校笺成果,是其特色。

(十三)《备要》采段玉裁《说文解字注》,《丛刊》无注本。

段玉裁生平,见《清史稿·儒林传二》。传云:"玉裁积数十年精力,专《说文》,著《说文解字注》三十卷,……仪征阮元谓玉裁书有功于天下后世者三:……言《说文》二也。"梁启超《概论》十四云:"清儒以小学为治经之途径,嗜之甚笃,附庸遂蔚为大国。其在《说文》,则有段玉裁之《说文注》……"范文澜先生《经学讲演录》四云:"皖派与吴派不同,他们从音韵小学入手。……戴震的影响很大。他的学生段玉裁所著的《说文解字注》,可算是文字音韵学的高峰。"

（十四）《备要》采清梁端（女）校释《列女传》，郝懿行《山海经笺疏》，浦起龙《史通通释》，翁元圻注《困学纪闻》，《丛刊》无注本。

梁端校释汉刘向《列女传》，《四备部要书目提要》云："胪举同异，音义并述。张之洞《书目答问》特为著录，亦可见其校释之详核矣。"

梁启超《概论》十四云："对于古代别史杂史，亦多考证笺注，则有……郝懿行之《山海经笺疏》……"

《四库全书总目·史部·史评类》评浦起龙《史通通释》云："《史通》注本，旧有郭延年、王维俭二家，近时又有黄叔琳注，……起龙是注，又在黄注稍后，故亦采用黄注数条，然颇纠弹其疏舛，……大致引据详明，足称该洽。"

《四部备要书目提要》云："翁氏元圻因阎（若璩）、何（焯）、全（祖望）评注之处，均略举大意，……增辑无虑二千馀条。……张文襄《书目答问》亦谓翁氏所注，更胜于七笺本。"

（十五）《备要》采孙星衍注《孙子》，《丛刊》无校本。

《四部备要书目提要》云："（《孙子》）系孙氏星衍以《道藏》所刊宋吉天保十家注本详加校勘，其中脱误之处，据《潜夫论》、《通典》、《北堂书钞》、《太平御览》、《艺文类聚》等书补正者计二百四十馀条，并附毕以珣《孙子叙录》一卷，精审完善。"

（十六）《备要》采黄庭坚撰，任渊、史容、史季温注《山谷全集》。《丛刊》只有史容《山谷外集诗注》，缺内集、别集注。

《四库全书总目·集部·别集类七》评任渊、史容、史季温注《山谷集》云："任注内集，史注外集，其大纲皆系于目录每条之下，使读者考其岁月，知其遭际，因以推求作诗之本旨，……（任）与史氏二注本艺林宝传，无异辞焉。"

（十七）《丛刊》采宋李公焕《笺注陶渊明集》，《备要》采清陶澍辑《靖节先生集》；《丛刊》采元杨齐贤集注、萧士赟补注《分类补注李太白诗》，《备要》采王琦注《李太白诗集》；《丛刊》采宋刘辰翁校《唐王右丞集》，《备要》采清赵殿成《王右丞集注》。《丛刊》注重旧注，《备要》注重新注。

陶澍生平，见《清史稿》卷三七九。传云："所著……《陶桓公年谱》、《陶渊明诗辑注》并行世。"《四部备要书目提要》云："（《靖节先生集》）系清安化陶文毅澍所辑。……所辑各注，大致以汤文清、李公焕、何孟春三家为本。……其字句异同，……择善而存，义可两存者，但云某本作某，去取从违，不参己见，亦深合辑书体裁。诸家评陶，均关作者旨趣，荟萃成编，尤便检览。年谱以王雪山质、吴仁杰斗南所著之谱，并列于前，仿张缋季长辨证先例，参考宋、元以来诸家所说，别为考异，于靖节出处之际，钓游之所，搜讨极为详核。故自来编靖节诗文集者，通行之本甚多，当以此本为最完善。"

《四库全书总目·集部·别集类二》评王琦《李太白诗集注》云："其注欲补三家（杨齐贤、萧士赟、林兆珂）之遗阙，……亦足以资考证。"又评赵殿成《王右丞集笺注》云："于顾（起经）注多所订正。又维本精于佛典，顾注多未及详，殿成以王琦熟于三藏，属其助成，亦颇补所未备。"

（十八）《备要》采清倪璠《庾子山集注》，清吴兆宜《徐孝穆集笺注》，清王琦注《李长吉歌诗》，清汪立名编《白香山诗集》，清冯集梧《樊川诗集注》，清冯浩《玉谿生诗笺注》、《樊南文集详注》，清钱振伦、钱振常《樊南文集补编》，明曾益、清顾予咸、顾嗣立《温飞卿集笺注》，清施国祁《元遗山诗注》，清楼卜瀍《铁崖古乐府注》，清金檀《青邱诗集注》，《丛刊》均无注本。

《四库全书总目·集部·别集类一》评倪璠《庾子山集注》云："是编以吴兆宜所笺《庾开府集》合众手以成之，颇伤漏略，乃详考诸史，作年谱冠于集首，又旁采博蒐，重为注释，……实较吴本为详。"又评吴兆宜《徐孝穆集笺注》云："其集旧无注释，兆宜……笺之，未及卒业，其同里徐文炳续为补缉，以成是编。……笺释词藻，亦颇足备稽考。"同书《别集类存目一》评王琦《李长吉歌诗汇解》云："注《昌谷集》者，宋有吴正子，明有徐渭、董懋策、曾益、余光、姚佺，又有宋刘辰翁评本，……琦此注兼采诸家之本，故曰《汇解》。"同书《别集类四》评汪立名编《白香山诗集》云："立名此本，考证编排，特为精密，其所笺释，虽不能篇篇皆备，而引据典核，亦胜于注书诸家漫衍支离，徒溷耳目，盖于诸刻之中特为善本。"

《四部备要书目提要》云："（《樊川诗集注》）第诠事实，以相参检，……凡诗中字句之异同，均广蒐他本，详为附注。"又云："（《玉谿生诗笺注》）系冯氏浩所注，大致以朱（鹤龄）注为蓝本，而补正其阙误。所编年谱，于义山出处及时事，征引颇详，胜于朱本，且时有纠正朱本之处。……张文襄《书目答问》亦谓胜于朱、姚（培谦）注本。"又云："（《樊南文集详注》）亦系冯浩所注。据冯氏自称，徐（树谷、炯）注……冗赘讹舛之处迭出，为之删定改正者，几至过半。又谓原笺……疏略太甚，均为之辨正考定。……《书目答问》亦极引重之。"又云："（《樊南文集补编》）钱氏振伦自《全唐文》中录出之文，较徐本多至二百三首。因与弟振常分任笺注之役，……精密足与冯注抗衡。"

《四库全书总目·集部·别集类四》评曾益等《温飞卿集笺注》云："凡注中不署名者，（曾）益原注。署'补'字者，（顾）予咸注。署'嗣立案'者，则所续注也。……又称采《文苑英华》、《万首绝句》所录为《集外诗》一卷，较曾本差为完备。"

《四部备要书目提要》云："（《元遗山诗注》）系清施国祁据元张德辉类次本笺注。……凡游览赠答慷慨歌谣各作，均可考见。所辑年谱暨补载，亦均详确。"又云："（《铁崖古乐府注》）为清乾隆间楼氏卜瀍所注。《铁崖乐府注》十卷，据杨氏门人吴复编次本，……其《咏史注》八卷、《逸编注》八卷，据楼氏自称，系据明万历间陈渊止刊本，及《复古集》、《铁笛诗》、《铁龙诗》、《铁厓集》、《东维子集》、《草玄阁后集》，汰其重复，另录编次付梓。……所注亦均简明。故张文襄《书目答问》特以此本著录。"又云："（《青邱诗集注》）系清雍正戊申桐乡金檀辑注。大致系根据《大全》本，复搜采《姑苏志》、《虎丘志》及诸书所载题咏，凡《大全》本所无者，一一为之补入，雠校精审，所注亦简要不苟。……又据朱绍所辑《三先生诗集》补入《遗诗》一卷。又重辑《扣舷集》一卷，附刊集尾。"

（十九）《备要》采吴兆宜注《玉台新咏》，黄叔琳《文心雕龙辑注》，《丛刊》均无注本。

吴兆宜生平,见《清史稿·文苑传一》。传云:"兆骞与弟兆宜皆善属文,……兆宜……又注《玉台新咏》……,并行于世。"《四库全书总目·集部·诗文评类一》评黄叔琳《文心雕龙辑注》云:"明梅庆生注,粗具梗概,多所未备。叔琳因其旧本,重为删补,以成此编,……较之梅注,则详备多矣。"

孝萱案:以上七例,揭示《备要》注重实用,力求精校本、详注本。考证之学如积薪,后来者居上,故《备要》尤其注重新校、新注之佳者。

(二十)《丛刊》采阮阅《诗话总龟》,《备要》采胡仔《苕溪渔隐丛话》。此为一重版本,一重实用之明显不同。

《四库全书总目·集部·诗文评类一》评胡仔《苕溪渔隐丛话》云:"(阮)阅书多录杂事,颇近小说,此则论文考义者居多,去取较为谨严。阅书分类编辑,多立门目,此则惟以作者时代为先后,……体例亦较为明晰。阅书惟采摭旧闻,无所考证,此则多附辨证之语,尤足以资参订。故阅书不甚见重于世,而此书则诸家援据,多所取资焉。"可见胡书胜于阮书。

(二十一)《备要》从对学者有用的角度出发,在《廿二史考异》、《十七史商榷》、《廿二史劄记》几部考史名著中,独采《廿二史劄记》,《丛刊》无。

《备要》采赵翼《廿二史劄记》,理由是:"在清代史学书中,其实用盖在钱大昕《廿二史考异》、王鸣盛《十七史商榷》上也。"据梁启超《概论》十四:"乾嘉以还,考证学统一学界,其洪波自不得不及于史,则有赵翼之《廿二史札记》,王鸣盛之《十七史商榷》,钱大昕之《二十二史考异》,洪颐煊之《诸史考异》,皆汲其流。四书体例略同,其职志皆在考证史迹,订讹正谬。惟赵书于每代之后,常有多条胪列史中故实,用归纳法比较研究,以观盛衰治乱之原,此其特长也。"从梁氏所评赵翼《廿二史劄记》之"特长",可以说明《备要》是看中此书"实用"而选取之。

(二十二)《备要》认为工具书方便学者,采黎永椿《说文通检》,周兆基《佩文诗韵释要》,《丛刊》无。

《备要》采黎永椿《说文通检》,理由是:"此书专为翻检《说文》而设,极便初学。"又,采周兆基《佩文诗韵释要》,理由是:"今惟《佩文诗韵》全书卷帙繁重,周氏乃辑为释要,以便学者,简括明通,韵书中最为善本。"所谓"极便初学"、"以便学者",都是从实用着眼的。

孝萱案:以上三例,进一步揭示《备要》注重实用之苦心,应为学者所鉴察。

80多年前的旧中国,学术信息不流通,印刷业不发达,人民大众生活不富裕,有志于学者,苦于买不到、也买不起应读之书。1920—1936年中华书局出版的《四部备要》,共收经、史、子、集四部书351种,11305卷,注重实用,多是应读之书。与《四部丛刊》比较,《备要》采录了《丛刊》所无的、大量的重要著作,如系同一部书,《备要》与《丛刊》不同之处在于选择精校详注之本。在国学用书方面,《备要》基本上满足了广大学者的迫切需要,而且廉价发行。先出线装本,后出精装本、平装本,一次比一次价廉。可以买一整套书,也可以买其中某一个零本。既适合图书馆,也适合私人。用聚珍仿宋字,美观大方,为读者所喜爱。总之,《备要》适合旧中国之国情,是几代学者必备之书,在中华文化传承中有着重大贡献。

21 世纪古籍整理的前瞻

中华书局　程毅中

21 世纪将是古籍整理的一个新阶段,因为随着经济高潮的到来,必将兴起一个文化的高潮。我们如何推动这个高潮,这里提出一些个人的设想。

(一)总结 20 世纪的成果,编出一个古籍新书总目,主要是新中国建立以后新版古籍的总目。这项工作现在古籍整理出版规划领导小组办公室已经在做了。我们可以据此检阅前一世纪古籍整理的成绩,全面修订新的规划,看看还有哪些重点项目需要增补。然后在此基础上选出若干精品,列入推荐书目或新编的《书目答问》,再汇编成一套新的《四库全书》,同时编写书目提要。估计这个书目将不少于《四库全书》所收的书。如果把研究古籍的著作也编入书目,那么必将大大超过《四库全书总目》列目的总数了。编写书目提要就是一项重大的研究项目。我们可以从中总结出不少古籍整理的经验教训,作为今后工作的借鉴。清代从开国到乾隆五十七年(1792),经过一百四十多年的建设,才编成了一部《四库全书》。我相信在新中国建立一百周年的时候,一定能编成一套大大超过《四库全书》的全新的中国古籍基本丛书。

(二)修订已出的新版古籍,力图精益求精,后胜于前。根据我自己的经验教训,古籍整理和出版工作是一项遗憾的事业。想要出一部完美无憾的精品是很难的,出版以后总会发现一些缺点和错误,几乎可以说是无错不成书。即使某些专家整理的书,也难免有这样那样的遗憾。为了说明问题,我不免要举一些比较典型的例子。如《资治通鉴》的标点本,是由十二位著名的历史学家合作的,可能由于时间仓促,进度太快,留下了不少问题。后来吕叔湘先生指出了一千多条标点错误[①],以后重印时绝大多数都按照吕先生的意见修改了。不见得吕叔湘先生的历史知识比那些历史学家多,只是那一个时期吕先生比较闲,可以从容读书,再加上吕先生是语言学家,善于从语感上发现问题,从而发现了许多属于语言学以外的问题。又如前几年新出版的《嘉定钱大昕全集》，也是几位学者合作校点的。出书以后曾得到很多专家学者的好评②，并获得了国家图书奖二等奖。然而有一位元史学家写书评指出《全集》中有关元史部分有许多校点错误③。看来古籍整理必须具备足够的专业知识，最好由对口的专家整理有关专业的书，必要时还得请各科的专家"会诊"，广泛地征求意见。那些参加座谈和评奖的专家当然不会偏心过奖，可是那么一部大书，谁有充分的时间来细读一遍呢？因此我觉得新版古籍的评奖不宜太早，最好在出书五六年之后再评。再如校点本的"二十四史"，是 20 世纪古籍整理的重大成就。但是出书二十多年来，读者指出的疑误问题已经积累了不少。当年由于极"左"思潮的干扰，因反对"烦琐校勘"而缩小了校勘范围，只对于点不断、读不通的地方才进行"本校"和"他校"，后出的几史按照 1971 年的新规定："版本上的异文，择善而从，不在校勘记中说明。"这样就使人无从知道新版到底根据的是哪种版本。当时校点二十四史的实际终审者赵守俨先生对此早就感到遗憾了④。21 世纪应当可以弥补这种遗憾，对"二十四史"进行一次全面的修订了。

以往的古籍版本学家都告诉我们"书贵初刻"，这是对过去的出版工作而言的。我认为20 世纪的出版界，已经改变了这个结论。如张元济先生主持的《四部丛刊》，重印本就比初印本好。因此我曾提出了"书贵重印"的主张，因为一般地说重印本至少总该减少几个错字。至于重版书就更该有所修订了。对于我们出版工作者来说，这是应负的责任。我们的目标就是"书贵重印"，力求后胜于前。当然，我们应该在第一次发稿时就做到一丝不苟，十全十美。然而从实际出发，如前所说，要达到毫发无憾的善本标准是非常难的。再说，除了工作中的失误，资料的发现和学识的发展是无限的，我们应该与时俱进，日新不已。古籍整理工作也只能力求做到空前，不能奢望绝后。因此，对前一世纪新出的好的、基本好的古籍进行修订重印是一件费力较小而收效较大的事。

（三）对基本古籍进行深加工，除了校点之外，还要做会注和新注的工作。古籍对于我们，不仅有语言文字的障碍，而且还有许多历史、文化和名物典故等问题，需要通过新的注释，才能全面了解。对于今后的读者来说，更需要注释作为桥梁。已故的文物专家夏鼐先生曾提出一些意见，他以为整理的第一步是整理出一个曾经精心校勘过的本子，作为定本。其次是注释，可以包括训诂和考证。再其次才是标点（指新标点）和今译。他说："如果没有整理好的本子，又不经过训诂和考证的工夫，那么便不能真正读懂古籍。标点和今译一定会错误百出。所以，我以为除非已有好的本子，否则整理一本古籍是不能由标点开始的。"⑤他的意见从理论上说是完全正确的，但是不可能也不必要对所有的古籍都加注释，而且有些常用的书又不能等注释之后再出版，只能先出标点本。一部分经典著作，有前人的旧注可以参考，但今天看来已不完全适用了。我们应该在前贤和今人成果的基础上，区分轻重缓急，分期分批地为一部分重要古籍做出新注本。注书之难，前人早已说过，那是比研究评论更费劲的事。但是为了子孙后代能够比较易于接受、传承民族优秀文化和了解祖国的历史，我们还要努力去做。注释工作不能仓促从事，但也不能畏缩不前，因循坐等。这就需要有一个全面的规划。首先,注释的方法、体例应该因书而异。对不同的书、不同的读者对象应有不同的注法。必要时还可以加今译,但不一定全译。其次,对不同性质的书可以或详或略,或偏重训诂,或偏重考证,或偏重释义,或偏重释事,或事义兼顾,不必强求一致。而且,同一部书可以有两种以上的注本,还可以不断更新。再次,组织古籍的注释稿,不宜"命题作文"似的点名为某书作注,最好是"因人设题",请对某个作家某部书素有研究的人来作。这种古籍的注释应该列为科研的重点项目,给予支持和鼓励。因为给古籍作全面的注释,是比研究评论更为艰巨的课题。

近一百多年来,尤其是近五十年来,地不爱宝,出现了大量珍贵的地下文物,都是前所未见的文献资料,可以作为研究古籍的第二重证据。这为注释古籍提供了绝好的条件。21世纪应该是为古籍作新的全面诠释的时候了!上一世纪,古籍整理已经做出了很大成绩。例如文学领域的"全"字号总集,已编成了《全宋词》、《全宋诗》、《全宋文》(尚未出全)、《全元散曲》、《全元戏曲》等,《全元文》正在陆续出书,《全元诗》也在编纂中。那么宋元人的别集,一般的标点本就没有必要再出了。今后的任务应该是择要地做一些注释本。

(四)今后的古籍整理,似乎可以适当加强明清以后的项目。如上所说,宋元以前的文学作品,差不多都有校点本了。明清作品太多,特别是清人著作,浩如烟海,需要在研究的基础上加以选拔。最近戴逸先生等呼吁要编纂新的清史,我们应该在文献资料上给予配合。清人著作极多,因为刻印年代近,不受重视,反而容易散失。因此整理工作需要统筹兼顾,全面衡量。有些书虽有价值,但刻本较多,不难在图书馆里找到,就不妨从缓整理。我觉得应当从稿本、孤本及罕见版本中发掘一些价值较高的书优先整理,也可以补充和修订清史的艺文志。例如清人丁柔克的笔记《柳弧》稿本,据说很有史料价值,已由中华书局出版;又如我曾见到石继昌先生所藏的一部四卷本《隻麈谈》,比通行的《泾川丛书》二卷本内容多,文学价值较高;还有一部赵季莹的《途说》,在小说史上也有较高的史料价值。这都是王绍曾先生主编的《清史稿艺文志拾遗》所失收的。如果我们要印清代笔记的话,就可以优先印一些比较罕见的书,而不必抢着印假托的《后聊斋志异》之类。当然,我只能从自己的见闻所及来举例说明,可能其它各个学科都有类似的问题。

(五)21世纪是电子信息的时代,古籍整理出版当然也要跟上时代。重要的古籍出书之后,应该另出电子版。电子书便于修订,便于收藏,也便于检索,优点很多。在没有办法控制盗版的情况下,是否可以考虑出版社与各大图书馆协作,把新编的电子书放在图书馆内对读者有偿使用,限制复制。学术价值高而印数少的工具书,建议由政府有关部门拨款制作光盘,作为公益事业,放在各大图书馆公开使用,就不必印成纸面书了。有些确有价值而估计印数极少的书稿,一时无法出版,如果作者自己提供磁盘,经专家评审推荐,在作者自愿的原则下,也可以赠送图书馆公开借阅,或者由出版社制成电子书委托图书馆实行有偿使用。这样也许可以避免出版资源的浪费,加快学术成果的传播。总之,最终的目的是为读者提供便利。

附注：

① 《通鉴标点琐议》,《中国语文》1979 年 1—2 期；参见《资治通鉴标点斠例》,《吕叔湘语文论集》210—245 页,商务印书馆,1983 年。

② 见《光明日报》1999 年 4 月 16 日《书评周刊》。

③ 陈得芝《〈嘉定钱大昕全集〉元史著述部分点校勘误》,《燕京学报》新 11 期,265—280 页,2001 年 11 月。

④ 《校史杂忆》,《赵守俨文存》333 页,中华书局,1998 年。

⑤ 《关于古籍整理出版的一些意见》,《文献》第 14 辑,25 页,1982 年。

传统文化与古籍整理的现代化

香港中文大学中文系　吴宏一

一

谈论中国传统文化的人,往往自诩历史悠久,文化昌明。这样的说法,听起来冠冕堂皇,颇能振奋民族的自尊心。不过,历史越悠久,文化越发达,对于想认识传统文化的人来说,事实上却反而是越难承担的历史包袱。大家试想想,中国上下几千年,纵横数万里,语言文字已经多所差异,风俗习惯、思想观念更是迭经变革,对于现代人来说,想要了解这千百年以前的历史文化,真是谈何容易!特别是被奉为经典宝库的古典文学和古代文献,现代人想要去接触它,了解它,更是不知从何下手才好。

这里头的困难,古人早就说过了。像郑樵《通志·艺文略一》就说:

> 古人之言,所以难明者,非为书之理意难明也,实为书之事物难明也。①

戴震《尔雅文字考序》中也说:

> 昔之妇孺闻而辄晓者,更经学大师转相讲授,而仍留疑义,则时为之也。②

就因为时代不同了,古人一听就懂的事物,后代的大学问家转相考证都还不明白,所以后人读古书,不仅"事物难明",而且也往往"理意难明"。用现代的话说,这困难至少有两点:

(一)这些古代文学文献的作品本身,以文言为主,而且对于一般人而言,多数古奥难懂,阅读上有困难。尤其是古书中不少奇文异字、生僻典故,非专家学者,字音不会念,词义不了解。

王国维是近代著名的大学问家。他曾经说他自己读《诗经》有十分之一二不懂,读《尚书》有十分之五不懂,并且分析其故,说是或因字句有"讹缺",或因"古语今语不同",或因古人"颇用成语",而"其成语之意义,与其中单语分别之意义又不同"。③

连大学问家王国维都觉得古书阅读时有困难,也就难怪一般人会对古书望而却步了。

(二)因为古今风俗习惯、思想观念有所变迁,因此古人作品文字背后所蕴含的思想情感,现代人不容易体会。

举例来说,像《国语·晋语》中,写骊姬乱晋时,太子申生虽然知道骊姬的用心,却因为怕他父亲晋献公伤心,既不敢揭发,又不敢逃亡,最后白白送死。④这样的"愚孝",不少现代人一定会觉得不可思议!像唐代传奇《李娃传》中,写郑生为李娃抛却功名,沦落凶肆之中唱挽歌时,被父亲发现了,认为有辱家门,把他打得死去活来,丢在路旁。⑤这样的"亲情",不少现代人一定也会觉得不可思议!事实上,这都跟古人的孝道观念有关。不明白古人的孝道观念,就不能明白这些故事的道理。⑥

也就因为古人的思想方法、道德观念,未必与今人相合,⑦所以现代人想要认识古代的历史文化,必须先了解古人的思想观念。即使是一个词语,它都可能与古人的思想观念息息相关。譬如说,"风流"这个词语,古代有时候作风俗教化解,有时候作风化流行解,有时候指个人的仪表文采,有时候则指行为不拘礼法,不同时代有不同的意义和用法,现在则多用之于指男女之间的轻薄浮夸。⑧要是不明白它随时代的不同,而有不同的意义,只是以今律古,执一以求,想要读通古书,了解古人,几乎不可能。

因此,中国古代文学文献,历史越久远的,越需要有现代化的诠释,才可以帮助现代日趋西化的一般读者,克服阅读上的困难,进而认识这些文化遗产的宫室之美,百官之富。郑振铎《为做好古典文学的普及工作而努力》一文说得好:

> 有的古典文学,离得年代太远了,其"语言"本身就发生了好些障碍,非加上明白晓畅的注释,是不容易叫现代的读者们读得懂的(像《诗经》、《楚辞》),或有许多当时的"方言"、"行语"、"前代故实"之类,也是必须加以疏释才会明白的。这是一个很具体的问题。⑨

真的,这是一个很具体的问题。有人说:"整理古籍,经史子集。文代所萃,学业所积。"⑩要整理经史子集这些浩瀚无尽的古籍,自非学有专精的专家学者莫能办。韩愈说过:"闻道有先后,术业有专攻。"现代人想要阅读古籍,认识宝贵的文化遗产,实不能不仰赖专家学者的协助。唯有如此,才可能真正认识传统的好处,而文化的道统,也才能薪火相传下去。

对于古代文学文献,加以现代化的整理疏释,最常见的有两种:一是译注,重在翻译或注明音义;二是诠评,重在阐发道理或评介事物。这两种方法,古人皆已有之,不过,这里强调的是现代化的诠译。换句话说,要现代人都看得懂。

郭绍虞《对整理古籍的一些建议》一文有云:

> 考虑到当前一些青年学习古籍有困难,建议把一些重要的作品翻译成语体,以利于广泛传播。有些作品,如诗词,翻译有困难,则可以加些通俗性的注释。⑪

胡适在《研究国故的方法》中也说,要研究国故,必须具备"历史的观念"、"疑古的态度"、"系统的研究",而且要懂得如何"整理"。在形式方面,要把古书加上新式标点符号,分开段落章节;在内容方面,要加上新的注解,折中旧有的说法。最重要的是"要使从前少数人懂得的,现在变为人人能解的"。⑫

以上所说,多就据原典加以译注而言。另外的一种方法,所谓诠评,则是把原典及相关资料融会贯通之后,作概括的说明或评述。胡适在《国学季刊发刊宣言》中,曾引章学诚《与汪辉祖书》的话说:

> 近日学者风气,征实太多,发挥太少,有如蚕食叶而不能抽丝。⑬

诠评正是要做食叶之后抽丝的工作。以《论语》首章为例,解释"学而时习之"的字义词义,解释"有朋自远方来"的"有朋"宜作何解等等,或将原文译为白话,这是属于译注的工作。至于把整部《论语》及孔子相关资料都融会贯通之后,用自己的话来评介孔子所说的为学之道,那就是诠评。本文题目所说的诠释,包括译注和诠评二者,其意义之不同,即在乎此。关于这个,下文还有补充说明。

我以为要帮助现代的一般读者,认识古代的文学文献,这是最基本的两个工作,也是到目前为止,关心中国人文发展的专家学者,所应努力的两个方向。

二

诠释的工作似易而实难。

先说注释方面。

有关中国古代文学文献的注释工作,自古有之。从汉儒的经典训诂,到清人的校勘考据,每一个时代都有每一个时代的特色,也各有其成就。⑭不过,不管是哪一个时代的注释者,都必须把握住一个共通的原则,那就是要认清读者的对象,了解读者的语文程度。生僻的语词,罕见的故实,读者可能不了解的地方,才需要加注,否则就是浪费笔墨了。

譬如说,毛《传》、郑《笺》是汉儒解释《诗经》的著作,他们所注释的字句,一定是当时一般学者不懂得的地方。后代的学者,对《诗经》更陌生了,对于毛《传》、郑《笺》的注释文字本身,也有很多地方看不懂了,所以六朝唐宋以下,有不少注疏、集注、汇解之类的著作相继问世,来满足读者的需要。我们现代一般人,要读《诗经》,不要说对原著大多看不懂,连历代的传笺注疏,也多看不懂了,必须依靠专家学者用浅近的文言或通用的白话来注解来说明,才能阅读。这样的例子,俯拾即是。⑮

所以,古代文学文献的诠释工作,特别要切合时代的需要。就今日一般读者的语文程度而言,注释最宜采用浅白易懂的语体文。否则,不容易普及。

采用浅白易懂的语体,最忌冗长芜蔓,因此,注释文字要力求简要、明白、正确。郑振铎在谈到这个问题时,就感叹说:

> 过去有了不少注释的书,像《诗经》,就有了不下千种的历代的注家,像《楚辞》,也有了不下百家的各种的注本。有的还对我们很有用,但有的却是糊涂得很的胡说八道,令

人越看越不明白,最需要注解的地方是不注的,或注得糊里糊涂的,但不需要解释的地方,却又注得很多。

像所谓"红学"那样的牵强附会,转弯抹角做索隐工作,也实在是"可怜无补费精神"之举。⑯

郑氏所言,针针见血,指出了历来注家的种种缺失,值得注意。

注解是为了帮助读者阅读原文,除了所用文字要力求简明正确之外,千万不可藉此卖弄学问。譬如说,《木兰诗》首句"唧唧复唧唧"的"唧唧"一词,历来注释至少有三种,叹息声、机杼声、虫声,三种解释都有人主张,假使由你来做注释,你是采取其中的一种呢? 或者将三种和盘托出,都告诉读者,让读者自己采择呢? 我以为对中小学生语文程度较差的读者,只告诉他其中一种,说明采用的原因,可能比告诉他三种解释、让他无所适从的好;对于语文程度较高的读者,当然能提供的资料,多多益善。⑰同样的道理,温庭筠《菩萨蛮》十四首首章首句"小山重叠金明灭"一句,历来有眉山、屏山、枕山、发饰等四种解释,⑱当你面对不同的读者对象时,你也应该有不同注释方式的考虑,不可一味以多取胜。

以前,我主编过台湾教育部编译馆出版的中小学国语文教科书,深刻地体会到上述考虑的重要性。像"不速之客",在中学课本里头,解释为"不请自来的客人"就可以了,顶多加个注"速,催请"即可,要不然,再多引用一些先秦古籍如《仪礼》中常见的"速宾"等词,以为佐证,就应该不成问题。但这个成语,如果出现在小学课本里,光解释为"不请自来的客人",恐怕是不行的。因为"不请自来"四字,对小学生而言,仍嫌深奥了些。

因此,注释应该扣紧原文的上下文意,而不须炫弄才学。古人所以嘲笑"博士卖驴"的原因,道理在此。对初学者而言,与其对《尚书》"曰若稽古"四字,用了几万字来解释,不如不求"甚"解的好。

至于那些只会查查工具书,转引抄录一些现成资料,可能自己都不明其意,而美其名为注解的人,更等而下之,是自欺欺人,这里就不赘论了。

要做好注释的工作,大家都知道必须要有基本的版本知识,要能掌握相关的文献资料,⑲同时更应该处处留心,检讨改进。例如孔子的学生子贡,原名叫端木赐,我从小读书,就对此有疑问。子贡的"贡",是下对上而言;端木赐的"赐",则是上对下而言,意义并不相同。为什么端木赐要字称子贡呢? 我百思不得其解。后来读《礼记·乐记》,读到子贡向师乙问乐,文中的子贡,却作"子赣",才色然而喜。赣,即赐之意。现在河北定县古本《论语》出土,可以确知"子贡",古本正是原作"子赣",⑳这才解决了我多年来的疑惑。以前我译注《论语》,㉑于此阙而不注,以后若再有机会介绍子贡,自当据此补充说明。

下面说明我对古书今译的看法。

上文引用过郭绍虞的《对整理古籍的一些建议》。他以为把古籍翻译成语体,有利于广泛传播。这意见当然是对的。相传玄奘翻译佛经时,就表明"既须求真,又须喻俗"㉒,清末民初严复等人,在译介西方科学新知时,也标榜"信"、"达"、"雅"。只要能够达到这样的标准,通俗又何防？更何况"通俗"与"俗"的意义是不相同的。俗，或许有贬义，通俗则是说让俗人明白而已。让俗人明白的事情，可以不俗啊！因此，有人排斥把古籍翻译成白话，那是高自位置，不切实际的说法。

陈蒲清在《文言今译教程》里说得好：

> 有人轻视古书今译，认为有注解就行了。其实注解并不能代替今译。注解是一词一句，零零星星，必须有一定的基础，才能借助注解读懂原文。㉓

古书今译则是将整篇整段原文加以翻译，比较容易给读者一个完整的概念。陈蒲清还进一步指出，翻译有直译和意译之分。直译扣紧原文的语词和句子，比较容易保留原文的句型和韵味；意译则可以改变语句的原来结构，甚至随着译者的体认，可以统摄语段大意而自铸新词新句。二者各有各的好处。我个人的看法，对于中国古代文学，最好用直译。因为在一字一句对译的时候，往往可以有新的发现，新的体会。譬如说，上文提到过的《李娃传》，它开头的句子是"汧国夫人李娃者"，我就因为采用直译的关系，才会一字一词的仔细琢磨推敲，考虑到前四字到底应该断为"汧·国夫人"或"汧国·夫人"。假设是意译的话，求其译文流畅，对原文只取其大意，我想我只会把它当做李娃的封号，不会细加考虑求证的。

另外，还有人主张看古书，抛开一切注释翻译，直看原文即可。这当然自有其道理，用俗话说，免得看别人译注多了，被人牵着鼻子走。但这是对有旧学根柢的专家说的，不适用于一般的读者。㉔一般的读者，若是根柢不深，看古书而只看白文，不参考别人的注译或翻译，我想看白文的结果，也只是"白看"而已。

三

其次，说诠评部分。

诠评的基础，固然在译注上，但二者又有不同。注释的对象是字句，所以要扣紧原文，注明音义，为读者解答疑难；翻译的对象是全书或完整的章节片段，但它只是将原著者的意思，用另一种浅白的语言表达出来而已，与注释可以互补，却不能互相取代。它们都多少受到原文的限制，诠评则不然。诠评可以说是已经经过注释语译的阶段，对原文或原书提出一种研究、评论性质的看法。它讨论的对象，可以是一本书，一个人物，也可以是某一个专题。它要求的不是简要，而是详尽。它在讨论问题时，要广泛征引材料，多作比较，多加分析，以求深入。有关古典文学古代文献的许多专题研究论著，以及古代人物评传之类的著作，都可归入此一范围。

在从事诠评的工作时，学者最容易犯的毛病是态度不够客观。

举例来说，有人在评介庄子时，就说庄子最伟大；在评介韩非子时，却又说韩非子最伟大。同样的情形，有人在研究李白时，就强调说李白是中国最伟大的诗人；等到后来研究李商隐时，却又强调说李商隐是中国最伟大的诗人。这样的态度，就不够客观。

另外，还有一些学者，崇古贵远太过，往往把所要评介的古人，视为出神入化，无所不能。于是，在他们的诠说之下，司马迁不只是一位史学家、文学家，同时也是思想家、军事家，上穷天文，下穷地理，几乎无所不能。同样的，苏轼在他们的诠说之下，不只是诗人、词人、文学家，而且也是政治家、军事家，还有什么什么的专家。这样的评介诠说，会误导读者，也会混淆事实。

在我想来，杰出的人物当然有兼人之能，可以具备多方面的长处，但总有一个主体，一个最受大家肯定的部分。我们要介绍给一般读者的，就是这个主体，这个最受大家肯定的部分。而不是把所有的杰出人物，都说成通人，说成无所不能。因此，对文学家，应该重在说明他在文学上的成就；对思想家，应该重在阐发他卓越的思想。用这样的态度，来诠说古代文学文献资料，才能给予各种事物客观而公正的评价。

态度要客观之外，资料的运用也不可等闲视之。

资料搜集，当然越齐全越理想。譬如说，有人谈"西昆体"，只根据有限的资料，以为它专指北宋初年杨亿、刘筠、钱惟演等人的作品而言。㉕事实上，它的取名虽与杨亿所编的《西昆酬唱集》有关，但它往往兼指李商隐等人所作。㉖需要多搜集相关资料，才能下判断的。

资料搜集不齐全，下判断时，考虑可能就不周全。但更值得戒惕的是，不可凭空立说或妄下断语。例如多年前，台湾有一位知名学者把李白"但愿一识韩荆州"的"韩荆州"当做韩愈，把《红楼梦》当做金圣叹所批才子书之一，一时就传为笑柄。

还有，通常在评介诠说时，难免会引用原文。这些原文，往往是今人视为深奥难懂的文言。在征引时，如果能够注明出处，便于读者寻检；如果能够加以语译，或在引用之后，用简单的几句白话综述要点，便于读者理解，都是现代一般读者求之不得的。

不同于注译和翻译，诠说评介某一人物、某一本书或某一专题时，不但文字要畅达，说理要明确，更重要的是，要富有研究、批判的精神。郑振铎以为：

> 研究、批判一部作品，就必须研究其作者，要研究作者，就必须研究、了解作者的时代。
>
> 有渊博的历史知识，和科学的研究基础，才能像庖丁解牛似的，抉发其真相，阐明其真实的意义。㉗

这也就是前人所谓的"论其世"、"知其人"，而且也和上文引过的，胡适所谓"历史的观念"、"疑古的态度"、"系统的研究"，互相呼应。这些虽是老生常谈，但却是颠扑不破的道理。千万不可掉以轻心。

特别要补充说明的是，在"论世知人"的时候，最忌流于公式化。譬如说，写北朝民歌的论文，用不着把北朝的时代背景、政治环境，原原本本详说一番，除非所说与所研究的民歌有直接的关系；同样的，论析《红楼梦》的人物刻画技巧，也用不着把曹雪芹的生平和时代详说一番，除非所论与所分析的艺术技巧有关。我看过一些论著，都是先设好框框，先立好章节，然后才去找材料填补的。这样的研究，这样的诠说，不要也罢。

最后，不能避免要谈到是否应用西方现代理论方法的问题。关于这个，我以前写的《中国文学研究的困境与出路》一文，[⑳]已经多所指陈，并且引用了陈寅恪在《金明馆丛稿二编》里的一段话来说明：

> 此种比较研究方法，必须具有历史演变及系统异同的观念。否则古今中外，人天龙鬼，无一不可取以相与比较。荷马可比屈原，孔子可比歌德，穿凿附会，怪诞百出，莫可追诘，更无所谓研究之可言矣。[㉙]

陈氏之言，虽然稍为激切，但却值得我们深思，并引以为戒。对于外来的理论方法，我一直有个信念：输入不可耻，输出也不必骄傲。我们只问适不适用。如果适用，将使所欲阐述的道理，更加明白，更有说服力；如果不适用，那就是削足适履，弃之可也。

四

中国古代文学文献的现代诠释，可谈的当然不止上述的这些，但是，上面所论述的，无疑是最基本的一些问题。为现代人来诠释古代文学文献时，无论是注释、翻译，无论是评介、诠说，都应该注意到把握上面所说的时代性、通俗性、准确性，都应该注意到诠释的工作，是为什么而作，为哪些人而作，怎么作才理想。能够如此，相信对现代的一般读者，一定多少有所裨益。

最后，再重复一句，上面所言，纯就一般读者来立论，并非针对专家学者而发。

附注：

① 郑樵：《通志二十略·艺文略一》（北京：中华书局，1995 年），下册，页 1467。

② 戴震：《戴震文集》（香港：中华书局，1974 年 1 月），卷 3，页 44。

③ 王国维：《与友人论〈诗〉〈书〉中成语书》。《观堂集林》（北京：中华书局，1959 年 12 月），册 1，页 75。

④ 《国语·晋语》（上海：上海古籍出版社，1978 年 3 月），卷 8，册上，页 285—293。

⑤ 汪辟疆编：《唐人传奇人说集》（上海：上海古籍出版社，1978 年 1 月），页 100—106。

⑥ 参阅《忠经·孝经白话精解》（北京：燕山出版社，1991 年 11 月）。

⑦ 周生亚：《古籍阅读基础》（北京：中国人民大学出版社，1996 年 2 月），页 230。

⑧ 参阅小川环树：《中国语学研究》（东京：创文社，日本昭和 52 年 3 月），页 200—214。

⑨ 郑振铎：《为做好古典文学的普及工作而努力》。《郑振铎古典文学论文集》（上海：上海古籍出版社，1984 年 1 月），页 94。

⑩ 此陈云语。据郭绍虞《对整理古籍的一些建议》引，见郭氏《照隅室杂著》（上海：上海古籍出版社，1986 年 9 月），页 438—439。

⑪ 同上注。

⑫ 胡适：《研究国故的方法》。《疑古与开新——胡适文选》（俞吾金编，上海：上海远东出版社，1995 年 12 月），页 58—61。宏一案：胡适所谓古书断句分段，看似容易，实则关系重大。例如《论语》"民

可使由之，不可使知之"一章，断成"民，可使由之，不可使知之"，或"民可，使由之；不可，使知之"，意义差别就很大。

⑬ 胡适：《国学季刊发刊宣言》，《国立北京大学国学季刊》（台北：台湾学生书局，1967 年 2 月），册 1，第 1 卷，第 1 号，页 5。章氏之文原作"有如桑蚕食叶"，见《与汪龙庄书》。《章氏遗书》（台北：汉京出版社影印吴兴刘氏嘉业堂刊本，1973 年），卷 9，页 185 上。

⑭ 论者多以为古注之发展，汉代以儒家经典为主，侧重字句之训诂；魏晋南北朝旁及先秦两汉诸子、《史》《汉》史书及《楚辞》《文选》等文学著作，往往增补敷陈相关资料，借题发挥，寄寓哲理；唐代重视名物典制史料之查寻考证，注明音义；宋代简要通俗，藉以宣扬理学思想；清代集大成，版本校勘考据方面更有成绩。参阅周生亚《古籍阅读基础》等，同注 7。

⑮ 为古书作注，起于汉初，盖因当时对先秦语言已多隔阂。像司马迁编著《史记》，已将《尚书·尧典》"克明后德"。以下一段文字，译为时人通晓之文字，即为一例。

阮元《重刻宋版注疏总目录》云："窃谓士人读书，当从经学始，经学当从注疏始。"清代一般读书人，国学修养深厚，可以这么说，现代一般人的旧学根柢，大不如前，不要说是经书的注疏，就是一般性的文言，也多望而生畏。因而想要帮助今人阅读古书，不能不借用浅近易懂的语体。

⑯ 同注⑨。

⑰ 参阅张亨、戴琏璋、吴宏一合编：《国中国文》第三册、《国中国文教师手册》第三册。1974 年前后，由台北国立编译馆出版。书已绝版。

⑱ 参阅拙作：《温庭筠菩萨蛮"小山重叠金明灭"相关问题辨析》，香港中文大学，《中文学刊》第 1 期（1997 年 6 月），页 121—149。

⑲ 同注⑨，页 95。

⑳ 河北省文物研究所定州汉墓竹简整理小组：《定州汉墓竹简论语》（北京：文物出版社，1997 年 7 月），页 10。

㉑ 拙著：《白话论语》（台北：新生报社，1985 年）。

㉒ 此据陈蒲清：《文言今译教程》（湖南：岳麓书社，1986 年 3 月），页 8。

㉓ 同上注，页 22。

㉔ 郑振铎也有相同的看法，参阅注⑨。

㉕ 例如刘大杰《中国文学发展史》、游国恩主编《中国文学史》等书皆然。

㉖ 严羽《沧浪诗话》卷二即云："西昆体即李商隐体，然兼温庭筠及本朝杨、刘诸公而名之也。"

㉗ 同注⑲。

㉘ 此系笔者 1999 年 2 月在香港中文大学的一次讲稿改写而成，后刊于中国社科院文学所《文学评论》1999 年第 6 期。

㉙ 陈寅恪：《金明馆丛稿二编》（上海：上海古籍出版社，1980 年），页 223—224。

中华书局与20世纪的孙中山研究

中山大学孙中山研究所　林家有

研究者与出版者,对于学术的发展而言,犹如车之双轮、鸟之两翼,二者缺一不可。没有研究者,出版者就会无米可炊、无稿可编,出版的繁荣和发展也就会成为一句空话;没有出版者,研究者的研究成果则只能孤芳自赏或束之高阁,难于产生广泛的社会影响。应当说,20世纪的孙中山研究取得了令人瞩目的成果,孙中山研究已成为国内外备受关注的一门"显学"。这些研究成果的取得和研究态势的形成,固然有赖于学者们的辛勤耕耘、开拓创新,同时也离不开出版界的支持、配合和努力。在国内众多出版社中,中华书局对孙中山的研究可谓情有独钟,对推动海内外的孙中山研究作出了重要贡献。孙中山这位世纪伟人,也为中华书局这家"老字号"出版社增添了新的光彩。

一

研究历史首先必须占有充分、翔实而又准确的历史资料并进行具体分析,然后才有可能从中引出科学的结论。如果对历史资料一无所知或知之甚少,就无法说明历史事实本身,更不可能把握历史发展的特点和规律。就孙中山研究所需的各种资料而言,最基本和最重要的自然莫过于孙中山本人的著作和由他本人发布的各种公文、命令、函电和书札等第一手资料。因此,征集、整理、出版有关孙中山的文献资料,是孙中山研究首先必须完成的任务。在这方面,中华书局十分重视并展开了富有成效的工作。

从20世纪70年代后期开始,广东省社会科学院历史研究所、中国社会科学院近代史研究所中华民国史研究室、中山大学历史系孙中山研究室,就着手合作编辑《孙中山全集》,经过多方努力,第1卷于1981年由中华书局出版,至1986年全部出齐。《孙中山全集》分11

卷,近 500 万字。编辑出版这套"全集"的一个重要原则,就是坚持内容的真实性、客观性和全面性。在编纂过程中,编者在参考前人整理的各种版本的孙中山全集的基础上,进一步收集和发掘了散见于国内外报刊、图书馆、博物馆、档案馆和私家未刊的有关资料。对于当时能够搜集到的孙中山执笔的各种著作,别人执笔经他同意署名的诗文函电,由他主持制订的文件,据他口述写成的书文,别人当时记录的他的演说和谈话稿,由他签发的公文、命令、委任状,以及一部分题词、批语、书札等,经过辨伪、校勘、标题、注释或翻译,均按写作时间或发表时间先后收入了"全集"。通观全书,基本上做到了"有文必录",忠于历史事实,不加删节,保持原貌。这是迄今为止大陆出版的内容最完善、编纂最科学的全集性孙中山著作,也是大陆学者和部分海外学者研究孙中山的重要参考资料。尽管在今天看来,《孙中山全集》还存在不少问题,如文稿的遗漏、时间的舛错、注释的不确等,但其史料价值不可低估。查考大陆学者研究孙中山的著述,《孙中山全集》是其基本的史料来源。在一定意义上可以说,《孙中山全集》的出版,推动了国内外的孙中山研究向深度和广度发展,孙中山研究成为"显学",正是在《孙中山全集》出版之后。在中华书局推出的有关孙中山的系列出版物中,《孙中山全集》当是影响最大、价值最高、最有权威性的一种。

1985 年,中华书局还出版了黄彦、李伯新选编的《孙中山藏档选编》,45 万余字。据编者介绍,本书选编自翠亨村孙中山故居收藏的孙中山所藏档案资料,其来源大致包括如下几个方面:(1)1912 年 4 月孙中山卸任临时大总统后,离开南京时带出的部分政府文书和旧存私人函电;(2)孙中山离开南京后至各地特别是在广州时所收到和发出的函电和文书;(3)孙中山的随行胡汉民、汪精卫等提供的各种文件以及通过其他渠道得到的部分资料。收入本书的档案资料包括电报、函札、公牍、呈文、规章、批件、演说和其他文件等,共计 508 件,其中大都是手稿原件,电报所占件数最多,大部分为收到的电码译稿,小部分为发出的电文原稿。本书收入的资料,大体上按其内容,分"黄花岗起义前后"、"南京临时政府军政设施"、"革命军北伐"、"南北议和与北京兵变"、"财政"、"实业"、"文教卫生"、"政治团体"、"华侨和对外关系"、"各地欢迎孙中山"等 12 个方面排列。这些资料绝大多数从未刊布过,因而史料价值较高,至今仍是孙中山研究必须参阅的资料。

应当说,在大陆出版界,对于孙中山文献资料的编辑出版,中华书局最为重视,投入的人力、财力最多,所作出的贡献和产生的影响也最大。尽管其他出版社(如人民出版社、上海人民出版社、文物出版社等)也出版过一些孙中山的历史文献资料,但就资料的完备性和系统性而言,不及中华书局。这是从事孙中山研究的学者们的共同感受和一致看法。

二

中华书局在出版孙中山文献资料的同时,还先后出版了两个不同版本的孙中山年谱。1980 年,中华书局出版了广东省社会科学院历史研究室、中国社会科学院近代史研究所中华民国史研究室、中山大学历史系合作编写的《孙中山年谱》。本年谱的编写工作始于20世纪60年代，1966年春完成了初稿，后来由于"文化大革命"而中断了研究和编写工作，未能如期出版。1976年，有关单位的研究工作者对年谱初稿重新进行了修订，并油印成册向社会各界征求意见。几经增删修改之后，于1980年由中华书局推出。本年谱按年、月、日顺序，以30万字的篇幅，比较系统地记录了孙中山的生平和思想以及相关的国际国内重要事件，订正了以往某些史实的讹误，对与孙中山有关的各类人物也作了适当的反映。这是一部孙中山研究著作，也是一部有重要参考价值并产生了积极影响的资料书。在改革开放之初，中华书局推出这样一部书，反映了该社领导的远见卓识，对孙中山研究起了推动作用。

当然，《孙中山年谱》限于篇幅和编写体例，无法详尽记录孙中山丰富的思想言论和四十年的革命活动，也难以将新发现的孙中山资料全部收入，满足不了孙中山研究的需要，因而该书出版之后不久，广东省的部分孙中山研究者和中华书局编辑部，便开始酝酿编订一部内容充实、体例规范的大型孙中山年谱。经过协商，最后确定由中山大学孙中山研究所承担这项工作。经过数载协同苦战，在1991年纪念辛亥革命80周年之际，中华书局隆重推出了陈锡祺先生主编的《孙中山年谱长编》。该书所录资料除孙中山的论著和言行外，还包括19世纪中叶以来的思潮，国际形势与中国国内状况，孙中山的家世、生活与国内外社会关系，国际人士与孙中山的交往、态度，孙中山与国内政党、集团及个人的各种关系，国内外舆论对孙中山重要活动的反映，等等。为此，编者广泛搜集历史资料，既有常见的孙中山著述和言行资料，也有大量新近发现的有关孙中山的中外文资料。全书155万字，分三卷，编为上下两册，以时为经，以事为纬，系统全面、深入细致，而又有重点地反映了孙中山一生的活动和思想发展的轨迹。第1卷(1866～1911)，记载了孙中山的家世、早年生活，成立兴中会、中国同盟会，为推翻帝制、建立共和而奋斗的经历；第2卷(1912～1918)，记录了孙中山任南京临时政府大总统、二次革命、组建中华革命党、反袁及第一次护法运动等内容；第3卷(1919～1925)，着重记述了孙中山经历五四运动、陈炯明叛变、改组国民党、实行三大政策、进行反帝反封建斗争以及北上、辞世等史事。《孙中山年谱长编》资料翔实，体例规范，装帧精美，出版之后赢得了学术界的广泛赞誉，先后获得国家教委人文社会科学研究优秀成果历史学一等奖、孙中山基金会1949—1992年中国大陆孙中山研究与文艺创作优秀成果学术著作一等奖、国家新闻出版署直属出版社第一届优秀图书奖编辑一等奖、装帧设计二等奖等奖励，被中外学者视为中国内地研究孙中山最重要的成果之一，也是海内外学者研究孙中山的重要参考资料。

当然，除中华书局之外，其他出版社也出版过一些篇幅不等的孙中山年谱，但在这方面投入最多、工作最为出色的，当数中华书局。

三

为推动国内外孙中山的研究,中华书局还先后出版了几种性质不一、篇幅有差的孙中山研究著作。

1981年,中华书局出版了张磊先生的《孙中山思想研究》。这本近19万字的著作,汇集了张磊先生自上个世纪50年代中至80年代初研究孙中山的主要成果,对孙中山的民族主义思想、民权主义思想、民生主义思想和三民主义的哲学基础作了较为全面的论述,对三民主义思想的产生、形成、实践和发展作了较为系统的考察。这是"文化大革命"后国内较早出版的研究孙中山的著作,其适时问世对于孙中山研究的正本清源,对于促进20世纪80年代以来国内的孙中山研究,起到了不可低估的积极作用。

1986年,中华书局又出版了《回顾与展望——国内外孙中山研究述评》一书,这是中国孙中山研究会在1985年3月于河北省涿县举行的"孙中山研究述评国际学术讨论会"入选论文的汇编。这次讨论会是在孙中山逝世60周年后10天举行的,目的是为了总结、回顾过去半个多世纪来孙中山研究的情况,以及展望未来孙中山研究的走向。参加讨论会的有我国大陆、香港地区,以及日本、德国、美国和澳大利亚等国家和地区的50多位学者。这次会议开得很成功,对上个世纪80年代中期以来国内外的孙中山研究起到了推动和导向作用。本书收入与会学者的论文,对20世纪国内外的孙中山研究进行了系统的回顾和总结,对今后孙中山研究工作的进一步开展,也提出了一些基本的设想和建议。本书的作者,既有胡绳、刘大年、金冲及、蔡尚思、龚书铎、张岂之、李文海、李侃、章开源、林增平、魏宏运、胡绳武、李时岳、张磊等国内知名学者,也有来自美国、日本、德国、澳大利亚等国和香港地区研究孙中山的专家,如野泽丰、卫藤沈吉、安藤彦太郎、山口一郎、史扶邻等。其内容大体包括:关于建国以来孙中山研究工作和孙中山著作出版情况;关于孙中山思想研究;关于孙中山的三民主义研究;关于孙中山各个时期革命活动的研究;关于孙中山与其他人物关系研究;关于孙中山在香港及国外革命活动的研究;关于台湾、香港地区和国外孙中山研究情况介绍。本书的出版,审视了以往国内外孙中山研究的得失,明确了今后孙中山研究的重点和方向,对于进一步推动国内外的孙中山研究,产生了积极的影响。

1989年,中华书局还出版了《孙中山和他的时代——孙中山研究国际学术讨论会文集》,本文集分上中下三册,160多万字,这是1986年11月为纪念孙中山诞辰120周年,在广州市中山大学和中山市翠亨村孙中山故居纪念馆举行的"孙中山研究国际学术讨论会"的论文汇编。这是一次高水平的学术讨论会,与会学者的论文经过专家组评审后邀请入会,其中有中国大陆学者93人,有澳大利亚、加拿大、朝鲜、法国、德国、日本、菲律宾、苏联、美国等国学者38人,有香港地区学者8人。本书所收论文89篇,大体上按内容编排,其顺序为:孙中山与近代中国社会;孙中山与亚洲民族解放运动;孙中山与国际关系;孙中山与海外华侨;孙中山的革命活动与革命组织;孙中山革命思想的形成与发展;孙中山的经济和财政思想;孙中山与海军;孙中山的文化教育思想;孙中山与若干人物和政治派别的关系;有关孙中山的史事考订等。本书还收入著名学者刘大年先生在这次讨论会上的开幕词和金冲及先生在闭幕会上的发言。这是一本有较高质量的研究文集,代表了20世纪80年代后期国内外孙中山研究的最高水平,对于推动90年代的孙中山研究,也起到积极作用。

除上述三个方面之外,中华书局还出版了俞辛焞等人编撰的《孙中山与日本友人梅屋庄吉》,以及大量关于辛亥革命的研究资料和研究成果,如1983年出版了《纪念辛亥革命七十周年学术讨论会论文集》,1994年出版了《辛亥革命与近代中国——纪念辛亥革命八十周年国际学术讨论会文集》,以及辛亥革命人物文集和研究成果,为孙中山和辛亥革命研究提供了大量资料和信息。可见,在孙中山研究的几个关键时期,中华书局都适时推出了一些有代表性的高水平的研究成果,从而让更多的读者了解到了国内甚至海外孙中山研究的状况、动态和水平。

四

中华书局在90年的光辉历程中,整理和出版了大量的文化精品,为保护和弘扬中国的优秀传统文化做出了举世公认的成就。在回顾中华书局对孙中山研究所作出的突出贡献时,我作为一名长期从事中国近代史和孙中山研究的工作者和有关著作出版的见证人,深为中华书局的领导、责任编辑的独到眼光、严谨态度、敬业精神所折服、所感染。我是上个世纪50年代末的历史学系大学生,是在读中华书局出版的许多历史文献和著作中成长起来的。中华书局出版的《中华活页文选》是引导我入门的精品,给我留下了难忘的记忆。我喜欢读中华书局出版的书,是因为中华书局以保存和弘扬优秀传统文化为宗旨,一代又一代的出版人为实现其整理和出版优秀精品书的目标,形成了自己独特的理念和风格。

(一)中华书局具有明确的特色定位。一个出版社是否具有自己的出书特色,是衡量其办得成功与否的重要指标。一个出版社办出了特色,就能赢得自己的作者群、读者群,就能在出版界激烈的竞争中立于不败之地。中华书局之所以能蜚声出版界、学术界,一个重要的原因,就是因为其有明确的特色定位。多年来,中华书局坚持以出版学术著作为主,在学术界拥有相当数量且相对稳定的读者群、作者群,由此也形成了自己的出版特色和风格,赢得了较高的社会知名度。因此,中华书局坚持出版学术著作为主,坚持为弘扬国家优秀文化,振奋民族精神作为使命的这一特色定位是成功的。从其所出版的有关孙中山的各种图书来看,不仅保持了其出版特色和风格,更使其出版特色和风格得到了高扬。从这里我们也可以看到,中华书局对于推动20世纪中国学术的发展和繁荣,作出了独特的贡献。

(二)中华书局具有强烈的质量意识。质量是出版社生存、发展的基础和前提,也是出版社良好社会声誉和社会形象的具体表现。图书质量,既反映出一个出版社的编辑水平、管理水平、经营水平,也反映出一个出版社图书编辑与出版的品位。长期以来,中华书局把出精品作为目标,把编辑出版质量放在首位。从有关孙中山图书的出版也不难看出,中华书局具有强烈的质量意识和精品意识,时刻重视图书的编校质量、印刷质量和装帧设计质量。《孙中山全集》、《孙中山年谱长编》等图书之所以能赢得良好的社会声誉,与中华书局严把质量关、力求出精品的工作作风和出版宗旨,有着密不可分的关系。

(三)中华书局具有长远的战略眼光。着眼当前,面向长远,是每个出版单位和出版工作者应遵循的规律,也是出版经营活动的基本原则。精品图书的出版是一项周期较长的动态工作,从选题策划到印制成书有一个较大的时间差和空间差,由此要求出版社和编辑们要具有战略眼光,能够从长计议。那种选题赶时髦、组稿赶浪潮、只顾眼前经济利益的出版行为,是难以形成精品的。从中华书局有关孙中山的各种图书的出版来看,《孙中山全集》出版时间就长达6年之久,《孙中山年谱长编》从策划到出书长达8年之久。其他有关孙中山图书的出版,也不是应时之作,而是经过了较长时间的蕴酿和制作。应当说,中华书局在组织精品图书的出版过程中,能够长远规划,具有战略眼光,这不仅是其成功之所在,也是读者对其仰慕之所在。

(四)中华书局具有弘扬中国文化的历史使命感和责任感。出版是文化传承和文化创造的重要载体,文化的积累和传播,有赖于出版的发展和繁荣,弘扬中国文化应是出版界肩负的历史使命和崇高职责。纵观20世纪中国文化的发展,在传承中国文化方面,中华书局作出了不懈努力,出版了大量相关的著作。孙中山的思想是中国文化的重要组成部分,中华书局不遗余力地编辑、出版有关孙中山的历史文献和研究著作,实际上是为弘扬中国文化所作的重大努力,对于促进中国文化的发展,也有其不可磨灭之功。

我是个读书人,我喜欢读中华书局出版的书,因为中华书局的责任编辑和校对都非常的执著和认真,不能说中华书局出版的书没有缺点,但由于他们的敬业和负责精神,他们编辑出版的书错漏字较少,编排有风格,读他们出版的书比较让人放心。尤其要指出的是,中华书局上个世纪出版的有关孙中山的资料书和学术性的著作都是在陈铮先生责编下完成的,大多数孙中山研究的成果是经过陈铮先生加工、润色、把关之后,才与读者见面的,这些研究成果包含了他的辛劳和汗水。还要指出的是,当时中华书局的领导李侃先生,我们都称他为"李老板",如果没有他的关心和支持,上述孙中山研究成果的出版恐怕也不会那么顺利。我们在为自己所取得的孙中山研究成果而感到欣慰时,切不要忘记中华书局的领导、编辑、校对员及其他有关人员为此而付出的辛勤劳动。我相信,历史会记住这些,后来的研究者也不会、更加不应该忘记这些。

近代史室出书回眸与透视

中华书局　陈　铮

　　1912年元旦，孙中山先生宣告中华民国成立之日，也是陆费逵（伯鸿）先生创办的中华书局揭牌之时。90年来，中华书局经过一届又一届创业者的苦心经营，一代又一代同仁的辛勤奉献，为中国的图书宝库增添了数以万计品种，打造出蜚声海内外的"中华"图书品牌。这是值得人们称道和纪念的，也是令作为一名退役的中华人为之自豪的。

　　全面而系统回顾和评说具有90年历史、出版图书繁多的中华书局对20世纪中国出版事业和传播文化科学的贡献，凭笔者个人的经历和能力是无法胜任的。如所周知，1958年是中华书局90年发展史中的一个重要转折点。从这年起，中华书局被国家确定为以整理出版中国传统文化书籍和学术研究著作为主要任务的出版单位。40年来，编辑部设置过文学、古代史、近代史、哲学、语言、历史小丛书（"综合"前身）和文史知识等编辑部门，出版了众多传播传统文化的图书。本文仅以近代史编辑室为切入点，以该部门出版的部分图书为例，回眸这些图书出版时学术界相关研究的状况及其影响，从一个侧面透视中华书局对传播优秀的传统文化，推动学术研究的贡献。

　　一家出版社中国历史类图书编辑分设古代史和近代史两个处级部门，中华书局是全国仅有的。50年代末，近代史部门称"历史二组"，60年代初改称"近代史组"。"文化大革命"期间中华书局曾被撤销，后与商务印书馆合并，一个班子，两块牌子，近代史不设部门。70年代末，中华恢复独立建制后，原"近代史组"改称近代史编辑室，直至1997年底与古代史室合并为历史编辑室。应该说明的是：虽冠以"近代史"的编辑组或室，其出书范围并不限于1840年鸦片战争为开端的近代史，而是上自清初，下至民国。

　　以下试把近代史室出版的部分图书归纳成12个方面进行回顾和透视。

一、清代档案资料和清史研究著作

近现代中国是清代历史的继续和发展。研究清史有助于认识近现代历史。清代留下的大量官方档案是研究清史的珍贵信息资源。40年来,中华书局一直致力于清代档案资料的编辑出版。举要如下:

《明清史料》,来源于明清内阁大库档案,1949年前出版了甲、乙、丙、丁四编。50年代起,台湾陆续出版线装排印本的戊、己、庚、辛四编。1987年中华书局影印出版台湾出版的该书戊、己、庚、辛四编,共8册,为内地明清史研究者提供方便。

"文化大革命"刚刚结束,中华书局尚未恢复独立建制,便与故宫明清档案部(今中国第一历史档案馆)商定编辑出版《清代档案史料丛编》,分辑发表清代档案,可一辑一专题,也可一辑若干专题,以满足清史研究开始复苏的需求。1978—1990年,共出版14辑,公布各种专题档案3000件。90年代后中止出版。

80年代出版的《清史资料》,系中国社科院历史所清史研究室编辑。1980—1989年共出版7辑,刊登许多稀见的清史原始资料和一些专题资料。90年代停止出版。

中国科学院(今社科院)近代史研究所编辑的《近代史资料》,是刊登清代后期和近代的综合性刊物,从1962年至1981年总26—43号由中华书局出版,发表过大量罕见的资料。1982年后转其他出版社出版。

70年代末开始陆续出版的《康熙起居注》、《雍正朝起居注册》、《乾隆朝惩办贪污档案选编》、《清代的旗地》、《清代的矿业》、《清代土地占有关系与佃农抗租斗争》、《清代地租剥削形态》、《关于江宁织造曹家档案史料》和《李煦奏折》等,是一组反映清初康雍朝至民国初期中国政治统治、经济状况、社会关系和文化背景的资料。而记载晚清以后重大政治事件的档案资料图书有:《鸦片战争史料选译》、《三元里人民抗英斗争史料》、《宋景诗档案史料》、《戊戌变法档案史料》、《义和团运动史料丛编》(一、二辑)、《义和团档案史料》、《义和团档案史料续编》、《辛亥革命资料》、《辛亥革命前十年间民变档案史料》、《清末筹备立宪档案史料》、《护国运动资料选编》和《一九一九年南北议和资料》等。有关太平天国起义档案资料图书将集中在下文记述。特别应该提到的是《光绪朝朱批奏折》的整理出版,全书16开本120厚册,是迄今整理出版清代档案的最大工程。该书综合记录清末社会、政治、经济、财政、军事、外交、文化等状况,具有很高的史料价值。中法战争、洋务运动、甲午战争、戊戌变法、立宪运动、辛亥革命和教案等重大历史事件,所收奏折均有反映。

从1981年开始到1998年出齐的《清代江河洪涝档案史料丛书》的出版,不仅受到史学、社会学界的好评,而且引起水利等部门的重视。全书6册,包括《清代长江流域西南国际河流洪涝档案史料》、《清代珠江韩江洪涝档案史料》、《清代淮河流域洪涝档案史料》、《清代黄河流域洪涝档案史料》、《清代海河滦河洪涝档案史料》、《清代辽河松花江黑龙江流域洪涝档案史料》和《清代浙江闽台地区诸流域洪涝档案史料》等7种，涵盖了全国各水系，汇编了从清乾隆元年(1736)至宣统三年(1911)档案所记载全国范围发生的雨情、洪涝、干旱、河流变迁和工程技术等资料，共计2万余条，近700万字，包括3万余个县次，为探讨清代发生江河洪涝灾害的情况和规律提供了系统资料，对当代治理江河、农林、水利、水电工程也有参考价值。

从70年代末开始，中华书局也推出一批颇有学术水平的清史研究著作，主要图书如下：

《清代人物传稿》，中国人民大学清史研究所和中国社科院历史所清史研究室合编，酝酿启动于70年代末。全书计划入传2000人，以鸦片战争为界分上、下两编，是国家"六五"计划历史学科的重点项目。从1984年开始，中华书局出版了"上编"12卷("下编"由辽宁人民出版社出版)。该书无论在科学性还是入传人物的数量方面，均超过《清史稿·人物传》、《清史列传》和《碑传集》及其《续集》、《补集》等，成为了解清代人物基本状况的必用书。

随着清史研究的深入，从1980年开始，中华书局出版了一批清史研究专著，主要有：香港王德昭著《清代科举制度研究》，罗尔纲著《太平天国史》、《湘军兵志》、《晚清兵志》、《淮军志》，郑天挺著《探微集》，孙毓棠著《抗戈集》，张国辉著《晚清钱庄和票号研究》，李文治、江太新著《清代漕运》，赵云田著《清代蒙古政教制度》和张晋藩主编《清朝法制史》等(关于近代部分著作下文另述)。这些颇有研究深度的著作，有多种已分别在全国性学科领域或系统的图书评比中获优秀奖项。

为反映清史研究状况，交流研究成果，推动研究发展，中华书局还出版过不定期学刊《清史论丛》，从80年代起共出版7辑，后转其他出版社续出。

二、清代笔记史料

札记社会政治、财政经济、文学艺术、诗歌辞赋、碑铭书画、兵事征战、科举考试、典章制度、官场轶事，地理掌故、风土人情、民间习俗等的清人笔记，包含许多有价值的史料，有的可以弥补正史的某些记载不足。从50年代开始，中华书局率先出版若干种经点校整理的清代笔记，而当时这类图书并不太被出版界看重。60年代初分为《清代史料笔记丛刊》和《近代史料笔记丛刊》两套，前者有《永宪录》、《听雨丛谈》和《陶庐杂录》等，后者如《夷氛闻记》和《世载堂杂忆》等。80年代继续出版，并将两套《丛刊》合并，统称《清代史料笔记丛刊》，共出版38种。90年代初开始收缩《丛刊》选题，中止组稿。

除清代笔记外，还出版了多种今人笔记，主要的有许姬传的《许姬传七十年见闻录》和《许姬传艺坛漫录》，郑逸梅的《艺林散叶》、《艺林散叶续编》和《艺林散叶荟编》，邓云乡的《文化古城旧事》和《增补燕京乡土记》等，记录了清末和近现代政治、思想、文化、艺术和民俗等方面的史事轶闻。

三、近代人物文集和日记

历史人物的著作不仅是作者言行思想的记录,也是研究与之相关史事的反映,具有较重要的史料价值。编辑出版近代人物文集是推动近代史研究的一项重要工程。中华书局从50年代末开始,出版了《黄爵滋奏疏许乃济奏议合刊》、《刘坤一遗集》、《锡良遗稿》、《曾国藩未刊信稿》、《李鸿章致潘鼎新书札》、《盛宣怀未刊信稿》、《弢园文录外编》和《弢园尺牍》等。60年代初,中华书局组织过人力着手编辑《梁启超集》和《蒋介石言论集》(均未出版),出版了《林则徐集·奏稿·公牍·日记》、《廖仲恺集》,并组约包括《章太炎政论集》、《朱执信集》、《谭嗣同全集》和《黄兴集》等一些"正面"人物的文集。由于"文化大革命"的影响该计划未能实施。

"文化大革命"结束后,特别是从80年代开始,近代人物文集的选题作了较大扩充,并正式定名为《中国近代人物文集丛书》,先后出版了包括《林则徐集·奏稿·公牍·日记》(重印)、《魏源集》、《洪秀全选集》、《洪仁玕选集》、《康有为政论集》、《谭嗣同全集》、《刘光第集》、《陈炽集》、《宋恕集》、《樊锥集》、《秦力山集》、《严复集》、《文廷式集》、《唐才常集》、《孙中山全集》、《黄兴集》、《宋教仁集》、《朱执信集》、《廖仲恺集(增订本)》、《章太炎政论选集》、《陶成章集》、《蔡元培全集》、《李烈钧集》、《邵力子文集》、《饮冰室合集》(影印)、《曹廷杰集》、《王国维全集·书信》、《胡适学术文集》和《胡适往来书信选》等30余种,其中既有全集,也有选集,还有专集,因人而异。初具规模的该《丛书》有一个显著的特点是:所收文集均是新编而成,其中有许多人物著作还是第一次结集,而不是对已刊文集加以标点,因而受到学术界的欢迎,产生良好的影响。例如:《林则徐集》(三种)出版30多年来一直是研究者常用的文集。11卷本《孙中山全集》出版曾引起台湾学者的强烈反响,20多年来已成为海内外孙中山、辛亥革命和近代史研究广泛使用之书。7卷本《蔡元培全集》是海内外首部收文最多的蔡元培著作集,它的出版对80年代开始出现的蔡元培研究热产生重要的影响,也为其后编辑出版不同版本的蔡元培选集、全集奠定了丰厚的基础。

晚清文人自写日记之风盛行。写日记并非为公开印行,记录的亲身经历、思想、交往、见闻往往有较大的真实性。以往曾经刊行过几种近代人物的日记,但大量日记稿本仍存于图书馆、文博单位或私人手中,尚未出版。80年代开始,中华书局整理标点、出版的中国近代人物日记有:《李星沅日记》、《王文韶日记》、《李兴锐日记》、《翁同龢日记》、《王韬日记》、《胡适的日记》和《郑孝胥日记》等,颇受学者好评,还有大量的未刊日记稿由于经济原因而未能继续出版下去。

四、经济史资料

与中国社科院经济研究所、上海社会科学院经济研究所、中国人民银行总行和国家工商行政管理部门长期合作,出版众多清代和近现代经济史料,这是中华书局出书的一个突出的特点和优势。其中有的已形成系列,主要的有:

《中国科学院经济研究所中国近代经济史参考资料丛刊》:包括《中国近代工业史资料》(一、二辑)、《中国近代手工业史资料》(全四册)、《中国近代对外贸易史资料》(全三册)、《中国近代外债史统计资料》、《中国近代铁路史资料(1863—1911)》(全三册)、《中国行会史料集》和拥有版权而未重印的《中国近代农业史资料》等。

《中国资本主义工商业史料丛刊》:已出版《上海民族机器工业》(全二册)、《上海民族橡胶工业》、《中国民族火柴工业》、《旧中国机制面粉工业统计资料》、《中国近代面粉工业史》、《上海民族毛纺织工业》、《上海市棉布商业》和《永安纺织印染公司》等。

还有《英美烟公司在华企业资料汇编》、《旧中国公债史资料(1894—1949)》、《中国近代货币史资料》(第一辑),以及前述《清代的旗地》和《清代的矿业》等。

上举各书,均系了解和研究从清代到民国时期中国工业、手工业、农业、商业、金融、外贸发展状况的基础资料书,如今已难以买到,许多学者呼吁中华书局重版。

五、中外关系史料

近代中国蒙受列强的武装入侵、经济掠夺、文化侵袭,割地赔款,丧权辱国,国弱民穷;同时也经历了中华民族觉醒,抵抗外来侵略,寻求救亡图存,振兴中华道路的过程。40 年来,中华书局出版了一批反映近代中外关系方面的图书,主要有:

关于列强发动武装侵华事件的《筹办夷务始末(道光朝)》、《筹办夷务始末(咸丰朝)》、《夷氛闻记》、《鸦片战争史料选译》、《三元里人民抗英斗争史料》、《英国档案有关鸦片战争选译》、《中法战争》(待出齐)、《中日战争》(共十二册)、《义和团运动史料丛编》(第一、二辑)、《义和团档案史料》、《义和团档案史料续编》、《英国蓝皮书有关义和团运动资料选译》、《日本帝国主义侵华档案资料选编》(未出齐)和《伪满洲国的统治与内幕——伪满官员供述》等,以及反映沙皇俄国割占中国领土的《清代中俄关系档案史料选编》(第一编咸丰朝以前及第三编咸丰朝)。

反映列强对中国重大政治事件态度的《英国蓝皮书有关辛亥革命资料选译》、《俄国外交文书选译(有关中国部分 1911.5—1912.5)》、《帝国主义与中国海关资料丛编》(包括中国海关与中法战争、缅藏问题,中葡里斯本草约、中日战争、英德续借款、义和团运动、庚子赔款、邮政、辛亥革命和 1938 年英日关于中国海关的非法协定书等 11 种)和《中国海关密档——

赫德金登干函电汇编》等。还有《清末教案》、《满铁史资料》和《美国迫害华工史料》等。

特别值得注意的三部书：

一是《华工出国史料汇编》：全书 10 辑，400 余万字。资料来源于中外官方档案文书和私人记载，反映 19 世纪末 20 世纪初华工出国的艰难状况。该书为"华工"这个国际学术界关注的研究课题提供了翔实资料，引起国内对这个课题研究的重视。

二是《中国海关密档——赫德金登干函电汇编》：这是长期充任中国海关总税务司职务的英人赫德与其驻伦敦办事处主任英人金登干之间通讯的函电译编，揭示了赫、金两人利用海关操纵中国外交事务，干涉中国内政，包办邮政、矿业、军火、债务、赔款等内幕，反映了晚清中国半殖民地化的一个侧面。

三是《日本帝国主义侵华档案资料选编》：该书首次系统公布包括大量日本侵华战犯和伪满洲国官员所犯罪行的自供和受害中国人员对日军暴行的揭发和控诉笔录，以及其他相关资料。全书分为《九·一八事变》、《细菌战与毒气战》、《东北大讨伐》、《东北历次大惨案》、《东北经济掠夺》、《华北治安强化运动》、《南京大屠杀》、《日汪的清乡》和《河本大作与日军山西"残留"》等十多个专题。

六、回 忆 录

据亲身经历和见闻写成的回忆录可以补充文献记载的不足，史料价值较高，因而出版回忆录带有抢救史料的意义。从 60 年代开始，中华书局出版了陶菊隐的《记者生活三十年》、中华书局编《回忆中华书局》等，而最主要的是以下三部大型回忆录：

《文史资料选辑》：新中国成立 10 年时，周恩来总理提议民主人士写回忆录。全国政协成立文史资料委员会做具体的组织工作，并决定由中华书局出版。从 1960 年至 1965 年，共出版 55 辑，"文化大革命"期间中断出版。1978 年恢复出版，至 1980 年底出至第 72 辑。全国政协成立文史资料出版社之初，该书转给该出版社。该书的编辑出版对以后许多省、市、自治区政协组织编写和出版《文史资料选辑》起了促进作用。

《辛亥革命回忆录》：该书是为纪念辛亥革命 50 周年而编辑出版的六集回忆录，作者绝大多数是辛亥革命亲历或见闻者。60 年代开始延续多年的有关辛亥革命的回忆录出版，这与该书的编辑出版推动不无关系。该书也在 80 年代初转到文史资料出版社。

《顾维钧回忆录》：顾维钧从民国元年（1911）开始从事外交工作达半个世纪之久，经历近现代中国外交的重大事件。回忆录是美国哥伦比亚大学"口述历史"之一种，英文记录，经顾先生本人同意译成中文出版。全书共 13 册，五六百万字，具有很高的史料价值。在该书出版的推动下，国内研究顾维钧的论著渐多，顾氏故乡上海嘉定建立了顾维钧纪念馆。

七、近代文化史

在较长的时期里,对中国文化史的研究十分薄弱。60 年代前,中华书局除《中国近代出版史料》和《中国现代出版史料》外,很少出版近代文化史类的图书。80 年代初开始全国文化史研究转机,但学术界在对"文化"的界定、文化史研究的理论和方法等问题上,众说不一。一些学者和中华书局以为探讨这些问题必须与具体研究相结合,然后逐渐形成共识,决定出版《中华近代文化化史丛书》,从 1985 年开始出版有:《走向世界——近代知识分子考察西方的历史》、《开拓者的足迹—张謇传稿》、《近代经学与政治》、《中国近代伦理思想的变迁》、《近代中日文化交流史》、《梁漱溟与胡适——文化保守主义与西化思潮的比较》和《文化怪杰辜鸿铭》等。这是一批颇有深度的研究近代中国文化问题的著作。此外,还出版了名为《中国近代文化问题》的文化史问题的讨论会论文集。90 年代出版的《中国近代文化概论》,把近代文化史的若干理论问题与近代文化的诸多实际问题的探讨紧密结合,比较系统而概括地阐述了近代文化史的理论问题和基本状况。该书已被教育部选定为高校研究生用教材。

八、区域社会研究

区域社会研究是国外学术界盛行的一种研究方法。这种研究方法对研究国土辽阔的中国历史有一定的借鉴意义。80 年代开始,中华书局出版了几种中外学者研究近代中国区域社会的著作。

《华北的小农经济与社会变迁》:华裔美籍学者黄宗智著。1986 年出版。作者利用 30 年代已有的对华北进行实地调查的资料,并对各类调查资料加以比较,加上作者对其中部分村庄的实地调查、校对和补充,又查阅大量清代档案和天津宝坻县的户房档案,吸收中西方学者的研究方法,对清末以来数百年华北农村的演变形式提出独立研究的观点,认为:当西欧的小农社会经历阶级分化和向资本主义转化时,中国仍停留在小农社会阶段,中国的小农只是部分的无产化。这些差别是双方财富与势力的不均衡,是中国受帝国主义侵略之害的社会经济背景,也是促成 19、20 世纪大规模农民运动的乡村危机的根源。到了 90 年代,黄宗智的新著《长江三角洲小农家庭与乡村发展》一书又由中华书局出版。这两本书引起国内学者的普遍关注和好评,北京、上海等地学术界举行专门研讨会。从 90 年代以来,国内对农村社会的研究也出现了活跃的局面,似乎与黄宗智研究方法和成果的影响不无关系。

《跨出封闭的世界——长江上游区域社会研究(1641—1911)》,青年学者王笛著。该书对长江上游区域社会的人口与人口压力、移民、粮食、市场、乡村结构、士绅、地方自治、地方军事、警察、教育、宗教信仰、社团、城市、习俗等作深入探讨。

计划选题还有珠江三角清代墟市研究和华北平原农村社会研究等。

九、太平天国史

太平天国起义把中国历史上的农民起义推向高峰,时代又赋予这一历史事件新的特点,使之成为近代史研究的重大课题。50 年代末以来,中华书局出版了一系列太平天国史料和研究著作。

50 年代末到 60 年代初,出版了《太平天国史料》、《太平天国史稿》、《忠王李秀成自传原稿笺证》、《忠王李秀成自述校补本》和《太平天国制度初探》等。因"文化大革命"中断十年后,70 年代以来出版了《太平天国文书汇编》、《洪秀全选集》、《洪仁玕选集》、《太平天国资料汇编》(第一、二册)、《太平天国史译丛》和《太平天国革命时期广西农民起义资料》等资料图书。主要著作有:罗尔纲著《太平天国史》、《绿营兵志》、《湘军兵志》和《晚清兵志》,(台)王尔敏著《淮军志》,郦纯著《太平天国军事史概述》和《太平天国制度初探》(修订本),王庆成著《太平天国的历史和思想》以及还有《太平天国史学术讨论会论文选集》和不定期刊物《太平天国学刊》等。

这里应该着重提到的是《太平天国史》。这是罗尔纲先生 50 年研究太平天国史的总汇,曾获郭沫若学术著作一等奖。如所周知,1963 年开始,由戚本禹发难,全国史学界刮起批判"叛徒"李秀成的风暴。罗尔纲先生首当其冲。1964 年,时任中宣部副部长的周扬在一次谈话中提到罗尔纲挨了批判,但还可以继续自己的研究,写太平天国的书。70 年代后期,笔者查阅书稿档案得知,正是在 1964 年,中华书局总编辑金灿然与罗先生就签订了出版《太平天国史》的合同。后因"文化大革命"而延误,直至 1985 年才陆续交稿出版,1991 年出齐,前后历时近 30 年。

十、辛亥革命和孙中山研究

辛亥革命是史学界长期研究不衰的课题,也一直是中华书局出书的重要方面,为推动辛亥革命研究的发展作出一定的贡献。出版的资料书除上文提到的孙中山、黄兴、宋教仁、章太炎、廖仲恺、朱执信、蔡元培、陶成章、康有为、梁启超等人的"全集"或"选集"外,还有《民报》(影印)、《时务报》(影印)、《辛亥革命资料》(《临时政府公报》)、《辛亥革命回忆录》、《孙中山藏档选编(辛亥革命前后)》、《清末筹备立宪档案史料》、《护国运动资料选编》、《英国蓝皮书有关辛亥革命资料选译》和《俄国外交文书选译》等。

出版的辛亥革命和孙中山研究著作有:《孙中山年谱》、《孙中山年谱长编》、《黄兴年谱长编》、《章太炎政论选集》、《蔡元培年谱》、《秋瑾年谱及传记资料》、《孙中山思想研究》、《辛亥武昌首义人物传》、《袁世凯传》和《孙中山宋庆龄与梅屋庄吉夫妇》等,还有《辛亥革命史丛刊》(共 8 辑)。

出版辛亥革命与孙中山研究的论文集有:《辛亥革命五十周年纪念论文集》、《纪念辛亥革命七十周年学术讨论会论文集》、《纪念辛亥革命七十周年青年学术讨论会论文选》、《回顾与展望——国内外孙中山研究述评》和《孙中山和他的时代——孙中山研究国际学术讨论会文集》等。

十一、中华民国史

从中华人民共和国成立到 1972 年的二十多年里,史学界对中华民国史没有进行系统研究,研究著作和资料的出版几乎是空白。1972 年,经中央有关部门批准,中国社科院近代史所成立民国史研究组,计划编写一部中华民国史,一部中华民国人物志(先写人物传),编辑若干种专题资料。1973 年初,中华书局接受出版任务,30 年来出版了《中华民国史》第一编(2 册),第二编第一卷(2 册)、第二卷(1 册)、第五卷(1 册),第三编第二卷(2 册)、第五卷(1 册)、第六卷(1 册),共 10 册;《民国人物传》共 12 卷,列传人物 1000 余人;《民国大事记》(1905—1949 年);《中华民国史资料丛稿》数十种。

回想在"文化大革命"的 70 年代初提出编写和出版中华民国史的系列计划,不仅是开拓性的工作,而且表现出组织者的胆识,引起海内外极大关注。80 年代后期以来,国内民国史研究趋于活跃,著作和资料书陆续推出,大而言之,是国家形势变化;小而言之,似与近代史所和中华书局的带头也有一定的关系。

十二、教材和辅助性书籍

60 年代初出版的《中国通史参考资料·近代部分》是高校历史课参考用书。1977 年出版的《中国近代史》已经修订到第四版,累计印数达数十万册,至今每年仍重印,获全国高校教材一等奖。

中华书局还出版过多种近代史教学和研究的辅助性图书,如:《中国近代史知识手册》、《中国近代史历表》、《中国近代史论文资料索引》、《中国近代史资料概述》和《民国职官年表》等等。

40 多年来,近代史编辑室出书不止上述诸类,书目还可以举出许多;近代史室也仅仅是中华的一个编辑部门,古代史、文学、语言、哲学、历史小丛书(综合室前身)、文史知识等编辑室出书数量众多,影响尤为广泛和深远。然而,管中窥豹,透过近代史室还是可以窥视中华书局全局出书概貌,并从而产生若干感想,反映出中华书局曾经:(一)贯彻在特定的历史时期国家给中华书局确定的出版分工,并不断拓展选题范围,清史、近代史、民国史,政治、经济、社会、文化、外交、军事等方面的图书均在选题之列,坚持传播优秀传统文化的方向,努力出版社会效益显著的图书,也尽量寻求出版有一定经济效益的图书选题;(二)保持一定数量相对稳定的编辑力量,以保证出书方针的贯彻和出书计划的执行。40年里,与近代史室相关人员先后达40多人,尽管人员有进有出,时间长短不同,但在一个时期总保持一定数量的编制,有利于熟悉编辑业务,开展工作,保持工作的连续性;(三)联络大批老中青学者,形成较高水准的作者(编者)队伍,以保证书稿质量。

过去的90年,中华书局的成就和贡献是显著的。回顾过去是为了展望未来。历史在前进,社会在发展,形势在变化。面向出版推向市场的新世纪,中华书局如何发展,怎样走向百年,创造更加辉煌的未来? 必须顺乎潮流,与时俱进,实是求是地总结经验教训,分析存在的不足和遗憾,继承和发扬优良的传统和历史经验,以科学的态度审视以往的教训和不足,群策群力,改革进取。相信中华书局将在发展中为传播传统文化,提高中华民族的文化科学素质作出新的贡献,无愧于中华书局百年史。

中华书局与清代官方文献的整理出版

故宫博物院 朱赛虹

传统文化的继承历来与古代文献的整理出版密切相关。封建时代悠久的典藏传统,使清代官方文献(包括档案和典籍)积累雄厚,不仅数量超迈以往,且一些文献的内容涵盖此前数代,因此清代文献的传承更具有继往开来的深远意义。中华书局过去并不专事古代文献的出版,却在这一专门领域也取得了众多令世人瞩目的成果。在中华书局 90 华诞之际,特以此为题作一集中回顾,以"窥一斑而知全豹"。本文在举述此类成果的同时,附列它社同类出版物作为参照,以确知中华书局在此一范围内所曾经发挥的历史作用。

一、中华书局出版的清代官方档案

清代官方档案主要是清朝中央和各级官府衙门的官文书和各项政务活动的文书记录,门类繁多,数量浩瀚,曾被清统治者广泛地用于编纂实录、会典、正史、方略等各种钦定书籍,一直未出"官府"的范围。直至 20 世纪 20 年代的"八千麻袋事件",大内档案散出,方为学术界所瞩目,并将其与同时期先后发现的史前遗迹、商周遗物、汉晋简牍、唐宋写经等并称为"新史料"。经过几代人的通力合作,这座文献宝库的丰富资源得以源源开采,并成为文献学领域中日渐发达的一个分支。

近一个世纪以来清代档案的整理出版,大致分为民国时期和建国以后两个时段。在整理方面,故宫博物院是清代官方档案收藏的重镇,其下属的文献馆,即今之中国第一历史档案馆一直是此项工作的主角。在出版方面,民国时期以故宫博物院自行出版为主(参见附表1),建国以后则以中华书局为主(详见表1),其它出版社为辅(参见附表2、4)。

表1　中华书局出版清代文献目录(以出版时间为序)①②③④

书　名	编　者	时间
义和团档案史料	国家档案局明清档案馆	1959
宋景诗档案史料	国家档案局明清档案馆	1959
戊戌变法档案史料	国家档案局明清档案馆	1958
清代地震档案史料	国家档案局明清档案馆	1959
关于江宁织造曹家档案史料	故宫博物院明清档案部	1975
李煦奏折	故宫博物院明清档案部	1976
太平天国文书汇编	南京太平天国历史博物馆	1979
康雍乾时期城乡人民反抗斗争资料	中国人民大学清史研究所等	1979
清末筹备立宪档案史料	故宫博物院明清档案部	1980
清代中俄关系档案史料选编	故宫博物院明清档案部	1981
慈禧光绪医方选议	中医研究院、中国第一历史档案馆	1981
清代海河滦河洪涝档案史料	国家水利电力部水管司科技司、水利水电科	1981
清代珠江韩江洪涝档案史料	学研究院(清代江河洪涝档案史料丛书)	1988
清代淮河流域洪涝档案史料		1988
清代长江流域西南国际河流洪涝档案史料		1991
清代黄河流域洪涝档案史料		1993
清代辽河松花江黑龙江流域洪涝档案史料・清代浙闽台地区诸流域洪涝档案史料		1998
清代地租剥削形态(乾隆刑科题本租佃关系史料)	故宫博物院明清档案部、中国社会科学院历史研究所	1982
康熙起居注	中国第一历史档案馆	1984
华工出国史料汇编(第一辑)	中国第一历史档案馆	1985
清季中外使领年表	中国第一历史档案馆、福建师范大学历史系	1985
辛亥革命前十年间民变档案史料	中国第一历史档案馆、北京师范大学历史系	1985
郑成功满文档案资料选译	厦门大学台湾研究所、中国第一历史档案馆	1987
清代土地占有关系与佃农抗租斗争(乾隆刑科题本租佃关系史料)	中国第一历史档案馆、中国社会科学院历史研究所	1988
明清间耶稣会士译著提要——耶稣会创立四百年纪念(1540—1940)	徐宗泽	1989

书　　名	编　　者	时间
清代的旗地	中国人民大学清史研究所、中国人民大学档案系中国政治制度史教研室	1989
满文老档(汉译)	中国第一历史档案馆、中国社会科学院历史研究所	1990
清代档案史料丛编(第一辑)	故宫博物院明清档案部	1978
清代档案史料丛编(第二辑)	故宫博物院明清档案部	1978
清代档案史料丛编(第三辑)	故宫博物院明清档案部	1979
清代档案史料丛编(第四辑)	故宫博物院明清档案部	1979
清代档案史料丛编(第五辑)	中国第一历史档案馆	1980
清代档案史料丛编(第六辑)	中国第一历史档案馆	1980
清代档案史料丛编(第七辑)	中国第一历史档案馆	1981
清代档案史料丛编(第八辑)	中国第一历史档案馆	1982
清代档案史料丛编(第九辑)	中国第一历史档案馆	1983
清代档案史料丛编(第十辑)	中国第一历史档案馆	1984
清代档案史料丛编(第十一辑)	中国第一历史档案馆	1984
清代档案史料丛编(第十二辑)	中国第一历史档案馆	1987
清代档案史料丛编(第十三辑)	中国第一历史档案馆	1990
清代档案史料丛编(第十四辑)	中国第一历史档案馆	1990
清代档案史料丛编(第十五辑)	中国第一历史档案馆	1990
清代档案史料丛编(第十六辑)	中国第一历史档案馆	1990
清代档案史料丛编(第十七辑)	中国第一历史档案馆	1991
义和团档案史料续编	中国第一历史档案馆编辑部	1990
雍正朝起居注册	中国第一历史档案馆	1993
乾隆朝惩办贪污档案选编	中国第一历史档案馆	1994
清代东北阿城汉文档案选编	东北师范大学明清史研究所、中国第一历史档案馆	1994
清代中琉关系档案选编	中国第一历史档案馆	1993
清代中琉关系档案续编	中国第一历史档案馆	1994
清代中琉关系档案三编	中国第一历史档案馆	1996
清代中琉关系档案四编	中国第一历史档案馆	2000
光绪朝朱批奏折	中国第一历史档案馆	1995—1997
清末教案	中国第一历史档案馆等	1996—2000
清代外务部中奥关系档案精选	北京大学、中国第一历史档案馆	2001

将表1与附表1、2加以比较,可知40多年来,中华书局出版清代档案的数量比民国时期的故宫博物院多1/3,也远远多于其他各出版单位。

二、中华书局出版的清代官修书籍

清代官方主持编纂的书籍,从利用的角度看,有两大特点:一是以集古代文献之大成者较多,收录文献丰富,如《四库全书》、《古今图书集成》等;二是专门性类书、字书等较多,如《康熙字典》、《佩文韵府》等,均属今之"工具书"的范围,具有比较广泛的参考作用。

表2　中华书局出版清代官修书籍目录⑤⑥⑦⑧

书　名	编　撰　者	出版时间
古今图书集成	[清]陈梦雷、蒋廷锡等	1934—1940
王祯《农书》	[元]王祯	1956
康熙字典	[清]张玉书等	1958
全唐诗	[清]彭定求等	1960
《全唐诗》作者索引	张忱石	1960
筹办夷务始末(道光朝)	[清]文庆等	1964
历代职官表	[清]黄本骥	1965
四库全书总目	[清]永瑢等撰	1965
李煦奏折	故宫博物院明清档案部	1976
筹办夷务始末(咸丰朝)	[清]贾桢等	1979
全唐文	[清]董诰等	1983
古今图书集成	[清]陈梦雷、蒋廷锡等	1986(与巴蜀书社合出)
清实录	清官修	1985
嘉庆重修一统志	清官修	1986
掌故丛编	故宫博物院掌故部	1990
清会典	清官修	1991
清会典事例	清官修	1991
清会典图	清官修	1991
全唐诗(简体横排本)	[清]彭定求等编　陈尚君补辑　中华书局编辑部点校	1999

将表2与附表1、3、4比较,可知半个多世纪以来,中华书局出版清代典籍的数量,高居于包括上海古籍等专业出版社在内的各出版社之首。

尽管囿于见闻,各表中的书目资料可能有疏漏之处,但并不妨碍得出这样的结论:在清代官方文献的出版方面,中华书局堪称一代之巨擘。

三、中华书局出版清代官方文献的特点

综观中华书局出版的清代官方文献,如下的一些作法为我们提供了有益的经验和启示。

1.选题方向持久

以上两表所列成果的出版时间显示,中华书局出版清代文献始自上个世纪 30 年代中期影印《古今图书集成》一役,至今已持续了 60 余年。其间,编辑更易了几代,但这一选题方向始终未变。持续的时间长,成果必然丰硕。

2.选题内容广泛

以上两表所列成果的内容还显示,中华书局出版的清代官方文献涉及政治、经济、军事、历史、民族、外交、科学、文学、地理、医学农业、水利等诸多门类,尤以反映民众反抗清朝统治斗争的内容较多,中外关系史档案充实完备。

3.整理出版方式多样化

多年来,或出版整理标点的排印本,或影印出版原档,而后者的比重渐增,更接近档案原貌。同时,将专题档案的整理与系列丛书的出版相结合。

4.在出版中融入编者的创造性劳动

以 60 年前影印巨著《古今图书集成》来说,其间配补缺页,加工描修,拍照制版,拼板印刷,总页数达 45000 页以上,付出了极大的工作量。

档案的编排、索引的编制是否便于利用,关系到出版质量,因此编辑加工工作还具有研究性质,绝非简单排列。使用过《筹办夷务始末》的学者,均有感于其编纂上的种种缺陷:全部文件均无名称,只按年号排列;书前无目录,书后无索引。民国时期故宫博物院影印该书时,亦未作任何加工。因此,这部书籍虽然史料丰富,却不便于使用。1965、1979 年中华书局重印道光、咸丰二朝《筹办夷务始末》,先后为各件档案——拟定了标题,并加编了索引,从而大大方便了读者。出版清代档案,一般字数多,印数少,无论是排印还是影印,出版社都要承担经济压力,对此,中华书局一直将社会效益摆在首选位置。

5.满足学术界的当前需求和长远需要

50 年代的《关于江宁织造曹家档案史料》,60 年代《天地会》、《哥老会》,70 年代《清代中俄关系档案史料选编》等的出版,都积极地配合了学术界当时的研究需求。而《清实录》、《清末筹备立宪档案史料》、《康熙起居注》等则又满足了清史研究的长期需要。

清代文献的大量出版,已经发挥出巨大的社会效益,具有历史和现实等多重意义,就其共性而言,有如下两方面:

其一,清代的档案史料是研究历史的真实史料,其中不乏孤本单帙,影印出版可使其化身千百,为更多人的利用提供了极大便利,因此受到中外学者的关注和欢迎。同时减少原件的使用率,使其得以长久流传,惠及子孙后人。

其二,清代文献的出版,有助于客观地研究评价各个历史事件,为国家各项建设事业、尤其是文史类的学术研究事业提供了大量第一手的历史信息,大大推动了清史及中国近代史等相关学科的研究。

中华书局出版的清代官方文献,已经硕果累累、蔚为大观,且极富特色,然而这仅仅是其成千上万的出版成果中的一小部分,因为在过去相当长的一段时期内,中华书局曾是文理兼营、百科兼收的综合性出版社。仅这一个断代的出版专题,已经充分显示中华书局所具有的历史眼光及其在历史文化的传承中所发挥的重要作用。

从各表所列书目资料,可知影印出版的清代官方文献已有不少,也可知尚待出版者仍有不少,它仍是一个大有可为的领域。

预祝中华书局的未来更加灿烂辉煌!

附表 1　故宫博物院出版清代文献一览(以出版时间为序)⑨

书　名	编　者	时　间
掌故丛编(1—10辑)	故宫博物院图书馆掌故部	1928—1941
甲子清室密谋复辟文证	清室善后委员会	1929
筹办夷务始末(道光朝)	[清]文庆等	1929
雍正朱批谕旨不录奏折总目	故宫博物院文献馆	1930
筹办夷务始末(咸丰朝)	[清]贾桢等	1930
筹办夷务始末(同治朝)	[清]宝鋆等	1930
文献丛编(1—46辑)	故宫博物院文献馆	1930—1943
史料旬刊(1—40期)	故宫博物院文献馆	1931
清太祖努尔哈赤实录	[清]鄂尔泰等	1931
清代文字狱档(1—9辑)	故宫博物院文献馆	1931—1934
文献丛编增刊(清三藩史料1—6辑)	故宫博物院文献馆	1932
清太祖武皇帝努儿哈奇实录	[清]刚林等	1932
康熙与罗马使节关系文书	故宫博物院文献馆编　王之相、刘泽荣译	1932
清宫史续编	[清]庆桂等	1932
清乾隆内府舆图	[清]何国宗、明安图等测绘	1932

书　　名	编　　者	时　间
清嘉庆朝外交史料	故宫博物院文献馆	1932
清道光朝外交史料	故宫博物院文献馆	1932
朝鲜迎接都监督厅仪轨	故宫博物院文献馆	1932
钦定河源纪略	[清]纪昀等	1932
太平天国文书	故宫博物院文献馆	1933
清军机处档案目录	故宫博物院文献馆	
清光绪朝中日交涉史料	故宫博物院文献馆	1933
清光绪朝中法交涉史料	故宫博物院文献馆	1933
清宣统朝中日交涉史料	故宫博物院文献馆	1933
朝鲜国王来书(崇德七、八年分)	故宫博物院文献馆	1933
故宫博物院文献馆现存清代实录总目	故宫博物院文献馆	1934
多尔衮摄政日记　附　司道职名册	清李若琳记述	1935
阿济格略明事件之满文木牌	李德启编译	1935
升平署岔曲	故宫博物院文献馆	1935
清内府库贮旧档辑刊	故宫博物院文献馆	1935
内客大库现存清代汉文黄册目录	故宫博物院文献馆	1936
清季各国照会目录	故宫博物院文献馆	1936
清内务府造办处舆图房图目初编	故宫博物院文献馆	1936
故宫俄文史料——清康熙间俄国来文原档	故宫博物院文献馆编　王之相、刘泽荣译	1936
名教罪人	故宫博物院文献馆	
清宫述闻	章乃炜	1937
苏州织造李煦奏折	故宫博物院文献馆	1937
总管内务府现行则例	[清]裕诚　文璧等	1937
升平署月令承应戏	故宫博物院文献馆	1937
清季教案史料(第1—2辑)	故宫博物院文献馆等	1937—1948
清代汉文黄册联合目录	故宫博物院文献馆等	1947

附表 2　其它出版社出版清代档案目录(以社名首字笔画为序,下同)⑩⑪

出版机构	书　名	编　者	时间
人民出版社	明清时期澳门问题档案文献汇编	中国第一历史档案馆等	1999
广西师范大学出版社	中国明朝档案总汇	中国第一历史档案馆 辽宁省档案馆	2001
	清代边疆满文档案目录	中国第一历史档案馆等	1999
	雍正朝汉文谕旨汇编	中国第一历史档案馆	1999
	乾隆朝军机处随手登记档	中国第一历史档案馆	2000
	嘉庆道光两朝上谕档	中国第一历史档案馆	2000
	咸丰同治两朝上谕档	中国第一历史档案馆	1996
	光绪宣统两朝上谕档	中国第一历史档案馆	1998
大象出版社	清代天文档案史料汇编	中国第一历史档案馆 北京天文馆古观象台	1997
上海人民出版社	辛亥革命	故宫档案馆等	1957
	洋务运动	中国近代史研究所 中央档案馆明清档案部	1962
	第二次鸦片战争	故宫博物院明清档案部等	1978—1983
上海书店	清太祖努尔哈赤实录		1989
上海古籍出版社	圆明园(清代档案史料)	中国第一历史档案馆	1991
	纂修四库全书档案	中国第一历史档案馆	1997
天津古籍出版社	鸦片战争档案史料	中国第一历史档案馆	1993
中国人民大学出版社	清末农民战争史料选编	中国人民大学清史所 中国第一历史档案馆	1983
	天地会	中国人民大学清史研究所 中国第一历史档案馆	1983
	清末农民战争史资料选编	中国人民大学历史系 中国第一历史档案馆	1991
中医古籍出版社	清宫医案研究	中国第一历史档案馆 中国中医研究院	1990

续表

出版机构	书　名	编　者	时间
中国社会科学出版社	太平天国文献史料集	中国社科院近代史研究所	1982
	康熙朝满文朱批奏折全译	中国第一历史档案馆	1996
中国财政经济出版社	中国第一历史档案馆馆藏清代朱批奏折财政类目录	中国第一历史档案馆	1991
中国政法大学出版社	清代"服制"命案:刑科题本档案选编	中国第一历史档案馆 东亚法律文化课题组	1999
中国科学出版社	中国地震历史资料汇编	谢毓寿　蔡美彪	1983 – 1987
中国档案出版社	中葡关系档案史料汇编	中国第一历史档案馆	2000
	康熙朝汉文之批奏折汇编	中国第一历史档案馆	1985
	清代中朝关系档案史料续编	中国第一历史档案馆	1998
	乾隆朝上谕档		
中国藏学出版社	元以来西藏地方与中央政府关系档案史料选编	中国藏学研究中心 中国第一历史档案馆编辑部 等	1994
	六世班禅朝觐档案选编	中国第一历史档案馆 中国藏学研究中心	1996
	清初五世达赖喇嘛档案史料选编	中国第一历史档案馆 中国藏学研究中心	2000
	中国第一历史档案馆所存西藏和藏事档案目录	中国第一历史档案馆 中国藏学研究中心	2000
宁波出版社	浙江鸦片战争史料	宁波市社会科学界联合会 中国第一历史档案馆	1997
辽宁人民出版社	雍乾两朝镶红旗档	关嘉录　佟永功译	1987
民族出版社	清代鄂伦春满汉文档案汇编	中国第一历史档案馆 鄂伦春民族研习会	2001
	满文土尔扈特档案译编	中国社会科学院民族研究所民族史研究室 中国第一历史档案馆满文部	1988
北京大学出版社	京师大学堂档案选编	北京大学 中国第一历史档案馆	2001
四川民族出版社	清代皇帝御批彝事珍档	中国第一历史档案馆	2000

续表

出版机构	书　　名	编　　者	时间
外文出版社	外国人镜头中的八国联军：辛丑条约百年图志（1900—1901）	中国人权发展基金会 中国第一历史档案馆	2001
江苏人民出版社	清中期五省白莲教起义资料	中国第一历史档案馆 中国社会科学院历史研究所	1981
江苏古籍出版社	雍正朝汉文朱批奏折汇编	中国第一历史档案馆	1991
西苑出版社	康熙皇帝御批真迹	中国第一历史档案馆	1995
	雍正皇帝御批真迹	中国第一历史档案馆	1995
	乾隆皇帝御批真迹	中国第一历史档案馆	1995
光明日报出版社	清初内国史院满文档案译编	中国第一历史档案馆	1989
	清政府镇压太平天国档案史料	中国第一历史档案馆	1991
华文出版社	澳门历史地图精选	中国第一历史档案馆 澳门一国两制研究中心	2000
社会科学出版社	太平天国文献史料集	中国近代史所资料室	1982
兵器工业出版社	中国近代兵器工业档案史料	中国第一历史档案馆 兵器工业总公司	1993
华东师范大学出版社	清代官员履历档案全编	中国第一历史档案馆	1997
华宝斋富翰文化有限公司	清宫御档	中国第一历史档案馆	2001
国际文化出版公司	英使马嘎尔尼访华档案史料汇编	中国第一历史档案馆	1996
	清代中国与东南亚各国关系档案史料汇编	中国第一历史档案馆	1998
岳麓书社	左宗棠未刊奏折	中国第一历史档案馆 湖南《左宗棠全集》整理组	1987
海洋出版社	清末海军史料	张侠等	1982
海南出版社	故宫珍本丛刊	故宫博物院	2000

续表

出版机构	书　　名	编　　者	时间
浙江人民出版社	鸦片战争的浙江	中国第一历史档案馆 舟山市社联	1992
	鸦片战争在舟山史料选编	舟山市社联 中国第一历史档案馆	1992
档案出版社	清代帝王陵寝	中国第一历史档案馆	1982
	乾隆朝上谕档	中国第一历史档案馆	1991
黄山书社	雍正朝满文朱批奏折全译	中国第一历史档案馆	2000
黑龙江人民出版社	清代黑龙江历史档案选编	中国第一历史档案馆满文部 黑龙江社科院历史所	1986
福建人民出版社	康熙统一台湾档案史料选辑	厦门大学台湾研究所 中国第一历史档案馆编辑部	1983
	郑成功档案史料	厦门大学台湾研究所 中国第一历史档案馆编辑部	
	郑成功满文档案史料选译	厦门大学台湾研究所 中国第一历史档案馆编辑部 与满文部	1987
	福建·上海小刀会档案史料选编	上海师范大学历史系中国近代史研究室 中国第一历史档案馆编辑部	1993
新知识出版社	中法战争	中国史学会 故宫博物院档案馆 中国科学院历史研究所第三所近代史料编辑室	1955
群众出版社	盛京刑部原档(清太宗崇德三年至四年)	中国人民大学清史研究所 中国第一历史档案馆译	1985

附表 3　其它出版社出版清代官修书籍目录[12][13]

出　版　社	书　　名	编　著　者	时间
人民卫生出版社	医宗金鉴	〔清〕吴谦等	1957
广益书局	医宗金鉴	〔清〕吴谦等	1953
三秦出版社	宗镜录	〔宋〕释延寿撰	1995
	钦定钱录	〔清〕纪昀等编纂	1990

续表

出　版　社	书　　名	编　著　者	时间
上海书店	广群芳谱	[清]汪灏等	1985
	康熙字典	[清]张玉书等	1980
	清代文字狱档	故宫博物院文献馆编	1986
上海古籍出版社	历代职官表	[清]黄本骥	1965
	升平署岔曲(外二种)	林虞生标点	1984
	四库全书	[清]四库馆臣	1986
	全唐诗	[清]彭定求等　黄钧、蒋骥骋标点	1986
	历代职官表	[清]纪昀等	1989
	全唐文(附唐文拾遗唐文续拾读全唐文札记)	[清]董诰等	1990
	佩文斋书画谱　秘殿珠林	[清]孙岳颁等	1991
	石渠宝笈	[清]张照、梁诗正等	1991
	历代通鉴辑览	[清]傅恒等	1991
	子史精华	[清]张廷玉等	1991
	历代题画诗类	[清]陈邦彦等	1994
	康熙字典	[清]张玉书等	1985
	御纂周易折中	[清]李光地等	1990
文物出版社	乾隆版大藏经	[清]弘昼等	1989
天津古籍出版社	兰州纪略	中央民族学院图书馆编	1985
	平定金川方略	清方略馆纂　西藏社会科学院西藏学汉文文献编辑室编	1987
	平定两金川方略	清方略馆纂　西藏社会科学院西藏学汉文文献编辑室编	1987
	皇舆表	[清]喇沙里等	1987
	钦定巴勒布纪略	清方略馆原撰　陈家琎主编	1990
	钦定皇舆西域图志	[清]褚廷璋等原纂　吴丰培主编	1986
	新定九宫大成南北词宫谱校译	刘崇德	1997

续表

出版社	书名	编著者	时间
中州古籍出版社	全唐诗	[清]彭定求等 黄钧、蒋骥骋等标点	1998
中国藏学出版社	钦定理藩部则例	[清]松森等撰 中国藏学研究中心编辑	1988
内蒙古人民出版社	蒙古源流(新译、校注)	[清]萨囊彻辰著 道润梯步译校	1981
宁夏人民出版社	钦定石峰堡纪略	杨怀中标点	1987
	钦定兰州纪略	杨怀中标点	1988
辽宁民族出版社	满洲源流考	[清]阿桂等撰 孙文良、陆玉华点校	1988
辽沈书社	崇德三年满文档案译编	季永海 刘景宪译	1988
	八旗满洲氏族通谱	辽宁省图书馆古籍部整理	1989
	皇清职贡图	[清]傅恒等	1991
北京市中国书店	钦定词谱	[清]陈廷敬等	1983
	佩文斋书画谱	[清]王原祁等	1984
	亲征平定朔漠方略	清官修	1986
北京古籍出版社	日下旧闻考	[清]于敏中等	1985
	国朝宫史	[清]鄂尔泰、张廷玉等	1987
	国朝宫史续编	[清]庆桂等	1995
	钦定国子监志	[清]文庆等纂修 郭亚南等点校	2001
北京图书馆出版社	古今图书集成图	清官修	1997
	钦定工部则例续编	清官修	1997
江苏广陵古籍刻印社	词林典故	[清]张廷玉等	1989
	皇朝词林典故	[清]朱珪等	1990
	皇舆表	[清]揆叙等	1992
农业出版社	授时通考校注	马宗申校注 姜义安参校	1991
成都古籍书店	康熙字典	[清]张玉书等	1980
全国图书馆文献缩微复制中心	安南纪略	[清]方略馆	1986
	钦定台规	[清]延煦等	1989
陕西人民出版社	清凉山志	《清凉山志》标点组	1989

出 版 社	书　　名	编 著 者	时间
建文书局	医宗金鉴	[清]吴谦等	1953
岳麓书社	全唐诗	[清]彭定求等编　黄钧、蒋骥骋等标点	1998
	康熙词谱	[清]陈廷敬等	2000
	康熙曲谱	[清]陈廷敬等	2000
燕山出版社	清历朝圣训	清官修	199?

附表4　台澳出版清代文献目录⑭

出版机构	书　　名	编 撰 者	时间
广文书局	日知荟说	[清]高宗	1977
	钦定平定台湾纪略	清官修	1987
	钦定福建省海外战舰则例		1987
	清代名臣奏议		1974
大通书局	清太祖努尔哈赤实录	[清]张廷玉等	1975
	清光绪朝中日交涉史料选辑		1984
	雍正朱批奏折选辑	[清]陈锦等	1984
	筹办夷务始末选辑		1984
	筹办夷务始末选辑补编		1984
文史哲出版社	清代准噶尔史料初编	庄吉发译著	1983
文海出版社	内务府庆典成案	清内务府	1979
	钦定宫中现行则例	清内务府	1978
	清末筹备立宪档案史料		1981
	筹办夷务始末(道光朝)	[清]文庆等	1966
	筹办夷务始末(咸丰朝)	[清]贾桢等	1966
	筹办夷务始末(同治朝)	[清]宝鋆等	1966
中央研究院历史语言研究所	明清档案	张伟仁编	1995
	清太祖朝满文老档	广禄、李学智译注	1995
中央研究院近代史研究所	教务教案档	中央研究院近代史研究所	1975
	外交档案目录汇编	中央研究院近代史研究所档案馆	1991
世界书局	景印摛藻堂四库全书荟要	[清]高宗	1988

续表

出 版 社	书　名	编 著 者	时间
台北故宫博物院	清宫御旨档台湾史料	洪安全	1996
台湾银行	清历朝实录选辑		1954－1964
	清光绪朝中日交涉史料选辑		1965
	筹办夷务始末选辑		1964
	筹办夷务始末选辑补编		
台湾商务印书馆	景印文渊阁四库全书	清四库馆臣	1985
成文书局	清代朱卷集成	顾廷龙	1992
	关于江宁织造曹家档案史料	伟文图书出版社编辑部	1977
伟文图书出版社	清代禁毁书从刊		1977
华文出版社	大清历朝实录	清实录馆臣	1970
联经出版事业公司	清代起居注册(咸丰朝)	[清]沈兆霖等	1983
	清代起居注册(同治朝)	[清]桂清杨等	1983
	清代起居注册(光绪朝)	[清]徐致祥等	1987
鼎文书局	古今图书集成	[清]蒋廷锡、陈梦雷等	1985
	清光绪朝文献汇编		1978
澳门基金会	澳门问题明清珍档荟萃	中国第一历史档案馆	2000

本文各表资料来源如下：

①　《中华书局图书总目(1912—1949)》,中华书局编辑部编,中华书局,1987年。

②　《中华书局图书目录》(第一编〈下〉1979—1986),中华书局编辑部编,中华书局,1987年。

③　《古籍整理图书目录(1949—1991)》,国务院古籍整理出版规划小组办公室编,中华书局,1992年。

④　《古籍整理出版情况简报》1—370期,全国古籍整理出版规划领导小组办公室编,中华书局。

⑤　同①。

⑥　同②。

⑦　同③。

⑧　同④。

⑨　故宫博物院图书馆馆藏目录。

⑩　同③。

⑪　同④。

⑫　同③。

⑬　同④。

⑭　中国国家图书馆"联机公共目录检索系统"。

中华书局与中外关系史研究

东北师范大学历史系　崔　丕

中华书局自从建立至今,已经经历了90年的风雨。以1949年中华人民共和国的建立作为分水岭,中华书局的发展方向、发展环境、发展机制、发展速度,无论是哪一个方面,都发生了巨大的变化。但是,在这90年的艰辛历程中,出版有关中外关系史研究领域的论著、整理和翻译有关中外关系史的重要资料,虽然不是中华书局经营的重点领域,却始终是中华书局的经营方向之一。中华书局在推动我国的中外关系史研究发展方面,立下了汗马功劳。在某种意义上说,出版有关中外关系史的研究著作和研究资料,也是中华书局的光荣的历史传统。

中华书局对中外关系史研究著作的出版,倘若从出版物的研究领域上划分,大体上包括这样几个类别:1.中西交通史和中西文化交通史。相对说来,这类图书的学术色彩浓厚,政治色彩淡薄。2.中外关系史和帝国主义侵略中国史。这类图书的政治色彩浓厚,学术色彩却因时代的变迁和作者的文化背景不同,存在着相当大的差别。倘若从出版物的属性上划分,有研究著作、研究资料、工具书、普及读物。在中华书局90年的发展历程当中,这四类出版物在不同的历史时期所占的地位截然不同。

在中华人民共和国建立以前,帝国主义列强纷纷在中国攫取各种利益,一系列不平等条约和协定,犹如一条条枷锁捆绑在中国人民的周身。中华民族处在水深火热之中。当然,中国民族解放运动也正是在这种环境下才发展起来的。中华书局从1924年开始出版《国民外交小丛书》。1932年又有《国际丛书》、《东北研究丛书》、《东北小丛书》的编印。《国民外交小丛书》共出版10余种,对近代中外关系特别是中日关系、中英关系、中俄关系、中美关系、中德关系、帝国主义的领事裁判权和门户开放政策等,作了介绍和分析。《国际丛书》共约30种。其中,张永懋著《日美关系略史》、梅剑文著《太平洋上的争霸战》,都与中外关系密切相关。《东北研究丛书》和《东北小丛书》对日本帝国主义侵略中国东北的阴谋和东北的社会、金融、铁路、矿产、贸易、农业以及"满铁"的真相,作了剖析和说明。这些书籍,最突出的特点当然是其通俗性。相比之下,在有关中外关系史研究资料的整理和翻译方面,除了王光祈翻译的《中俄关于蒙古问题的外交文件》、《中英关于西藏问题的外交文件》外,寥寥无几。毫无疑义,在促进国民认识中国社会发展的外部环境、揭露帝国主义尤其是日本帝国主义侵略政策和罪行,维护民族尊严、主权独立和领土完整,激励中国人民的民族主义思想方面,这些读物发挥了重要的作用。这种特点,乃是特定历史条件下的产物,人们也不应该苛求。

中华人民共和国建立以后,中苏战略同盟与中美全面对抗、中苏关系逐渐恶化与中美关系逐渐缓和、中日历史问题的争论日益突出,成为中华人民共和国对外关系发展的显著特征。中国出版事业的双重属性,决定了中华书局有关中外关系史的出版物无法回避这种现实。同时,中华书局从原来的多元化经营向古籍整理与研究的专业化转变,同样限制了中华书局在中外关系史研究著作领域的发展。20世纪50—60年代,在中华书局出版的有关中外关系史的研究论著当中,以美国侵华史著作居多。比较珍贵的史料文献,只有宓汝成编《中国近代铁路史资料(1863—1911)》,张星烺、朱杰勤先生的《中西交通史料汇编》,徐义生编《中国近代外债史统计资料》等数种。20世纪70年代,几乎都是有关沙皇俄国侵略中国史的通俗读物。而有关中俄关系史研究的重要外文译作,几乎全部都是由商务印书馆出版的。

20世纪80年代以来,中华书局重新呈现强劲的发展势头,在群雄鼎立的格局中确立了自己的特色和地位。大型基础研究史料与严谨的科学研究著作相继出版。一方面,中华书局在组织修订《中国近代史资料丛刊》的过程中,增补了相当数量的新史料,并且出版了《帝国主义与中国海关》(第十五编)、《英国蓝皮书有关义和团运动资料选译》(胡滨,1980年)、《俄国外交文书选译》(陈春华等译,1988年出版)这样的专题资料。另一方面,中华书局出版了像《顾维钧回忆录》这样的雅俗共赏的长篇传记文献。特别是,中华书局敏锐地捕捉到了中华民国史研究的发展机遇,有关中日关系史的研究著作和研究资料集的出版数量,急剧增加。有关中日关系史研究的国外资料译著,明显增加。前者如苏崇民先生的《满铁史》,后者如吉林省社会科学院集体整理的《满铁史资料·路权篇》、《满铁史资料·煤铁篇》、《日本帝国主义侵华档案资料选编》。应该说,这些出版物,已经构成中华书局有关中外关系史研究论著出版物的一个特色,而且必将对我国的中外关系史研究产生积极的影响。

今天,冷战时代已经结束,中国社会主义建设事业面临着新的发展环境。对亚洲冷战史、亚洲冷战当中的热战、冷战时代中外关系史等方面的研究,正在成为国际学术界研究的热点。中华书局也同样面临着一个新的发展机遇。作为中华书局有关中外关系史研究论著的忠实读者和受益者,在这里,仅就今后有关中外关系史研究论著和研究资料的整理问题,略陈管见。

首先,我们应该关注国外大型历史档案文件的解密状况,不失时机地将其翻译介绍进来。自从20世纪80年代以来,美国、英国、日本以缩微胶卷的方式,公布了一批冷战时期的绝密文献。其中的相当部分,恰恰又是中外关系史研究不可缺少的史料基础。然而,其数量之大、利用费用之高,严重限制了中国学者对其的整理和研究。如《美国国家安全委员会文件 1947—1977 年》,至今已经解密有 42 个缩微胶卷,倘若按照中文计算,总字数当在千万字以上。如果按照其内容分类,美国的国家安全基本政策、美国对外援助政策、美国东西方贸易管制政策、美国对苏联、东欧政策、美国亚洲政策、美国对日政策、美国对朝鲜半岛政策、美国对东南亚和印度支那政策等方面的文件,无不与研究中外关系史密切相关。我国学者在研究冷战时期的中美关系史时,比较多的是利用美国国务院的《美国对外关系文件集》,尽管其中也收录了一定数量的美国国家安全委员会文件,但是,其完整性、系统性、原始性,仍然是无法相比的。又如,英国政府公开的《英国外交部文件》、《英国内阁会议文件》当中,包括英国承认中华人民共和国问题、英国与朝鲜战争问题、英国对华贸易管制问题等等方面的历史研究资料。但是,与美国政府不同,英国政府没有以印刷品的方式公开其中的内容。直到现在为止,能够利用这批缩微胶卷的中国学者只是极少数。再如,台湾"中华民国外交问题研究会"早在 20 世纪 60 年代就开始整理和公布有关《旧金山对日和约》、《日台和平条约》(包括在《中日外交史料丛编》之内)的历史档案,日本政府直到 80 年代才开始陆续公开战后中日关系的历史档案。如:B—0010:《旧金山对日和约》、B—0023:《日华贸易及支付处理》、E—0015:《对共产党国家输出统制委员会·日本加入》、E—0005:《贸易管理关系杂件》等等。我相信,如果我们能够将这批历史档案选译出版,将其与我国国内的历史档案文件相互校勘,必将使我国的中外关系史研究接近国际学术界的前沿,甚至走在国际学术界的前面。

其次,中外关系史研究的发展,离不开汲取国际学术界已有研究成果。一般说来,国际学术界对中华人民共和国对外关系史的研究成果,有的是在美国东亚遏制政策、苏联远东政策、英国亚洲政策、日本对华政策这些领域体现出来的,有的是在朝鲜战争、越南战争、中印边境战争、台湾海峡危机、东西方贸易管制政策史这些领域体现出来的。在史料学基础方面,有的是依靠单一语言史料,有的是建立在对多国历史档案文件的比较研究之上的。在历史观方面,有的是属于"正统学派",有的是属于"现实主义学派"或"修正主义学派"。我认为,在组织翻译国外学术研究著作时,应该优先考虑那些"修正主义学派"利用多国历史档案撰写的著作。这样,可以使我国的读者了解国际学术界的新动向。

再次,在整理翻译国外历史档案文献时,可以考虑采取"原文原档"的形式进行编辑。所收录的档案文件来源于哪一种语言,就使用该种语言处理。20 世纪 70 年代以来韩国高丽大学编辑出版的《旧韩国外交文书 1876—1910 年》、1999 年 11 月日本东京大学出版会出版的《日美关系资料集 1945—1997 年》(细谷千博主编),可以说就提供了这方面的范例。采取这种方式,既有利于专业研究人员的使用,又有利于促进中国学术研究与国际学术研究的交流。

"只知古而不知今,必陷于昧。只知今而不知古,必陷于陋。不知古今而言未来,必陷于妄。"在纪念中华书局成立 90 周年的时刻,愿以《吕氏春秋》编者之言,与中华书局的朋友们共勉。

中华书局的出版活动与我国
近现代教育文化学术的发展

北京大学信息管理系　王余光

武汉大学信息管理学院　吴永贵

一、中华书局的成立及成立前的时代背景

中华书局是我国近现代出版史上第二大民营出版社,于 1912 年 1 月 1 日,由陆费逵(伯鸿)、陈寅(协恭)等人在上海创办。与中华民国同时宣告诞生的中华书局,是辛亥革命胜利的直接产物,同时也与清末"废科举、兴学堂"所带来的教育大发展有很大关系。1901 年,清政府在义和团运动和八国联军入侵的沉重打击下,为了自救,被迫实行"新政"。教育改革是"新政"种种改革措施中的一个重要方面,也是取得成效最大的一个方面。1904 年,清政府颁布了癸卯学制,次年,又诏谕废除了科举制度。这两项措施促进了各地新式学堂的飞速发展。根据当时学部统计,1907 年全国学生数为 1026988 人,到 1909 年已达 31626720 人。新式学堂的兴办为教科书出版带来了十分广阔的出版市场。创办时间早于中华书局的商务印书馆,就是这一市场的最早得益者。在中华书局成立前,商务印书馆的教科书编辑出版实力已是十分雄厚,而中华书局能从商务印书馆眼皮底下崛起,则得益于辛亥革命所提供的时代机遇。

1911 年,苟延残喘的清政府已奄奄待毙,国内革命的势头风声鹤唳。作为日知会会员的陆费逵预感到一个崭新的时代即将来临,正是自己创业的大好机会,于是秘密组织同志,提前编写适合未来中华民国政体的教科书。而此时的商务印书馆为了求稳,不敢冒政治上的风险,依然决定印刷那些印有大清图案的教科书。1912 年元旦,中华民国临时政府宣告

成立,"清学部颁行之教科书,一律禁用",商务印书馆教科书很快便不合时宜。而中华书局编的"中华教科书",紧跟政体改革,及时地把政治形势的变化反映到教材中。如在国文教科书中,宣扬南京临时政府的成立,提倡爱国旗、爱中华,称临时大总统孙文"为共和奔走二十余年,是中国第一伟人"。显然,中华书局教科书以其内容上的标新,使得商务印书馆的旧教科书顿时黯然失色。尽管商务印书馆当时并没有坐以待毙,而是积极地亡羊补牢,但无论是挖改修补,还是另编重排,都不是短时间所能奏效。于是在这段无可奈何的时间差中,商务的大片教科书市场被新起的中华书局广泛接收,业已丢失的江山也再没能把它索讨回来。从此,我国教育界多了一个服务于新教育的教科书编辑家和供应商,我国出版界多了一个与商务印书馆相匹敌的大型出版机构,新的出版格局由此形成,出版界的竞争随之更加激烈,书业经营更加多姿多彩。

二、中华书局对我国近现代的学术文化贡献

我国近现代教育的进步、学术的发展、文化的革新,是多重因素共同作用的结果。出版作为其中的"工具性"因素是一支不容忽视的重要力量。出版见证了教育、文化、学术建设的全过程,而出版物则记录了学术文化发展的丝丝脉络。作为具体文化行为的出版活动,往往投射着出版人强烈的文化主观意识,影响所至,甚或关乎学术文化的历史进程与方向。中华书局作为我国近现代出版史上第二大综合性出版机构,以其严肃认真的出版人作风,量多面广的出版物规模,精益求精的出版物质量,对我国近现代学术文化的发展作出了重大贡献。细说起来,有如下几个大的方面:

1.教科书及教育类图书出版方面。教科书是教学双方不可缺少的重要教学工具,任何新型的教育模式,如果没有与之相适应的教科书配合,都很难真正立稳根基,取得预期效果。中华书局通过对这一教学工具的编写、出版和供应,直接作用于我国近代学校教育的发展进程。中华书局编写出版的教科书,涉及学科门类广——凡政府颁布的课程标准中所罗列的几乎所有课程,中华书局都编写有相应的教科书;涉及教育层次多——从小学到中学、大学,从师范学校到专科学校,中华书局都有教科书供应。据统计,解放前中华书局一共编写了10套小学教科书,8套中学教科书,8套师范用书,1套中等农业教科书,1套中等商科教科书,和1套大学用书;出版印刷数量大——过去全国各学校使用的教科书中,有十分之三是中华书局供应的。这些教科书以其与时俱进的精神风貌、严肃认真的编辑作风、一以贯之的服务宗旨,适应了不同时期不同教学对象的不同教学需要。它们在承载着知识传播重任的同时,也将社会思想、价值观念、思维方式、语言规范等文化因子,潜移默化到受教育者的血脉深处,并最终影响到一个时代的发展。从这个角度上说,近现代广为应用的中华书局教科书,其意义就超出了单纯的知识教育范畴,同时肩负着人生教育、社会教育的重任。

中华书局对我国近代教育的影响,绝不仅限于教科书一门。从中华书局的出版物目录

中,我们还会看到:(1)有关教师及教育研究人员参考用的教育理论书籍342种;(2)有关孩子们课外阅读用的儿童读物近2000种;(3)有关成人补习知识用的平民课本、民众课本14套,以及专门为民众策划的民众通俗读物丛书11套;(4)有关英语学习者学习语言用的英语读物347种;(5)有关普及国语教育用的国语图书93种。教育理论书籍对提高教师的教学水平,拓展人们教育实践活动的视野,激发人们探索中国教育出路的热情,无疑是大有裨益的;儿童读物可以有效地弥补学生课堂教学之不足,有助于青少年增长见识,学习技能,开阔视野,丰富思想,培养情操,体验美感;成人教育书籍以供成人补习知识为目的,是上个世纪二三十年代平民教育运动和乡村教育运动的一个重要组成部分;英语图书涉及到英语教学、语音文字、语法修辞、词汇翻译、字典词典、读本读物等多个不同的门类,在引进国外先进的英语教学法和提高英语学习者的英语水平方面,厥功甚伟;而国语图书对普及民众国音国语知识,推动国语教育方面,功劳至大。

2.学术图书出版方面。学术图书的出版,是一个时代学术发展水平的见证,同时又为那个时代的学术建设服务。中华书局历年出版的学术性图书,涉及学科门类既广,数量品种亦多,而且在出版方式上,多以丛书的形式刊行,主要有:新文化丛书43种;新中华丛书72种;少年中国学会丛书24种;中华学艺社学艺文库4种;哲学丛书4种;佛学丛书2种;社会科学丛书29种;国际丛书26种;国防丛书10种;合作丛书4种;新中学会经济丛书2种;中华学艺社丛书1种;音乐丛刊13种;中等算学研究会丛书2种;算学丛书5种;科学丛书6种;农业丛书26种;中国计政学会丛书6种;史地丛书4种;史学丛书6种;新世纪丛书5种等。另外,大学用书91种,既可看成是教材,也可视作是学术性丛书。

在近现代学者的学术性著作出版方面,以梁启超的《饮冰室合集》最为著名。中华书局出版梁氏的文集,一共有三次,一次比一次完备。1916年出版了《饮冰室全集》,线装48册。1926年出版了梁廷灿编的《乙丑重编饮冰室文集》,线装80册。1929年梁启超逝世后,1932年出版了梁的故友林志钧(宰平)重新编辑的《饮冰室合集》。《饮冰室合集》分为两大类,全部按年编排。甲类《文集》,共16册,45卷;乙类《专集》,共24册,103卷。全书40册,148卷。以往各种梁集,大都只收政论、散文,很少收专著。《合集》则不同,它不仅基本上将已印之政论、散文、专著全部收录,而且还辑入不少未印文稿,刊登了"残稿存目",比较全面地编订了梁启超一生的著述。这样做的结果,"借可窥见作者思想之发展及三十年来政局及学术界转变之迹"。该书出版后,受到当时学术界和社会的好评,并于1936年、1941年重版发行。

3.工具书出版方面。工具书一贯被人称为"案头顾问"、"无声老师",倍受读书人重视。过去中华书局出版的工具书中,以1915年出版的《中华大字典》和1936年、1937年出版的《辞海》最为有名。《中华大字典》是辛亥革命以后,最早出现的一部重要辞书。该书主编徐元诰、欧阳溥存、汪长禄,参订者陆费逵、范源濂、戴克敦等共三四十人。全书收字46867个,总字数400余万言,行世后70多年时间内,一直是我国收字最多的汉语字典。《中华大字典》是以《康熙字典》为蓝本编纂而成,它总结吸收了《康熙字典》问世以来二百多年文字学研究成果,校正了《康熙字典》错误凡四千余条,增收了近代方言和翻译中的新字,反映了强烈的时代特征。《中华大字典》虽说在引文、释义等方面仍有不少错误失当之处,但作为现代辞书编纂的先行者,体现了我国辞书今后发展的方向。该书出版后,深受读者欢迎,一再重印。时隔多年后的今天,它仍然不失为一部可用的较好的字典,在研究中国历史、语言、文字等方面,依然具有重要的参考价值,也是我们学习研究古代汉语不可多得的案头书之一。

《中华大字典》从着手到杀青,前后亘时凡六年;而中华书局的另一部大型辞书《辞海》的编纂,更是旷日持久,经百余人先后二十年之努力,始告完成。《辞海》主编者列名为舒新城、徐元诰、张相、沈颐。这四位主编者分别在不同时期,主持了《辞海》的实际编纂工作,而在通盘的组织和安排方面,总经理陆费逵功不可没。《辞海》收单字 13955 个,语词 21724 条,百科词目 50124 条,计 85803 条,是我国继《辞源》出版之后的又一大型百科辞典。《辞海》比《辞源》晚出,因而能够在《辞源》的基础上取长补短,后出转精。在语词上,《辞海》注重百科词语的收罗,注重时代新词的收集,体现了鲜明的时代特色和实用特征;在编纂上,《辞海》引书标注出处,义项较齐全,引证较充实,释文写法格式也较一致,而且用新式标点句读,这些都是后出转精表现之所在。为了适应不同层次读者的需要,中华书局曾出版有不同印刷纸张、不同装订形式、不同销售价格的 6 种《辞海》版本。据统计,各种版本的印刷总数在 100万部以上,由此可见《辞海》在过去中国文化界学术界的巨大影响。《中华大字典》、《辞海》这两部大书,代表了解放前中华书局工具书编纂的最高水平,对后世的影响也最深最远。除此之外,中华书局还出版了数百种中小型语文词典和专科词典,以及其他类型的一些工具书,在便利学者的查考与检索上发挥了重要作用。从我国近现代辞书发展的历史过程来考察,中华书局作为一支主要生力军,作出了不可磨灭的历史贡献。

4.古籍出版方面。在我国近现代出版史上,古籍的出版蔚为大观。究其原因,一方面是受"五四"新文化运动"国故整理"思潮的激荡,另一方面也是"新图书馆运动"蓬勃开展的结果。解放前,中华书局出版的古籍中,以《四部备要》和《古今图书集成》,堪称巨大出版工程。《四部备要》自 1922 年开始发售预约,以后分年分集出版。在此之前,商务印书馆已有《四部丛刊》的刊行。商务印书馆的《四部丛刊》重视善本,采用影印的印刷方式以求"存真"。中华书局的《四部备要》则别取一路,以自家的特色同样赢得了读者的青睐。这些特色可概括为五:实用举要,体例更加完备;采用底本,多为精善校本;取便研读,多用注释之本;学须门径,重视清人著作;聚珍排印,古雅清晰悦目。因受到读者的欢迎,中华书局 1935 年又印行了洋装 16 开点句本,1936 年再版并出缩印本,内容与初版相同。

《古今图书集成》是我国现存最大,收罗最广博,内容最丰富的一部类书,被外国人称之为"康熙百科全书"。《古今图书集成》在雍正四年,以铜活字排印,仅 64 部。光绪十年,上海图书集成局排印扁体字,讹误脱叶,不可胜数。1890 年,同文书局照原书大小影印 100 部,分存京沪,留沪者不久即遭火灾。至 20 世纪 20 年代,该书市场上除扁体本外,罕见传本。1933 年冬,中华书局以 1 万元的价格从陈炳谦处购得原书作底本,以最经济的 3 开本形式,从 1934 年开始,将之影印出版。在原书几近绝迹的情况下,中华书局的这一出版行为,确具有文化抢救的意义。

排印《四部备要》,影印《古今图书集成》,是解放前中华书局在古籍整理方面足以骄矜后世的大事,它对古籍文献的保存和传统文化的传播都有着十分重要的意义。除了这两部大书外,中华书局还出版了标点本"二十四史"、《中国文学精华》、《袖珍古书读本》等其他一些古籍,在当时的学术文化界也有相当大的影响。

5.杂志出版方面。杂志以出版周期短、售价低廉、便于携带等特点见长,同时它又可以像图书那样展开深入的学理讨论,从而影响文化学术、世道人心。可以说杂志兼有报纸图书两者的功能,因而倍受文化传播者和读者双方的欢迎。解放前中华书局或由自己编印,或代他人发行的杂志种数约有 40 种左右。民初发行了《中华教育界》、《中华小说界》、《中华实业界》、《中华妇女界》、《中华学生界》、《中华童子界》、《中华儿童画报》、《大中华》等杂志,在当时号称为"八大杂志"。其中以《中华教育界》和《大中华》最为著名。

《大中华》于 1915 年 1 月 20 日创刊,由梁启超担任主任撰述,以"养成世界知识"、"增进国民人格"、"研究事理真相,以为朝野上下之南针"为办刊宗旨。从《大中华》各期的内容来看,这一办刊宗旨得到了切实贯彻。特别是它以独立精神办刊的作风,深得知识界、舆论界好评。1 卷 8 期上发表的梁启超的《异哉所谓国体问题者》,矛头直接指向当时甚嚣尘上的袁世凯帝制复辟阴谋。这种大胆的政论对当时的社会舆论起到了鼓动作用。可惜的是,这样一份有影响、有个性的杂志,因经济原因,只延续了两年时间就被迫停刊了。

《中华教育界》是中华书局创刊时间最早,存世时间最长的一份教育研究性专业刊物。自 1912 年创刊以来,《中华教育界》一直注重及时地反映和报道各种教育新学说、新思潮、新方法和新实验;注重组织力量对重要的教育问题进行深入的学术研讨;注重刊发那些在内容上切中时弊、不蹈玄虚的文章,以便教育部门的实际应用;注重向教育界提供有价值的教育参考资料等。在三十多年的办刊实践活动中,《中华教育界》始终站在中国教育改革的最前沿,发表了许多有影响的教育观点,传播了许多切实可行的教学方法和教学经验,提供了许多有价值的教学参考资料,对我国近现代教育事业的发展作出了重大贡献。

1917 年中华书局发生"民六危机"后,中华书局的"八大杂志",除《中华教育界》外,都先后停刊。1919 年 4 月《中华英文周报》创刊,相隔 3 年后《小朋友》创刊。这两份刊物的刊行时间都在二十年以上,前者是英语学习者的良师益友,后者是十岁左右孩子们的知识乐园。两份刊物都因质量优良而拥有很高的发行量。中华书局的少儿刊物,除了最有影响的《小朋友》外,还有《小弟弟》旬刊(1922 年 5 月创刊)、《小妹妹》旬刊(1922 年 5 月创刊)、《儿童文学》月刊(1924 年 4 月创刊)、《小朋友画报》半月刊(1926 年 8 月创刊)、《少年周报》周刊(1937 年 4 月创刊)等。这些少儿刊物大多刊期不长,长的不过三四年,短的仅有几个月,但在提高少年儿童的素质教育方面,都或大或小地作出了一份贡献。

上个世纪 20 年代,中华书局代为发行的杂志约有十几种,其中著名的有《教育丛刊》、

《教育汇刊》、《中等教育》、《心理》、《国语月刊》等教育类杂志；《诗》、《戏剧》等文学类杂志；《解放与改造》、《少年中国》、《学衡》等综合性杂志。这些杂志在学术、文学等领域都有各自的一席之地。而中华书局在 30 年代创刊的杂志中，以《新中华》半月刊最为有名。《新中华》以"灌输时代知识，发扬民族精神"为宗旨，约请薛暮桥、胡乔木、千家驹、于光远、李石岑、耿如淡、钱亦石、何思敬、郁达夫、巴金、丰子恺等名家撰稿，是我国 30 年代与《东方杂志》、《申报月刊》齐名的三大综合性杂志之一。

三、中华书局的成功经营之道

虽说，中华书局最初的崛起，在很大程度上得益于政体变更而带来的出版商机，但中华书局能在以后的长期出版岁月中，无论是整体的出版实力，还是每年的出书规模，都稳坐出版界的第二把交椅，则不能不说是中华书局在经营上筹划有道、经营有方的结果。大致说来，可概括为如下几个方面：

1. 重视印刷。中华书局因教科书的成功，使得教科书的印刷业务量大增。中华书局在成立后不久，就筹建起自家的印刷所，对内印刷本版书刊，对外承接社会印件。1916 年，中华书局扩大印刷规模，建新厂于上海静安寺路，厂屋宏大，光线充足。设备上，一方面不断引进德美等国最新的印刷机械，另一方面又先后并入右文印刷所、彩文印刷局、聚珍仿宋印刷局等厂的机器生财；人才上，一方面高薪聘请国内外高级技师，另一方面则派人出国考察与培训。因此印刷能力和印刷业务发展迅速，特别是在彩印方面，因设备好，技术精，招揽的印件尤多。30 年代前期承印的大宗印件有：财政部之公债票库券；各银行公司之股票、钞票、支票；各大公司工厂之商标；南洋兄弟烟草公司之香烟壳纸，以及申报馆发行之中国分省新图等。到了 1934 年，随着印刷业务的巨大发展，原先的厂屋又不敷应用，1935 年另建新厂于澳门路。新厂占地十余亩，建有四层钢筋水泥结构的大楼五幢，在印刷能力和技术水平上，比以前又有大幅度提高。经过一二十年的锐意经营，到抗战前的全盛时期，中华书局已在上海、香港拥有三个印刷厂，职工两千余人。在现代化设备和技术力量上，不仅在全国，就是在当时的东亚地区，也堪称是首屈一指。

印刷业的发展，在中华书局的经营活动中有着十分重要的意义。一方面，印刷业本身就是一条重要的生财之道，特别是在 30 年代中后期，国内出版业普遍萧条的情况下，印刷上的创利，甚至成为那一时期中华书局经营收入的主要来源。另一方面，印刷对出版活动也是一个极大的支持。自家的书刊交自家的印刷厂印，便于协调调度。旧时教科书课程标准很不稳定，教科书变更频繁。在这种情况下，抢出版速度往往是制胜的关键，中华书局强大的印刷生产能力，保证了季节性强的教科书及时有效的供应。在一些大型丛书的出版上，印刷的作用也十分突出。过去中华书局出版的《四部备要》、《古今图书集成》、《小学生文库》等大型丛书，多采用预约出版的方式。既是预约，就有日期上的限定，自家的印刷厂保证了计划的如期完成。

2.重视发行。中华书局是以教科书起家的,而要推销教科书,设分局势在必行。中华书局草创伊始,限于资金和人力,在没有力量广设分局的情况下,就设法利用各地有影响、有号召力的士绅合资开设分局。这个办法投资少,收效快,竞争能力强,确保了中华书局初始几年迅猛发展的需要。"民六危机"之后,中华书局加强了分局主权的控制,与人合办之分局大多收回自办。中华书局开办第一年,就先后设立了分局9处,代办分局10余处,随后几年,增至40余处,并将这一数字长期保持下来。全国各大城镇分局的设立,意味着给中华书局铺设了一个覆盖全国的发行网。1927年香港、新加坡分局的增设,则将这一发行网的范围,扩大到了南洋一带。

在过去书业批零售系统很不健全的情况下,中华书局主要依靠自己的力量而建立起来的分支机构,对本版书刊的积极推销,及流动资金的迅速回笼,起到了应有的龙头作用。然而,分支机构的功能还不仅限于此,有关读者信息的调查,有关与教育界的联络,有关大型图书的预定与发放等,都是分支机构的职责之所在。正是有了发行上的配合和支持,中华书局的图书才能够无远弗届,编辑部门策划的图书选题才能针对市场有的放矢,出版的图书才能受到读者的欢迎。

3.重视推广。翻开抗战以前的《申报》,我们几乎在每一天的报纸上,都能看到中华书局作的各种广告。广告上所宣传的,有图书,也有期刊;有印件的招揽,也有教具的促销;有招考工作人员的启事,也有招生学员的通知等,不一而足。广告中推销图书的方式也多种多样,有预约订购,也有特价告知,打的是价格牌;有一般图书内容特点的介绍,也有教科图书审定批语的刊登,打的是质量牌;有重点图书样本的赠送,也有各种图书目录的发放,打的是服务牌。教科图书既服务于学校,广告时间便选择在春秋两季。出版的图书既有主次大小之不同,刊登的广告也随之有频率及幅面上的分别。如此种种,既说明了中华书局对广告作用的重视,也体现了中华书局在广告宣传上的匠心。

《申报》只是中华书局选择的报纸广告媒体之一,另外,上海的《新闻报》、北京的《晨报》,也是中华书局宣传图书的阵地。而利用自家发行的期刊做书刊广告,有近水楼台之便利;在本版图书的后面开辟专门地方介绍相关图书,则有推荐引导之效果,中华书局都予以充分的利用。

4.重视人才。书业间的竞争,从根本的意义上说,是对人才的竞争。陆费逵能够带领中华书局,长时间地与商务印书馆分庭抗礼,其资本则在于中华书局同样有一大批学问高、能力强、有影响的人才作后盾。举其荦荦大者,早期有范源濂、徐元诰、缪文功、姚汉章、潘武、李廷翰、赵秉良、庄泽定、李登辉、王宠惠、杨锦森、沈步洲、沈颐、戴克敦、顾树森、屠元礼、李步青、张士一等;20年代有黎锦晖、张相、王人路、沈彬、董文、吕伯攸、陆衣言、沈彬、金兆梓、朱文叔、钟衡臧、郭后觉、蒋镜芙、张鹏飞、杨干青、吴启瑞、乐嗣炳、陈醉云、易作霖、黎明、沈问梅、陈启天、余家菊、左舜生、田汉等;30年代有舒新城、徐志摩、武育干、朱稣典、马润卿、钱歌川、周宪文、倪文宙、姚绍华、桂绍盱等人。中华书局的职工薪水整体上讲虽不及商务，但对主要编辑则待遇从优；对同人业余编写的稿件，也尽量收购，以增加同人的收入。在工作时间的安排上，中华书局对编辑所格外照顾，实行六小时工作制，而印刷所为八小时，总办事处七小时，多出两小时以便编辑人员业余自修，提高自身学术水平，考虑不能说不周详。

5．重视商业利益但不唯利是图。1932年，中华书局编辑所所长舒新城，曾因《图书评论》主编刘英士的约稿，写了一篇介绍中华书局编辑所的文章。文章中有一段文字具体阐明了中华书局编辑图书的一般原则："中华书局在形式上与性质上，虽然是一个私人企业机关，但对于国家的教育和文化，同时也想顾到。因为要谋公司的生存，不能不注意于营业，同时觉得过于蚀本的东西，又非营业所宜。在这'左右为难'的境况中，我们只好两面都'打折扣'。这就是说：凡属于营业有重大利益，而与教育或文化有妨碍者，我们弃而不作；反之，某事与教育或文化有重大关系，而公司要受较大损失者，也只得弃之。换句话说，我们只求于营业中，发展教育及文化，于发展教育文化之中，维持营业。"舒新城的话讲得坦率、真诚。解放前，中华书局出书五千余种。这五千余种图书、杂志的总目是经得起人们细看的。虽不能说，中华书局出的每本书都质量优良，但我们确实不难从中感到文化的、教育的、思想的、科学的、学术的气息；而找不到一本丝毫黄色的或散发铜臭的或低级趣味的书。由此看来，中华书局也确实是按照舒氏所表明的原则来从事出版经营的。这一原则可以用一句话概括：重视商业利益但不唯利是图。作为一个民营出版企业，这确是难能可贵的。中华书局能不断发展壮大，与这一经营原则的长期自觉贯彻，应该说是有很大关系的。

6．重视经营的一体化发展。如果把过去中华书局几十年的各种经营活动贯穿起来考察，我们会发现其中有一条清晰的一体化发展思路。在出版之外，兼顾印刷和发行，这是一体化经营发展的直接表现。在出书之外，兼顾杂志的出版，这也可看成是另一种形式的一体化发展。因为书出得多，便有了宣传推广上的需要，有了加强与读者、作者联系沟通上的需要，兼之书局本身有这方面的编辑力量优势，所以下大力气进行期刊的出版；而刊物一旦办出影响，本身既可成为出版社新的利润增长点，同时还对图书的出版形成推动力量。过去中华书局出版的那些教科书和教学理论书籍，那些儿童图书，那些英语图书，一一地将广告分别刊印在《中华教育界》、《小朋友》、《中华英文周报》上，其产生的巨大宣传效果是可想而知的。刊物因有连续性、刊期长的特点，比一般图书更易形成品牌，这对提高书局在读者中的声誉，进而扩大图书的销售也是大有裨益的。

如果说，中华书局编、印、发一条龙的出版模式和书刊互动的出版方式，还只是在书业范围内的一体化发展的话，那么二三十年代，中华书局经营教具和开办学校，则是更大领域里的彼此呼应，共谋发展。图书和教具虽非同类产品，但所面对的消费对象却有重合之处。尤其是教科书，基本上和教具一样，都是直接为各级学校教学服务。在书店的店堂里开辟专门地方，经营一些文化用品和教育用具。这种连带销售，既可以活跃店堂，又提供顾客方便，既能彼此促进增加销售额，又不需要增加太多人员开支，可谓是一举多得。而中华书局的教具经营由早些年的销售为主转向以生产为主,也是一种自然而然的过程。1929 年中华书局在上海昆明路创办了"中华教育用具制造厂",生产的理化生物教具、理化普及仪器、畏氏经济仪器、立体几何模型、各种地球仪、显微镜玻片标本、人体生理病理模型、月日星期时辰钟、三用复印器、两用蜡纸、无线电收音机、高压杀菌器、陈氏皮簧算盘等,在教育界都享有极高的声誉,既扩大了中华书局的影响,又为中华书局带来较丰厚的经济收入。而中华书局二三十年代先后灌制的 4 套留声机片,对人们学习国语和英语,也是助益良多。

除了教具经营外,中华书局还在国语运动方兴的 20 年代初,创办了上海国语专修学校。从 1926 年开始又办起了函授学校。这些,都可看成是有眼光的体现。中华书局兴办国语专修学校,除了书局主持人热心于国语教育这一主观上的因素外,更多的还是从书业经营的整体方面去考虑。我们说,中华书局 20 年代出版的国语教科图书、儿童书刊、民众读物、录制的国语留声机片等,若没有一个浓厚的社会国语教育氛围,没有一个广泛的信服国语热爱国语的小学教师队伍作基础,其销售市场必然狭小,书业利润也就无从谈起。而中华书局出资兴办国语专修学校,正可看成是为自己培育市场的长远举措。另外,兴办这样一所服务性质的学校,还可以博取良好的社会声誉,增加与同业的竞争力;学校附设小学,还可以实验书局编写的教科书,在实验中提高教科书的编写质量。全国各地的小学校长和教员来此培训,中华书局还可借此机会,加强与他们的感情联络,对推销本版教科书也不无用处。最为明显的收益是,中华书局获得了学校讲义的出版权,这些讲义出版后,都有较高的印次,为中华书局创造了直接的经济效益。而出版社办函授,自有其得天独厚的优势,一方面,中华书局长期编写教科书,形成了强大的人才优势和良好的社会信誉,办函授,正可以对这笔无形资产进行有效开发和综合利用。由行家里手办学,自然可以举重若轻,不需要花太大的力气;而函授这种办学形式,无需固定资产投入,成本风险都很小。出版部门选择这一领域开疆拓土,可谓明智之举。从最终的效果来说,中华书局到抗战前已有上万名学员,如此大的函授规模,出版社无疑从中赚到了钱,宣传了自己,提高了与同业的竞争力,可以说是获得了良好的经济效益;而函授教育的举办,又为众多青年业余补习提供了再学习的机会,为社会培养了一大批有知识的人才,又可以说是兼具了长远的社会效益。因此,中华书局办函授教育,于企业于社会,都是一件两得其利的事。用今天的话说,就是做到了社会效益和经济效益的良好结合。

《元史》点校的经历和体会

内蒙古大学蒙古史研究所　周清澍

《元史》的点校与其它各史不同,是以老专家与中青年合作,集体协作完成的。1971年夏,翁独健和邵循正教授在中华书局的组织之下开始工作,分别负责标点《纪》、《志》和《表》、《传》。1972年春,内蒙古大学蒙古史研究室参加复审和校勘,全体在呼和浩特投入工作。当时研究室原领导尚未复职,革委会指定卫庆怀负责,众推笔者与中华书局联系和组织业务。参加的人员有林沉、余大钧、金启孮、黄时鉴、卫庆怀、智天成、叶新民、金峰、包文汉和周清澍等,后来又陆续有胡锺达、郝维民等人参加。1973年春初步工作结束后,4月,林沉、周清澍和新从农村调来的周良宵一起到中华书局为全书校勘记定稿,当时正在小汤山疗养院的邵循正教授也出院来中华书局一同工作,不幸在一周后哮喘病复发住院,数日后病逝。同年冬,周良宵和周清澍被借调到中国近代史研究所参加编写《中国通史》,林沉一人独自留在中华书局,一直坚持到1976年,同翁独健教授、责任编辑姚景安一起,完成了全书校勘记的撰写和审定以及全书清样稿的多次校改。

一、校点本元史采取的特有作法

我们参加工作时,正值备受文革折磨和闲散六年之后,大家都有找回失去的时间的想法,工作热情无比高涨。当时限定工作必须两年完成,两位老先生既要负责标点,又要兼顾校勘,很欢迎他们这些过去的学生参加。我们每天都能碰到标点和校勘中大量的疑难问题,发挥集体人手多的优越性,分头充分查考,完成了一两个人一二十年的工作量。

我们考虑到,集体参与这一专业要求很高的工作,必然存在水平参次不齐,人多容易疏漏等问题,为此在组织上和工作步骤上采取了一些措施,力图防止集体协作容易产生的弊端。

我们将全体分成两个小组，由林沉、周清澍分任组长，分工依次校勘《纪》、《志》、《表》、《传》。每组各人再分担若干卷，首先对校指定必校的《元史》各种版本和后修诸史，发现这些书似有有意改动"百衲本"之处，就用卡片抄出存疑。

卡片上记下的问题，交小组传阅筛选，再由各人广泛参校有关史料和研究成果进行考证，如认为"百衲本"确实有误或本人无法判断，就可提交小组讨论或帮助查考，再确定是否入校。

准备出校各条，每人分卷编写校勘记资料长编，供最后撰写校勘记参考。内容包括：1.有关原文；2.哪些书对原文有改动或考证；3.哪些史料可证明"百衲本"原文有误，说明理由；4.提出校勘意见，建议改动文字或出校记。

当时上方限定完成"二十四史"点校的时间甚短，原则是以标点为主，校勘只要求处理标点时发现的问题。我们是集团作战，具有人手多、掌握语种多（特别是有精通蒙古语文的蒙古族）的优势，决定除版本校外，大量进行本校、他校和理校，利用充足的人力和时间查考群籍，校出了较多的问题。我们的作法得到赵守俨先生的理解和支持，让我们打破了点校"二十四史"的统一规格，同意我们延长时间进行精筹、细校。由于校勘范围放宽，经与总筹"二十四史"点校的白寿彝和赵守俨先生商定，本书采用了不同于其它各史的出校形式。改动底本，采取《资治通鉴》的标点规则，用方（表示校补的字）、圆（小一号字，表示删改）括号的办法，使原本与新改的面目都能反映。力图既要充分发掘书中问题，有便读者参考；也要在因扩大校勘范围产生个别误校时，读者仍可看到"百衲本"原貌。

举例说，我们凭借人多的优势，完成了校勘中几项繁复的工作。作法虽较机械，但要比一般泛泛校勘仔细得多。

（一）对照朔闰表检查书中干支

特别是《本纪》和某些干支密集的《志》、《传》，我们普遍作了对照检查。有因字形近致误：如"乙"误为"己"或"丁"，"己"误为"乙"等。有音近致误：如寅、辰、申互误，酉、丑互误。也有干脆记错干支、干支重出、干支颠倒。还有朔日误、脱朔、系月误、脱月、闰月误、脱闰、系年误、脱年等。

（二）检查地名

凡路府州县地名，皆尽量与《地理志》核对，特别是地名集中之处，如《五行志》记某些地区有水旱等灾，连篇都是地名。我们将《地理志》所列各行省和路府州县名全用大字抄出贴在墙上，逐一核对，凡并列地名中加顿号，有辖属关系的地名各加专名号而不相连。如发现不见于《志》或不属同一地区的地名，则查阅有关资料考证，故能将此卷交给从未接触过元史的人作，也能发现大量地名错误而不致漏校。

从地理位置的错误发现,如咸宁在京兆,威宁属抚州,常见咸宁误作威宁,威宁误为咸宁;河南无均州,均州在湖北,而河南有钧州,多处将钧州误为均州。从辖属关系的错误发现,如"重庆州晋源县":重庆设路,不是州,且下无晋源县;成都路下辖崇庆州,州辖晋原县,故"重庆"乃"崇庆"之误。此外,如字形相近:平滦误为平湾,高陵误为高陆,绵上误为绵山,楚丘误为楚兵等;地名颠倒:如路名顺天,颠倒为天顺;宁武军颠倒为武宁军等。有的将二字误合刻为一字。如淮安云山白水塘,将"白水"合为一字,误作"泉塘"。各朝建置不同,名称也不同。如南宋有京湖制置或宣抚,《元史》多处将"京湖"误作"荆湖";元初攻宋时,曾在襄阳设行荆湖等路枢密院,又将"荆湖"误作"京湖"。

(三) 检查数字

如《历法志》列有各种表格和数据,这些数据皆可利用表中其他数字推算。梅文鼎的《历学骈枝》还介绍了授时历的推算方法。如卷五四"黄赤道率"之"积差"等于此度前积差与差率之和;"差率"等于下行积差减本行积差。以下卷五五之"黄道积度",卷五六"二十四气日积度盈缩"、"二十四气陟降及日出分",卷五七《五星段目表》"伏"、"顺"各项数据我们都作了验算,并据与授时历有关的历法书中的正确数据加以改正。

《食货志》中数字甚多,凡记载总计和分计各项数字,互相加减可以验算的,我们也作了验算,从中也发现了必须校勘的问题。如卷九四〔18〕"总计钞 186 锭 37 两 5 钱",内般阳路、宁海州两地细数相加,正好与总数相等,发现总计数漏计恩州数额;卷九五〔9〕"二万七(十)〔千〕户,计钞一千八十锭"。按当时制度,每户应输 2 贯,即 2 两,20070 户仅得钞 802 锭 40 两,不及 1080 锭。1080 锭计有 54000 两,除以 2,应为 27000 户之输额,故"十"乃"千"形近致误。

二、校勘底本和参校本的选定

底本

校点的工作本是以百衲本为底本,共作出校勘记约 2700 条。后来用北京图书馆藏九十九卷残洪武本、北京大学向达旧藏一四四卷约弘治间重印残洪武本核对,发现百衲本并非据残洪武本影印,而是据南监本描修。我们还核对了张元济批校原本,描修错误达 80 余处,一律径改不再出校。所以点校实际上是选用了两部残洪武本加百衲本作底本。

参校本

北监本:明末刻北监本时,或是尚能看到洪武初印本,或是也作了考订,对校正本书颇有价值。如改正一些明显的错字。如地名祈阳改为祁阳、沭川改沐川、准安改淮安、镇东改镇巢等;官署名储正院改为储政院;文字不通,"书号多士"改为"虽号多士"。原墨钉或空阙,北监本补字符合文意,有史料可证实。

殿本:清武英殿实际上是一个编辑兼刻印书籍的完善出版机构。在刻印前,有专人先作校勘,不仅错字较少,往往还校正了原刻的错误。二十四史先有乾隆四年刻本,《四库全书》修成后乾隆又令修改辽金元书籍中的译名,又重排了新的聚珍版殿本。我们用两种殿本对校,改正甚多,尤其是当时所利用的道光间印殿本,对我们的工作很有帮助,值得着重一提。

道光本的价值首先是曾参考过当时尚存的《永乐大典》中《经世大典》引文。如卷六九《礼乐三》原本注"阙"多处,而道光本多据《经世大典》作了增补。如〔2〕"(阙)〔四方宾贡〕,南北来同";〔3〕"(阙)〔百〕司分置";〔4〕"威(阙)〔武〕鹰扬,豕位(阙)〔克〕当";〔8〕"济济(阙)〔宣〕威",等等。洪武本原墨钉、脱中或空阙之处,道光本作了增补,经查证,皆有原始史料根据。如卷一五八〔1〕"不知行营〔往复〕之扰攘",原墨钉,补"往复"二字,与姚燧《姚枢神道碑》合;〔8〕"不求之〔不〕足而求之有余",出自许衡上世祖《时务五事疏》,补字与《许文正公遗书》所载原文合;卷二〇一《烈女·周经妻吴氏等》〔1〕"并□□□□忍独生",原空阙四字,补"以夫死,不"四字后才能了解文意。

道光本除径改外,还利用了一些罕见或失传的史籍,对《元史》作了考证并对读者说明了校改的理由。如卷六九〔15〕"黍稷惟馨",道光本《考证》:"原本非误惟,今据《阙里文献考》改。"卷七二〔15〕"酏食鱼醢〔兔醢〕",据《经世大典·元郊坛陈设图》补;卷八〇〔8〕"宫人凡二十〔二〕人",据《经世大典·元中宫导从图》补;卷七七〔1〕"引班〔赞〕",〔2〕"与仪仗倒卷而〔北〕",皆据《续太常集礼》补。道光本据罕见或今佚书作的校补,具有无可替代的价值。此外,道光本改正人名、地名、书名和年月日错误甚多,经过查对,证明编校者确实曾作过考证,改动都有根有据。

元史研究成果的广泛吸收

《二十二史考异》是钱大昕对纪传体正史进行全面考订的一部巨著,其中《元史》考异占15卷,用力尤勤。汪辉祖继起著《元史本证》,专用《元史》中纪、志、表、传互校,从中检出《元史》的错误。这两书除纯属考订史实异同处以外,凡涉及文字讹、舛、衍、脱之处,是我们校勘时所利用的重大研究成果。有几处《考异》在查对《元史》原始史料后,发现编纂者对史料作了错误的理解,改写得面目全非,不知所云。这种精彩的发现,我们也将它保留在校勘记中,对读者作出说明。

如卷一九二《良吏·段直传》〔1〕、〔2〕,"至元十一年,河北、河东、山东盗贼充斥,直聚其乡党族属,结垒自保。世祖命大将略地晋城,直以众归之",《考异》云:"今泽州凤台县有刘因所撰直《墓碑》","《传》所书年代,与《碑》大相剌谬。《碑》云:甲戌之秋,南北分裂,河北、河东、山东郡县尽废。甲戌者,元太祖之九年,金贞祐二年(1214)也"。"而《传》乃云:'至元十一年,河北、河东、山东盗贼充斥',以其岁亦在甲戌也。曾不思至元之初,境内宁谧,河北诸路安有寇盗充斥之患乎？""盖由史臣不学，误认甲戌为至元之甲戌（1274），相差一甲子而不悟也。""碑又云：'天子命太师以王爵领诸将来略地，公遂以众归之。'谓太师，国王木华黎承制时也。而《传》乃云'世祖命大将略地晋城'。曾不思世祖时晋城久入版图，安得有命将略地之事乎？《碑》作于世祖朝，其文云：'今上在潜邸，命提举本州学校，未拜而卒。'然则直卒于宪宗朝，未尝事世祖矣。"

将后人续修元史作为研究成果进行参校

明初至民国初年，有学者认为《元史》成书匆促，史实遗漏、错误和自相矛盾处甚多，立志重修。先后有《元史续编》、《元史类编》、《元史新编》、《元书》、《新元史》和《蒙兀儿史记》等几种。他们除补充史实外，主要是对原书重新编排改写。在改写中自然会对原书中的错误作了修改，自相矛盾处经过考订后作了统一。我们将这几种书作为研究成果分别按纪、志、表、传与底本对校，如发现有意修改而非行文语气变动之处，就抄成卡片查考。这些人多年沉浸于元史研究，对《元史》及有关史料非常熟悉，很容易发现书中错误。如《元史类编》，当时作者还能看到今已失传的史籍；《新元史》是纪、志、表、传全部完成的集大成巨著，改动旧史之处甚多，虽有主观臆断的缺点，但毕竟给我们提供了大量校勘的线索。《蒙兀儿史记》的重点在于补充汉人修史容易弄错的蒙古史部分，改动旧史多处有考证说明，更便于借鉴采用。

吸取上列前人成果，不仅便于我们更好地理解史文，正确标点，也使我们校正了更多容易忽略的讹舛衍脱处。参考这些著作的实例无法一一列举，仅以卷一一二《宰相年表》为例。正如顾炎武所说，《元史》某些表、志乃史臣据案牍之文编成，《宰相年表》大多有姓无名，以上各家大多为此作了考证，将他们的成果集中起来，大体上已恢复了相臣的名字。

后人续修的《元史》以外，我们将参校的书又扩及编年体的《宋元通鉴》和《续资治通鉴》，政书体《续文献通考》（王圻和乾隆钦定本）、《五礼通考》等。以王圻《续文献通考》为例，除可校《志》外，个别篇章还可校《传》，如卷七二《节义考》与卷一九八《孝友传》相当，校正后者若干处。

三、史源的追溯与有关史料的参校

本纪

元朝《实录》已失传，无原始史料可供校勘，但我们仍从本纪某些年代或片断，找到相关史料进行对校，从中发现了若干涉及史实的重大问题。下面举几个例子：

王恽著《中堂事记》，按年月日记中统二年至三年八月"中堂"大事，可校本纪。如卷四〔12〕"（中统二年七月）己丑，命炼师王道（归）〔妇〕于真定筑道观"。此处文意以"王道"为人名，命他回归真定筑道观。据《中堂事记》同日颁发的圣旨原文，受旨人乃真定玉华宫"炼师王道妇"，又称"老王姑"。"妇"误为"归"，人名、语意全错。

《元典章》、《通制条格》和《经世大典》残卷，各类皆按年月日编排，同日记述如被《本纪》引用，也可提供校勘。

如卷一六〔6〕"(至元二十八年)六月丁卯朔，禁蒙古人往回回地为商贾者"。《通制条格》卷二七"蒙古男女过海"条载"至元二十八年六月初一"同日发布的据蒙文硬译的原文："钦奉圣旨：泉州那里每海船里，蒙古男子妇女人每做买卖的往回回田地里、忻都田地里将去的有么道听得来。如今行文书禁约者，休教过去者，将去人有罪过者么道圣旨了也。"《元典章》卷五七"禁下番人口等物"条亦载此圣旨文言译文："体知得一等不畏公法之人，往往将蒙古人口贩入番邦博易，若有违犯者严罪。"《本纪》概括此条时，完全曲解了原意，作了相反的表述。五、六十年代，甚至有论文根据这条史料，论证元朝已有蒙古人出海经商。因弄清这条史料原意意义重大，故出校记说明。

《元文类》、文别集和《元典章》等书保留有部分诏旨。我们列目将《本纪》所引用的诏旨逐件作了校勘。

顺帝一朝，有相应编年记事的《庚申外史》可供校勘。

志

《元史》的《志》据《经世大典》修成，因此我们收集了《经世大典》通行本残卷，又从《永乐大典》辑出《经世大典》不见流通部分，以及有关元代典章制度的专著《通制条格》、《元典章》等，表列书名、出处著于各志之下，由全体分工参考对校。某些《志》有关史料自成体系，则另列必校书目。

如《历志》，沿袭前朝历法者，校以宋《纪元历》、金《大明历》；《授时历》则校以《高丽史·历志·授时历经》；后人著作则参校明朱载堉《律历融通》、《圣寿万年历》、邢云路《古今律历考》、清黄宗羲《授时历故》、梅文鼎《历学骈枝》等。

《地理志》中追述前朝沿革，则校以历朝正史、地志——《汉书》、《后汉书》、《隋书》、《元和郡县志》、《通典》、《蛮书》、《旧唐书》、《新唐书》、《太平环宇记》、《舆地广记》、《舆地纪胜》、《宋会要》、《宋史》、《辽史》、《金史》等。本朝则校以辑本《元一统志》、《大元混一方舆胜览》、《事林广记·郡邑类》、《事文类要启札青钱》、朱思本《黄河图》、《河源志》，地方志《齐乘》、《太原志》(永乐大典卷五二〇〇)、《安南志略》、《经世大典图》、《大明清类天文分野之书》等。后修书则校以《环宇通志》、《明一统志》、王圻《续文献通考》、《读史方舆纪要》、《明史》等。

某些志中片断引文仍见于原作者文集的，我们也找来核校。如卷六八《河渠志·蜀堰》，此节史源据揭傒斯《大元敕赐修堰碑》(《揭文安公集》卷一二)写成，注〔6〕至〔11〕皆据此碑出校。如"深淘滩，高作堰"，"高"字《碑》与《元史新编》皆作"低"，存疑未改。据今都江堰实况及二王庙刻石，可改为"低"。

《礼乐志三》有《元文类》卷二所载《太庙乐章》等乐章原文，除可供校勘外，也补充了原书空白或阙文。

《祭祀志》：《永乐大典》尚存元《太常集礼》，《经世大典》有关部分和《祭祀志》皆出自此书，可供校勘。

《舆服志》：承金制者，用《大金集礼》、《金史·舆服志》校；承宋制者，用《太常因革礼》、《宋史·舆服志》校；远至因袭唐制者，则校以《新唐书·车服志》。

列传

据《元人文集分类编目索引》卡片，补充了该书拘于体例遗漏的，以及石刻、方志中有关列传人物的史料，作成《元史·列传》有关传记对照表，凡参加校勘人员必须按此表核校自己分担的列传。下面举几个例子，可见我们的参校范围是比较宽的。

如卷一二一《按竺迩传》核校了《永乐大典》卷一〇八八九保存的元明善《按竺迩神道碑》。卷一二一《博罗欢传》，既校以《元文类》姚燧《博罗骧神道碑》，又校以《山左金石志》卷二三所载姚燧《博罗骧神道碑》（这碑就立在泰安博罗欢封地）。卷一二五《铁哥传》〔7〕，"二年领度支院"，据当时尚未发表的北京文物管理处藏《铁可公墓志铭》拓本，补为至大二年。

某些传文文字通顺，实际有误，全靠核校原始史料才能发现。

如卷一二八《土土哈传》〔17〕"追乃颜馀党于哈剌（温）"，"哈剌温"校以《元名臣事略》卷三引阎复《土土哈纪绩碑》和《元文类》卷二六虞集《句容郡王世绩碑》，作"海剌"或"哈剌"，指今海剌尔（Qailar）河流域。哈剌温（Qara'un）是山名，即今大兴安岭。土土哈征乃颜余党，军次哈剌，然后返至哈剌温山。此处"温"字涉下文"哈剌温"而衍，应删。

卷一四七《张柔传》，传中地名东流寨应作东流埚、青州应作清州、永宁军应作永定军、祈阳应作祁阳；人名甄全应作甄全；"逐其守卢应妻子"应作"逐其守卢应，妻子皆为所虏"；"柔锐卒"应作"柔率锐卒"；皆分别据王磐《张柔神道碑》、元好问《张柔勋德第二碑》和王鹗《张柔墓志铭》校出。卷一六二〔7〕、〔8〕，本传乃据《元文类》卷六五元明善《高兴神道碑》压缩，不仅数字有误，而且有失原意。卷二〇三《孙威传》〔6〕"子拱"，据刘因为孙威之子公亮所写《先茔碑》，王恽所写《孙公亮神道碑》，皆载孙拱是孙威之孙，孙公亮之子。校以二碑，得知是《元史》据《碑》文立《传》时，略去公亮事迹，径抄《先茔碑》文"子拱"，遂误孙拱为孙威子。

天文、历法专门术语和数字，修史时容易抄错。卷一六四〔1〕"附会（元历）〔历元〕更（日历）〔立日〕法"；〔7〕"（九）〔丸〕表"；〔8〕"始用定（制）〔朔〕"；〔9〕"又〔二〕百三十六年"；〔12〕"与（日）〔月〕食相符"。其中〔1〕据《元名臣事略》卷一三引《杨恭懿墓志》改，〔7〕、〔8〕、〔9〕、〔12〕，据齐履谦《郭守敬行状》改。

列传中引用传主文章，如传主文集尚存此篇，校勘时也颇有价值。如卷一五七〔5〕、〔6〕、〔7〕，此三处文句不通，皆出自郝经《东师议》，据《陵川集》卷三二所收原文补、改。卷一五八〔7〕、〔8〕、〔9〕，《许衡传》中上世祖《时务五事疏》，就是据《许文正公遗书》所载原文校补。卷二〇三《李杲传》〔2〕"与（肾）〔嚠〕色各异"，〔3〕"脉（之）〔至〕而从"，传记据元好问《伤寒会要引》而作,此文收入《遗山集》卷三七,据改。

传主的行事,见于他人记述,也可通过校勘发现传文错误。如卷一八二《苏天爵传》[4],据《黄金华集》卷一五《苏御史治狱记》,江陵应作沅陵。

四、元史点校采用的多种考证方法和若干成果举例

(一) 某些标点在校勘过程中得到正确解决

如页35卷二"分赐诸王、贵戚、斡鲁朵:拔都,平阳府",原标点认为是分予术赤子斡鲁朵、拔都兄弟二人平阳府,故"斡鲁朵"前加冒号,后加顿号。今据《食货志·岁赐》,"斡鲁朵"实指太祖、世祖"四斡耳朵"及元朝诸后位,故改为这种标点。

页45卷三"叶孙脱按只畅吉爪难合答曲怜阿里出及刚疙疸阿散忽都鲁等"。这26字全是人名,很难凭直观点断,经查考英译本《世界征服者史》所见有关人物,确切了解各人身份后加以点开。

页47卷三"西域 哈里发 八哈塔","西域"是指中原以西广大地区。"哈里发"乃阿剌伯语Khalifa的音译,意为先知的继承和代理人,是伊斯兰教政教领袖的尊号。"八哈塔"即今巴格达,当时是哈里发的驻地。前二词都是"八哈塔"的定语,不是三个并列的专名,故中间皆不加顿号。

专名号标误:页182卷九"六月己巳,以孔子五十三世孙曲阜县尹孔治兼权主祀事"。后查《圣门志》卷三上:"五十三代孔浈,……从弟治,至元十三年,授……曲阜尹,……仍权祀事。"孔治兼应作孔治。失校。

氏族部落之间有辖属关系的中间不加顿号。如卷二〇,"大德四年五月辛丑……八怜、脱列思……"《元朝秘史》207节,"成吉思将豁儿赤本族巴阿邻种三种人交付他,并将额儿的失河流域之林木内百姓等凑成一万户,命豁儿赤做万户镇守额儿的失河地面,管理当地脱斡劣思、帖良古惕等部人"。八怜即巴阿邻(Bā-rīn),脱列思即脱斡劣思(Töläs),后者是前者属部,应点为"八怜 脱列思"。

人名带姓氏者专名号应联标。如卷二二,"乞儿乞带亦难",还原为Kirgisudai-Inan,意为乞儿乞思部人亦难,故联标。

卷二三,"至大二年二月辛未调国王部及忽里合赤、兀鲁带、朵来等军……赴和林。""国王部"即扎剌亦儿部,"兀鲁带"意为兀鲁兀部人。卷一二〇《术赤台传》:兀鲁兀部人,子怯台一次子哈答—子脱欢一次子朵来,"皆封郡王"。"朵来"即此"兀鲁带朵来",意为兀鲁兀部人朵来。卷三〇,"泰定四年三月庚申,……郡王朵来、兀鲁兀等部畜牧灾"。据前引《术赤台传》,兀鲁兀部属郡王朵来管辖,此处意为郡王朵来的兀鲁兀等部。两处朵来和兀鲁兀之间顿号都应删。卷一二〇《术赤台传》:李璮叛,帝遣哈必赤及兀里羊哈台阔阔出往讨之。此事

见于卷一三一《囊加歹传》:父麻察,……从诸王哈必赤及阔阔歹平李璮。兀里羊哈台阔阔出作阔阔歹。《世祖纪》中统三年八月癸酉,都元帅阔阔带卒于军,以其兄阿术代之。阿术乃速别台之孙,兀良哈台之子。拉施特《史集》则说:速别台-把阿秃儿也出自兀良哈惕部。他有个儿子……名叫阔阔出。虽说法稍异,但"兀里羊哈台"并非另有其人,《元朝秘史》作"兀良合歹 Urianqadai",旁译"部落名"。应作姓氏与人名联标。

某地之某部。如卷一二四《忙哥撒儿传》,"斡罗思、阿速、稳儿别里钦察",斡罗思、阿速、钦察皆族名,稳儿别里(ürberi)是地名,乃钦察(Qipcaq)国主所驻之地,稳儿别里和钦察之间不加顿号。

(二) 运用传统考据方法所得校勘成果举例

卷五八〔6〕,"太宗七年改山〔西〕东路总管府"。《廿二史考异》卷八八,"顺宁府,金为宣德州,……改山东路总管府 按:太宗二年,立十路征收课税使,宣德其一路也,山东路之名,不见于《纪》、《传》,疑未可信"。据本书卷八一《选举志》及《至正集》卷四四《上都孔子庙碑》、《秋涧集》卷五八《浑源刘氏世德碑》和《寓庵集》卷六《元故三白渠副使郭公墓碣铭》,皆称宣德路为"山西东路",据补"西"字。权威学者钱大昕注意到"山东路""疑未可信",然而他并没解决疑问。我们经过考证,只少举出四种以上不同记载,校正了史文,还认定一个不见于《地理志》的行政建置。

卷七六〔1〕,"坛高五丈方广如之"。此处《祭祀志》乃根据《太常集礼》,现存《永乐大典》卷二〇四二四,原作:"坛之制,高五尺,方广十之。"可见"丈"乃"尺"之讹,"如"乃"十"之讹。道光本已改为"坛高五尺,方广十之"。此社稷坛(俗称五色土)尚存于北京中山公园,有实物为证。

卷一〇五〔2〕,"诸奴婢〔诬〕告其主者处死"。此处下文"奴告主私事,……奴杖七十七,并不处死",也是当时律令执法的惯例。据《元典章》卷五三《奴诬告主断例》补。

分辨元代俗字、罕见字:卷一三一《囊加歹传》〔4〕,"开县万户府达鲁花赤",《忙兀台传》,"谕开、黄……",《拜降传》"父忽都……分守开县"。"开"今为"開"字简体,然有关文字所载地理位置无开县。据《事林广记》所列元代俗字,"开"乃"薪"的俗体,地理位置相符,据改。

卷一四三〔二〕《巙巙传》,按"巙巙"又见于本书卷三四《文宗纪》至顺元年正月及其他多处。《类编》云:"《正字通》云"巙"音挠,俗作"巎"者误。钱大昕《十驾斋养新录》卷一四《石田集》条:"集中有《寄猱子山诗》,即《元史》之巙巙,本康里氏,子山其字也。'巙'与'猱'同乃高切,'猱'、'猫'音亦相似。监本'巙'误作'巎',乃传写之讹。证以《石田集》,益信。"杨维桢有《上巙巙平章书》(《铁崖集》卷一)、《三希堂石渠宝笈法帖》所载至顺四年巙巙手书颜真卿《张长史十二意笔法记》题款皆作"巙",故据改。

(三) 借助近代天文学更正天象记载的错误

《天文志》所载天文现象,皆与本纪所载互校,遇有岐异,请天文史专家按现代科学推算,确定正误后出校。

星名字误:卷三九〔5〕,"太(白)〔阴〕犯斗宿"。卷四九《天文志》作"太阴犯斗宿魁第二星",据近代天文学推算,是日斗宿魁第二星黄经 266°半,第五星 275°半,太阴(月)黄经 277°半,合;太白(金星)黄经 190°半,不合。

事实不合,加注。卷三九〔3〕,"太阴犯垒壁阵"。卷四九《天文志》作"太阴犯鬼宿积尸气"。这天月(太阴)黄经 118°半,积尸气黄经 118°,合。垒壁阵黄经 310°半至 337°半,不合,《本纪》作"犯垒壁阵"误,应从《天文志》。

此外,确定日期干支正误、彗星见、日食等,皆据现代天文实测校正。

(四) 参校非汉文史籍

《元史》的特点是史料不只限于汉籍,仅就我们能利用的有:原由波斯文写成的《世界征服者史》、拉施特《史集》,藏文的《红史》、《萨迦世系史》等,也利用了蒙文汉字音译的《元秘史》和明初的文书,对本书的点校也起了相当的作用。

卷八八〔18〕,"朵因温都儿乃良哈千户所",《华夷译语》载汉字记蒙古语《脱儿豁察儿书》,意为"吾兀良罕林木百姓,自……以降,至今未离多延温都儿……之地"。"多延温都儿"即"朵因温都儿"(Doyin - ündür),"乃良哈"即"兀良罕"(Uriangqai),指居住在肇州附近朵延山的兀良罕人,"乃"是"兀"之误。

卷一二〇〔3〕,"怯列亦哈剌哈真沙陀等帅众来侵兵战不利",此事也载于《太祖纪》癸亥岁条、《圣武亲征录》,又见于波斯文拉施特《史集》和蒙文汉字音译《元秘史》等书。"怯列亦"《元秘史》蒙文作"客列亦惕"(Kereit),旁译"种名","哈剌哈真沙陀"作"合剌合勒只惕 - 额列惕"(Qalaqaljit - elet),旁译"沙碛名"或"沙碛"。这段文句不通,前后舛倒,应将"哈剌哈真沙陀"移置"兵战"之后。

卷一〇九〔20〕、〔21〕,"□□□公主适塔出驸马","□□公主适塔出子术真伯驸马",□处原墨钉。拉施特《史集》载:"塔出驸马尚成吉思汗幼女,名阿勒塔伦。"按《元史》译音用字例,阙文当作"按塔伦"。又载:"塔出驸马有子名术真伯,尚蒙哥汗之女名失邻。"阙文当作"失邻"。

(五) 借助国外学者的研究成果

卷一二"(至元十九年冬十月)乙巳,遣阿耽招降法里郎、阿鲁乾伯等国"。据伯希和《马可波罗书注释》107 条 Cambaet:"阿鲁"即 Aru,"乾伯"即 Canbay,应点为"遣阿耽招降法里郎、阿鲁、乾伯等国"。

卷一八〔6〕,"继没剌矛。"下文大德三年正月癸未条作"没剌由",本书尚有"木剌由"、"马来忽"、"麻里预儿"等异译。皆 Malayu 之异译。"继"字衍,"矛"乃"予"形近之误。又卷一三一《亦黑迷失传》〔12〕,"招谕木由来诸小国","木由来"即此"木来由 Malayu","由来"舛倒。

卷九四《食货志·市舶》，"〔元贞〕二年，禁海商……于马八儿、唄喃、梵答剌亦纳三蕃国交易"。此三国即印度半岛之 Ma'abar、Kulam = Quilam、Fandaraīna，据《世祖纪》至元二十八年八月作"咀喃"，卷二一○《马八儿等国》作"俱蓝国"，唄音 bai，译音不合，应从《岛夷志略》、《星槎胜览》改为"唄"（伯希和：《马可波罗书注》I，页 400）。

卷一○七《宗室世系表》和卷一○八《诸王表》，这两卷表中多为人名，错字、舛倒、脱落、衍字等甚多。法国学者 Louis Hambis(韩百诗)有《Le Chapitre CV ii Du Yuan Che——元史 107 卷》和《Le Chapitre CViii Du Yuan Che——元史 108 卷》两部专著。作者除引用了我们能看到的波斯《史集》等书外，还引用了当时无法看到的极有价值的 Mu'izz'l – Ansāb《贵显世系》等书，他对这两卷的研究成果被我们直接采用。

五、借助译语复原的大量校勘成果

元朝是我国一个特殊的历史时代，有许多民族、国家的人物，各有自己的文化、制度和语言，活跃在这个地域广阔的历史舞台上。因此，在《元史》中出现了大量非汉族的人、地、官称等译名。译音用字并无一定之规，史料来源不一，自然会出现译名五花八门的现象。修史者多是在野南儒，对元朝各个民族了解不多，编写时最容易出错。如果我们能辨别每个专名源于那种语言，将它复原，两相对照，就很容易判断译音是否正确。以下按不同语言举例如下：

蒙古语中，有因译音字形相近致误。

人名：卷五〔2〕，"广宁王瓜都"。上文和《别里古台传》作爪都。Rashid – ad – din 书中作 jōūtū，俄译本作 Джауту，"瓜"乃"爪"（意为百）之误。卷二○八〔3〕，"喜速不(爪)〔瓜〕"，《高丽史·高宗世家》"爪"作"花"，"不瓜"、"不花"蒙语 buqa 的音译，意为"牡牛"。"瓜"误为"爪"。卷一五○《张荣传》〔15〕，"按亦台那衍"，此人即成吉思汗之侄、《元秘史》中的"阿勒赤台 Alcidai"，卷一一八《特薛禅传》、卷一一九《塔思传》与卷一二一《按竺迩传》皆作"按赤台"。"亦"乃"赤"之误。卷一一五《睿宗传》，"渡汉水，遣夔曲涅……驰白太宗。……夔曲涅至"。此人《元朝秘史》卷二四七作古亦古捏克把阿秃儿 Güyigünek – ba'atur；卷一四九《郭德海传》作魁欲那拔都；卷一四四《月鲁不花传》作贵裕；《金史·白撒传》作回古乃；《圣武亲征录》作贵由乃或贵由拔都。"曲"与以上译名不协，乃"由"形近之讹，失校。

卷一一八《特薛禅传》〔2〕"按察儿秃"、〔4〕"按答儿"。下文与程钜夫《应昌府报恩寺碑》皆作"按答儿秃 Aldartu"，义为"有声名"。前者"答"讹为"察"，后者脱"秃"字。卷二八〔20〕，"卜〔颜〕铁木儿"，卷一○八《诸王表》作"卜颜铁木儿"，蒙古语 Buyan – tämür 意为"福铁"，译音不全，据补。

地名：卷八六〔8〕，"延祐五年，以速怯那儿万户府……合为右卫率府"。同一记载又见于卷九八〔3〕，皆作"速怯那儿"。《仁宗纪》延祐五年二月有"者连怯耶儿万户府"。七年七月也作"者连怯耶儿"。《世祖纪》至元二十六年六月作"怯连耶儿"、卷一○○《兵志》作"折连怯呆儿"。蒙文地名 Jeren – ke'er，汉译"黄羊川"。此处脱"者"字，"连"误为"速"，"耶"误为"那"。

地名译音不全：卷一〔1〕，"统急里忽鲁"，下文作"帖尼火鲁罕"，钱大昕已指出："《秘史》作统格黎克豁罗罕(Tünggelik – qoroqan)。豁罗罕者，小河也。"(《考异》卷八六)火鲁罕、豁罗罕、忽鲁皆蒙语 qoroqan 汉字音译，"忽鲁"译音不全，脱音节"罕 – qan"。卷二八〔19〕，"赐剌秃屯田贫民钞"。本书下卷两见"海剌秃屯田总管府"，即此"剌秃屯田"，蒙古语"海剌秃"，意为"有榆树"。剌秃前疑脱"海"字。卷三五〔9〕，"失〔八〕儿秃"，蒙语"失八儿秃 Sibartu"，意为"泥地"，周伯琦《扈从北行前记》曾记此地名，据补。卷一四七《郭德海传》〔10〕"乞则里八海"，"乞则里八"刘郁《西使记》作"乞则里八寺"，《圣武亲征录》作黑辛八石，《元秘史》作"乞湿泐八失 Kisil – baš – na'ur"，《史集》作 Qīzīl – bāš。译音不全，脱"寺"或"失"。卷一八〇《耶律希亮传》，"生希亮于和林南之凉楼，曰秃(忽思)〔思忽〕"，即《世祖纪七》所见之"尚书秃速忽"。"凉楼"是窝阔台所建之避暑小城，《世界征服者史》作 Tuzghu – baligh，云在哈剌和林以东两帕列散(约11公里)。本书《太祖纪》作"图苏湖城"，《亲征录》作"秃思儿忽城"。此处"思忽"二字颠倒，失校。

部名：卷一〇九，"瓮吉八忽公主，适赤窟孙怀都驸马"，此二人名见于朝城县兴国寺《令旨碑》，称"公主百户、驸马会都"。《世祖纪》中统四年三见"公主拜忽"。八忽、百户、拜忽(Baiqu)都是公主名之异译。"怀都驸马"即"驸马会都"，瓮吉剌部人 Onggirad。故"瓮吉八忽公主"意指瓮吉剌氏之八忽公主，"瓮吉"后脱"剌"字。卷一四〔7〕"斡脱吉思部民"，蒙古语 ötögüs，意为"老的们"，应译斡脱古思，"吉"乃"古"之误，失校。

称号：卷一〔16〕，"乙职里"，即《金史》卷一四《宣宗纪》屡见之"乙里只"，蒙古语 elči，意为"使臣"。《元秘史》作"额勒赤"或"额勒臣"。此处"职里"舛倒。卷一二三〔12〕"忽都那"，本书或作"忽都那演"、"忽都忽那颜"、"忽都忽"。卷九九《食货志》作"忽都那颜"。蒙语"那颜 noyan"，元译"官人"，此称号译音不全，据《食货志》补。卷一八〇〔1〕，"速古儿〔赤〕"，本书卷九九《兵志》，"掌内府尚供衣服者曰速古儿赤 sügürči"。《危太朴续集》卷二《耶律希亮神道碑》正作"速古儿赤"，据改。

误将一字分刻为二：卷一〇九〔18〕、〔19〕，"阔阔干公主适脱亦禾赤驸马"，拉施特《史集》云："成吉思汗曾把自己的女儿 Jī jūkān 嫁给 Tūrūljī 驸马。"《元朝秘史》卷二三九分别作扯扯亦坚čečeyigen、脱劣勒赤 Törölci，波斯和蒙文史籍原音与此表两名汉字译音不符，"阔"当为元籍常见译音用字"阇"形近之误，"阇阇干"蒙语，义为花。"亦禾"乃"欒"的简体"栾"误分为二字，应作"脱栾赤"。卷一二〇〔20〕月亦心揭赤"亦心"乃"戀"字简体"恋"误分为二，即中亚地名玉龙杰赤 Urgenčč。

误改或误译：卷一〔3〕，"萨里河"。下文和《圣武亲征录》作萨里川，即《秘史》之"萨阿里客额儿 Sa'ari – ke'er"。"客额儿 ke'er"或旁译作"旷野"、"野甸"，此处《元史》将"川"误理解为河。卷三一〔3〕，"阔朵杰阿剌伦"。卷二《太宗纪》译"曲雕阿兰"、"库铁乌阿剌里"，卷三《宪宗纪》译"阔帖兀阿阑"。蒙古语 Köde'e – aral，意为"荒洲"，此处原文应为 Köde'e – aral –

un,意为 Köde'e‒aral 的,这里将属格"的"也裹入译名中。

卷一〔4〕,"秃台察儿"。此段相应史实也见于《秘史》卷一二八,作"札木合(人名)因(的)迭兀(弟)给察儿(人名)Jamuqa‒yin de'ü Taičar"。"迭兀"蒙古语,意为"弟",此处音译为"秃",与人名给察儿混在一起。

突厥语:卷六〔1〕"百里八",元代文献无此城名,疑为"百八里"(突厥语 Bir‒Baliq,汉译"独城",《新唐书》卷四〇《伊州》之"独山守捉",《元史·哈剌亦哈赤北鲁传》之"别失八里东独山"城,海屯从和林西还途经之 Berbaligh)倒误,即《经世大典序录·玉工》所见之"白八里"。

藏语:译音不全:卷一四〔8〕,"亦摄思怜〔真〕",《释老传》亦摄思连真 Ye‒shes‒rinchen,意为"智宝"。译音字形近致误:卷一五〔11〕,"软奴(玉)〔王〕术"。即至元二十五年十月之乌思藏宣慰使软奴汪术 gZhon‒nu dbang‒phyug,意为"自在童子"。Dbang 与"汪"、"王"译音合,"玉"乃"王"之误。卷二一〔11〕,"朵耳思等站户"。上文大德元年十月有"朵甘思十九站"。"朵甘思"藏语地名 Mdo‒Khams,包括今康和青海(朵)部分地区,朵甘思驿站是元朝吐番三路驿道之一。"耳"乃"甘"之误。或脱或误:卷四二〔2〕,"岐王阿剌乞"。下文作"岐王阿剌乞巴","阿剌乞巴 Aragibag"是藏语 Ra‒kyi‒ph'ag 的蒙古语读法,脱"巴"字。卷四六〔11〕,"岐王阿剌乞儿","儿"为"巴"之误。卷二〇二〔4〕,"(都)〔相〕家班",〔5〕"相儿家思〔巴〕"。其中〔4〕,《成宗纪》大德九年三月作"帝师相加班"。"相加班"藏语,义为"觉吉祥"。〔5〕,《仁宗纪》皇庆二年九月有"以相儿加思巴为帝师"。"相加班"和"相儿加思巴"都是的同名异译。舛倒:卷二一〔18〕"吃剌八思斡节儿"。据上文"合剌思八斡节儿"及《释老传》所见"乞剌斯八斡节儿"。藏语 Grags‒pa'od‒zer,意为"称光"。"八思"舛倒。

梵文:译音不全:卷二八〔2〕,"答里麻失"。《蒙兀儿史记》:"答里麻失里,仁宗次后,见后妃旧《表》。旧《纪》只称皇后答里麻失,音不备。"答里麻失里 Darma‒šri,意为"法吉祥",据《后妃表》补。卷三〇,"泰定四年二月丙子,亦怜真乞剌思",卷三三〔10〕"辇真吃剌思",卷二〇二《释老传》作"辇真吃剌失思",此名梵语 Rinchen bkra‒šis,意为"宝祥",两处皆脱"失字"。人名误:卷二〇二《释老传》〔3〕,"答儿麻八剌(乞列)〔剌吉塔〕",《世祖纪》至元十九年岁末有"帝师答耳麻八剌剌吉塔",《至元法宝勘同总录序》作"达哩麻八罗阿罗吃答",与藏文史书《萨斯迦世系》所载合,Dharmapāla rakshita,梵语名,义为"法护"。地名字误:卷二一〇《马八儿等国》〔10〕,"僧伽耶山",本书《亦黑迷失传》与《岛夷志略·北溜》条作"僧伽剌",《岛夷志略·北溜》或作"僧加剌",乃梵语 Simhala 之音译,即今"锡兰山"。《大唐西域记》译"僧伽罗",《求法高僧传》译"僧诃罗"。"耶"译音不符,乃"那"形近致误。

波斯‒阿剌伯语的穆斯林人名:卷二二〔5〕,"法鲁忽丁",即上文七月及《宰相年表》所见之法忽鲁丁,乃穆斯林人名 Fakhr al‒Dīn 之汉译。卷三〇〔20〕、卷三三〔4〕"马(忽思)〔思忽〕",此人即卷一二五赛典赤赡思丁之第五子云南平章政事马思忽,穆斯林名 Masqud 之译音,以上二人名皆舛倒。

俄语:卷一二二〔19〕,"也里替",卷六三《地理志》作"也列赞",此处述拔都征俄罗斯事,

"也列赞"当即今莫斯科东南之梁赞 Рязань 的蒙古语读法,"替"乃"赞"形近之误。

基督教名:卷八九"崇福司,掌领马儿哈昔列班也里可温十字寺祭享等事",应点断为"掌领马儿(mar,景教主教的尊称)、哈昔(hasia,僧侣)、列班(rabban,教师)、也里可温(erkehün,基督教徒和教士的统称)、十字寺(教堂)祭享等事"。卷一一八《阔里吉思传》〔15〕"木忽难",刘敏中《驸马赵王先德加封碑》作"术忽难",也里可温教名(Juhanan – Yohanan,Jean)。卷一三四〔1〕"月乃合",《月合乃传》篇名和通篇传文凡七处皆误作"月乃合",此名乃也里可温教名 Yohanan 之汉译,《世祖纪》中统二年七月、四年五月和卷二〇五《阿合马传》皆作"马月合乃",卷一四三其曾孙《马祖常传》和许有壬《马祖常神道碑》亦作"月合乃",马祖常为他曾祖所作《神道碑》和黄溍所作《马氏世谱》或作"月忽乃"和"月忽难","乃合"译音颠倒。

南方民族人名:卷二九〔17〕,"(塞)〔寒〕赛",下文有"寒赛",《元文类》《经世大典序录·招捕》有"罕赛","寒"、"罕"乃同音异译,"塞"乃"寒"形近之误。地名:卷一三三《脱力世官传》,"渡不思鲁河",伯希和《马可波罗书注释》Brius 条云:《元一统志》金沙江名不鲁失。卷一三一《速哥传》作"不鲁思河"。"思鲁"颠倒,失校。

《元史》的点校,在当时我们已尽了最大的努力,反映还是较好的。20 多年来,它便利了国内外《元史》的学习和研究,甚至有人根据校勘记引用的书目扩大研究,取得了很好的效果。但毕竟我们水平不高,处于边学习边工作的状况,几年后第二次印刷时,书局通知我们提供近年发现的标点错误和失校、误校处,仅我一人就提供约百条。近二十年来,元史的研究队伍不断扩大,问题研究更细,因此人们发现点校本的问题就越多,各种刊物常有专文发表。我非常欢迎大家继续批评指正,只有这样,才可能产生一部真正点校完善的《元史》。

通过点校《元史》,内蒙古大学形成了一支较成熟的元史研究队伍。虽然有人已散往外地,也是增添了当地元史研究的力量。参加者中,周良霄、林沉和周清澍仍继续对元史的研究。原来从事翻译工作的余大钧,转向研究后,发表了系列论文,成绩突飞猛进。原来专业近代史的黄时鉴,通过点校熟悉了元史。离开内大后,转向专门研究元史和中外关系史,在几个领域内都有卓越的成就。叶新民从此选定元史为专业方向,成为内大元史研究的骨干。内蒙古大学这批人得以成长,首先应感谢中华书局多年来对内大的一贯支持,也应感谢我们的师长翁独健和邵循正教授对我们的培育。留在中华书局坚持工作到出版的林沉教授过早去世,在追述点校元史往事时,不能不对这位功臣表示深深的怀念。

略谈宋代别集的整理

孔凡礼

古籍是传统文化的主要载体。古代绘画、书法、雕塑、石刻、音乐、建筑、服装等等，都是传统文化必不可少的组成部分。但它们大都不是每一个地方都有，不是每一个人所能拥有。古籍原刻原抄虽日渐稀少，但经过整理的排印古籍则无所不在。古籍记载的内容，几乎包括古代生活的一切方面。说古籍是传统文化的主要载体，理由就在于此。

古籍整理的目的是恢复古籍的原貌。古籍整理的灵魂是准确。

具体说来，第一，篇章准确。拿别集来说，在长时间流传的过程中，往往误入他人的作品；还有一些作品，作者或刊刻者往往因为各方面的原因，没有收入。这里既要作存真去伪的工作，又要作辑佚的工作，把真正属于该作者的作品，都收进来。

第二，文字准确。古书每经过一次刊刻或抄写，都难免出现一些讹误，都会出现一些异文。这就需要精选版本，进行认真、细致、反复的校勘，作出准确的答案。

第三，句读准确。这就是通常说的"点"。"点"者，正确地运用标点符号。这是古籍整理的第一道门坎，也是最难的门坎。

经过这样的整理，古籍的原貌不仅得以恢复或者比较好地恢复，而且为读者的阅读和使用提供了一些便利。我想，这也应该是古籍整理的目的。

古籍整理质量的高低，直接影响到传统文化的弘扬和传播。

在 1977 年 3 月以前，我零碎地做过一点古籍整理工作。从 1977 年 3 月到现在，我一直在做古籍整理工作。我的工作，分做三个方面，一是宋总集的整理，二是宋别集的整理，三是宋笔记的整理。此三者合在一起，为三十一种。

现在，我就宋代别集的整理说一些话。

古代每一个大作家，都是吮吸甘甜的传统文化的乳汁成长，然后又以其辉煌实践，丰富和发展传统文化。中华传统文化在海内外的广泛传播(特别是海外),大作家的作品起着特别重要的作用。

对大作家别集的整理,就是为研究这个大作家提供第一手可以信赖的资料。

苏轼是古代大作家中的突出代表。

现在就《苏轼文集》的整理谈一谈。

历史上第一次全面整理苏轼文章的,是明万历年间茅维刊行的《苏文忠公全集》。

从苏轼所生活的时代经过茅维到现在的九百多年间,苏轼的文章以多种方式广泛流传(古代大作家罕有其比)。这样一个基本事实就决定了《文集》的校勘工作,必须以较之一般别集大得很多的规模进行。这是一项前人未曾作过的全新的工作。

就全部文集的校勘而论,整理者所用的校本有宋刊《东坡集》、宋刊《东坡后集》、宋刊《经进东坡文集事略》、宋刊《应诏集》、宋刊《三苏先生文粹》、明刊《三苏先生文粹》、影印宋刊《皇朝文鉴》、明成化刊《东坡七集》、明万历刊《重编东坡先生文集》、明刊一百一十四卷本《苏文忠公集》等。

就全部文集的校勘而论,整理者用作校勘的其他资料有:一为金石碑帖,包括宋搨西楼帖(清宣统影印十卷本,北京市文物商店收藏本),北京北海公园阅古楼三希堂石刻,宋、明、清及民国时期金石碑帖专著的著录文字(其中有宋曾宏父《石刻铺叙》、桑世昌《兰亭考》、俞松《兰亭续考》、岳珂《宝真斋法书赞》及明、清、民国的十几种此类专著)以及方志中石刻部分的著录文字,如《咸淳临安志》等;

二为宋元人别集征引和附录的文字,主要有苏辙《栾城集》、秦观《淮海集》、陆游《剑南诗稿》、周必大《周益国文忠文集》、楼钥《攻媿集》等;

三为宋人诗文注中征引和附录的文字,如施元之、顾禧《注东坡先生诗》、题为王十朋编注的《增刊校正王状元集注分类东坡先生诗》等多种;

四为宋王宗稷《东坡先生年谱》、傅藻《东坡纪年录》中征引的文字;

五为宋、元人笔记中征引的文字,其中有赵令畤《侯鲭录》、朱弁《曲洧旧闻》等十几种;

六为近人、今人的苏文校勘记,其中有罗振常《经进东坡文集事略考异》等多种;

七为现存《永乐大典》残卷中引自《苏东坡大全集》、《苏东坡集》的文字;

八为见于报刊的现代人考订苏文成果的文字。

就文集中的制、奏议、尺牍、题跋杂记这四部分和原属单行本的个别篇——《庄子解》来说,又各自有其校本或参考校本。

关于制。整理者参校了宋人的《宋大诏令集》等。

关于奏议。参校《续资治通鉴长编》,《历代名臣奏议》。

关于尺牍。除去《永乐大典》等几种书有关尺牍部分外,整理者以元刊《东坡先生翰墨尺牍》(残)为校本。还参校了宋刊《圣宋名贤五百家播芳大全文粹》的有关部分、明天启刊《苏长公二妙集》、明刊《补续全蜀艺文志》的有关部分、日本天明元年(1781)皇都书肆林权兵卫刊本《欧苏手简》等。

关于题跋杂记。整理者参校的本子主要有涵芬楼铅印本《东坡志林》、明刻《稗海》本《东坡先生志林》、明抄《类说》中及涵芬楼铅印本《仇池笔记》、《知不足斋丛书》本《苏沈内翰良方》、《四部丛刊》本《诗话总龟》、海山仙馆本《苕溪渔隐丛话》等。

关于《庄子解》。整理者参校了《函海》本。

粗略估计,点校者用于校勘的书约达百种。

整理者几易寒暑,写了六千多条校勘记。人们认为《苏轼文集》是苏文的最好版本。

《苏轼文集》共 73 卷。值得突出提出的是:第一,关于尺牍和题跋杂记那 20 多卷。这两部分文字,大都具有随意性。苏轼兴之所至,随作随散,无意传世。苏轼辞世以后,先是他的家人,然后是后代人,不断搜辑、整理、出版,形成众多版本并存的局面。还有很多这方面的文字,有的刻了石,有的为爱好者所收藏。刻在石上的,有一部分拓印成了书;收藏的,有一部分著录于书上,大约还有相当大的部分,永远地散失了。一个作家的作品,受到这么样的重视,有了这样的影响,在我国古代,除苏轼以外,恐怕没有第二人。

这就是说,这两部分的校勘材料十分丰富。整理者通过这些材料,办了两件事,一是订正了茅本的一些重大讹误,如《文集》卷 55《与章致平》的"致"原作"子"。章子平,名衡,是苏轼同榜的进士及第第一人,而章致平名援,则为苏轼的晚辈。更为重要的是,与援的第一封信是一封十分重要的信,是苏轼在去世前一个多月的病中写的。通过这封信,可以了解当时苏轼的思想状况,大则国家,小则个人。一是确定了不少篇章的具体写作时间和大致时间,由此可以增进对苏轼的了解。

第二,收入《文集》之文,凡 3800 多篇。整理者在校勘中发现,还有相当数量的苏轼文章,没有入集。整理者努力搜求,从一百多种书中辑得佚文四百多篇(包括残篇),汇为《苏轼佚文汇编》6 卷,附于《文集》之后。其中,北京市文物商店收藏本《西楼帖》,是刚刚出现的珍品。关于《西楼帖》,这里需要做一点说明。《西楼帖》原为 30 卷,宋孝宗乾道四年(1168),汪应辰刻于成都西楼,故称《西楼帖》。南宋时即有拓本,陆游的《渭南文集》提到了,《郡斋读书志·后录》著录了。传世的只有清宣统影印本十卷。文物商店收藏本《西楼帖》,有 20 多篇,不见宣统本。经历了八百多年的风风雨雨,突然出现,不能不说是奇迹。

《文集》问世后,我在继续深入研究苏轼的过程中,发现仍然有一些佚文没有收进去,经过十年的潜心搜求,自 39 种书中,复辑得佚文 130 多篇(包括少数残篇),汇为《苏轼佚文汇编拾遗》2 卷,附于《佚文汇编》之后,自 1996 年,附第四次印刷本问世。

苏轼的佚文,还不能说已经尽于此;但可以肯定,为数很少,很少了。

对一个历史人物的研究,需要尽可能全面地掌握他的第一手资料——作品,这样,作出的判断才会符合实际。整理者的出发点就在于此。

这是《文集》的又一鲜明特色。

第三,《文集》的整理,有很强的科学性。最足以说明这一点的,就是《佚文汇编》卷 7 收入了《艾子杂说》,严正表明此乃苏轼所作。

《艾子杂说》(以下简称《艾子》)究竟为谁所作,在南宋时尚有争议。

宋曾慥《类说》、元陶宗仪《说郛》(宛委山堂本)、明嘉靖刊《顾氏文房小说》、明万历赵开美刊《东坡杂著五种》等都肯定《艾子》是苏轼所作。

怀疑《艾子》非苏轼所作,有南宋人陈振孙、戴埴。陈氏之言曰:"《艾子》一书,相传为苏轼所作,未必然也。"(见《直斋书录解题》卷11《小说家类》)戴氏之语,见所撰《鼠璞》之《艾子》一则中,谓艾子为苏轼所作,乃属"世传"。但他们没有举出具体理由。

整理者在深入研究苏轼的过程中,发现了生活于北宋、南宋之交的周紫芝的《太仓稊米集》卷7《夜读艾子书其尾》一诗:

> 万里投荒海一隅,八年蜑子与同居。可怜金殿銮坡日,浑在蛮烟瘴雨余。奇怪谁书《方朔传》,滑稽空著子长书。不知平日经纶意,晚作儿曹一笑娱。

这首诗不仅肯定《艾子》是苏轼所作,而且说明了《艾子》写作的时间是在苏轼贬谪惠州、儋州期间。

整理者以此诗为基础,做了深入探讨,撰成《艾子是苏轼的作品》一文,发表于1985年《文学遗产》第3期。

《艾子》是讽刺小品,也是讽刺小说。肯定《艾子》的作者是苏轼,恢复了苏轼这位伟大的文学家同时还是幽默小说家的本来面目。至此,苏轼文学形象更为饱满、更为光辉。有人认为,整理者的这篇论文,是苏学研究九百年来最重要的论著之一(《国学研究网站》)。

《文集》的整理,取得了较大的成功。在众多别集的整理中,《文集》有很强的代表性。

现在说说《苏轼诗集》的整理。

从宋至清,出现了很多苏诗刊本。每一个新的刊本,对于旧的刊本来说,都有整理的意义。《诗集》总结了前人校勘方面的成果。

苏诗是我国古代文学宝库中具有特别重要意义的珍宝。苏诗众多的异文是研究苏诗、研究苏轼的十分难得的资料。这些异文,散见于现存的宋刊本中,散见于一些碑帖中,散见于后来几种有影响的刊本中。人们要看到它们,得费一些工夫;即使看到了,也未必能把其中有价值的东西都发掘出来,因为现代社会的生活节奏太快了,人们未必有那个从容闲暇。有鉴于此,整理者决定用汇校的方式,把包括十一种宋刊本在内的十七种版本的异文,全部记录在校勘记上。整理者用了极大的气力,写出了7000多条校勘记。读者、研究者可以放心地使用这些校勘记,免去翻检之劳。以此构成《诗集》的鲜明特色。对读者、研究者的滋润,决不仅仅限于今天。整理者的工作得到了日本著名汉学家小川环树的高度赞扬。

《文集》、《诗集》为弘扬苏轼做出了自己的贡献,而弘扬苏轼就是弘扬传统文化。二书已经印刷五次,在海内外有广泛的影响。

对于一般别集的整理,同样可以显出传承传统文化的作用。

这里,简略地谈谈汪元量《水云集》、《湖山类稿》的整理。

汪元量,杭州人。南宋末为宫廷的乐师。宋恭宗德祐二年(1276),元兵入临安。他和恭帝显、太皇太后谢氏等一起被俘到大都(北京),在北方呆了12年。他用诗和词记下了他的宫中生活、北方生活和以后的生活,特别详细地记下了德祐年代所发生的事情,被称为诗史。可惜这两个集子都是残本。

正在令人惋惜之际,整理者从孤本明抄本《诗渊》中,从残本《永乐大典》中,发现了汪元量的一百多首诗词。于是,整理者把二集和新发现的诗词溶在一起,试着编年排列,定名为《增订湖山类稿》。

编年也是古籍整理范围内的事,但层次高一些。经过编年,人们更进一步地了解了汪元量。经过编年,人们更进一步地了解了他所处的时代。汪元量作品中提到的事,不少为《宋史》、《元史》之所不及。《增订湖山类稿》往往可补二史。

应该提到的是,宋、元易代之际,忠臣义士辈出,爱国、斥奸、反元的作品形成热潮,出现了一个繁荣局面。《增订湖山类稿》的出版,为这一时期的文学增添了异彩。汪元量的有些作品,不仅在宋代是第一流的,在整个中国文学史中,也有他的位置。

整理者的工作,得到革命老前辈、当时任古籍整理小组组长的李一氓同志的热情关怀。1986年7月25日,他在《人民日报》第五版的《古籍整理工作中的几个问题》一文中用整整一段,赞扬了整理者整理工作的科学性以及经过整理的《增订湖山类稿》在历史、文学上所起的作用。

在一般别集的整理中,比较有代表性的是北宋郭祥正的《青山集》。

《青山集》收诗30卷。在长时间流传的过程中,不知从什么时候起,混入了孔平仲的不少诗。

孔平仲坚决反对新法,反对王安石,而郭祥正则始终如一地尊崇王安石。

清朝乾隆时修《四库全书》,馆臣们对此没有仔细考察,在《四库全书总目提要》卷154《青山集》一则中举出误入《青山集》中的孔平仲的一首诗:

> 百姓命悬三尺法,千秋谁恤两端情。近闻崇尚刑名学,陛下之心乃好生。

很明显,这首诗是孔平仲反对王安石新法的最有力的证据。

接着,《提要》又谓"《青山集》有《奠王荆公坟》三首",怀念感激王安石,然后说郭祥正"是非自相矛盾","其人至不足道",乃"小人。"

郭祥正长苏轼一岁,从他在世的末年起,他就遭到不少的误解,到《四库全书》修成时,达到了极点。《四库全书总目提要》有很高的权威性,于是,郭祥正在人们心目中的地位进一步下降。

整理者十分幸运,郭祥正《青山集》的宋刻孤本,还完整地收藏在北京国家图书馆善本部中,并且已由书目文献出版社影印出版。经查此书,并无上举"百姓命悬"云云一诗。

经过整理者反复考察,终于在《豫章丛书》所收的《清江三孔集》中的孔平仲《朝散集》中发现了此诗。至此真相大白。

以此为突破口,结合其他方面的深入考察,终于洗刷清楚了郭祥正积压九百年的委屈,为他平了反。

这不仅关系到郭祥正,也关系到王安石。在王安石变法的时候,很多人反对他,但是也有像郭祥正这样的人真心实意地拥护他(也还有真心实意拥护他的人,在文献中能找到)。这对于研究王安石推行新法时在群众中产生的影响很有好处。

郭祥正有诗 1400 多首,是一笔重要财富。正确了解了他的为人,对研究他的诗有重要意义。(《青山集》,1995 年由安徽黄山书社改称《郭祥正集》出版。)

中华书局有中国古典文学基本丛书,丛书中的大部分为别集。丛书中的每一种,中华书局都十分重视。其重视的程度,非亲身经历,不能了解。关于这,我在 2002 年《书品》第一期发表的《苏轼诗集校勘工作琐记》一文中已略述一二。可以这样说,每一种新的整理本,都远远超过以前的刊本,成为当代最好的本子,经得起时间的考验。因为它们都始终如一地把准确作为追求目标,受到广大学者、读者的信赖。

王国维的诸种矛盾和最后归宿

中国文化研究院　刘梦溪

我所说的最后归宿，是指 1927 年的 6 月 2 日，王国维在颐和园的鱼藻轩前面跳水自杀了，死的时候才 51 岁。他生在 1877 年，死的时候是 1927 年，整 51 岁，正当他的学术盛年。中国最了不起的学者，清华国学研究院的导师，而且曾经是溥仪皇帝的老师，全世界闻名的大学问家，突然跳水自杀了。这个事件当时震惊了全国，也可以说震动了全世界。一百年来，对于王国维为什么要死，到现在也不能说是解决了，仍然是学术界一个大家饶有兴趣探讨的学术之谜。

我这里不是专门研究他的死因，不想在这个问题作出一个最后的结论。只是想指出，王国维的一生，始终是一个矛盾交织的人物。主要讲讲他的精神世界和人生际遇的矛盾。我把他一生的矛盾概括为 10 个方面。这个别人没有这样讲过，我想是我个人的一点发明。

1．个人和家庭的矛盾

王家的先世最早是河南人，在宋代的时候官做得很大，曾经封过郡王。后来赐第浙江海宁盐官镇，便成为海宁人。但宋以后他的家世逐渐萧条，变成一个很普通的农商人家。到他父亲的时候，家境已经很不好了。他的父亲叫王乃誉，有点文化修养，做生意之余，喜欢篆刻书画。还曾到江苏溧阳县给一个县官作过幕僚。喜欢游历，走过很多地方，收藏许多金石书画。王国维出生那一年，王乃誉已经三十岁了。浙江海宁盐官镇是王国维出生的地方。这块土地人才辈出，唐代大书法家颜真卿是海宁人，明代史学家谈迁是海宁人，武侠小说家金庸也是海宁人。王国维对自己的家乡很自豪，写诗说："我本江南人，能说江南美。"

但王国维 4 岁的时候，母亲就去世了，由祖姑母抚养他。从小失去母爱的孩子，其心理情境可以想见。有记载说，王国维从小就性格忧郁，经常郁郁寡欢。不久父亲续娶，而后母

111

又是一个比较厉害的人,王国维的处境更加可怜。他十几岁的时候,有时跟一些少年朋友聚会,到吃中饭时一定离去,不敢在外面耽搁,怕继母不高兴。这种家庭环境对一个孩子、一个少年儿童,影响是很大的,可以影响到他的一生。所以我说这是一重矛盾,即个人和家庭的矛盾。

2. 拓展学问新天地和经济不资的矛盾

晚清的风气,特别 1895 年中日甲午战争中国战败以后,中国掀起了变革现状的热潮,所有富家子弟,只要有条件的都想出去留学。王国维家境贫寒,没有这个条件。他因此自己非常焦急,父亲也替他着急,但没有办法。十七岁的时候,他也曾应过乡试,但不终场而归。二十二岁结婚,夫人是海宁同乡春富庵镇莫家的女儿,莫家是商人家庭。他的婚姻,依我看未必幸福。想提升学问,没有机会。想出国留学,却得不到经济支持。这是影响王国维人生经历的一个很大的矛盾。

3. 精神和肉体的矛盾

王国维小的时候,身体很瘦弱,精神非常忧郁,这跟继母有很大关系,也和父亲的不理解有关系。父亲王乃誉对他的要求是严格的,日记里对儿子的成长作了很好的设计,但不理解儿子的心理和学问志向。而王国维的思想非常敏感,从小就是一个智慧很发达的人。你看王国维的照片,就可以看出来,一个很瘦弱的身体,却智慧超常。所以他在《静安文集》的第二篇序言里讲:"体素羸弱,性复忧郁,人生之问题,日往复于吾前。"已经说得再明白不过,这就是他年轻时候性格的特点,这特点延续了他的一生。这就是我所说的一个人的精神和肉体的矛盾。

4. 追求学术独立和经济上不得不依附于他人的矛盾

这也是伴随他一生的矛盾。王国维一生中有一个大的际遇,也是伴随他一生的问题,甚至构成他一生的死因,就是他和罗振玉的关系。王国维自己家里贫穷,不能到国外游学;应试,屡考不中;当过塾师,但很快就辞职了。直到二十二岁的时候,才有一个机会,到上海《时务报》做一份临时工作。《时务报》是汪康年所办,主笔是梁启超,章太炎也在《时务报》工作过。这是当时维新人士的一份报纸,在全国有很大影响。不过王国维参加《时务报》工作的时候,梁启超已经到了湖南,应陈宝箴、陈三立父子之约,主讲时务学堂。

王国维在《时务报》作书记,一些抄抄写写的秘书之类的工作。他海宁的一位同乡在《时务报》工作,因为家里有事,回海宁处理家事,让他临时代理。一个大学者做如此简单的工作,未免屈才。但他很勤奋,做了一段时间之后,恰好当时上海有一个专门学习日文的东文学社,是罗振玉办的,他就利用业余时间去那里学习日文。在那里认识了罗振玉。认识的机缘,是罗振玉看到王国维给一个同学写的扇面,上面有咏史诗一首:"西域纵横尽百城,张陈远略逊甘英。千秋壮观君知否？黑海东头望大秦。"王国维的《咏史诗》共 20 首，罗振玉看到的是第 12 首。看后大为赞赏，非常欣赏作者的才华，尽管王国维因为经济困难和其它诸多事情所累，学得并不是太好，罗振玉仍给予经济上的支持，使其无后顾之忧。后来又把王国维送到日本去学习，从日本回来后，罗振玉凡是要举办什么事业，都邀请王国维一起参与。罗王的友谊、特殊关系，就这样结成了。再后来他们还结成了儿女亲家，罗振玉的女儿嫁给了王国维的儿子。王国维一生始终都没有钱，罗振玉不断用钱来支持他。得到别人金钱的资助，究竟是好事还是坏事？一次我在北大讲这个题目，一个学生提问题时说：他觉得是好事，并说如果他遇到这种情况，一定非常高兴，只是可惜自己没有遇到。这当然也是一种看法。但王国维不这样看，他一方面心存感激，另一方面，也是一种压力。因为王国维是追求学术独立的学者。这不能不是一个绝大的矛盾，即追求学术独立和经济上不得不依附于他人的矛盾。

5. "知力"与"情感"的矛盾

王国维是一个非常特别的人，他的理性的能力特别发达，情感也非常深挚。所以他能写诗，能写很好的词，同时在理论上、在学术上有那么多的贡献。一个人的知力、理性思维不发达，不可能有那么多的学术成就，既研究西方哲人的著作，又考证殷周古史。而没有深挚的情感，他也不能写出那么多优美的诗词。本来这两者应该是统一的，但从另一个侧面看，他们也是一对矛盾。他自己说："余之性质，欲为哲学家则感情苦多，而知力苦寡；欲为诗人，则又苦感情寡而理性多。"那么到底是从事诗歌创作呢，还是研究哲学？还是在二者之间？他感到了矛盾。当然从我们后人的眼光看，也许觉得正是因为他感情多，知力也多，所以才成就了一代大学人、大诗人。但在王国维自己，却觉得是一个矛盾。

6. 学问上的可信和可爱的矛盾

这个怎么讲呢？因为他喜欢哲学，喜欢康德，喜欢黑格尔，喜欢叔本华，喜欢他们的哲学。但他在研究多了以后，发现一个问题，就是哲学学说大都可爱者，不一定可信，可信者不一定可爱。这是什么意思呢？哲学上其实有两种理论范型，一种是纯粹形而上的理论，或者如美学上的纯美学，这样的理论是非常可爱的，为王国维所苦嗜。但这种纯理论、纯美学，太悠远、太玄虚，不一定可信。而另一种范型，如哲学上的实证论，美学的经验论等，则是可信的，可是王国维又感到不够可爱。于是构成了学者体验学术的心理矛盾。这种情况，在常人是不可能的，但一个深邃敏锐的哲人、思想家，会产生这种体验。

7. 新学与旧学的矛盾

王国维一开始是完全接受新学的，研究西方哲学，研究西方美学，如我刚才所说，他曾经将这些学问向中国的学术界做了大量的介绍。但是后来，在 1912 年移居日本以后，他的学问的路向发生了一个很大的变化。大家知道,1911年辛亥革命成功,皇帝没有了,而罗振玉是不赞成辛亥革命的,是比较赞成清朝原来的体制的,因此辛亥发生的当年冬月,罗振玉就带着家属,也带着王国维,一起到日本去了。他们住在日本京都郊外的一个地方,后来罗振玉自己还修建了新居,把所藏图书搬到新居里,取名为"大云书库"。罗的特点是藏书多,特别对甲骨文、古器物的拓片和敦煌文书的收藏,相当丰富。据称有50万卷。他们在那里住了几乎十年。王国维1916年先回国,住到上海,但有时候还要去东京。

就是在东京这四五年左右的时间里,王国维的学术路向发生了极大的变化。罗的丰富的收藏,成了王国维学问资料的源泉。他在"大云书库"读了大量的书,就进入到中国古代的学问中去了。罗振玉也跟他讲,说现在的世界异说纷呈,文化传统已经快没有了,做不了什么事情,只有返回到中国的古代经典,才是出路。在时代大变迁时期,知识分子如果不想趋新,只好在学问上面往深里走,就容易进入到中国古典的学问当中去,在个人也是一种寄托的方式。我想王国维内心就是这样,所以听了他的话,学问上发生了大的变化。他所以成为后来非常了不起的学者,跟这四五年的钻研有极大关系。他早期介绍西方哲学美学思想的那些文章,都收在《静安文集》和《静安文集续编》两本书中。有一个说法,说王国维去日本时,带去了一百多册《静安文集》,听了罗振玉的话后,全部烧掉了。研究王国维的人有的认为他不大可能烧掉,说这是罗振玉造的谣。

据我看来,烧掉《静安文集》是完全可能的。一个人的学问总是在不断变化。到日本之前,王国维的学问已经变化了一次,由研究西方美学哲学,变为研究中国的戏曲文学,写了有名的《宋元戏曲史》。我个人是念文学出身,但后来喜欢思想学术与历史,喜欢历史以后几乎完全抛开文学。我就有这样的体会:觉得过去写的文学方面的书和文章一无所取,有时甚至从内心里产生一种厌恶,烧虽然没有烧,但早已放到谁也看不见的去处了。这也不是对文学的偏见,也包括随着年龄学问的增长,喜欢求历史的本真,而不再喜欢文学的"浅斟酌饮",觉得不能满足自己的寄托。当然年龄再大些,学问体验再深一步,又觉得文学可以补充历史的寻觅了。总之我相信王国维到了东京以后烧书,这个事是真实的。所以不妨看作他的新学和旧学是有矛盾的。前期是新学,后期又归于旧学。这个学术思想前后变迁的矛盾是很大的,这是第七点。

8. 学术和政治的矛盾

本来他是一个纯学者,不参与政治的。但他有过一段特殊的经历,是这段经历把他与现实政治搅到了一起。辛亥革命以后,他对新的国家制度采取不合作的态度,虽是一种政治选择,但没有很大关系。主要是后来他又当了溥仪的老师,就进到敏感的政治里面去了。辛亥革命后,1912年清帝逊位,但民国签了条约,采取优待清室的条件,仍准许溥仪住在紫禁城内,相关的礼仪也不变。用今天的话说,叫待遇不变。在紫禁城里照样过着皇帝的生活。大家一定看过溥仪的《我的前半生》,你看他在紫禁城里生活得多好。可以骑自行车,觉得紫禁城门槛不方便,就把皇宫里的门槛全都锯断了。为了好玩,就打一个电话给胡适什么的。那个时间很长,一直持续到1924年,冯玉祥才把他赶出宫。王国维当溥仪的老师,是1923年4月(农历三月)下的"诏旨"。年初(农历十二月)皇帝大婚,然后就"遴选海内硕学入值南书房"。王国维做事很认真,事情虽然不多,他愿意尽到自己的职责。1924年1月溥仪发谕旨,赐王国维在紫禁城骑马,王国维受宠若惊,认为是"异遇"。因此当溥仪被赶出宫时,王国维极为痛苦,对当时的社会现状充满了不满。而且在宫中遇到了诸多的人事纠葛,以致和罗振玉也有了矛盾。此时,他所心爱的学术和现实政治也产生了矛盾。虽然他是一个纯学者,但还是跟政治有了无法摆脱的关系。这就构成了他思想世界的另一个矛盾——学术和政治的矛盾。他的自杀,与这一重矛盾有直接的关系。

9. 道德准则和社会变迁的矛盾

这一点很重要,任何一个人都不可避免的。当社会发生变迁的时候,你跟社会的变化采取相一致的态度,顺时而行,还是拒绝新的东西,想守住以往的道德规范?这是一个蜕变的过程。有人比较顺利,社会往前走,他跟着往前走。但是也有一些人,他不愿意立即改变自己的准则,想看一看新东西是不是真好,或者压根就认为所谓的新东西其实并不好,也许并不是新东西,而是旧东西的新的装扮。这一点,陈寅恪在《元白诗笺证稿》里,讲到元缜的时候,有专门论述。他说当社会变迁的时候,总是有两种不同的人。一种是趋时的幸运儿,一种是不合时宜的痛苦者。他的原话是这样说的:"值此道德标准社会风习纷乱变易之时,此转移升降之士大夫阶级之人,有贤不肖拙巧之分别,而其贤者拙者,常感受苦痛,终于消灭而后已。其不肖者巧者,则多享受欢乐,往往富贵荣显,身泰名遂。"王国维就是那种"贤者拙者"。这一重矛盾在王国维身上非常突出,所以当辛亥革命之后、当溥仪被赶出宫以后,他非常痛苦,痛苦得想自杀。

10. 个体生命的矛盾

也就是生与死的矛盾。这在一般人身上不突出。一个普通人,年纪大了,最后生病了,死了。死了就死了。虽然每个人都难免留恋人生。但王国维采取了一个行动,在51岁的盛年,在他的学问的成熟期,居然自己来结束了自己的生命。这是很了不起的哲人之举。我说"了不起",大家不要误会,以为我认为所有的自杀都是好的。过去在传统社会,有的弱女子,受不了公婆的气,投井自杀了,这类例子不少。但这是一种被迫的一念之下的情感发泄,不是理性的选择。但对于一个有理性的人,一个大的知识分子,一个思想家,一个大的学者,他在生命的最后,能采取一种自觉的方式来结束自己的生命,这是一般人所做不到的。很多人都留恋人生——这得慢慢说,这是个哲学问题,很复杂。但是对王国维来说,则是一个个体生命的矛盾问题。

人们在说一个人的死时,常说他走得很从容。其实,王国维才真正是走得很从容呢。在

1927年6月2日,早八点,王国维从自己家中出来,到国学研究院教授室写好遗嘱,藏衣袋里。然后到研究院办公室,与一位事务员谈了好一会,并向事务员借了五块钱。步行到校门外,雇了一辆人力车去颐和园。十时到十一时之间,购票入园。走到鱼藻轩,跳入水中而死。这个过程,可以知道是理性选择。本来他早就决定死:1924年冯玉祥逼宫,罗振玉、柯劭忞与王国维有同死之约,结果没有实行。陈寅恪《挽王静安先生》诗"越甲未应公独耻"句,就指这件事说的。最后,到1927年,他终于死了。所以他的遗书里说"义无再辱"。他充满了个体生命的矛盾、生与死的矛盾。

对于王国维的死因,说法非常多,也可以说是20世纪的一个学术之谜。但是,我觉得对于王国维之死给予最正确解释的是陈寅恪。在王国维死后,陈寅恪写了非常著名的一首长诗,叫《王观堂先生挽词》,很长。在这个挽词的前面,有一个不长但是也不算短的序。《王观堂先生挽词》的这篇序,是陈寅恪的一个文化宣言。这里边集中讲,当一种文化值衰落的时候,为这种文化所化之人,会感到非常痛苦。当这种痛苦达到无法解脱的时候,他只有以死来解脱自己的苦痛,这就是王国维的死因。他认为王国维是被传统文化所化之人。陈寅恪这里讲了一个观点,说起来很复杂。他觉得传统文化的核心价值是"三纲六纪",大家一定很熟悉。"三纲六纪"有很多方面,其中也有朋友一纪。就是说,王国维觉得三纲六纪这一传统文化的纲领价值,在晚清不能继续了,崩溃了,他完全失望了,所以去自杀了。

最近我有一篇文章,专门就这个问题作了解释,提出了一个新的看法。所谓纲纪之说本来是抽象理想,为什么这些就跟王国维的死有关系?我解释说,因为《挽词序》里举了两个例证,说就君臣这一纲而言,君为李煜,也期之以刘秀;就朋友一纪而言,友为郦寄,还要待之以鲍叔。李煜是皇帝,是南唐的李后主,亡国之君。但是李煜的词写得很好,李煜和李清照的词是最缠绵委婉的一类词,是婉约派最有代表性的人物。但是这个皇帝很无能,整天以泪洗面。刘秀是光武帝,他使汉朝得到了中兴。按传统的看法,皇帝虽然无能,你也要尽臣子之礼,希望皇帝能使自己的国家得到中兴。所以皇帝即使是李煜,你也应该像待刘秀那样待他,这是一个臣子应该做的。而朋友是郦寄——郦寄在历史上是出卖朋友的人,是不够朋友的人。但是作为朋友而言,应该用待鲍叔的态度来待他。历史上的管仲和鲍叔的交情,是作朋友的模楷。《挽词序》里面讲到"三纲六纪",讲了这两个例子。陈寅恪讲历史,讲学问,有"古典"和"今典"之说。讲这两个例证,他不可能是虚设的。他讲君,我以为不是别人,应该是溥仪。而且我在《挽词》里面找到了这句话的证据,就是"君期云汉中兴主"那一句。不是指溥仪指谁?但溥仪不是刘秀,他没法使清朝复兴,所以王国维他很失望。还有朋友,他讲的是谁呢?我认为讲的是罗振玉。

王罗后来有了矛盾,在王国维死的前半年,1926年9月,王国维的长子王潜明在上海死了,仅27岁;儿媳罗曼华是罗振玉的女儿,也才24岁。这当然是个悲剧。葬礼之后,罗女回到了天津罗家。这个媳妇跟王国维的太太关系不是太好,与夫君的感情也未必佳。王潜明留下2423块钱,王国维把这笔钱寄给了罗家。结果罗振玉把钱退了回来。王国维很不高兴,说这钱是给儿媳的,怎么又退回来? 并说这是蔑视别人的人格。罗振玉可能也说了些什么,两个人的矛盾于是表面化了。当然远因很多。所以,也有的人说王国维的死是罗振玉逼债死的。但是陈寅恪的解释,他不想把这些问题落实。王国维不是由于 2423 块钱的问题他就去死,也不是由于溥仪变化了地位他就去死。而是由于他的理想——君臣的理想、朋友的理想破灭了,他才去死。按六纪之说,朋友之间可以通财货,朋友在钱物方面不应该计较。罗振玉虽然帮过他很多钱,但是要计较这些就不好了。这里面一定有很多隐情。罗振玉一定想,两千多块钱你给我算什么,我这一生给了你多少钱? 所以越想越不高兴,这是潜在的。这个问题使得王国维在朋友的理想上失望了。

所以陈寅恪的解释,是说王国维最后殉了文化理想,而不是殉了清朝。本来么,要殉清朝 1911 年就殉了,1924 年冯玉祥逼宫也可以殉,为什么等到溥仪被赶出宫三年之后? 我个人赞同陈寅恪对王国维死因的解释。

《楚辞补注》标点正误

宋洪兴祖《楚辞补注》是一部研究屈原及其楚辞文学的重要历史文献,中华书局以清汲古阁毛表校刊本为底本,由白化文等先生点校,于1983年排印出版,至今已经重印了四次。此书忠实地保留了底本的原貌,在文字校勘方面达到了很高的水平。经笔者反覆对勘,只发现一处错误,即《九叹·怨思》"菀蘼鞠与菌若兮,渐藁本于洿渎"。洪氏《补注》引《管子》:"五沃之土,五臭畴生。"此书"五沃之土"误作"五沃之上"(页291)。这在同类著作中是极为罕见的,所以,研究者完全可以将此书当作汲古阁本来使用。但是,在断句标点方面有若干值得商榷之处。每见研究《楚辞》者引用此书时,则以讹传讹而不自知。故不揣鄙陋,条陈如下,以请教于专家与读者。

第一,是不明注释体例所致。如:

《离骚》"羌内恕己以量人兮",王逸注:"羌,楚人语词也,犹言卿何为也。"(页11)案:王逸以"羌"为楚语。"犹言卿",说汉人其时读"羌"如"卿"。此以今读比况古义,在乎通古今语之变。卿,汉时亦作庆。《汉书》卷八七《扬雄传上》"厥高庆而不可乎强度",颜师古注:"庆,发语辞也,读音羌。"又曰"俟庆云而将举"、"庆夭顿而丧荣"。颜师古注:"庆音羌同。"《后汉书》卷四〇《班固传》李贤注:"庆读如卿。"皆其证。"何为",才是释"羌"字的意义。故"犹言卿"下当断,用逗号。

《离骚》"芳菲菲其弥章",王逸注:"菲菲,犹勃勃,芬,香貌也。"(页18)案:王逸以"勃勃"释"菲菲",以汉时"勃勃"比况"菲菲",亦是通古今语之例也,而"芬香貌"三字,才是训释"菲菲"的意义。《九歌·东皇太一》"芳菲菲兮满堂",王逸注:"菲菲,芳貌也。""芳貌",同此注"芬香貌"。"芬香貌"是"菲菲"的解释词,故"芬"下逗号应去之。

《九章·惜诵》"心郁邑余侘傺兮",王逸注:"侘,犹堂堂立貌也。"(页124)案:王逸以"堂

118

堂"释"侘",亦所以通古今异语。侘、堂古同透纽,铎阳平入对转。而"立貌"二字,方是释"侘"字之义。故"堂堂"下宜用逗号断开。

《招魂》"光风转蕙,氾崇兰些",王逸注:"氾犹汎。汎,摇动貌也。"(页203)案:氾、汎是异体字,今作泛。王逸以"汎汎"释"氾",盖汉世多用作叠语,亦所以通古今异语。"摇动貌"三字,则释其字义。故此处标点当断作:"氾,犹汎汎,摇动貌也。"

《九叹·远逝》"飘风蓬龙,埃坲坲兮",王逸注:"蓬龙,犹蓬转风貌也。"(页295)案:王逸以"蓬转"释"蓬龙",盖前汉言蓬龙,后汉言蓬转,所以通古今异语。"风貌"二字,则释其义。故"蓬转"下宜用逗号点断。

《九思·乱曰》"配稷契兮恢唐功",王逸注:"恢,大唐尧也。稷、契,尧佐也。言遇明君则当与稷契恢夫尧舜之善也。"(页327)案:大,是"恢"的解释词。《说文·心部》:"恢,大也。"是其例。又,《史记》卷一《五帝本纪》"帝尧者",《正义》:"徐广云:'号陶唐。'《帝王纪》云:'尧都平阳,于诗为唐国。'徐才宗《国都城记》云:'唐国,帝尧之裔子所封。'"则唐是尧的国号。其标点应作:"恢,大。唐,尧也。"点校者盖但凭"也"字来断句,未审"大"下的"也"字可以省略,因而致此误矣。

第二,是不明词义、句意所致。其不明词义者,如:

《离骚》"制芰荷以为衣兮,集芙蓉以为裳",洪氏《补注》曰:"芰,荷叶也,故以为衣。芙蓉,华也,故以为裳。"(页17)案:芰,不解荷叶。芰荷,才是荷叶。《本草》云:"嫩者荷钱,贴水者藕荷,出水者芰荷。"此"芰荷"连文,是指出水之荷叶。荷叶出水者,大如笠,可以制衣。《埤雅》曰:"芰荷,乃藕上出水生花之茎。"据此,标点应作:"芰荷,叶也,故以为衣。芙蓉,华也,故以为裳。"

《远游》"骖连蜷以骄骜",洪氏《补注》引《说文》云:"騑,骖旁马。"(页169)案:据其标点,则以騑在骖之旁。非也。洪氏又曰:"则骖、騑一也。初驾马者,以二马夹辕,谓之服。又驾一马,与两服为参,故谓之骖。又驾一马,乃谓之驷。故《说文》云:'骖,驾三马也。驷,一乘也。'两服为主,参之两旁二马,遂名为骖;部举一乘,则谓之驷。指其騑马,则谓之骖。"是知騑、骖,皆旁马的异称,二者并列同义,故"骖"下宜用逗号断为一句。段注《说文》本在"骖"下补"也"字,知其亦不以"騑"为"骖旁马"也。

《招魂》"蝮蛇蓁蓁",洪氏《补注》引《尔雅》:"蝮虺,博三寸,首大如擘。"(页199)案:蝮与虺,是被释词与解释词的关系。郭舍人《尔雅》注:"蝮一名虺,江淮以南曰蝮,江淮以北曰虺。"用方言来区别其义。此"蝮虺",亦不当连文,"蝮"下宜用逗号。

《卜居》"若千里之驹乎",洪氏《补注》引《文选》五臣李注:"千里驹,展才力也。"(页177)案:"千里驹"与"展才力",二项不能构成判断。驹以千里称者,以其所展之才力也。故"驹"字属下而不属上,其断作:"千里,驹展才力也。"

《招魂》"成枭而牟,呼五白些",洪氏《补注》:"《列子》云:'楼上博者,射明琼张中。'说者曰:'凡戏争能取中,皆曰射。明琼齿五白也。'"(页212)案:洪引《列子》,见卷八《说符篇》,

张湛注："凡戏争能取中皆曰射,亦曰投。明琼齿,五白也。"则洪所谓"说者",乃张湛也。明琼齿,即博齿,亦即五白也,省称谓之明琼。故《列子》"射明琼"之"射"字宜属上,说楼上博者行射,博齿射中也。张注"明琼齿五白也",当分二句,"明琼齿"下宜用逗号点断。审其所误,盖点校者未知"明琼"、"明琼齿"为何义故也。

《大招》"比德好闲,习以都只",王逸注:"言选择美人,比其才德、容貌,都闲习于礼节,乃敢进也。"(页221)案:都闲者,是大方典雅的意思。《史记》卷一一七《司马相如传》"相如之临邛,从车骑,雍容闲雅甚都",《集解》:"韦昭曰:'闲,读曰闲。甚得都邑之容也。'郭璞曰:'都犹姣也。《诗》曰"洵美且都"。'"又曰"姣冶闲都",《索隐》:"郭璞云:'姣,好也。都,雅也。'"古时谓仪容无乡俗态,妆着典雅有都市之风度者,谓之闲都也。训诂字又作娴都。故都有典雅姣好之意也。则标点宜作:"言选择美人,比其才德,容貌都闲,习于礼节,乃敢进也。"此点校者盖未审"都闲"为何义故也。

《大招》"曲屋步櫩,宜扰畜只",王逸注:"曲屋,周阁也。步櫩,长砌也。言南堂之外,复有曲屋周旋,阁道步櫩,长砌其路,险狭宜乘扰谨之马。"(页223)案:据此注意,曲屋训周阁,即注文"周旋阁道"之意。故标点应作:"言南堂之外,复有曲屋,周旋阁道,步櫩长砌,其路险狭,宜乘扰谨之马。"此点校者未明"周阁"之义故也。

《哀时命》"璋珪杂于甑窐兮",王逸注:"窐,甑,土孔(按土当作下)。"(页262)案:其校"土"作"下",甚是。四库《章句》本"土孔"正作"下孔"。然则断句有误。《说文·穴部》:"窐,空也。从穴,圭声。"段注:"《考工记》'凫氏为钟',注:'隧在鼓中,窐而生光。'高注《淮南》曰:'靥辅者,颊上窐也。'然则凡空穴皆谓之窐矣。"是窐有下空之义。又,《瓦部》:"甑,甗也。从瓦、曾声。"段注:"《考工记》:'陶人为甑,实二鬴,厚半寸,唇寸,七穿。'按:甑所以炊烝米为饭者,其底七穿,故必以箅蔽甑底,而加米于上,而馏之,而馏之。"鬴即釜字,甑有上下二釜,上釜之底有七孔以通下釜者,而下釜谓之窐也。此文"甑窐",窐,是指甑之"下孔",孔者,空也。甑下空,即甑下釜。故"甑"字当下属。盖点校未审此"窐"为甑之下釜而误也。

《九思·逢尤》"念灵闺兮隩重深",王逸注:"灵,谓怀王闺闼也。"(页315)案:灵,无"闺闼"之义。灵,犹灵修之省,谓怀王;而"闺闼",非灵字的解释词。闺与闼,才是被释词与解释词的关系。故标点应作:"灵,谓怀王。闺,闼也。"此点校未审闺、闼二字义故也。

《九思·疾世》"欲炫鬻兮莫取",王逸注:"行卖曰炫鬻,卖也。言己竭忠信以事君而不见用,犹抱此昭华宝璋炫卖之。"(页318)案:《说文·行部》:"炫,行且卖也。"《国语》卷六《齐语》"市贱鬻贵",韦昭注:"鬻,卖也。"《淮南子》卷一六《说山训》"邬人鬻其母者",高诱注:"鬻,买也。"区别言之,行且卖谓之炫,凡买卖谓之鬻也。故"鬻"字,不解"行且卖"。其标点应作:"行卖曰炫。鬻,卖也。"点校者盖只知炫、鬻有卖义,而疏于其所区别故也。

其误解句意者,如:

《离骚》"惟庚寅吾以降",王逸注:"降,下也。言己以太岁在寅,正月始春,庚寅之日,下母之体而生,得阴阳之正中也。"(页3)案:详审注文,"下母之体"是全文的中心内容,而"言己以太岁在寅,正月始春,庚寅之日"是其修饰成份。其标点应作:"言己以太岁在寅、正月始春、庚寅之日下母之体。"查《文选》本无"而生得阴阳之正中也"九字,说明此九字盖后人所加。若必有此九字,则"而生"二字也当属下。

《九歌·云中君》"华采衣兮若英",王逸注:"华采,五色采也。言己将修享祭以事神,乃使灵巫先浴兰汤,沐香芷,衣五采,华衣饰以杜若之英,以自洁清也。"(页58)案:注文"衣五采华衣",以释正文"华采衣"之义,而"饰以杜若之英",以释正文"若英"之义。则"华衣"二字当属上。

《九歌·云中君》"极劳心兮忡忡",王逸注:"屈原见云一动千里,周遍四海,想得随从,观望西方,以忘己忧思,而念之终不可得,故太息而叹,心中烦劳而忡忡也。"(页59)案:注文"忧思"二字,非连语。"思而念之",以释正文"劳心"之义,则"思"字当属下。其标点宜作:"屈原见云一动千里,周遍四海,想得随从,观望西方,以忘己忧。思而念之,终不可得,故太息而叹,心中烦劳而忡忡也。"

《九歌·国殇》"车错毂兮短兵接",洪氏《补注》引《司马法》曰:"弓矢、围殳、矛、守戈、戟助,凡五兵,长以卫短,短以救长。"(页82)案:洪引《司马法》,见第三《定爵篇》。然如据其断句,则无法读通。五兵者,指弓矢、殳、矛、戈、戟也,其用途虽各不相同,但原则是"长以卫短,短以救长",故其标点应作:"弓矢,围;殳、矛,守;戈、戟,助。凡五兵,长以卫短,短以救长。"点校者盖没读懂其引文原意矣。

《天问》"穆王巧梅,夫何为周流",王逸注:"穆王乃更巧词周流,而往说之,欲以怀来也。"(页110)案:审注文"穆王乃更巧词",是解释正文"穆王巧梅"之义,而"周流而往说之,欲以怀来也",是解释"夫何为周流"之义。故"周流"不当属上。若属上,则文义也不通。

《天问后叙》:"昔屈原所作二十五篇,世相传教,而莫能说《天问》,以其文义不次,又多奇怪之事。自太史公口论道之,多所不逮。至于刘向、扬雄,援引传记,以解说之,亦不能详悉。"(页118)案:详审文意"世相传教,而莫能说"者,是指"屈原所作二十五篇",非特指《天问》一篇也。"《天问》以其文义不次"以下数语,则是特说《天问》一篇,故《天问》属下不属上。其标点宜作:"昔屈原所作二十五篇,世相传教,而莫能说。《天问》以其文义不次,又多奇怪之事,自太史公口论道之,多所不逮;至于刘向、扬雄,援引传记,以解说之,亦不能详悉。"

《九章·怀沙》"郁结纡轸兮,离愍而长鞠",王逸注:"言己愁思,心中郁结纡屈,而痛身遭疾病,长穷困苦,恐不能自全也。"(页142)案:审此注文,"心中郁结",是释正文"郁结"之义,而"纡屈而痛"是释正文"纡轸"之义,故其标点宜作:"言己愁思,心中郁结,纡屈而痛,身遭疾病,长穷困苦,恐不能自全也。"

《怀沙》"万民之生,各有所错兮",王逸注:"错,安也。言万民禀受天命,生各有所错,安其志,或安于忠信,或安于诈伪侮,其性不同也。"(页145)案:审注文"错安",平列复语,不当分属二句,"安"字属下。"其志"下逗号宜删。则标点当作:"错。安也。言万民禀受天命,生各有所错安：其志或安于忠信，或安于诈伪侮，其性不同也。"

《招魂》"翡阿拂壁，罗帱张些"，王逸注："翡，翡席也。阿，曲隅也，拂，薄也。罗，绮属也。张，施也。言房内则以翡席薄床，四壁及与曲隅，复施罗帱，轻且凉也。"（页204）案：据其标点，点校者以"翡席"但薄床一物而已，"四壁及与曲隅"属意于下。是误解其意。原文"翡阿拂壁"，则非仅"薄床"而已，四壁、曲隅，皆薄及之。故"薄床"下逗号宜改顿号，以床、四壁、曲隅三事并列，皆用作"薄"字宾语也。

第三，是未与注所引古书对勘而误。如：

《天问》"增城九重，其高几里"，洪氏《补注》引《淮南》云："昆仑虚中，有增城九重，其高万一千里百一十四步二尺六寸。"（页92）案：洪引《淮南》，见卷四《地形训》，曰："禹乃以息土填洪水以为名山，掘昆仑虚以下地，中有增城九重，其高万一千里百一十四步二尺六寸。"则知洪氏引文，删"以下地"三字，然"中"字本属下。若点校者与原文对勘一下，自可避免此类错误。

《九叹·愍命》"怀椒聊之荙荙兮"，王逸注："椒聊，香草也。《诗》曰：'椒聊且荙。'荙，香貌。"（页305）案：审注引《诗》，见《唐风·椒聊》，其作"椒聊且，远条且"。知《诗》原文"且"下无"荙"字。则标点应作："椒聊，香草也。《诗》曰：'椒聊且。'荙荙，香貌。"盖点校者想当然，而未覆按原《诗》故也。

第四，是疏于注文语例、句式所致。

其疏于语例者，如：

《招魂》"归来反故室，敬而无妨些"，王逸注："妨，害也。言君魂急来归还，反所居故室，子孙承事恭敬，长无祸害也。"（页209）案："还"字当属下，"还反"连文，并列复词，亦屡见王逸注文。下文"魂兮归来，反故居些"，王逸注："言魂神宜急来归，还反楚国，居旧故之处，安乐无忧也。"是其证。点校者盖未明"还反"之语词而误也。

《七谏·初放》"平生于国兮，长于原野"，王逸注："言屈原少生于楚国，与君同朝，长大见远，弃于山野，伤有始而无终也。"（页236）案：远弃，说远放，是王逸注文的习惯用语。《远游》"餐六气而饮沆瀣兮"，王逸注："远弃五谷，吸道滋也。"是其例。则"远"字下逗号当删。

《七谏·谬谏》"灭巧倕之绳墨"，王逸注："言君僭先王之法，则自乱惑也。"（页254）案：以"则"字属下。非也。"法则"连文，审王逸注文习见。《离骚》"名余曰正则兮"，注云："言正平可法则者，莫过于天。"《桔颂》"年罗虽少，可师长兮"，注云："言己年虽幼小，言有法则，行有节度，诚可师用，长老而事之。"《大招》"容则秀雅，穉朱颜只"，注云："言美女仪容闲雅，动有法则，秀异于人，年又幼穉，颜色赤白，体香洁也。"皆其例。故"则"字当属下。

《哀时命》"身既不容于浊世兮，不知进退之宜当"，王逸注："言己执贞洁之行，不能自入贪浊之世，愁不知进止之所宜，当何所行者也。"（页261）案：正文"宜当"，平列复语，则注文"宜当"也不当分开，故"当"字属上不属下。

《九叹·逢纷》"曷其不舒予情"，王逸注："曷，何也。言谗人相聚，蔼蔼而盛，欲漫污人以自著，明君何不舒我忠情，以诘责之乎？"（页283）案："著明"，复语也，古书习见。《论衡》卷九《问孔第二八》："盖起问难此说，激而深切，触而著明也。"卷二六《知实第七九》："道极命绝，兆象著明，心怀望沮，退而幽思。"桓谭《新论》第二《王霸篇》："法令著明，百官修理。"皆其例。则"明君"之"明"字当属上。盖点校者未审"著明"之语例而误分为二，以属上下二句也。

其疏于句式者，如：

《天问》"彼王纣之躬，孰使乱惑"，王逸注："惑，妲己也。"（页112）案：惑字，无专释"妲己"之义。注文"惑妲己"是回答正文"彼王纣之躬，孰使乱惑"之问，王逸注文多见此例。则"惑"下逗号宜删。

《哀郢》"何百姓之震愆"，王逸注："言皇天不纯一其施，则万物夭伤；人君不纯一，其政则百姓震动以触罪也。"（页132）案：此注文句对应工整，"皇天不纯一"与"人君不纯一"相对，"其施"与"其政"，亦对举为文。则"皇天不纯一"为句，"其施"二字当属下。此点校盖疏于其注文句式故矣。

《大招》"西方流沙，漭洋洋只"，王逸注："洋洋，无涯貌也。言西方有流沙，漭然平正，视之洋洋，广大无涯，不可过也。"（页218）案：漭然、洋洋，对举为文，则"视之"属上，"洋洋"属下，其标点应作："言西方有流沙，漭然平正视之，洋洋广大无涯，不可过也。"点校者盖疏于句式矣。

《卜居》"以洁楹乎"，王逸注："顺，滑泽也。"（页177）案：王逸诠释《卜居》，用三字句的韵文。如，"以自洁乎"，王逸注："修清洁也。"又，"将突梯滑稽"，王逸注："转随俗也。"又，"如脂如韦"，王逸注："柔弱曲也。"皆其例。故"顺滑泽"作一句读，"顺"下不当用逗号。点校者盖疏于其为三字句韵语矣。

《招隐士》"石嵯峨"，王逸注："嵯峨，巉岸，峻蔽日也。"（页232）案：王逸注《招隐士》，用七字句的韵语。如，"溪谷崭岩兮"，王逸注："崎岖閟寫，险阻僭也。"又，"水曾波"，王逸注："踊跃澧沛，流疾迅也。"又，"猨狖群啸"，王逸注："禽兽所居，至乐佚也。"皆其例。故"嵯峨巉岸"为一句，"嵯峨"下逗句宜去之。点校者盖疏于其为七字句韵语矣。

第五，是据错乱之文而误断。如：

《哀郢》"淼南渡之焉如"，注云："淼，混，弥望无际极也。一云：淼，溔，弥望无栖集也。"（页135）案：遍考古训，无"淼，混"、"淼，溔"之义。"淼混"、"淼溔"，实是"溔溔"之讹误。淼，古作渺。《说文新附》："淼，大水也。从三水，或作渺。"则淼、渺有旷远无际的意思。王逸以"溔溔"释"渺"字的意义，故曰"溔溔弥望"。《切韵》残卷三六《荡韵》："溔，溔溔。"又，三五《养韵》："溔，溔溔。"《玉篇·水部》："溔，浩溔溔溔，水无际。"《慧琳音义》卷九四"溔溔"条："溔溔，水貌。溔，或作漾，音同也。"《集韵》去声三六《养韵》"养"字纽有"溔、漾、潒"三字，曰："溔溔，水貌，或从兼，或从象。"《类聚》卷六三《居处部三》"馆"条引潘尼《东武馆赋》："弥望远览，溔溔夷泰，表里山河，出入襟带。"溔溔有大而无际的意思。又，《文选》卷二张平子《西京赋》："前开唐中，弥望广潒。"广潒、溔溔，一声之转。或作潢洋（见《新序》卷九《善谋》）、汪洋（见南齐刘孝威诗）、汪庠(见东魏《东岳嵩阳寺碑》)等。故标点应作："混瀁弥望，无际极也。一云：混瀁弥望，无栖集也。"

《悲回风》"重任石之何益"，洪氏《补注》曰："秙，当作秙，音石，百二十斤也。稻一秙，为粟二十升。禾黍一秙，为粟十六升，大升半。"(页 161)案：睡虎地秦简《仓律》曰："为粟廿斗，舂为米十斗；十斗粲，毇(毇)米六斗大半斗。麦十斗，为麺三斗。叔(菽)、荅、麻十五斗为一石。稟毇(毇)粺者，以十斗为石。"张家山汉墓竹简《算数书·程禾》曰："禾黍一石为粟十六斗泰(大)半斗，稻禾一石为粟廿斗。"又曰："麦、菽、荅、麻，十五斗一石，稟毇(毇)粺者，以十斗为一石。"据此，则知洪谓"稻一秙，为粟二十升。禾黍一秙，为粟十六升大升半"，诸"升"字，皆"斗"字之误。"大升半"，当作"大斗半"，且属上，不当独立成句也。

《哀时命》"撠尘垢之枉攘兮"，王逸注："枉攘，乱貌。撠一作慨，一作狂。攘，一作作枉。攘，撠涤也。"(页 266)案：据其标点，不可通。攘，无"撠涤"义。撠与涤，才是被释词与解释词的关系。可是撠字，在"枉攘"前，其释义亦不应倒置于后。又，撠字异文，亦不可能"一作狂"。此注文必有错乱，当作调整。据其文义，原本盖作："撠，涤也。枉攘，乱貌。撠一作慨。枉攘一作狂攘。"如此，则文从义顺，可以通遂矣。

《九思·遭厄》"逢流星兮问路"，注云："流星，发所从也。"(页 321)案：据其标点，以"发所从"为"流星"解释语。非也。此注语意不完整，当有脱误。据其文义，盖原作"遇流星发所从也"，今本脱"遇"字。发者，是说问也。六朝俗语。此篇注文，洪兴祖以为王逸之子王延寿所作。今据注文用语，多魏晋六朝俗语，乃考定为六朝时好事者所为(此当另文讨论)。注文以"发"释"问"，是其一例。《通典》八十九刘智《丧服释疑论》："或问曰：'若祖父先卒，父自为之三年，己为之服周矣。而父卒祖母后卒，当服三年不乎？'刘智答云：'嫡孙服祖三年，诚以父卒则己不敢不以子道尽孝于祖，为是服三年也。谓之受重于祖者，父卒则祖当为己服周，此则受重也。己虽不得受重于祖，然祖母今当服己周，己不得不为祖母三年也。《小记》曰："祖父卒而后为祖母后者三年。"特为此发也。'"是说特为此问也。《宋书》卷八一《顾琛传》："上问琛：'库中仗犹有岂许？'琛诡答：'有十万人仗。'旧武库仗秘不言多少，上既发问，追悔失言，及琛诡对，上甚喜。"《梁书》卷五〇《谢几卿传》："齐文惠太子自临策试，谓祭酒王俭曰：'几卿本长玄理，今可以经义访之。'俭承旨发问，几卿随事辨对，辞无滞者，文惠大称赏焉。"《全梁文》卷五三陆云《御讲般若经序》："未了经文，变小意以称量，仰天尊而发问。"《孝经序》邢昺《正义》："理有所极，方始发问，又非谓业请答之事。"《论语》第一一《先进篇·正义》："孔子将发问，先以此言诱掖之也。"以上"发问"，并列复语，言问也。或作"问发"，《文殊支利普超三昧》卷上《举钵品第三》："慧王比丘教训幼童，归命于佛及法圣众，令受禁戒克心悔过，劝使请问发无上正真道意。"是说请问无上正真道意。故注以"发所从"，释正文"问路"的意思。其标点，当作："遇流星发所从也。"

《九思·伤时》"就祝融兮稽疑"，王逸注："祝融，赤帝之神。稽合所以折谋，求安己之处也。"(页 324)案：《礼记》第四七《儒行篇》"古人与稽"，郑玄注："稽，合也。"稽与合，是被释词与解释词的关系。又，折谋者，言败谋、挫谋。《三国志》卷一二《魏书·徐奕传》："汲黯在朝，淮南为之折谋。"《宋书》卷六七《谢灵运传》："亦由钜平奉策，荀贾折谋，故能业崇当年，区宇一统。"皆其例。则言"折谋"与此文不合，当有脱误。"折"下宜补"中"字，而"谋"字属下。其标点作："祝融，赤帝之神。稽，合。所以折中，谋求安己之处也。"

第六，是不明通假字而误断。如：

《招魂》"秦篝齐缕"，王逸注："篝络，缕线也。言为君魂作衣，乃使秦人职其篝络，齐人作彩缕，郑国之工缠而缚之，坚而且好也。"（页202）案：据其标点，以"缕线"为"篝络"释语。非也。篝与络、缕与线，分别是被释词与解释词的关系。络，是荅的假借字，与经络、缕线义无关。《方言》五："篝，陈楚宋魏之陈谓之墙居。"清钱绎《笺疏》："《说文》：'篝，荅也。可薰衣，宋楚谓竹篝墙居也。'又云：'篮，大篝也。'《广雅》：'篝，笼也。'又云：'薰篝谓之墙居。'今吴人谓之烘篮。《史记·陈涉世家》云：'夜篝火。'《龟策传》云：'以篝烛此地。'徐广《音义》云：'燃火而笼罩其上。'篝与篝同。然火以烛物与然火以薰衣同，皆取薰络之义。故《史记·滑稽传》'瓯窭满篝'，《音义》云：'篝，笼也。'"据此，王逸注文"职其篝络"，即是"织其篝荅"也。职，亦"织"字之假借。故"篝"下、"缕"下分别宜用逗号点断，宜作："篝，络。缕，线也。"

参考文献：

宋洪兴祖《楚辞补注》，中华书局2000年第三版本、四部丛刊初编本及清汲古阁毛表校刊本。

东汉王逸《楚辞章句》，湖北丛书覆宋本。

《昭明文选注臣注》，韩国1983年据奎章阁藏宋活字影印本。

西夏文文献的价值和整理出版的新进展

中国社会科学院民族研究所　史金波

　　西夏是中国中古时期一个有重要影响的以少数民族为主体的王朝,对其进行历史文化的研究具有重要意义。然而由于元朝修史时未将西夏列入正史,西夏史料大部散失,造成存留后世的有关西夏文献十分缺乏,使西夏研究难以取得突破性进展。近代大批珍贵西夏文献的发现,改变了西夏资料匮乏的状况,使西夏研究柳暗花明,不断取得新的成果。

一、西夏文文献的发现

　　在著名的敦煌藏经洞被发现不久,1909 年以科兹洛夫(П.К.Козлов)为首的一支俄国探险队,于中国的黑水城遗址(今属内蒙古额济纳旗)城外的古塔中发现了大量文献和文物,仅文献就有数千卷,其中绝大部分是西夏文文献,也有相当数量的汉文及部分其他民族文字文献。俄国探险队将我国这批珍贵遗物席卷而走,至今仍藏于俄罗斯圣彼得堡东方学研究所和冬宫博物馆(爱尔米塔什)。文献主要藏于俄罗斯圣彼得堡东方学研究所,在其手稿部用 12 个大书柜藏储,共有八千多编号。这次发现是本世纪继甲骨文、汉简、敦煌文书以后又一次重大文献发现。

　　英人斯坦因(A.Stein)步科兹洛夫后尘,1914 年也到黑水城寻找发掘,得到不少西夏文文献,藏于大英博物馆。法国的伯希和(P.Pelliot)、瑞典的斯文赫定(Svenhedin)和贝格曼(F.Bergman)也先后在中国获得数量不等的西夏文献。

　　1917 年在灵武县(今属宁夏灵武)也发现了不少西夏文佛经,使西夏文文献更加丰富。这些文献大部分入藏中国国家图书馆,有百余卷,共几千面,使该馆成为国内入藏西夏文文献最多的地方。另外一部分藏于宁夏、甘肃,一部分流失日本。

1952 年在甘肃省天梯山发现了一些西夏文残片。1972 年在甘肃省武威张义下西沟岘发现了一批西夏文物,其中有多种西夏文献,共 100 余面,今藏甘肃省博物馆。

1958 年在敦煌莫高窟附近一塔中出土了 3 种西夏文佛经,共 170 多面。近些年敦煌研究院对莫高窟北区进行系统考察时新发现了不少文物,其中有不少西夏文文献,近百纸,多为残页,这些文献都藏于敦煌研究院。

1976 年西安市文物管理处入藏一批西夏文文献、文物,计 3 种 100 余面。

1983 年、1984 年内蒙古自治区文物考古研究所对黑水城进行系统清理发掘,又收获一批西夏文文献残页,有数百叶。1991 年中央电视台拍摄记录片《望长城》时,在内蒙古自治区额济纳旗绿城也偶然发现了多种西夏文文献,约近 100 面。

1987 年 5 月,甘肃武威市新华乡缠山村亥母洞遗址出土了一批西夏文佛经文书、唐卡等文物。其中有多种西夏文文书,共百余面。

1991 年宁夏贺兰县拜寺沟方塔废墟中清理出一批西夏文物,其中有西夏文文献 500 多面,今藏宁夏回族自治区文物考古研究所。在修缮贺兰县宏佛塔时也出土部分西夏文文献,还发现了很多西夏文残碎经版。

综观国内外所藏西夏文文献,以俄罗斯所藏黑水城出土为最多,不下 15 万面,国内所藏约有 1 万面。

西夏文文献数量巨大,类型繁多,价值珍贵。其中有:

1. 西夏文字典、辞书。如西夏文—汉文双解语汇集《番汉合时掌中珠》、兼有《说文解字》和《广韵》特点的西夏文韵书《文海宝韵》、以声母分类的字书《音同》、西夏文韵图和韵表《五音切韵》、同义词典《义同》等。

2. 法律著作。有 20 卷的西夏王朝法典《天盛改旧新定律令》、军事法典《贞观玉镜统》以及法律著作《新法》。

3. 类书、蒙书。有反映西夏自然地理、风俗民情的大型西夏类书《圣立义海》,西夏千字文《碎金》,分类词语集《三才杂字》等。

4. 文学作品。有西夏谚语《新集锦合辞》、西夏宫廷诗歌集、民间诗歌《五更转》等。

5. 医书、历书。其中不仅有多种药方,还有针灸著作,有连续 80 多年的珍贵历书。

6. 社会文书。如户籍簿、纳粮文书、买卖契约、典当契约、军抄文书、告牒等,共有 400 余件,其中很多记有西夏的年号。

7. 译自汉文的典籍。如经书《论语》、《孟子》、《孝经》等,史书《十二国》、《贞观政要》,兵书《孙子兵法三注》、《六韬》、《黄石公三略》等,类书《类林》以及《新集慈孝记》等。

8. 佛教经典。这部分占西夏文文献的最大宗,共有 4 百余种,数千卷册。有的译自汉藏,有的译自藏传。

出土的西夏文文献十分珍贵,有特殊的文献价值和文物价值。西夏文文献可弥补西夏历史资料的严重不足,推动西夏研究的新进展。宋版书传世甚少,皆成善本。与之同时代的大量西夏文文献版本价值可想而知。西夏文是一种已经死亡的中国古代少数民族文字，反映着多民族的文化及其交流状况，具有特殊学术价值。

二、西夏文文献整理的成果

西夏文资料是研究西夏的第一手资料。然而西夏文是一种已经死亡的文字，解读、利用西夏文文献经过了艰难的历程。开始从个别字的对译、试解文义，到析求语音、贯通语法，延续了半个多世纪。早年的国学大师们给予很大关注。二三十年代，陈寅恪、王国维、罗振玉等或解读文字，或诠释文献，或考证文物，收获粲然。后罗福苌著《西夏国书略说》，罗福成著《西夏译莲华经考释》①，推动了初期西夏研究的进展。当时作为年轻学者的王静如教授潜心研究西夏文，取得很大成绩。他撰著的《西夏研究》三辑，涉及西夏语言、文字、文献，考证推敲，工力深厚，是当时西夏研究的高水平成果。早年虽然借助于西夏文—汉文双解语汇集《番汉合时掌中珠》，以及佛经的对照使西夏文的解读有了很大进展，但《番汉合时掌中珠》只有 1 千多字的解释，对于有 6 千多字的西夏文来说，释读还有相当的困难。而且要翻译西夏文文献，光懂得字义还是不够的，破解西夏语语法也是一个关键。对这种死文字及其文献的基本破译还有很长一段路要走。

二次大战时西夏研究几乎停滞，战后苏联和日本相继恢复西夏研究。中国西夏学研究恢复较晚，中国科学院民族研究所在 60 年代初期开始恢复西夏研究的工作。

"文革"末期，中国科学院图书馆和民族研究所图书室分别购进了苏联西夏文专家们出版的《文海》一书的上下两册。书中有刻本西夏文《文海》的全部影印件。《文海》是一部兼有《说文解字》和《广韵》特点的西夏文韵书。由于认识到这部书在释读西夏文方面的巨大科学价值，我们开始了艰难的翻译工作，经过几年的时间才完成译文初稿。为了准确地翻译《文海》的内容，我们把每一个西夏字在《文海》多处出现的各条都集中起来，当时将译稿油印三十份，按条裁剪，作成数万张卡片，分别排列，以字系条。这样同一西夏字在《文海》中出现多少次，就会有多少张相关卡片汇集在一起，这不仅能正确地校勘字形，更有助于探究未知字义。1983 年《文海研究》出版，其中有全部汉译文，并依据《文海》资料对西夏文字构造、语音体系和社会生活作了研究。书中还将以字系条的"索引"刊出，可以查找五千多西夏字注音和字义。②此书的翻译、研究和出版大大提高了西夏文的释读水平。

"文革"时期在艰难的条件下，研究工作者冒着很大风险整理了北京图书馆藏的西夏文文献。后在研究西夏文韵书《文海》的同时，对北图藏品中西夏人撰写的长篇西夏文文献，如佛经发愿文、序跋等进行译释，从中探寻其语法，使释读西夏文文献的水平有显著提高，80 年代初期已可以翻译没有现成汉译文参考的长篇西夏文文献。③

《音同》是以声母为纲的特殊西夏文字书，1986 年李范文出版了《同音研究》，对西夏文《音同》作了研究，并构拟了西夏语音。④

早年见到的《掌中珠》都是抄本,错讹很多。1986 年我访问日本时见到美国人出版的影印本。此书在中国没有。当时如获至宝,买回来即开始合作整理,并编辑索引。1989 年出版《番汉合时掌中珠》,这是在中国第一次全部影印该书原刻本。⑤

随着西夏文物不断出土以及对其研究的深入,1988 年出版了《西夏文物》,分为 8 类,其中世俗文献、佛教文献两类都属于文献类,在 400 多种重要西夏文物图版中约占五分之一。每一图版有说明,以图片形式系统介绍西夏文献。

《类林》是唐代于立政编著的一部重要类书,全书十卷,原书早已失传,但却以西夏文的形式保存下来。我们在苏联出版的《类林》(刊印原文)的基础上,将西夏文《类林》原文全部译成汉文,根据相关文献校勘、补充,恢复了失传已久的汉文本《类林》,并对西夏文译文和语言作了研究。《类林研究》1993 年出版。⑥

1993 年陈炳应也在俄国专家翻译并刊出原文的基础上,出版了《西夏谚语——新集锦成对谚语》,将俄藏西夏文谚语《新集锦合词》全部译成汉文,并用以研究西夏社会的方方面面。⑦这是西夏文献整理和研究的又一新的成果。

1995 年克恰诺夫、李范文、罗矛昆著《圣立义海研究》,翻译并研究了这部多方面反映西夏社会的类书。⑧此书的出版为西夏研究提供了新的资料。

1988—1989 年克卡诺夫出版的《天盛改旧新定律令》,俄译并研究了这一重要文献,同时刊布了原文。此书有 1400 多面,内容涉及领域宽,而且翻译时没有相应的汉文文献对照,难度很大。⑨西夏法典对西夏历史研究和中国法制史研究有重要价值,1989 年西夏法典研究列入国家社会科学基金重点项目。经过几年集中精力译释原文和研究,1994 年史金波、白滨、聂鸿音出版了《西夏天盛律令》(黄振华参加了前段工作),将这部内容丰富、可在多方面补充西夏历史的重要文献全部译成汉文,并作了注释,作为《中国珍稀法律典籍集成》之一种出版。⑩后经译者修订、补充又在《中华传世法典丛书》中以《天盛改旧新定律令》为名出版。此后利用该书研究西夏社会的著述不断出现,推动了西夏研究。

90 年代末李范文在与日本中岛干起编著《西夏文杂字研究》,史金波与中岛干起等编著《文海宝韵研究》,分别对西夏文刻本《杂字》和写本《文海宝韵》进行整理、翻译和研究。这是西夏文献整理、研究的新成果。⑪

90 年代西夏学的一件十分重要的工作是中、俄双方合作出版藏于俄罗斯的黑水城文献。俄藏黑水城文献内容丰富,有很高的学术价值。过去已经面世的文献只占全部文献的极少部分,很多具有重要价值的文献长期不为世人所知。学术界和出版界都希望能将这批文献全部出版。1992 年中国社会科学院的领导委托我与俄方联系,得到俄罗斯科学院圣彼得堡分所彼得洛斯扬所长和克恰诺夫副所长的正式答复,同意与中国社会科学院民族研究所合作整理、出版该所所藏黑水城出土的全部西夏文、汉文以及其他民族文字文献。1993 年春中国社会科学院民族研究所、上海古籍出版社和俄罗斯圣彼得堡东方学研究所达成合作协议。根据协议,民族研究所和上海古籍出版社于 1993 年、1994 年、1997 年、2000 年 4 次组团赴俄进行整理、注录和拍摄工作。从1996年至2000年已经出版8开本特精装《俄藏黑水城文献》1至11册，按计划以后还要陆续出版十几册。这批古籍全部出版以后，将为西夏研究提供大量崭新的、重要的资料，实现几代人的梦想，为西夏研究开辟广阔的前景。[12]通过此次整理编辑工作，发现了一些新的文献(其中包括大量西夏社会文书)，匡正了部分书名，对已有的文献补阙拾遗，丰富了内容，对原来时代不清的文献进行年代考证，还鉴定出多种世上最早的活字本。

西夏文文献的整理工作取得了很大成绩，得到了丰硕的成果。这些成果直接推动了西夏学的迅速发展。如对《文海》的翻译、整理，把释读西夏文的水平提高到一个新的高度。《天盛改旧新定律令》的翻译、整理、出版为西夏研究提供了前所未有的大量反映西夏社会的新资料，把西夏社会、法律、经济、文化的研究推向了一个新的高潮，大大加深了对西夏王朝的认识，在很多方面重塑、填补了西夏历史。俄藏黑水城文献的全面整理和系统出版，为学术界打开了一座丰富的文献宝库，利用这些珍贵的文献不仅可以全面深入展开西夏各领域的研究工作，为今后的西夏研究带来了勃勃生机，而且因其中有不少宋、金、元各朝文献，因此对宋、金、元各朝历史文化的研究也有相当的推动。失传的《类林》的复原，使中国恢复了一部重要古籍，西夏历书的刊布和研究使中国的古代历书原本增添了新的品类。西夏多种多样的写本、刻本和活字本的整理和刊布使中国的稀有的古代珍本增加了丰富的内容，其中十数种活字印本成为中国最早的活字印刷实物，为确证中国首先发明活字印刷提供了可靠的证据。[13]

三、重视和加强西夏文文献整理工作

回顾近百年的西夏学研究，通过国内外几代学人的努力，在西夏文文献整理、研究方面都取得丰硕成果。西夏文献涉及西夏语言、文字、社会、历史、文学、艺术、宗教、法律、文物、文献等方面，它与敦煌学相交叉，又往往涉及到自然科学的印刷术、天文、地理、历法、医学等。西夏文献的整理和进一步研究，可为宏扬中国传统优秀文化作出特殊的贡献，在民族古籍整理当中具有重要而特殊的地位。

1.西夏文文献是我国中古时期保存文献最多的民族古文字文献。它比中国较早时期的佉卢字、焉耆—龟兹文、于阗文、粟特文、突厥文、回鹘文文献丰富得多，以敦煌石室所出为主的古藏文文献也无法与之相媲美，与同时代的契丹文、女真文文献比较更显出其数量大，种类多，价值高。

2.西夏文文献与国学有直接的关系。它是中国一个重要王朝——西夏历史文化的直接载体，由于西夏汉文史料的缺载，西夏文文献更显其特殊价值。除此以外，这些文献还可直接有助于国学文献的研究和利用。比如除前述《类林》外，西夏文《孝经》是吕惠卿注本，今也已失传，若译注、研究，可有助于《孝经》的研究。

3.很多西夏文文献尚未进行整理、翻译,有广泛的开发、研究和利用的前景,有潜在的多学科利用价值。

4.西夏文文献已经基本可以解读、诠释,不仅能够翻译有汉文文献参照的文献,也可以翻译没有汉文资料参照的、西夏人自己的撰述。不像有的少数民族文种目前还难以破译。

今后西夏文献整理工作的重点是:

1.继续整理、刊布藏于国内外的西夏文文献,俄藏的文献要继续出好,英藏、法藏、瑞典藏的文献也应着手整理出版。特别是国内各地所藏的西夏文文献应提上议事日程,制定计划,尽早刊出,以进一步促进西夏学的发展。

2.对已出版的文献有计划地翻译、注释,使更多的人可以利用。为了更好地翻译现存的西夏文文献,今后首先要重视和加强培养通晓西夏文的人才。目前西夏研究不是缺少资料,而是缺少能熟练解读西夏文献的人才。

3.利用公布和译释的资料进行深层次的开掘,重点研究过去未曾涉足或难以解决的重要课题,推动西夏研究向纵深发展。

4.西夏研究涉及门类很多,需要请很多学科的专家参与研究,集思广益,通力合作,才能使西夏资料在更为广泛的领域中发挥更大的作用。

5.国家应在人才培养、设置课题、经费投入等方面给予力度更大的支持,以促进西夏文献整理的发展。由于西夏文文献的价值和特点,现在有限的投入在将来会得到丰厚的回报。

附注:

① 二书同为 1914 年东山学社印。

② 史金波、白滨、黄振华《文海研究》,中国社会科学出版社,1983 年。

③ 史金波《西夏文〈过去庄严劫千佛名经〉发愿文译证》,《世界宗教研究》1981 年 1 期。史金波《西夏文〈金光明最胜王经〉序跋考》,《世界宗教研究》1983 年 3 期。

④ 李范文《同音研究》,宁夏人民出版社,1986 年。

⑤ 黄振华、聂鸿音、史金波整理《番汉合时掌中珠》,宁夏人民出版社,1989 年。

⑥ 史金波、黄振华、聂鸿音《类林研究》,宁夏人民出版社,1993 年。

⑦ 陈炳应《西夏谚语》,山西人民出版社,1993 年。

⑧ 克恰诺夫、李范文、罗矛昆《圣立义海研究》,宁夏人民出版社,1995 年。

⑨ 克恰诺夫《天盛改旧新定律令》(一——四卷),苏联科学出版社,莫斯科,1988 年—1989 年。

⑩ 史金波、聂鸿音、白滨《西夏天盛律令》,科学出版社,1994 年。
史金波、聂鸿音、白滨《天盛改旧新定律令》,法律出版社,1999 年。

⑪ 李范文、中岛幹起编著《西夏文杂字研究》,日本国立亚非语言文化研究所,1997 年 3 月。
史金波、中岛幹起等编著《文海宝韵研究》,日本国立亚非语言文化研究所,2000 年 1 月。

⑫ 史金波、魏同贤、克恰诺夫主编《俄藏黑水城文献》,第 1—11 册,上海古籍出版社,1996 年—2000 年。

⑬ 史金波、雅森·吾守尔《活字印刷术的发明和早期传播》,社会科学文献出版社,2000 年。

《清真集校注》对陈元龙注《片玉集》的突破

——兼论体现宋代文化精神的周邦彦词语言风格

苏州大学文学院博士研究生　孙　虹　王丽梅

一

周邦彦，字美成，号清真居士，北宋后期著名词人。周邦彦词的注本，流传至今的只有南宋陈元龙（字少章）详注《片玉集》（127首）。陈元龙笺释的目的，宋代嘉定年间（1208—1224）刘肃的序文言之甚详：

> 辞不轻措，辞之工也。阅辞必详其所措，工于阅者也。措之非轻，而阅之非详，工于阅而不工于措胥失矣，亦奚胥望焉。是知雌霓之诵方脱诸口，而见谓知音；白题八滑之事既陈，而当世之疑已释；楛矢萍实，苟非推其所从，则是物也，弃物耳。谁欤能知？触物而不明其原，睹事而莫徵所自，与冥行何别。故曰无张华之博，则孰知五色之珍；乏雷焕之识，则孰辨冲斗之灵。况措辞之工，岂不有待于阅者之笺释耶。周美成以旁搜远绍之才，寄情长短句，缜密典丽，流风可仰。其徵辞引类，推古夸今；或借字用意，言言皆有来历，真足冠冕词林。欢筵歌席，率知崇爱，知其故实者，几何人斯。殆犹属目于雾中花、云中月，维（唯）意其美，而皎然识其所以美则未也。漳江陈少章家世以学问文章为庐陵望族，涵泳经籍之眼，阅其词，病旧注之简略，遂详而疏之，俾歌之者究其事达其意，则美成之美益彰，犹获昆山之片珍，琢其质而彰其文，岂不快夫人之心目也。因命之曰《片玉集》云。①

在陈注之前，据《景定严州续志》，尚有宋代曹杓的《清真词注》；据《乐府指迷》，尚有无名氏的《周词集解》。虽然现在这两个注本不传，已经难知其体例，但是，刘肃与陈元龙生活在同一时期，他说陈氏"病旧注之简略，遂详而疏之"，即陈注本具有集注的性质这一点应该是有根据的。我们从现存的陈注体例不难推测其与之前注本都是以注释语词（包括檃括前人成句）及典故出处为主的相承关系。因此可以说陈注集中了宋人注宋词的成果，具有很高的文献价值和文化品位。但从陈注本也可以看到宋人注周词的不足之处：他们所注的周词字面与句子，出处十之七八为唐宋时代的作品。尽管如此，借助陈注阅读周邦彦词，无疑如烛照冥行，藉此我们能够深刻体味周词的语言特点。陈注也由此成为后人望而驻足的禁区，陈注之后，只有一些零星的补注散见于周词词评中，其中以近人汪东补注最多，然其亦仅致力于陈元龙漏注的周词所檃括的唐诗，故而突破陈注的成果惜不多觏。后世治周词者被注本所囿，渐次形成了对周词的评价误区。

后人对周词的最大误解，就是认为周词仅仅檃括唐人诗句入词。此论自南宋后期滥觞，如陈振孙《直斋书录》曰："清真词，多用唐人诗句，檃括入律，浑然天成。"②周密亦曰："周美成长短句，纯用唐人诗句，如'低鬟蝉影动，私语口脂香'，此乃元、白全句。"③至清朝《四库全书总目提要》仍沿用陈振孙成说。晚清颇有成就的词学大师郑文焯甚至因之推论此为宋词的普遍特点："沈伯时论词云：'读唐诗多，故语多雅淡。'宋人有檃括唐诗之例。"④形成于陈注《片玉集》之后的这一错误观点，至今在词学界还有很大的影响。而由宋人元的词人兼理论家张炎《词源》中以周邦彦所作之词，"浑厚和雅，善于融化诗句"⑤——对周词檃括的范围有拓展的真知灼见反而嗣响者寥寥。

拙著《清真集校注》(孙虹校注薛瑞生订补)一书，以大鹤山人郑文焯校《清真集》二卷本(计收词 194 首)为底本，参校十馀种版本，剔除伪词，考订出其中 184 首确为周邦彦所作(另据宋·吴曾《能改斋漫录》补《烛影摇红》一首，共计收词 185 首)。全书在陈注的基础上作注 127 首，自行作注 58 首，以成周词注本之足本。笔者在整理陈注和自行作注的过程中，曾借助《全唐诗》光盘，在陈元龙、汪东等人注释的基础上把周词檃括唐诗的成句(包括檃括全诗意境的篇章)搜罗殆尽，檃括处达五十馀处，檃括唐人诗句确实是周词形于外观的一大特色。然陈元龙被周词的外在现象所蒙蔽，对先秦汉魏晋南北朝特别是六朝非名篇名作的诗作不多注目，遂导致注释上一大疏漏。其实，周词也对六朝现行各选本中不经见的诗句也有檃括。试举显例如下：

　　《锁阳台·山崦笼春》："五两了无闻。"——鲍照《吴歌三首》(之三)："五两了无闻。"

　　《鹤冲天·梅雨霁》："鱼戏动新荷。"——谢朓《游东田》："鱼戏新荷动。"

　　《月中行·蜀丝趁日染干红》："泪尽梦啼中。"——萧纶《代秋胡妇闺怨诗》："泪尽梦啼中。"

　　《蝶恋花·月皎惊乌栖不定》："辘轳牵金井。"——吴均《行路难五首》(之四)："城上金井牵辘轳。"

　　《玉楼春·当时携手城东道》："酒边谁使客愁轻。"——刘孺《至大雷联句》："讵使客愁轻。"

《渔家傲·灰暖香融销永昼》:"拂拂面红新着酒。"——庾信《咏画屏风诗二十五首》（之二十三）:"面红新着酒。"

《隔浦莲近拍·新篁摇动翠葆》:"曲径通深窈。"——《佩文韵府》:"古诗:'曲径通深窈'。"（此诗已佚）

加上为人所熟知,陈注也注出的檃括诗句如《玉楼春·大堤花艳惊郎目》"大堤花艳惊郎目"——宋《清商曲·襄阳乐》:"大堤诸女儿,花艳惊郎目";《渡江云·晴岚低楚甸》"千万丝、陌头杨柳,渐渐可藏鸦"——梁简文帝《金乐歌》:"杨柳可藏鸦"等句,笔者粗略统计,周词檃括六朝诗也有二十馀条之多;檃括先秦汉魏的诗句也有近十处。另外,宋人有檃括当朝名人名句的风气,周邦彦也不免于此,周词中多次檃括欧阳修、魏夫人、柳永、苏轼、黄庭坚等人的诗词。最著者如,《鹤冲天·梅雨霁》"无事小神仙"——魏野《述怀》:"无事小神仙";《虞美人·廉纤小雨池塘遍》"相看羁思乱如云"——晏几道《玉楼春·雕鞍好为莺花住》:"尽教春思乱如云";《尉迟杯·隋堤路》中的"无情画舸,都不管、烟波隔前浦。等行人、醉拥重衾,载将离恨归去",明显化用郑文宝《柳枝词》整首诗的意境:"亭亭画舸系春潭,直待行人酒半酣。不管烟波与风雨,载将离恨过江南。"虽然周词檃括的先秦汉魏六朝诗、宋诗词与唐诗相较,在数量上有一定的差异,但我们不能忽略的是,唐诗是严守平仄的近体格律诗;词为在格律上更趋严整的"诗之馀"。格律的趋同,宋词自然多檃括唐诗。先秦汉魏晋南北朝诗作为古体诗,是满心而发,肆口而成的天籁之音,难于剪裁以就声律;宋朝是作者的生活时代,檃括诗词不可避免地受到局限。所以周词中先秦汉魏晋南北朝诗、宋诗词的被檃括数量不足与唐诗抗衡,然而弥足珍贵。特别是上引被陈元龙漏注,而又几乎是一字不易（或语序略作移位）地移入词中的显例,可以纠正认为周词仅仅檃括唐人诗句的一偏之见。

周词的语词渊源,后人受陈注影响,也认为出自唐诗。郑文焯曰:"玉田谓:'取字当从温、李诗中来。'今观美成、白石诸家,嘉藻纷缛,靡不取材于飞卿、玉溪,而于长爪郎奇隽语,尤多裁制。"⑥陈元龙注周词的语词出处往往也自限于唐宋特别是唐代诗句,出现比率较高的依次有杜甫、韩愈、白居易、元稹、李商隐、杜牧、李贺等人;杜甫甚至高达七十馀处,有学者因此认为周邦彦之所以被称为"词中老杜",与此也不无关系。实际上这也是一个误解,这里仅举陈元龙注周词语词渊源误六朝诗为杜甫诗的几个例证,即可窥见陈元龙误注的全貌（语词引文意义单纯,所以省去周词篇名。排列以误注置前,省略作者杜甫;正注附后）。

暗柳 《暮春》:"沙上草阁柳新暗。"——梁元帝《将军名诗》:"细柳浮新暗。"

清江 《早发射洪县南途中作》:"清江转山急。"——孔稚珪《旦发青林诗》:"孤征越清江。"

檐花 《醉时歌》:"灯前细雨檐花落。"——何逊《为人妾怨诗》:"燕戏还檐际,花飞落枕前。"（逯钦立《先秦汉魏晋南北朝诗》据本集二辑）宋人王楙《野客丛书》引作"燕子戏还飞,檐花落枕前",当为周词所本。

追凉 《羌村》:"忆昔好追凉。"——庾肩吾《和晋安王薄晚逐凉北楼回望应教诗》:

"追凉飞观中。"

　　凉月　《陪郑广文游何将军山林十首》(之九)："凉月白纷纷。"——谢朓《移病还园示亲属诗》："停琴伫凉月。"

　　照眼　《酬郭十五受判官》："花枝照眼句还成。"——梁武帝《子夜四时歌·春歌四首》(之一)："庭中花照眼。"

　　艳阳　《数陪李梓州泛江有女乐在诸舫戏为艳曲二首赠李》(之一)："偷眼艳阳天。"——鲍照《学刘公干体诗五首》(之三)："艳阳桃李节。"

　　哀弦　《题柏大兄弟山居屋壁二首》(之一)："哀弦绕白雪。"庾信《王昭君》："哀弦须更张。"

　　玉琴　《暝》："收书动玉琴。"——江淹《清思诗五首》(之四)："清风荡玉琴。"

　　陈注中语词渊源定位于宋朝诗人的，往往也有错讹。如谓"潮汐"一词谓出王安石诗，实出谢朓《同咏坐上所见一物·席》；"暝宿"一词谓出黄庭坚诗，实出陆倕《以诗代书别后寄赠诗》。如此等等，不一而足。

　　注释方面的突破首先是给校定带来了莫大的方便。如《月中行》一篇，有萧纶《代秋胡妇闺怨诗》为据，校雠者可以不必在不同版本的"泪尽梦啼中"、"啼尽梦魂中"、"啼尽梦中魂"、"啼尽梦啼中"之间游移不定。再如《渔家傲》"赖有蛾眉能缓客"一句中的"缓客"，现存经见版本中的大部分包括陈注本并作"暖客"，陈元龙以杜甫《自京赴奉先县咏怀五百字》诗"暖客黑貂裘"(此句《全唐诗》作"暖客貂鼠裘")注出处。唯《西泠词萃》本作"缓客"，因"缓客"一词并不常见，校雠者颇费踌躇，精于校雠学的郑文焯校云："'缓'，诸本并作'暖'，疑讹。今从《词萃》作'缓'。"郑氏虽然凭直觉作出了正确取舍，但校雠家仅依版本和语词渊源为过硬依据，故吴则虞先生校曰："《词萃》作'缓'，郑刻从之，但未知何据也。"其实"缓客"一词出自梁武帝《答任殿中宗记室王中书别诗》："缓客承别酒"，据此可知周词承梁武帝诗意，词句的意思是"幸好还有美丽的歌女持觞劝酒，能让客人推迟启程的时间"。"缓客"词义既明，豁然可知"暖客"一词与周词词意不侔，这样也就可以凿凿有据地用"缓客"取代"暖客"，而不必持郑文焯首鼠两端之论，授人以疑惑矣。尤为值得注意的是，我们以宋代文化精神对周邦彦词进行整体观照时，借助《清真集校注》对陈元龙注《片玉集》的突破性成果，可以给周邦彦词的语言风格以更为准确的定位。

二

　　在儒学复兴的背景下，宋代总体文化精神主要表现在尚统、尚理、尚博、尚雅、尚意、尚韵、集大成意识等几个方面。正是由于宋代文化精神的浸润，唐宋词虽然同为词体，但其内质之异已经犁然可分，所以说"《花间》犹唐音也，《草堂》则宋调矣"[⑦]。这里的《花间》，虽然特指后蜀赵崇祚裒合的晚唐温庭筠及五代词人(作者十之七八为前、后蜀词人)词集，实际上包括自盛唐至晚唐"杂用胡夷里巷之曲"⑧的唐代文人词、五代文人词(南唐词除外)、民间词(如敦煌歌词包括《云谣集杂曲子》)等所有唐五代词。《草堂》,是《草堂诗馀》的简称。这是南宋书坊编集,为征歌而设的宋词选本,其原本不存,增修本所选近百家,以周邦彦最多,秦观、苏轼、柳永次之,由此可知,所谓"宋调"就是具备时代艺术特征的所有宋代词作的代称;从这个选本入选的数目不难推知周邦彦词可作为符合宋代文化精神的"宋调"代表。时代文化精神的各个方面无疑对一代文学的风格形成都具有极大的影响,但宋代文化精神中尚统、尚博、尚雅精神在词体自唐音而宋调的变化中对宋词语言风格形成的影响无疑更为直接,周邦彦词的语言风格正是尚统、尚博、尚雅文化精神的体现。

尚统者,崇尚正统也,是指宋人在道统、文统方面强烈的归位意识。宋人道统由韩愈而登孔孟之室,文统也由韩愈而远绍两汉三代,故曰"吾之道,孔子、孟轲、扬雄、韩愈之道;吾之文,孔子、孟轲、扬雄、韩愈之文"⑨。传统诗、骚、文、赋(即前人所谓文统,也可称为诗统),自三代两汉至宋朝,虽然其间不乏发展流变,但文(诗)统正脉相传,万变不离其宗。而词体中令词最早可能起自盛唐李白,最迟至唐中叶,即有慢曲子行世⑩。词为晚出之体裁的特殊性,使宋人词体的尚统有了是近承唐五代词统,还是打通诗词界域远绍文(诗)统,抑或两者兼而有之的区别。从宋词的创作实践看,宋人既保持了词统,宋词成为"唐音"之承韵流响;同时又承两汉三代之文(诗)统,词体由此发生了具有宋代特点的新变,所以,就词体而言,宋人尚统具有崇尚词统和崇尚文(诗)统的双重性。

与此相对应,关于词体之正统,词学界也有两种不同的观点:一是从内容或形式的不同角度,或以词为《诗经》之苗裔,或以词为汉乐府之嫡传,如北宋苏轼、南宋胡寅即持此论;二是以花间派温庭筠、韦庄"自南朝之宫体,扇北里之倡风"的词作为词统,清朝大部分论者持此说。这两者都是从尊体立论(但这是两种意义完全不同的尊体,前者是从内容上提高词体的地位,后者则是文体意义上即保持某种文学样式的规范方面的尊体,就词而言,是保持词之为词的特质),但也关涉到词体的创作方法,词人创作作品时的措辞包括檃括都属于创作方法的组成部分。与宋代文学思潮相一致的词体创作中字有来历及檃括成句的方法,对词体语言风格的形成也产生一定的规定性。由上述分析可以看到,词体无论是上攀三代两汉文(诗)统、还是以唐五代词为词之正统,其语词渊源及檃括前人成句都不能自限于唐宋词,而应该以先秦两汉或以六朝诗为发掘的重要范围。日本学者村上哲见曾这样分析周邦彦《西河·金陵怀古》一词:"这是一首以刘禹锡《金陵五题咏》为底文,并随处檃括六朝的乐府(莫愁)和谢朓的诗等,而典雅地咏古都金陵(江宁府,今南京)、缅怀往昔的佳作。虽然几乎每一句都是六朝和唐代的诗歌,却丝毫不使人有不协调感,而通过联想可以将形象扩大。这样一种用典的效果,在这首词里发挥得很出色,同时天衣无缝地构成了一个其自身具有完整性的诗的世界。"⑪尽管村上氏在此所举《西河》中"风樯遥度天际"、"断崖树,犹倒倚。莫愁艇子曾系"二句,分别出自《旧唐书》卷二十九《音乐志》:"莫愁乐出于《石城乐》。石城有女子名莫愁,善歌谣。《石城乐》中复有'莫愁'声,故歌云:'莫愁在何处?莫愁石城西。艇子打两桨,催送莫愁来。'"谢朓《之宣城郡出新林浦向板桥》:"天际识归舟,云中辨江树",这在严格意义上是语词出处,而非檃括"六朝的乐府(莫愁)和谢朓的诗"。然村上氏此语,隐然成为张炎认为周词"善于融化诗句"之空谷接响。而《清真集校注》注释对陈注《片玉集》的突破,可以证明周邦彦是在尚统观念支配下进行词的创作,此与宋人作词既承绪词统又上溯文(诗)统的双重性合若磐笙。

宋代崇文抑武以及盛世修书诱发了文人尚博的文化心理。宋人读书动辄万卷,著书也贯穿群书,务极精博。由读书风气涵茹而成的渊雅博炼的精神气质不期然而然地流露到文学创作中,养成了宋代文学"研味前作,挹其芳润"[12]——炫才耀学的书卷气息。江西诗派虽然在北宋中期形成,但这一流派的创始人黄庭坚点石成金、夺胎换骨、字有来历等以文字为诗、以才学为诗的创作理论,实际上是对宋代中期以前文学创作实践的总结,因其深合时代风习,所以也对整个宋代包括诗词在内的文学创作产生了深远的影响,流泽所被,词体因之也不免堆垛书卷以夸典博,号称词体集大成者的周邦彦更是把这种创作方法推向了极致,这就是刘肃所称赞的"徵辞引类,推古夸今;或借字用意,言言皆有来历"。

就宋人尚博而言,词体之檃括范围还不应拘限于诗体,而是应该如南宋辛弃疾,拉杂运用《论》、《孟》、《诗小序》、左氏春秋、《南华》、《离骚》、《史》、《汉》、《世说》、选学、李杜诗[13]。就宋人尚雅而言,苏轼所说的"无肉令人瘦,无竹令人俗。人瘦尚可肥,士俗不可医。"[14]代表了宋朝士大夫有意识避俗趋雅的审美价值取向。在词体中,特别是号称词体正宗的婉约派词体中,渊博与典雅不免互相肘制。就是说婉约词人并非以拉杂为雅,而是在尚统的观念指导下,尊崇各种文学样式的体制规范,要由博炼而趋渊雅典丽。正如清代桐城派古文号称雅驯,他们明确以在古文中不入语录中语、魏晋六朝人藻丽俳语、汉赋中板重语、诗歌中隽语、南北史中俳巧语相号召一样,入语词体也有自身的规定性,词体文小、质轻、径狭、境隐的特点,使其入语的范围正好与古文相反,不仅不宜用经史中的生硬语,甚至诗中硬语也有未易融化处,正如词论家张炎所说:"句法中有字面,盖词中一个生硬字用不得,须是深加煅炼,字字敲打得响,歌诵妥溜,方为本色语。如贺方回、吴梦窗皆善于炼字面,多从温庭筠、李长吉诗中来。"[15]宋元之际的沈义父亦以此分周邦彦、姜夔之轩轾:"凡作词,当以清真为主。盖清真最为知音,且无一点市井气,下字运意,皆有法度,往往自唐宋诸贤诗句中来,而不用经史中生硬字面,此所以为冠绝也。""姜白石清劲知音,亦未免有生硬处。"[16]故词中以入韵文中诗(包括词)赋两体的丽词雅语,也就是说采用具备典雅之丽字面、成句为当行得体。王世贞《艺苑卮言》曰:"(美成)能入丽字,不能入雅字"[17],即是以书史中的生硬语为"雅",而以诗赋中温软语为"丽",殊不知,此类"雅字"不仅是周词也是以他为代表的婉约派词人不能也不敢逾越的"雷池",以此也可见婉约与豪放两派畛域之异同。而且词所檃括的诗本身,宋人在尚统的观念支配下,因厚古薄今、崇正轻变而往往以年代先后强分雅俗,以诗体为愈变愈卑。周词作为宋代词体渊博典雅的标志,从理论上说,不应该自限于趋雅日远的唐宋诗词,也不应泛入与词体不相宜的经史中。今以《清真集校注》观之,周词语词渊源与檃括成句除得自从先秦至宋朝的诗作(包括词)之外,也采撷了从司马相如至苏轼几十位赋家的语词,其中以六朝江淹、庾信的藻丽俳语为最,此类櫽括也显示出周词一以贯之的博雅典丽的语言风格。

综上所述,周邦彦词实际上是对宋朝之前(包括宋朝)的特别是六朝诗赋传统进行了历史整合,体现了尚统、尚博、尚雅的文化观念,其语言风格具备深合宋代文化精神的"博雅典丽"之美。周词正是在此"博雅典丽"的基础上形成了"浑厚和雅"⑱、"富艳精工"⑲的艺术特色,而《清真集校注》一书,正可从校注的角度,成为这一结论的有力佐证。

附注:

① 朱孝臧校刻宋嘉定刻本陈元龙集注《片玉集》(彊村丛书本)。

② [宋]陈振孙《直斋书录解题》卷二十一,见《景印文渊阁四库全书》,台北商务印书馆 1986 年发行,第 674 册第 888 页。

③ [宋]周密《浩然斋词话》,见唐圭璋编《词话丛编》,中华书局,1986 年,第 234 页。

④ 叶恭绰辑录《大鹤山人词话附录·郑大鹤先生论词手简》,见唐圭璋编《词话丛编》,中华书局,1986 年,第 4328 页。

⑤ [宋]张炎《词源》(夏承焘校注),人民文学出版社,1998 年,第 9 页。

⑥ 叶恭绰辑录《大鹤山人词话附录·郑大鹤先生论词手简》,见唐圭璋编《词话丛编》,中华书局,1986 年,第 4328 页。

⑦ [清]蒋景祁《陈检讨词钞·序》,见清刻本陈维崧撰《陈检讨词钞》。

⑧ [后晋]刘昫《旧唐书》卷三十《音乐·三》,中华书局,1973 年,第 1089 页。

⑨ [宋]柳开《应责》,见《河东集》卷一,《景印文渊阁四库全书》,台北商务印书馆 1986 年发行,第 1085 册,第 244 页。

⑩ [宋]王灼《碧鸡漫志》卷二,见唐圭璋编《词话丛编》,中华书局,1986 年,第 87 页。

⑪ [日]村上哲见著,杨铁婴译《唐五代北宋词研究》,陕西人民出版社,1987 年,第 317—318 页。

⑫ [宋]杨亿编《西昆酬唱集·序》,见《景印文渊阁四库全书》,台北商务印书馆 1986 年发行,卷 1344 册,第 489 页。

⑬ [清]吴衡照《莲子居词话》卷一,见唐圭璋编《词话丛编》,中华书局,1986 年,第 2408 页。

⑭ [宋]苏轼《於潜僧绿筠轩》,见《苏轼诗集》卷九,中华书局,1982 年,第 448 页。

⑮ [宋]张炎《词源》(夏承焘校注),人民文学出版社,1998 年,第 9 页。

⑯ [宋]沈义父《乐府指迷》(蔡嵩云笺释),人民文学出版社,1981 年,第 45 页。

⑰ [明]王世贞《艺苑卮言》,见唐圭璋编《词话丛编》,中华书局,1986 年,第 389 页。

⑱ [宋]张炎《词源》(夏承焘校注),人民文学出版社,1998 年,第 9 页。

⑲ [宋]陈振孙《直斋书录解题》卷二十一,见《景印文渊阁四库全书》,台北商务印书馆 1986 年发行,第 674 册,第 888 页。

中国佛教哲学的现代价值

中国人民大学宗教学系　方立天

中国佛教哲学在当代社会,在世界现代化进程中,还有没有价值? 如果是有,又有什么样的现代价值? 这是研究中国佛教哲学必须回答的问题。传统只有经过价值重建才富有鲜活的生命力,我们又需要通过怎样的现代转换工作,以建构中国佛教哲学的现代价值,进而发挥其现代作用? 这是研究中国佛教哲学现代价值必须说明的问题。

佛教,作为对人类的终极关怀提供的解脱之道,是一个庞大复杂的信仰体系、哲学体系,也是价值体系。佛教逐渐成为亿万人们的精神信仰,已延续两千五百多年,在中国也有两千多年的漫长历史,这表明佛教的持久活力与恒久价值。但是,我们也应当看到,佛教在未来社会如何重建价值,发挥作用,既是一个艰巨而重大的理论问题,又是一个严肃而迫切的实践问题。

佛教的命运决定于对社会的关怀,佛教的现代价值决定于对 21 世纪人类社会的作用。自从人猿相揖别以来,人类社会取得了空前的进步。当代人类在不断取得进步的同时,又拥有毁灭地球、毁灭自然的手段。人类社会的进步应归功于人类自身,人类社会的问题也出自人类自身,威胁人类社会生存和发展的敌人也是人类自身。同时我们还应当看到,现代化涉及物质生活、制度和思想观念诸多层面,当前人类社会存在的信仰危机、道德堕落、良心丧失等负面现象,表明人文精神的严重失落,这为具有宇宙整体理念、追求生命超越的宗教人文精神的佛教哲学,提供了调整人的心灵,进而调整人与人的关系、人与自然的关系的空前的历史契机。

我们认为,要对中国佛教哲学进行重估、重建,阐发其现代价值,就需要深入分析当代人类社会的基本特点,以及未来社会的基本走向;需要深入厘清中国佛教哲学资源,揭示其对当前和未来的社会具有真实意义的基本理念和基本原则;需要把佛教哲学基本原理与社会实际结合起来，进而对当代人类社会的基本矛盾的解决方向、方法提供有意义的参照意见。

一、21世纪人类社会的基本特点与基本矛盾

自从18世纪60年代"工业革命"以来，以机械化、电气化为特点，以工业化、城市化为标志的现代化，在世界各国的发展极不平衡，有的国家已完成或基本完成工业化，实现从农业社会向工业社会的转变，有的则取得了进展，也有少数国家仍处于传统农业社会。20世纪70年代以来，世界发展又发生重大转折，知识经济崛起，工业经济衰落。一些发达国家进入非工业化的发展轨道，工业部门向知识产业转移，工业社会向知识社会转变。知识社会与过去以资本和资源为财富来源的情况不同，知识成为了核心生产要素，比资本、土地等其他传统生产要素具有更高的附加值。知识经济时代的来临，标志着以知识化、信息化取代工业化的新现代化，将日益主导未来人类社会的发展。

自20世纪60、70年代以来，中国现代化的进程取得了举世瞩目的伟大成就。沿海一些发达地区已经完成工业化，并开始了知识化的进程，西部地区的开发正在如火如荼地展开，工业化和知识化的协调发展，必将加快中国新型现代化的步伐。

知识经济与工业经济在生产、流通和分配等环节上都有重大的差别，知识经济的特点是信息化、网络化和全球化。工业经济和知识经济的发展，尤其是知识经济及其全球化等特点，给人自身、人与人、民族与民族、国家与国家，以及人与自然的关系，都带来了广泛和深刻的影响，推动了人类社会矛盾的新发展。

由于现代化的巨大成就，人们生活的物质条件不断完善，生活方式不断更新。当今世界，物质财富和人们物欲同步快速增长，有人在追求外在物质财富时往往忽略自身的内在价值和精神生活，甚至在富裕、舒适的生活中丧失了人性和价值。物质生活提升，精神生活下降；科学知识增多，道德素养欠缺。这种丰富的物质生活与匮乏的精神生活的反差现象将普遍而长期地存在。精神的空虚，心灵的贫困，是一种人文精神危机，一种文化危机，一种价值危机。它成为了当今人类进步的重大障碍，也成为了人类社会诸多问题的根源之一。人们的欲望、需要是受一定的价值观念支配的，如果人们的欲望、需要长期停留在物质享受的层面上，就会形成恶性消费，同时又带来恶性开发，从而影响社会的可持续发展；同时也带来精神生活的低迷，国民素质的下降，从而影响人自身的全面发展。

由于工业经济的成就和知识经济的发展，不同国家、不同地区的经济正在走向全球化。经济全球化推动了世界经济的发展，也似乎预示着全人类休戚与共、祸福相依的时代的来临。但是，跨国企业掌控了当前经济全球化，这些企业的迅速扩张，造成了贫富差距的增大。尤其是经济全球化对发展中国家既带来发展机遇，也造成巨大冲击，南北贫富差距日益扩大。发达国家拥有全球生产总值的百分之八十六和出口市场份额的百分之八十二，而占世界人口绝大多数的发展中国家，仅分别占有百分之十四和百分之十八。[①]富者愈富，贫者愈

贫。历史和现实已经反复证明,贫富悬殊的世界是一个不稳定、不安全的世界。贫富不均、强弱不等的格局,一方面使富者、强者易于异化为霸权主义者,一方面贫者、弱者也易于产生不满和仇恨,从而构成为社会动荡不安、纷争不已的重要根源。

在缺乏正常的国际社会政治经济文化新秩序制约下,经济全球化还将带来或增加一系列社会紧张。诸如,人们为争取工作岗位而展开的竞争,为争取优秀人才而造成的人才竞争。又如,不同国家在经济全球化深入发展的形势下,竭力争取发展本国经济,从而使国与国之间的竞争加剧。此外,由于历史或现实的原因造成的种族冲突和民族抗争,彼伏此起,层出不穷,有时甚至演成局部战争。

随着经济全球化进程的加速和全球信息网络化的形成,必将加速推动东西方文明和价值观的碰撞和交融,也必将使不同宗教的交往和会遇日益频仍。宗教与宗教之间的会遇,一方面是有助于彼此的对谈、交流、沟通、了解、尊重、关怀,一方面是某些极端基本教义派的宗教狂热,唯我神圣,唯我独尊,排斥"异端",排除异己,挑起教派冲突,宗教纷争,甚至诉诸暴力,以求一逞。宗教常常与现实的国际斗争和冲突相交织,是国际关系和世界政治中的一个重要因素。如何转换极端基本教义派的理念,化解宗教冲突,也是摆在世界宗教徒面前的一项重大课题。

现代科学技术空前进步,人类在科学的宏观方面已推进到一百八十亿光年之遥的宇宙,在科学的微观方面已日益揭示出基因的秘密。科学技术是一把"双刃剑",它可以用来为人类造福,如果人们的人文精神被扭曲,不能理智地利用科学技术,它也可以毁灭人类。人类在征服自然、改造自然方面取得的成就越来越巨大,与此同时,自然界也在增大报复人类的力度,生态失衡、环境污染、气温升高、人口爆炸、能源危机、食品短缺等诸多难题,也正在日益困扰人类。这是 21 世纪人类社会的又一重大矛盾。人类将地球和大自然作为征服对象,付出了巨大的代价。人类,也不得不努力进一步寻找和开发新的科学技术来缓解因开发自然所带来的负面作用,并大力提倡人文理念,增强保护自然环境的意识,以维护人类与自然的协调关系。

二、中国佛教哲学的基本理念

结合 21 世纪发展趋势来审视,我们认为中国佛教哲学适应人类社会需要的理念是比较多的,其中最为重要的是以下几个基本理念。

(一)缘起。佛教有一个专门的颂,称为"法身偈",常刻在佛像、佛塔的内部或基座上,内容是:"若法因缘生,法亦因缘灭;是生灭因缘,佛大沙门说。"[②]"佛大沙门"是对佛陀的尊称。这是宣扬宇宙万法依因缘而生灭,包括物质方面的外境与精神方面的心识,都由"缘"即原因或条件的和合而生起,缘集则法生,缘去则法灭。这是缘起论的基本思想。缘起是佛教最基本的观念,最根本的教理,显示佛教对宇宙与人生、存在与生命的根本看法。缘起思想是佛教的具体教说和重要理念,如因果、空有、中道、平等、慈悲、解脱等的哲学基础。换句话说,佛教的各种具体教说和重要理念都是缘起思想的展开。缘起论有别于无因论、偶然论、神造论和宿命论,是对宇宙万物的生成演变和世界的本来面目的比较合理的论说。缘起论是佛教独特的世界观,是佛教区别于其他宗教、哲学、思想的最大特色和根本特征。

佛教缘起思想自身包含着两个重要的理念,这就是"关系"和"过程",缘起思想是一种关系论、过程论的世界观。

《杂阿含经》卷十云:"此有故彼有,此生故彼生。……此无故彼无,此灭故彼灭。"③"此"和"彼"是在互动关系中构成的不可分割的整体,也就是说,任何一个事物都是在众多条件的规定下,在一定关系的结合中,才能确定其存在。事物不能自我形成和孤立独存;事物在关系中确定,在关系中存在,事物是关系的体现。《杂阿含经》卷十二说:"譬如三芦,立于空地,展转相依,而得竖立。若去其一,二亦不立;若去其二,一亦不立。"④这是说由相依互存而得缘起,缘起就是因缘条件的相依互存,就是不同条件组成的相依互存的关系。这种缘起事物是关系的思想,包含了事物是和合共生的理论、互相联系和同一整体的理念。中国佛教进一步发展了缘起论,如天台宗的"性具"说、"十界互具"说,华严宗的"性起"说、"事事无碍"说、"一即一切,一切即一"说,都强调一事物与其他事物之间是互相涵摄而不碍的,事物之间是共同为缘的缘起关系。从理论思维层面而言,这是对宇宙共同体原理的朴素而天才的猜测。

缘起是一种关系,也是一个过程。事物既然由原因或条件的组合而生起,是缘集则成,缘去则灭,也就是说,缘起是一个过程。佛教认为,由于宇宙万物是缘起,因此都有生、住、异、灭四相,是一个不断变异的过程。人也同样,处在生、老、病、死和生死流转的过程之中。应当承认,这种过程理念包含了运动、变化、发展的思想,应视为是辩证思维的表现。

(二)因果。缘起讲因缘和合而生起"果",缘起法所说的也就是因缘与果的关系。能生结果者为原因,由原因而生者为结果。就时间言,因在前,果在后,是因果异时;就空间言,如上面讲到的束芦相倚,是因果同时。因果是在前后相续的演变中,彼此关涉的和合中存在。有原因必有结果,有结果必有原因。一切事象都依因果法则而生灭变化。这种因果律是佛教用来说明世界一切事物相互关系的基本理论。

基于缘起法则,佛教进一步阐发了因果报应的思想,以解说各类众生的身心活动与结果的关系。这种思想,在伦理方面就展示为善有善报、恶有恶报,或善因乐果、恶因苦果之说。这一学说为广大信徒的去恶从善的道德修持提供了坚实和有效的思想基础。

佛教认为,众生的身心活动不仅会给自身的生命带来果报,而且还会为生命生存的空间、环境带来果报,由此又把果报分为"正报"和"依报"两类。所谓正报是,指依过去的业因而感得的众生的身心,即具体的生命存在,是直接的果报主体,正体。所谓依报是,指依过去的宿业而召感的众生生命存在所依止的外物、环境,包括衣物、房宅、国土山河,以至整个环境世界。简言之,正报指众生,即众生世间;依报指众生所依托的处所,即国土世间。与依报相关,佛教还认为,时代背景、生活环境、国土、山河等是多数众生所共同召感的果报,称为

"共报"。佛教的这些果报思想,表现了对主体世界与客体世界、主观世界与客观世界相互联系的缘起关系的洞察、体认,表现了对种种众生共同活动的结果的关注,表现了对自然环境、生活环境、生态环境的关怀。

天台宗人还从修持实践的角度,提出"因果不二"⑤说,宣扬在因位的人与在果位的佛,在本质上并无差别,鼓励凡夫修持成佛。又提出了"依正不二"⑥说,认为就佛来说,佛身是正报,佛土是依报,佛身与佛土不二,正报与依报不二,两者共摄"一念三千",而归于一心。这是从境界论的层面,阐发理想人格——神格与理想境界的一致性。

(三)中道。这是超越有无(空)、一异、苦乐、爱憎等二边之极端、偏执,而不偏于任何一方的中正之道。中道是佛教的根本立场和基本特色。释迦牟尼反对婆罗门教的神我说,在理论上提出"此有彼有,此生彼生","此无彼无,此灭彼灭"的缘起法则,由此而强调"离于二边,说于中道",⑦也就是依缘起说不有不无,不一不异,不常不断,不来不去。在实践上,释迦牟尼提出"八正道",⑧既反对快乐主义,也反对苦行主义,提倡不苦不乐的中道行,即人的思维、言语、行为、意志、生活等,都应当合理适度,持中不偏。

空与有是佛教对宇宙人生的二种基本看法,佛教教法可以说不出空、有二义,在释迦牟尼后,佛教内部逐渐演化为空有两宗。在小乘佛教,俱舍一系是有宗,成实一系为空宗。大乘佛教也分为两大系统,中观学派即空宗,瑜伽行派是有宗。空有两宗都认同缘起性空的基本理论立场,只是随着这一基本理论的展开,空宗强调诸法性空的一面,有宗则强调诸法作为缘起现象的有的一面。

关于空的论定,是基于缘起说。由于万法是缘起的,是在关系中确定的,因此是"无我"性,即没有自性,没有实体性,也就是本性、本质是空的。这是空的本义。与此相联,万法既然是在关系中确立的,也必然是一个互动的变化过程,具有"无常"性,生灭无常,也是空。由此也可以说,由缘起而性空,缘起即性空,缘起与性空是同义语。由此又可以说,由缘起而性空,空是否定构成万法的恒久的实体存在,否定万法的实体性。这是对万法无自性、无实体状态的表述,空不是纯然虚无。空是空却、排除对实体的执著,空本身不是实体。中观学派讲空,还含有否定一切成见、定见的意思。在中观学派看来,一切分别、见解都是相对的,是不可能符合绝对的最高真理的。就道理来说,空是一种理,是最高的绝对的真理,体悟、把握空理,具有空智,就进入空境,即理想的寂灭境界。

空大别为人空与法空两种。人空又名我空,是主体的人无自性;法空,是客体的法无自性。关于诸法有无实体问题,即对缘起与实有、事物与自性、现象与本质的联系与区别的看法,是一个非常复杂的问题。虽然从整体来说,佛教各派都认同缘起性空说,但是部派佛教的说一切有部就主张法体恒有,在一定意义上承认事物存在的各种要素的实在性。大乘瑜伽行派提出诸法的遍计所执、依他起和圆成实三性论,认为在依他起性的诸法之外,另有圆成实性的真如实体。中国佛教天台宗、华严宗认为依他起性的诸法之相与其所依的实体是统一的,诸法即实相,排除在诸法之外另有实体之说。天台宗、三论宗又有小乘佛教主"析空"与大乘佛教主"体空"之说。⑨析空是指分析事物的构成要素,最后从中找不到该物自己,该物并无实体存在,只是假名,是空。体空是不对事物进行析散,而是认定当体性空。中国佛教学者肯定体空说优胜于析空说。

与从缘起法的本质一面论定空不同,从缘起法的现象一面论定则是有。诸法都是依因仗缘而生,表现为千差万别、纷纭繁杂的现象。这些现象呈现在人们的面前,且在时空中各有其独特形相和持续性质,并产生特定的作用和影响,这是有。有与空(无)对扬,表示现象、存在之意。佛教对于有,还作假有、实有、妙有的区分。假有是指虚假不实的有,是虚假地施设种种名相以指述具体事物。通常所讲现象世界,都属于假有。实有是真实的有,但如说一切有部主"三世实有",瑜伽行派则持诸法实性常存,两者的实有意义并不相同。至于妙有,有的佛教学者以实有真如本体为妙有,有的佛教学者则以破除执著空后所见的不空为妙有。

从上述可知,就缘起法的现象一面看是存在,是有,就缘起法的本质一面看是非存在,是空(无)。有与空是对一事物的两面看法。一切现象的有,当体即是空;空是现象有的空,离有以外没有空。智𫖮说:"一色一香,无非中道。"⑩"一色一香"即一草一花。一切平凡事物,都体现着最高真理的中道。智𫖮又说:"中以不二为义,道以能通为名。"⑪中道是远离对立状态,远离有(常)空(断)二边,契合有空不二的最高真理。中道是不偏不倚的正见,有见(常见)与空见(断见)是偏狭的边见。中道是要排除有空二执的谬误见解。如有见会陷于灵魂不灭说,空见则会堕于诸法皆无的虚无主义,以致破坏佛法,危害更大。中道说要求看到现象与本质两方面,确立两端不离不二的思维框架,这是提倡两点论,不走极端,重视观察事物的全面性,防止片面性,包含了辩证思维的合理因素。

(四)平等。佛教是宣扬和提倡平等的宗教,平等的本义是无差别,平等的涵义极为丰富,概括起来主要有四个层次:

1.人与人之间的平等。《增一阿含经》卷三十七云"我法中有四种姓,于我法中作沙门,不录前名,更作余事,犹如彼海;四大江河皆投于海而同一味,更无余名"⑫。认为古印度社会的婆罗门、刹帝利、吠舍和首陀罗"四种姓"应是平等的,反对以种族、阶级论人的贵贱高下,强调以道德的高低、智慧的深浅论人的成就大小,主张提升道德、智慧的修持素质以进入人生理想境界。佛教的四种姓平等的主张,体现了人权平等的思想,是古印度反对种族歧视和阶级压迫的特殊的人权运动,是与现代社会的人权平等的要求相一致的。

2.众生平等。众生,指有生命的存在。佛教通常以十界⑬中佛以外的从菩萨到地狱的九界,尤其是从天到地狱的六道为众生。佛教认为不同众生虽有其差别性,但众生的生存、生命的本质是平等的,还特别强调一切众生悉有佛性。《涅槃经》称:"一切众生悉有佛性。一阐提人谤方等经,作五逆罪,犯四重禁,必当得成菩提之道。须陀洹人、斯陀含人、阿那含人、阿罗汉人、辟支佛等,必当得成阿耨多罗三藐三菩提。"⑭从理论上肯定一切众生皆有佛性,即在成佛的原因、根据、可能性上是平等的。佛教讲众生虽以人类为重点,但众生平等的思想则是对人类中心主义的警告和排斥。

3.众生与佛的平等。佛教宣传生佛不二、生佛一如的思想,认为众生与佛在本质上都具足真如佛性,迷妄的众生并不灭其真如佛性,觉悟的佛也并不增加其真如佛性。就同样具有成佛的可能、基础这一意义来说,众生与佛是平等不二的。这与有的宗教视人神为二,称人是神所造或从神流出的说法是迥异其趣的。

4.众生与无情的平等。"无情",即无情感意识,不具精神性的东西。如中国佛教天台宗就宣扬"无情有性"说,认为草木花卉、山川大地都有真如佛性,大自然的花香树绿、风动水流,都是佛性的体现。在同样具有佛性这一点来说,无情之物与众生并无本质区别,彼此是平等无二的。应当说,这是对自然界生物和无生物的尊严的确认,是对自然界万物的敬重、悲切和摄护。

佛教的平等观是基于缘起的学说,是建立在因果平等上的。众生与佛同具真如佛性,是在成佛的原因方面平等;众生与佛都能成就佛果,进入最高理想涅槃境界,是在结果方面的平等。众生与佛因果平等,无有差别。佛教的这一因果平等思想是就可能性而非现实性,就可然性而非已然性而言,是为其解脱论提供理论根据的。

佛教的平等观体现了生命观、自然观与理想价值观的统一。佛教强调宇宙间一切生命的平等,关爱生命,珍惜生命,尊重生命;又主张无情有性说,敬畏自然,珍爱自然,摄护自然;还宣扬众生与万物以解脱为终极目标,以进入清净、美妙、庄严的佛国净土为最高理想。这都表现了佛教平等观意义的广泛性、普遍性和神圣性。

近现代平等观重视天赋人权的平等、人在法律面前的平等,这与佛教提倡人在解脱方面的平等,实可构成互补的关系。由此看来,晚清间康有为、谭嗣同等人,高举佛教平等大旗,推行变法维新运动,也决不是偶然的。

(五)慈悲。佛教在缘起、平等的理念基础上,认为在宇宙生态大环流中,一切众生可能曾经是我们的亲人,山河国土则是我们生命的所依,我们应当怀着平等的心态、报恩的情愫,慈悲的心愿,给予众生以快乐,拔除众生的痛苦。慈悲就是对众生的平等、深切、真诚的关怀和爱护。

佛教宣扬"三缘慈悲"的思想,把慈悲的对象定为三种,进而归结为三类慈悲。"悲有三种:一、众生缘悲,缘苦众生,欲为济拔。……观诸众生十二因缘生死流转,而起悲心。……二、法缘悲,观诸众生俱是五阴因缘法数,无我无人,而起悲心。……三、无缘悲,观诸众生五阴法数毕竟空寂,而起悲心。……慈亦有三:一、众生缘慈,缘诸众生,欲与其乐。二、法缘慈,缘诸众生但是五阴因缘法数,无我无人,而起慈心。三、无缘慈,观一切法毕竟空寂,而起慈心。"⑮这是相对地分别以众生、诸法和空理为对象而起的三类慈悲,是奠立在缘起性空思想基础上的慈悲分类。

在三类慈悲中,以"无缘慈悲"为最高的类别。《大智度论》卷四十云:"慈悲心有三种:众生缘、法缘、无缘。凡夫人,众生缘;声闻、辟支佛及菩萨,初众生缘,后法缘;诸佛善修行毕竟空,故名为无缘。"⑯佛教提倡的"无缘大悲"、"无缘大悲",是对对象不起区别的绝对平等的慈悲,是体悟真如平等的空理而生起的慈悲。

慈悲是佛教的特殊理念,它与有些流派提倡的仁爱、博爱相通又不尽相同,慈悲是不受等级、阶级的限制的,也是排除狭隘的偏私性的。佛教的慈悲还富有实践性,重视对人的关怀、对人间的关怀、对社会的关怀,由此而大力从事社会福利、民间公益事业,在历史和现实社会中都发挥了滑润剂的作用,为弱势群体,为下层劳苦大众缓解了困难,减少了痛苦,带来了希望。

(六)解脱。佛教以解脱为众生的终极理想。《金光明经玄义》卷上云:"于诸法无染无住,名为解脱。"⑰解脱是没有染污,没有执著,是得"大自在",即自由自在的境界,也称涅槃。佛教认为众生有许多烦恼,如三毒"贪"(贪欲)、"瞋"(瞋恚)、"痴"(愚痴),就是三种基本的烦恼,妨碍善根成长,使众生在生死苦域中流转,永无尽期。解脱就是要从烦恼痛苦和生死流转的束缚、困境中脱却开来,获得解放,获得超越,获得自由,进入理想境界。

佛教高度重视解脱道,如早期佛教以八正道为实现解脱的道路。后来的佛教宣扬以观照真理、体悟真理为解脱之道。佛教还宣扬"一切唯心造",认为众生的轮回流转或涅槃解脱都决定于心,强调改造人心,完善心灵,提升人性。由此佛教还从伦理道德、知解智慧等方面设计了一系列修持方法。如佛教的五戒、十善等规定,为众生去恶从善的修持提供了指南。又如法相唯识宗的转识成智说,对转变不同识为相应的智慧都作了具体的论述。再如禅宗宣传转迷开悟说,主张从心为外物主宰的迷妄状态,转化为心主宰外物的觉悟状态。这是要求在心上做功夫,以转舍心的迷妄,开启心的觉悟。

中国佛教还强调解脱不是孤立的,解脱不只是个人的事,只有自我觉悟与他人觉悟同时完成,才能获得真正解脱。与此相应,中国佛教追求的理想人格是菩萨、佛,特别是菩萨。菩萨以悲愿与智慧两个方面化度众生,成就广大众生的普遍解脱。中国佛教历史上形成的五台、普陀、峨眉、九华四大名山,昭示了文殊、观音、普贤、地藏四大菩萨的形象与精神,也是佛教普度众生与期盼众生解脱的象征。

三、中国佛教哲学的现代价值

以上论述表明,人与自我、人与人、人与自然的三组基本矛盾在当代人类社会,有的改变了形式,有的则是更加尖锐了。中国佛教哲学的现代价值在于,其重要原理日益得到充分阐发,并经创造性诠释后其作用开始彰显;把佛教哲学思想运用于缓解人类社会的基本矛盾,必将有助于提升人类的精神素质,减少人类的现实痛苦,满足人类的新需要,进而促进人类社会的和平共处和共同发展。

(一)关注人与自我的矛盾,提升人的精神境界。佛教以其人生的解脱之道,对人在宇宙中的地位、人的本质、价值、理想等,都有系统的论述,其中的无我观和解脱观更是对于世人的自我观念的转化,心理的调节,心灵的完美,具有参照、借鉴意义。

佛教根据万法和合而生的缘起论,提出了无我观。无我的"我"是指常住、整一而有主宰作用的自体(本体),这个永远不变的本体,就是我。佛教否定有实体的我、灵魂的存在,排除有我的观念。无我是佛教的基本观念。无我观的主要内容是无我执、无我见、无我爱、无我慢等。佛教所讲的我执是指执著我为实有,即对于自我的执著。我见是执著有实我的虚妄见解。我爱是对自我的爱执,也即我贪。我慢是指以自我为中心的傲慢心态。由我执必然带来我见、我爱和我慢。佛教认为我执是万恶之源,烦恼之本,主张无我,无我执。无我执要求消除在认识、欲望和心理诸方面的偏执、错误,用现代眼光来诠释,无我观包含着精神生活高于物质生活、人格价值高于生命价值、社会利益高于个人利益等思想。当前,社会上有的人成为了生理需求、物质欲望的奴隶,奉行拜金主义、享乐主义、极端个人主义,甚至贪污腐化、盗窃走私、吸毒卖淫,……这是人性的扭曲,人格的堕落,人类的悲哀。佛教的无我观有助于缓解对现实境遇的执著,对治物欲横流,淡化享受,淡泊名利,提高精神境界。

佛教解脱观的实质是,生命意义的超越,精神境界的提升。这种对超越和提升的追求,使人能以长远的终极的眼光客观而冷静地反思人生的历程、审视自身的缺陷,并不断地努力规范自己,提高境界;也有助于在个人心理上产生安顿、抚慰、调节、支撑、激励等诸多功能,从而缓解甚至消弭人的种种无奈、焦虑、烦躁、悲伤和痛苦。

佛教认为解脱是个人的业报,是善业所得的乐果。一个人若能遵循因果法则,就会确立向上的价值取向,自觉地克服反道德的心理因素,使自己人心向善,除恶为善,从而有助于净化人心,完美人生,扩而大之,也有助于提升社会道德,完善社会秩序。

(二)协调人与人的矛盾,维护世界和平。这里讲的人与人的关系,也就是人与他人、人与社会、人与民族、人与国家的关系。从世界范围来看,当前人与人的关系重要问题有二:1.由于民族、宗教、领土、资源、利益冲突等因素引发的局部动乱冲突,此起彼伏,某些地区的人民正在遭受战争的苦难;与此同时,不仅上述传统安全问题没有解决,更有甚者,近年来恐怖主义等各种非传统安全问题又日趋严峻。2.南北贫富悬殊扩大,世界上还有相当一部分人生活贫困,甚至衣不蔽体,食不果腹,饥寒交迫,难以度日。从理论层面来看,佛教的一些基本理念,对于化解这些问题,也具有一定的现实意义。

上述两个问题中,和平共处是最大的问题。众所共知,20世纪的两次世界大战,人类自戕,残杀生灵数以千万计,如果21世纪再重演世界大战,人类有可能同归于尽。要避免战争,就要消除产生战争的根源,而根源之一即是不懂得人类共依共存、自利利他的缘起之理,视他人为仇敌,不尊重他人生命,不重视沟通、和解。佛教的平等理念强调人人本性的平等、人格的平等、尊严的平等。平等意味着尊重,意味着和平。佛教的人我互相尊重的思想,有助于人类和平共处,追求共同理想,建设人间净土。和平来自对人我平等的深切体认,和平从平等中确立,建立在平等基础上的和平是真正的、巩固的和持久的和平。佛教的慈悲思想体现了对他人的同情、关爱,也是远离战争,呵护和平的。佛教的慈悲济世和"五戒"、"十善"均以"不杀生"为首。杀生被认为是最大的罪过,要堕入无间地狱。佛教强烈地反对杀生,突出地表现了佛教尊重生命、尊重他人的崇高品格。自从太虚法师大力倡导人间佛教以来,中国佛教一直关注世界和平,渴望世界和平,呼吁世界和平,维护世界和平已成为当代佛教弘法的重要内容之一。佛教在推动和维护世界和平问题上发挥了独特的、不可替代的重要作用。

南北贫富悬殊问题,一部分人的生活贫困问题,不仅直接关系到弱势群体和下层劳苦大众的生存,还将因此而构成动乱的根源,并直接威胁到地区和平与世界和平。佛教的平等慈悲观念对化解这些问题提供了指针。佛教一贯重视慈悲济世,帮助人解除痛苦,给人以快乐。佛教的布施是重要的修持法门,即以慈悲心而施福利与人,施与他人以财物、体力和智慧,为他人造福成智。当前两岸佛教都着力发扬菩萨"不为自身求安乐,但愿众生得离苦"的大慈大悲精神,充分发挥佛教的慈善救济的功能,扶贫济困,施医送药,赞助"希望工程",教化失足者和罪犯等等,使受救济者既得到物质的援助,也得到精神的提升。

此外,一些人的自私自利、损人利己、贪瞋愚痴、欺瞒诈骗等思想行为,也严重影响了现代人际关系的和谐与诚信。在这方面,佛教的道德规范,如"十善"的不杀生、不偷盗、不邪淫、不妄语、不两舌、不恶口、不绮语、不贪欲、不瞋恚、不邪见,都具有直接的对治意义。应当说,佛教"五戒"中的前四戒,即不杀生、不偷盗、不妄语和不邪淫,似可以作为当代人类正在探讨建立的普世伦理的重要参照。

可以预见,若能高扬佛教的去恶从善、慈悲平等、自利利他的伦理准则,以及相关的具有社会伦理意义的道德规范,使之普及于民众之中,渗透到各类人际关系之中,将有助于缓解人与人之间的冷漠、对立乃至敌对的关系,有助于建立人与人的友爱、和谐与诚信的关系。

(三)调适人与自然之间的矛盾,促进共同发展和可持续发展。现代人类社会面临的最大问题是和平与发展。如果说,维护世界和平需要协调人与人之间的关系,那么,共同发展、和谐发展、可持续发展则不仅要协调人与人之间的关系,而且还要调适人与自然之间的关系,使人类赖以生存与延续的自然生态环境得到全面的良好的保护。大量事实表明,在现代化的进程中,人类有时也会走上一条与自然相抵触的道路,对自然界的过度开发,甚至是野蛮的掠夺,正严重地破坏人与自然的和谐,改变人类生息长养的生存环境,从而也就严重威胁到人类自身的生存。

当前有识之士已经意识到环境问题的严重性、迫切性、尖锐性,但是在认识深度上有待提高,在价值取向上有待调整,而在这些方面,佛教哲学思想也有一定的参照价值。

首先,作为佛教哲学基石的缘起论,强调一切事物都是由众多原因、条件和合而成,任何事物都不是孤立存在的。中国佛教天台宗、华严宗还宣扬宇宙万事万物的互相依存、互相渗透、互相圆融的思想。应当肯定,这都是精到的思想,对宇宙和人类社会的认识有着独特意义。比如,人类生存的地球村,由大地、海洋、天空以及各种动植物等所构成,如果大地退化,海洋毒化,臭氧层日益变薄,动植物种群不断消失,地球母亲的存在也就成问题了,人类也就难以生存了。我们认为,佛教的缘起论和有机整体论的世界观,可以为当代的环境哲学提供理论基础。

其次,佛教的依正果报论,强调众生生命的生活环境,包括山河大地、国土家园,以至整个环境世界,都是众生行为带来的报应。佛教还宣扬"心净则国土净"的思想,提倡报国土恩。这其间包含的主体与环境不可分离,主体精神活动引起主体与环境的变化的思想,环境的改善有待于众生主体主观世界的净化的观点,以及尊重自然,善待自然的情怀,都是具有启发性的。

再次,佛教基于缘起论而高唱的尊重他者、尊重异类、尊重生命,众生一律平等、众生悉有佛性、众生皆能成佛的众生平等观,是从根本上承认他类生命的生存权利。这不仅和那种滥杀异类,任意糟蹋环境,破坏生态平衡的行径不同,也有别于那种以为保护环境是人类对弱者的怜悯、恩赐的观点。佛教的众生平等观,既和"人类中心主义"不同,也有别于"环境中心主义"、"生物中心主义"。基于众生平等的理念,佛教还提倡素食、放生等行为,这既有益于人们的身体健康、精神康泰、清心少欲、澄心静虑,也有利于保护濒临灭绝的物种,维护生态平衡。可见,若将佛教众生平等的理念应用、落实于生态学,无疑将有助于建立完整的生态伦理学说。

最后,佛教的理想论是以众生升入极乐世界为最佳理想境界。极乐世界,被描绘为环境优美、空气清新、草木茂盛、鸟语花香,这体现了佛教对理想生态的设定,蕴含着丰富的生态学内容。自古名山僧建多。佛教徒历来喜好依山傍水建筑寺庙,寺庙与山水融为一体,山明水秀,青松翠柏,梵殿宝塔,肃穆幽静。即使是建立在喧嚣闹市里的庙宇也是花木葱郁,清净幽雅。可以说,佛教是重视环保、摄护生态的楷模。

总之,当今人类社会的现代化及其引发的基本矛盾的变化,关乎整个人类的命运和世界的发展,值得我们高度重视。如何处理好人与自我、人与人、人与自然的关系,既涉及社会、经济、制度,也涉及科学技术,又涉及人类的心智。佛教虽然有其因袭讹传、穿凿附会的谬误思想,佛教哲学也不能解决人类社会的基本矛盾与诸多具体问题,但是它可以从某些方面提供世俗社会政治、经济、法律所缺乏的解决思路,这就是高度重视人自身的心灵建设,以调整人的价值取向,改变人的心态,转换人的意识,提升人的智慧,从而有助于人类社会诸多矛盾、问题的解决。由此,我们也想强调,佛教哲学要充分发挥其社会功能,就需要深入挖掘自身的思想资源并作出应机应时的阐释,需要不断加强对现代社会的关注,需要对社会新出现的重大问题作出及时的应对。我们认为,佛教哲学无疑是具有现代价值的,而佛教哲学价值在现代社会的真正落实和充分展示,关键在于人们的努力,也有待于人们的努力。

附注:

① 参见江泽民:《在联合国千年首脑会议上的讲话》,2000 年 9 月 7 日《光明日报》第 1 版。

② 《佛说初分说经》卷下,《大正藏》第 14 卷第 768 页中。

③ 《大正藏》第 2 卷第 67 页上。

④ 《大正藏》第2卷，第81页中。

⑤ 详见湛然：《十不二门》，《大正藏》第46卷，第703页中、下。

⑥ 详见同上书第703页下～704页上。

⑦ 《杂阿含经》卷12，《大正藏》第2卷第85页下。

⑧ "八正道"是正见、正思维、正语、正业、正命、正精进、正念、正定。

⑨ 见吉藏：《大乘玄论》卷1，《大正藏》第45卷第18页下。

⑩ 《摩诃止观》卷1上，《大正藏》第46卷第1页下。

⑪ 《维摩经玄疏》卷2，《大正藏》第38卷第525页下。

⑫ 《大正藏》第2卷第753页上。

⑬ "十界"，佛教认为，众生由于有迷有悟，以及迷悟程度之别，而可能存在十种界域。具体说，从低到高为地狱、饿鬼、畜生、阿修罗、人。天、声闻、缘觉、菩萨、佛。

⑭ 《大正藏》第12卷第574页下～575页上。

⑮ 《大乘义章》卷14，《大正藏》第44卷第743页中。

⑯ 《大正藏》第25卷第350页中。

⑰ 《大正藏》第39卷第3页上。

全球化与中国传统文化的关系

——兼论中国传统史学在新世纪的作用

中国第一历史档案馆　　朱金甫

当前,经济全球化正以空前的速度发展。随着加入世界贸易组织(WTO)问题的获得解决,我国经济亦将进一步融入全球化进程,并必将会波及政治、文化等各个层面。面对全球化的强劲趋势,我国传统文化将何去何从,已是人们普遍关注的议题。

(一)

在谈及经济全球化对文化等层面的影响之前,我们似乎应该先对全球化的本质及其发展趋势有所了解。

什么是全球化? 到目前为止,虽然人们对它的发展趋势及最终结果有着不同的议论,但对它是发端于资本主义大工业生产方式这一点,是众论皆同的。因此基本上可以说,全球化是资本主义发展的一种新形式和过程,它把资本主义经济的超民族性和超地域性发展,推到一个新的阶段、新的极端,使人类社会生活的各个方面,首先是在经济方面的发展,冲破了民族国家的界限,由民族生产方式向世界方式转移,或者说是一种世界性的生产方式对民族生产方式的同化。从而使人类社会生活的各个方面,包括经济、政治、文化等方面,日益冲破传统民族国家的界限,成为在全球范围内全方位展开的客观现象和趋势。马克思和恩格斯早在《共产党宣言》等著作中,对资本主义全球化现象和有关全球化的思想有所阐述,并将之归结为资产阶级为追求利润而无止境地扩张的根本特征之一和必然的结果。就当前的世界现状而言,马、恩的论断虽然并未过时,世界资本主义的实质未变,但毕竟时代已在前进。现代发达的资本主义国家已经进入信息资本主义时代(有人称之为晚期资本主义或管理资本主义或跨国资本主义时代),其代表国家亦已由英国而变为美国。尤其是在 20 世纪 90 年代以后,美国独霸世界,所谓全球化,实际上也就是"美国化",美国在推进全球化的过程中叫得最响,其收益也最大。

关于"美国化"的全球化,有两个方面很受人们注意。第一,应该承认,当代"美国化"的全球化,与以往马、恩所指的老牌资本主义野蛮掠夺世界的全球化相比,其手段与效果均已有所不同。当代的全球化是以高新技术的发展为前提,日益摧毁着传统工业社会的产业结构,代之以电子网络及高度自动化生产为中心的产业结构,把人类带进了知识经济时代,凭借发达的信息手段和运输工具,使生产、交换、消费和分配等各种经济活动,在全球范围内快捷而便利地运作,彻底摧毁了先前的空间和时间障碍,使资本便捷地在全世界流动,跨国公司无处不在,产品猛增,社会发展快速。经济的发展正在日益冲破民族国家的疆界,形成日益强大和迫切的所谓全球一体化或称为与"世界同步"、与"世界接轨"、建设"地球村"之类的潮流和趋势。当今人类在几年内所创造的物质财富,比过去一切世代创造的全部财富还要多。第二,我们必须认清,当代"美国化"的全球化浪潮,并没有冲破资本主义的外壳,马克思主义所揭示的资本主义内在矛盾,即生产的社会化与生产资料的私人占有矛盾依然存在。经济越是全球化,社会的两极化发展有可能越是剧烈,国家与社会之间的贫富差距可能会越发加大,矛盾对立亦就可能愈为尖锐。由此可见,经济全球化过程中的不稳定因素尚多,它对发展中国家究竟是利多弊少还是弊多利少,国内外学者至今仍在争论不休。但至少有一点是肯定的,即经济全球化本身是一场空前激烈的国际竞争,以美国为首的发达国家是想利用全球化和高新科技的发展获取最大利润,发展中国家则想参与全球化而加速发展壮大自己。在这场竞争中,主导全球化的发达国家肯定是处于有利地位,而发展中国家究竟能否实现自己的目标,则关键要取决于本国的应对之策适当与否。

所以面对全球化,我们必须保持清醒头脑,根据国家和民族利益,有所为而有所不为,既积极又必须讲条件。这就是说,为了加快我国现代化的步伐,充分利用世界的资本及其高新科技,缩短赶超发达国家的时间,使我国的经济发展与全球一体化的趋势相一致,保证我国在世界经济舞台上有一席之地,我国必须继续坚持改革开放政策,积极参加经济全球化,而不可与之抗衡对立。否则,如果关起门来搞建设,受资金、技术、设备及管理经验的限制,不仅不能加快我国现代化步伐,反而会加大与世界发达国家间的差距,甚至有可能给我国经济带来严重灾难,至少是一时难以改变贫穷落后的面貌,而落后就难免挨打。但参与全球化,决不能毫无主见,惟外国人之言是听,全盘照搬照做,必须要最大限度地维护国家和民族的利益,要有我们自己的全球化战略并有实现自己战略的有效有利并可以具体操作的策略;稳步地推进自己国家经济的腾飞。

（二）

随着经济的全球化，国际社会中也必然会，并且实际上也已经出现了政治和文化方面全球化的显著趋向。在这样的全球化背景下，中国传统文化不可避免地会与外来文化（目前主要是指西方文化）发生碰撞和冲突，面临激烈的挑战和竞争。而且这种外来文化的冲击波，具有两种不同的性质。其一是正常的文化交流，中西文化借助现代化的科技手段，进行空前频繁和便捷的交融，有挑战有竞争，也互补互利；另一则是以美国为首的西方发达国家的文化帝国主义行为，他们把对外文化扩张和渗透作为实现其霸权主义战略目标的重要手段，从而加强这种行为的全球攻势。特别是近年以来，随着信息革命的推广，电子媒介、国际互联网等技术的应用，使得西方传媒及精神文化产品得以轻而易举地进入每一个国家，甚至直接进入别国的家庭，构成对发展中国家文化主权的侵蚀与同化。对这两种性质不同的文化冲击波，按理应该是容易区别对待的，即对前者热情欢迎和积极参与，对后者则坚决抵制。但问题的复杂性在于，这前后两者往往是互相混合而难于区分。文化是一个国家和民族全部智慧与文明的集中表现，是维系一个国家和民族团结统一的精神纽带，所以在文化全球化趋势这把双刃剑面前，我们更要保持清醒头脑，既积极又警惕，有所为而有所不为。既不能照单全收，来个全盘西化；也不能采取简单的拿来主义或采取无可奈何听其自然的态度，当然，也不能以保守的民族主义情绪而一概拒绝。只要对策得当，在现代化高科技条件下的中西文化交融，将会促使我国民族文化更加发扬光大，从而对人类文明进步作出更多更大的贡献。如果对策失当，则将会扼杀我们民族文化的创造力，沦为外国（西方）的文化附庸，这也不是危言耸听。

有人可能不以为然，认为在当前的时代仍然强调民族文化的重要作用，那只能是一种不切实际的愿望。曾有人说："我们希望艺术在信息时代继续具有民族性和个性，因为我们清楚地感受到了全球化浪潮正在冲击我们所珍视的文化多样性的基础。但这一切愿望都不能改变人类文化正在加速合流的节奏。"[1]有的人甚至把民族传统文化看成是所谓通向现代化通衢大道的"阻隔"和"障碍"[2]。世界文化果真正在"合流"而组成单一文化吗？各民族传统文化真的注定会消失吗？这恐怕未必，至少是言之过早。按照马克思主义原理，文化属于社会意识形态的表现，而一定的社会意识则是由一定社会客观存在所决定。亦即是说，一定的文化，首先是在一定的实践基础上对当时社会生活的反映，并且通过探索和交流，不断创新发展，这就是文化的时代性；而一定的文化观念形态一经产生并经过一定时间的成长发展之后，就有自己的特定对象、特定领域、特定积累和特定的表达方式，从而形成自己的相对的独特性和相对独立的历史，成为传统文化而不可能轻易改变，这就是文化的民族性。世界是由众多国家和民族所组成的，他们之间的客观存在即社会实践（包括社会发展历史、生产方式及地理环境等）各不相同，其作为意识形态的文化亦决不会相同。所以，世界文化的产生与发展从来就是多元的,并不是单一的。而且也正是这些多元的精神和文化,各自为人类社会的进步和发展起到各不相同的作用,才形成我们今天的光辉灿烂的世界文明。越具民族性也就越具世界性,这早已为人类社会文明发展的历史所证实。所以,在当今文化全球化浪潮的冲击下,保护和弘扬民族传统文化,不仅是对国家和民族团结统一的重要贡献,也是对世界文明发展的贡献。

我国是一个有着悠久历史和灿烂文化的多民族的文明古国,而且是世界上四大文明古国中唯一的虽然历尽沧桑但始终传承不绝、延续至今的文明古国,其生命力之强,世界少有,无可伦比。中华民族传统文化源远流长、博大精深,它对我们中华民族的形成、繁荣统一及自立于世界民族之林,起到了不可估量的作用,对人类文明的进步和发展,也作出了重大的贡献,产生了极其深远的影响。当前,在人类文化史上从所未有过的世界各种文化激烈挑战竞争及文化帝国主义行为无孔不入的侵蚀挑衅下,作为华夏子孙,我们不仅有责任把祖先留下的这一极其丰厚而宝贵的文化遗产保护好,整理好,继承好,并且应该在此基础上有所创造,有所发展进步。③至于如何保护并在经受住外来文化挑战竞争甚至挑衅下继续弘扬我国传统文化的问题,有人说得好:"人类文化发展的历史早就证明,对于民族文化艺术最有效的保护就是与时俱进地不断发展,发展才是硬道理,对民族文化艺术最有效的继承就是和母体血肉相连地不断创新,创新才有生命力。"④所谓创新,首先就是及时总结我国各民族当前的社会实践,反映现实生活,同时也要勇于接受外来文化的挑战,积极参加中外文化交流,吸纳消融外来文化的精华,充实自己的文化内涵,改善表达方式,使人们喜闻乐见,以保持文化的时代性。应知我们中华文化所以能绵延不绝而有极强的生命力,就是因为它自产生之日起,就决不自我禁锢而是汉族与各少数民族文化及周边国家外来文化不断交流融合、不断吸收新鲜血液的结果。正如有人在一篇文章中所说:"全球化时代,文化间将充满着冲突与激荡,东西文化只有充分融合,主动融合,共同创新,才能负担得起未来历史的进程。中国文化也只有与其他文化碰撞冲突,自觉抵制西方的文化霸权主义,积极吸收有利于自身发展的营养,才不会落伍于时代潮流,才不至被历史的'列车'所抛弃,也才能更好地保持民族的独特性。"⑤

为了保护、发展民族传统文化,我们必须勇敢面对西方文化的竞争和挑战,积极参与、深入接触研究,吸纳其精华,抵制其糟粕。正如古语所谓"有容乃大"⑥,没有交流吸纳就没有文化的创新发展,也就不能保持文化的时代性。但是,吸纳的目的是在于消融,必须将吸收来的外来新鲜营养,消融在民族文化母体的血肉之中,才能使母体不断壮大,生命不息。如果只是吸纳,不加消化,其结果只能导致民族文化母体的危亡,使文化失去其民族的独特性,不是消融外来文化为我所有,而是反被外来文化所消融,成了外来文化的应声虫,在当前来说就是全盘西化,谈何民族文化的创新发展? 所以,吸纳外来文化的精华必须与继承民族传统文化的精华相结合,而且是要在继承的基础上去吸纳创新,这叫时代性与民族性相结合。

当然,我国民族传统文化由于是产生于上古社会,主要成长与发展在封建社会,属于封建意识形态的一部分,带有许多封建性的糟粕,所以要有批判地继承,而且是要在批判的前提下去继承。但必须清楚,我国的传统文化中确实有优秀的精华,它所包含的政治、经济、文史、艺术、哲学乃至伦理道德等等许多方面,都有超时空的意义,值得后世继承发扬。不过,要做好批判继承工作是很不容易的,不仅要有渊博知识和深厚的文化素养,而且要有高度的民族自尊心和自信心。还需要强调的是,无论是文化的批判继承还是文化的吸纳创新,都必须有一定的物质基础保证。西方文化(包括其价值观念和体制)之所以有其吸引力和在当前的竞争与挑战中占有优势,就是因为它被看作是西方财富的源泉。中外历史的实践证明,只有太平盛世生产力得到恢复和发展,才有可能带来文化发展的高潮,贫穷落后不可能有发达的文化。有鉴于此,积极参与经济全球化,加速国家现代化的进程,这才是弘扬国家和民族传统文化的根本保证。

(三)

中国传统史学(即中国古代史学,也被有些人称之为"传统时代的经验史学"),是中国文化的重要组成部分。在当前面对文化全球化的浪潮冲击下,它所承受到的碰撞与挑战,不像有些民族传统文化那样激烈与凶险,这是因为它的重大成就不仅在中国文化史上屈指可数,而且它在世界文化史上的地位也是难以动摇的。虽然,它也同其他中国传统文化一样,产生于上古社会,主要成长发展于封建社会,为封建制度服务,充满了为封建统治阶级歌功颂德的内容,有着许多封建性的糟粕,必须加以批判剔除。但在中国传统史学成果中确有很多精华值得后人继承发扬,更有些不仅是中国文化史上而且是在世界文化史上具有首创性和独创性的光辉成果。许多史籍不仅在当时而且在今日仍是深受人们喜爱的不朽之作,一些古代优秀的史学家更是世世代代受人景仰的文化名人。

根据文字记载及考古发现证实,早在公元前二千多年至公元前一千年左右的夏商周时期,中国就有史学活动的萌芽,就开始用文字记录统治者的活动。后来更发展到有专人记事记言、积累史料,并且产生了中国最早的也是世界上最早的一部历史文献汇编——《尚书》。中国最早的一部编年史——《春秋》的问世,也比西方最早的编年史——《历史》早四五十年。我国自公元前 841 年(西周共和元年)以后的中国史事,基本上就有了持续不断的记载,几乎每年都有史可查,这在世界上也是仅见的。到西汉时期更出现了大史学家司马迁(公元前 145 或前 135 年—?)及他的不朽名著《史记》130 篇(原名《太史公书》),记载了自传说时期的黄帝起,到汉武帝(公元前 139—前 87 年)时期为止的三千年的史事,并且创制了纪传体的史著体例。这不仅是中国史学史上的创举,也开世界史学史上之先河。所以梁启超赞誉司马迁为"史界太祖"⑦。司马迁的纪传体例经东汉时著名史学家班固(公元 32—92 年)稍加修改,编撰出我国第一部纪传体的断代史——《汉书》。纪传体也从此成为中国古代断代史书的通行体例,世代相传,唐代以后更由政府特开史馆,以国家的力量纂修前代的纪传体的断代史,此后也是世代相沿,人们称之谓"官修正史"。除所谓的正史以外,我国历史上官修及私人著述的各种体裁各种内容的史书,也是极为丰富繁多,诸如编年史、通史、断代史、国别史、专史、学术史、杂史、会要、地方志、人物传记、史料考订、档案文献汇编、谱牒、笔记以及野史轶闻等等,可谓各色齐备,应有尽有。

总之,中国传统史学的成就可谓光辉灿烂,成果举不胜举。惟其在过去的第20世纪内,发展的道路不平坦,有人甚至认为中国古典史学发展到20世纪初就已经终结了云云。20世纪是一个以革命为主旋律的世纪,在其上半个世纪内,中国人民为推翻封建主义和帝国主义黑暗统治的需要,必须同与封建主义有关的旧传统决裂,因而对我国有些古代传统文化采取了一些否定态度,其中也包括了对传统史学的一些批判。这是在特定历史条件及特定的深刻社会原因下所造成,这在当时是必要的,矫枉又难免过正,这应该是可以理解的。新中国建立以后到"文革"前,党和国家提倡以马克思的历史唯物史观及辩证法作为史学研究的指导思想和方法,确定了对历史文化遗产的批判、继承、创新及对学术研究的百花齐放、百家争鸣方针,取得了许多成果。但也不可否认,由于受当时国家经济基础条件的制约以及众所周知的原因,对中国传统史学在弘扬方面还是有所不足,令人有批判多于继承之憾。从世界范围来看,随着西方实证主义史学的衰落和"新史学"的崛起,史学研究方法发生了重大变革,这就是史学跨学科研究异军突起,尤其是在上世纪70年代以后更为盛行。到80年代,我国有些史学工作者开始发出了一些"史学危机"的呼声。他们对我国史学研究现状和传统,进行了不同程度的批评,着重要求突破我国史学认识论即历史观方面的所谓机械简单化的倾向,要求历史学的研究从自然科学或交叉学科的最新成果中吸取营养。尤其是吸收引进以现代系统论为代表的自然科学最新成果,以形成史学理论多层次模式和史学研究的多元化体系等。他们的主张当然很有见地,史学研究方面吸取自然科学的最新成果也是十分必要。但是,他们那种生硬地照搬外国的史学研究方法以及轻率地贬低我国传统史学的成就,甚至认为我国传统史学作品大都属于层次较低的作品云云。显然这是不全面、不公平也是不完全确当的,因而也是令人难以完全认同的。

笔者认为,中国传统史学不仅没有结束而且仍有很强的生命力,在新世纪里,在批判地继承的基础上,借助先进的科学方法和手段,经过吐故纳新,仍将会发挥其应有的作用。无论从古人的史学研究方法、追求真理的精神、求实存真的态度、爱国爱民的思想、品种齐全的著作体例,还是从历代延续不断的史官记事记言、国家常设国史馆以及政府特开史馆撰修前代正史等制度方面等等,都还有我们批判继承创新的余地。以古代正史的纪传体例而言,它将纪、表、志、传四个部分纳入一部书中,用以记载一个漫长历史时代发生的自然与社会现象的许多方面,构成一部既相互独立又相互联系补充的系统完整的百科全书式的史籍。这种体例的特点,决定它可容量之大、记载范围之广,可以使之成为一代史事之总汇、一代自然和社会信息之宝库,也是后人研究当时政治、经济、军事、文化、科技、学术等各方面历史的主要依据和史料源泉。自上世纪30年代以来,我国史学界在马克思主义史观指导下问世的成果之多,可谓琳琅满目,难以数记。但如像纪传体那样记事范围宽广、史料极其丰富的通史或断代史的著作,或者说是可以取代古代正史的那样的作品,至今罕见。由此来看,未来若修清代史和中华民国史,还是可以在适当改良变通的基础上,采用纪传体例。并且也可继承由政府主持、以国家力量编修正史的传统制度。记得在上世纪的 60 年代初,吴晗先生就曾拟出了修撰清史的提纲,而他的那个提纲正是经过改良变通的纪传体例。上世纪 80 年代中国人民大学清史研究所及中国社会科学院清史研究室也曾联合研讨撰修清史之事,并且有所行动。新世纪开始,戴逸教授、李文海教授又著文呼吁其事,据闻已经得到党和政府的支持,看来修撰清史已势在必行,惟其编纂体例,希望仍以传统的纪传体为宜。中华民国史的修撰似乎也应提上日程。甚至像中华人民共和国史的修撰,也已有人呼吁:"修订国史条件已经成熟。"⑧条件究竟已否成熟尚可讨论,但如能像我国传统修史制度那样由政府早设名正言顺的国史馆、收集和整理资料、着手编写人物传记、史事本末、大事日记、编年的史事长编等,为日后正式修史作好准备,这应该是可行的。至于传统史学方面的史料考订、古籍整理、古文献注疏、档案史料汇编等,更是无时不需。因此,在新的世纪内,中国传统史学无论在治学方法、史著体裁体例乃至修史制度等方面,仍然大有批判继承的余地。

附注:

① 见《文汇报》2002 年 4 月 27 日《笔会》版。
② 见何锐主编《批评的趋势》78—79 页,北京图书馆出版社 2001 年出版。
③ 这一段内容请参见《人民日报》2002 年 5 月 10 日第 1 版李瑞环同志在续修四库全书座谈会上的讲话。
④ 孟晓驷:《高科技全球化浪潮中的文化创新》,见《光明日报》2000 年 11 月 16 日。
⑤ 李志敏:《全球化对中国文化安全发展的影响及对策》,见《社会科学研究》2001 年第 4 期。
⑥ 见《尚书·君陈》:"有容,德乃大。"原义是指一个人必须有宽容的肚量,其德才大。
⑦ 梁启超:《中国历史研究法》。
⑧ 见《文汇报》2002 年 3 月 25 日第 7 版。

发扬尊师重教传统　推动人类文明进步

北京大学中国传统文化研究中心　吴同瑞

尊师重教是中华民族的优良传统。我们的祖先对尊师重教有很高的认识,以至于把是否尊师重教同国家的兴衰成败联系起来。荀子说:"国将兴,必贵师而重傅……国将衰,必贱师而轻傅。"①《礼记》中说:"玉不琢,不成器;人不学,不知道。是故古之王者,建国君民,教学为先。"②这种认识并非个别现象,而是带有很大的普遍性和一贯性。

那么,中国人为什么尊师重教呢? 大约有以下一些原因:

一、劝学扬善,化民成俗。

古人认为:"君子如欲化民成俗,其必由学乎。"③"为国欲至升华,必厚风俗;欲厚风俗,必正士习;欲正士习,必重师傅。"④这里的逻辑是:尊师重教才能鼓励老百姓学习;老百姓爱学习才能弃恶扬善,导致民风醇厚;民风醇厚才能使国人精神升华、国运昌盛。显然,尊师重教的倡导者们是着眼于提高广大群众的思想文化素质,着眼于整个社会精神文明的进步。如果全社会都尊师重教,就能从根本上防止伤风败俗,道德滑坡。这种认识无疑是深刻的。

二、培育人才,传承文化。

只有尊师重教,才能为国家培育栋梁之才,才能使前人创造的知识、技能得到传承。尊师也就是尊重知识、尊重经验、尊重人才。权德舆说:"育才造士,为国之本。"⑤范仲淹说:"善国者,莫先育才;育才之方,莫先劝学。"⑥这些有识之士都把尊师重教同善于治国相提并论,把培育英才视为立国之本。儒家学说提倡"学而优则仕",中国古代的科举取士也从制度层面上保证了"学而优则仕"的实现,这又促使尊师重教思想更加深入人心。中华文明之所以数千年绵延不断,全民族尊师重教的观念和实践发挥了极其重要的作用。

三、尊长者,重孝道。

中华民族历来尊敬长者,重视孝道。在中国人心目中,父母是长者,又是子女肉体生命的给予者;老师是长者,又是学生精神生命的给予者。所以,孝顺父母与尊敬师长都是天经地义的。《礼记·礼运》篇提出:"故天生时而地生财,人,其父生而师教之。"就把师教视为一种自然而然的普遍规律。古人重孝道,而又认为师徒如同父子,有"一日为师,终身为父"⑦的说法。从这个意义上说,尊师乃是孝道的延伸。正因为如此,从古代到近代的书院、学堂和私塾中都立有"天地君亲师"的牌位,教师有崇高的地位。

进入改革开放的历史新时期以来,我们党和国家更积极提倡尊师重教,强调"尊重知识、尊重人才"⑧,重申"国之兴旺,教育为本"⑨,明确提出"科教兴国"的治国方针。这当然是建设社会主义现代化强国的需要,同时也是对中华民族优良传统的继承和发扬。

中国人对尊师重教有如此高的认识,必然会付诸行动。从古至今,国人尊师重教的实际表现多种多样,难以一一列举,归纳起来,或许可分为以下几点:

1.执弟子礼,虚心求教。

为了表示敬意,学生对老师格外讲礼貌、尽礼节。儒家文化的创始者孔子被后人奉为"万世师表",受到特别尊崇。过去,学生入学要拜孔子像和老师,拜孔夫子和拜师必须遵循一定的仪式。现在,老师进课堂,学生也要起立致敬。在任何场合,学生见到老师都要鞠躬行礼,或叫"老师好"。师生同行时,学生要让老师先行。在课堂上,学生要恭恭敬敬地听取老师的讲解,遇有疑难问题,应礼貌地请求老师"解惑"。如此等等。重道、重学是尊师的思想基础。历史上流传着许多虔敬求教的佳话。例如,北宋学者杨时年届四十,有一天去求教著名理学家程颐,碰巧程颐困了,在打瞌睡。尽管当时正下着大雪,杨时和他的朋友仍一直恭恭敬敬地站在门外等候,待到程颐醒来时,门外的积雪已深达一尺。这就是"程门立雪"的故事,表明杨时求知的虔诚和对程颐的尊敬。⑩经过千百年的时间积淀,师生关系的种种外在表现已逐步形成为一定的礼仪规范,其中带有某种强制性,学生(尤其是小学生)这样做时,未必都有自觉尊师重教的深刻认识;但经过教育和熏陶,便养成习惯,既知其然又知其所以然了。当然,那种要求学生对老师唯命是听、绝对服从的做法,是不可取的,也不是真正的尊师重教。

2.师恩浩荡,终身不忘。

一个人取得成功,原因可能是多方面的,其中往往离不开老师的教导。因此,许多中国人事业有成时,总会追思老师昔日的教诲之恩,并以"滴水之恩,当涌泉相报"的心情致谢、致敬。清代著名学者段玉裁师承另一位著名学者戴震。段玉裁只比戴震小4岁,却始终感念师恩。直到八九十岁高龄时,如有人提到戴震的名字,段玉裁必"垂手拱立"。每逢初一、十五,段玉裁总要庄严地诵读一篇戴震的书稿,以示终身不忘师恩。⑪应该说,这种尊师之情是完全自觉的,甚至是刻骨铭心的。它可以超越时空距离和职务高低的限制。人民领袖毛泽东在给恩师徐特立祝贺六十寿诞的信中,深情地写道:"你是我20年前的先生,你现在仍然是我的先生,你将来必定还是我的先生。"⑫江泽民主席1997年赴美访问时,在极其繁忙的外事活动中,特地抽空去看望侨居美国的授业恩师顾毓琇老先生,诚挚地向老师表示敬意。

这样的尊师言行在人民群众中传为美谈,鼓舞人们更加自觉地尊师重教。

3.赞美教师的辛勤劳动。

人们用最美好的语言来赞美老师,把无私奉献的教师比喻为"燃烧自己、照亮别人的红烛"、"辛勤耕耘的园丁"、"人类灵魂的工程师";用"桃李满天下"比喻教师所取得的丰硕成果;用"名师出高徒"说明教师对培养人才的主导作用。人们还运用各种艺术形式歌颂老师。现在,一年一度的教师节受到全社会越来越大的关注。在这个节日里,亿万人民以各种方式集中地向广大教师表达内心的感激之情。文艺演唱会上有一首特别动听的歌,其中的一段歌词唱道:"小时候我以为你很有力,你总喜欢把我们高高举起……长大后我就成了你,才知道那个讲台举起的是别人,奉献的是自己。"⑬这首歌唱出了万千学子对老师的爱慕之情。

在我国社会发展的悠悠岁月中,在某些特定的历史时期,尊师重教的优良传统也曾遭受过破坏而中断,最为典型的现象恐怕要算"文革"期间大肆批判"资产阶级学术权威"和"师道尊严"了。当时最令人难解的是,为什么一定要把"学术权威"和"资产阶级"联系在一起呢?难道"无产阶级"就不要"学术权威"吗? 其实,这种批判的要害是反对一切学术权威,是鼓吹"知识越多越反动"的荒谬理论,是推行愚民政策。对于"师道尊严",当然要做具体分析,不应笼统地一概否定。中国古代十分强调"师道尊严"⑭。教师的首要任务就是"传道"⑮。教师还要言传身教。因此,教师往往成为"道"的化身,在人们心目中享有崇高的威望。总体而言,教师的尊严,理应受到保护,教师职业的崇高感理应受到尊重。至于"师道"的尊严该不该维护? 关键要看"师道"是什么以及怎样维护。正确的、进步的、崇高的"师道"必须维护;而那种"天地君亲师"的思想传统,难免带有封建伦理秩序的烙印,似应与之决裂。而且维护"师道尊严"并不意味着对老师盲从,不敢越雷池一步。自古以来,中国的许多思想家、教育家都主张"当仁,不让于师"⑯,"青,取之于蓝,而青于蓝"⑰,"弟子不必不如师,师不必贤于弟子。"⑱学生既要谨遵老师的正确教诲,又能"举一反三"⑲,进而做到"教学相长"⑳。在继承师业的基础上不断创新。古希腊哲学家亚里士多德有句至理名言:"我爱我师,我更爱真理。"㉑这些中外哲人的教育思想体现了真正的尊师重教的精神。

尊师重教作为一种崇高的思想理念和实践行为,反映了人类文明进步的共同要求。自觉地发扬中华民族这一优良传统,必然会对全人类的文明进步起到推动作用。著名社会学家费孝通先生在北京大学的一次演讲中,曾语重心长地呼唤现代孔子的出现。这是因为,孔子不仅是中国古代杰出的思想家、教育家,也是照亮人类文明进步的一盏明灯。以孔子为代表的儒家学说,包含了许多闪光的思想理念,诸如"仁者爱人"㉒的博爱精神,"有教无类"㉓的平等观念,"知耻近勇"㉔的坦荡胸襟,"和而不同"㉕的思想境界,"天人合一"㉖的生态理念……这些光辉思想代表了人类的智慧和良心,至今仍然具有强大的生命力,对于克服当今世界人们所面临的种种生态、心态危机,不啻是一种治病良药。孔子作为我国历史上最伟大的教育家,开创了中华民族尊师重教的优良传统。他的教育思想和教育实践,为后人留下了极其宝贵的精神遗产,如注重思想道德教育,要求对人民"导之以德,齐之以礼"㉗,鼓励学生"见贤思齐焉,见不贤而内自省也"㉘;提倡"敏而好学,不耻下问"㉙,"学而不厌,诲人不倦"㉚;主张"学思并举"㉛、"学用一致"㉜;实行"有教无类"、"因材施教"㉝等等。这些远见卓识和非凡实践早已超越时空的局限,而具有永恒的魅力,成为全人类文明财富的不竭源泉。现在,人类已进入21世纪,世界经济一体化的步伐正在加快,电子化的信息沟通进一步缩短了"地球村"的间距,各个国家、民族之间的交流日益密切;与此同时,在世界范围内,文化、文明仍呈现多元格局也是不争的事实。在这样的历史时刻,中华民族不仅要自立于世界民族之林,而且应对人类的文明进步作出更大的贡献。弘扬中华民族的优秀文化传统,推动人类文明多元共存、多元互补、多元发展的历史趋势,使人类文明更加丰富多彩,并进入一个更高的境界,就是中国人民、尤其是中国知识分子应尽的一份责任。面对时代的呼唤,为了人类文明进步的共同利益,应努力做好我们的本职工作,这里想借用曾子的一句名言来激励自己和同仁:"士不可以不弘毅,任重而道远。"㉞

附注:

① 《荀子·大略》。

② 《礼记·学记》。

③ 《礼记·学记》。

④ 魏裔介:《琼琚佩语·政术》。

⑤ 《权文公集》卷四十《进士策问·五道》。

⑥ 《范文正公集》卷九《上时相议制举书》。

⑦ 关汉卿:《玉镜台》。

⑧ 《邓小平文选》第二卷,第40页,人民出版社,1994年。

⑨ 江泽民:《致北京大学、北京医科大学两校合并的贺信》。

⑩ 见《宋史》卷四二八《道学传》。

⑪ 见《清史稿》卷四八一《儒林传二》。

⑫ 《毛泽东书信选集》第98页,人民出版社,1983年。

⑬ 朱青松词、王佑贵曲:《长大后我就成了你》。

⑭ 《礼记·学记》:"凡学之道,严师为难。师严而后道尊,道尊然后民知教学。"

⑮ 韩愈:《师说》:"古之学者必有师。师者,所以传道、授业、解惑也。"

⑯ 《论语·卫灵公》。

⑰ 《荀子·劝学》。

⑱ 韩愈:《师说》。

⑲ 子曰:"不愤不启,不悱不发,举一隅不以三隅反,则不复也。"(《论语·述而》)

⑳ 《礼记·学记》。

㉑ 转引自金和主编:《名人格言录》,第56页,中央编译出版社,2000年。

㉒ 《论语·颜渊》:"樊迟问仁。子曰'爱人'。"

㉓ 《论语·卫灵公》。

㉔ 《礼记·中庸》:"知耻近乎勇。"

㉕ 《论语·子路》:"子曰:'君子和而不同,小人同而不和。'"

㉖ 《易传·文言》:"夫'大人'者,与天地合其德,与日月合其明,与四时合其序。"

㉗ 《论语·为政》。

㉘ 《论语·里仁》。

㉙ 《论语·公冶长》。

㉚ 《论语·述而》。

㉛ 《论语·为政》:"子曰:'学而不思则罔,思而不学则殆。'"

㉜ 《论语·子路》:"子曰:'诵《诗》三百,授之以政,不达;使于四方,不能专对;虽多,亦奚以为?'"

㉝ 《论语·雍也》:"子曰:'中人以上,可以语上也;中人以下,不可以语上也。'"

㉞ 《论语·泰伯》。

儒家传统与中国人权

北京大学人学研究中心　陈志尚

一

二千五百年前由孔子开创,弟子们整理,历代后继者荀子、孟子、董仲舒、朱熹等等儒家学者不断地解释、补充、发扬而形成的儒家学说,开始时是诸子百家中的一家。后来经过争鸣,特别是汉武帝(在位时期:公元前140—前87年)实行"罢黜百家、独尊儒术"的文化政策之后,儒学实际上上升到国家哲学的地位,成为国家实行各种制度、政府制定各种政策的理论根据,成为人民一切思想和行动都必须遵循的指导原则。之后尽管历代皇朝更替,"尊儒"这一条都是一致的,因而儒家学说在文化领域中的主导和统治地位也一直延续着,直到1911年孙中山先生领导民主革命推翻了中国最后一个封建皇朝,建立民国,和1919年五四新文化运动为止。在长达二千多年的时间里,儒学始终是中国封建社会占统治地位的意识形态,由于这种得天独厚的优越的历史地位,因而它也就成为中国古代传统文化的主要代表。

二

如何看待儒学? 学术界至今存在着不同的见解和争论。近代以来,如何对待包括儒学在内的传统文化,中国曾经出现过两种错误倾向:一种是全盘肯定不容批判的保守主义,甚至抱残守缺主张复古主义;另一种则是数典忘祖、全盘否定的民族虚无主义和主张所谓"全盘西化"。1919年的五四新文化运动是彻底反帝反封建的革命运动。它对儒家纲常伦理发动了猛烈的冲击和批判,对中国民主的科学的新文化的产生和发展,对社会各方面的进步都

163

起了极大的推动作用,表现了新的时代精神。但在对待传统和外来文化的问题上,当时也有过缺乏科学分析,绝对否定或绝对肯定的形式主义缺点。1966—1976年"文革"十年的所谓"反四旧"、"批孔",则是极左思潮全盘否定和摧毁中国传统文化的严重罪行。吸取已往文化问题上的经验教训,现在从政府到人民都强调继承民族文化遗产的重要性。改革开放二十多年来中国在继承传统文化,特别是发扬中华民族精神和美德方面,取得了巨大的成绩。儒学和其他传统文化现象作为科学研究的对象,现在学术界存在不同的见解和争论,是实行学术自由和百家争鸣政策的正常状态。

我个人认为,对待儒学同其他传统文化一样,应该遵循实事求是的原则。这就是采取批判继承的科学方法,首先坚持客观性原则,做出全面的历史的分析,取其精华、弃其糟粕;同时立足新的时代特点,结合新的实践做到古为今用,推陈出新。经过二千多年的建设和积累,儒学已是一个包含哲学、政治、经济、伦理道德、历史、教育、文学、艺术、语言以及典章制度、生活方式、风俗习惯等等很多方面,非常丰富而又极其复杂的思想体系。其中既有精华,又有糟粕。一方面,它汇集了很多总结我国人民几千年社会实践经验而陆续形成的,对自然、社会以及人生带有普遍真理性的认识,体现了中华民族伟大的民族精神和风格;另一方面,也存在着很多具有历史和阶级局限性的已经过时的东西,以及必须予以批判和扬弃的封建性的已经没落、腐朽的东西。作为中国封建社会的主流文化,儒家学说总体上是与封建经济和政治相适应的封建意识形态。特别是它的政治学说和伦理道德观念,集中反映了封建统治阶级的利益和意志,是为建立和维护封建专制制度和封建社会关系的合理性作论证的。从历史发展的观点来看,在中国封建制度开始确立及处于上升的时期,儒家学说总体上对稳定社会秩序、巩固封建统治、促进社会进步是起了积极作用的,但即使在当时也有保守的消极的一面。而随着时间的推移,儒家思想偏于保守的特性的消极作用更加明显,逐渐成为社会进步的主要思想障碍。因而主张对社会实行改革或革命的先进的政治家和思想家,都必然首先要批判儒学中封建的保守的成分,这是不可否认的事实。看不到儒学思想的这种复杂性,把其中任何一个方面人为地夸大到绝对,忽视、甚至否定另一方面,都会歪曲儒学的本来面目,都不可能正确评价儒学在中国历史上的地位和作用,都是片面的、错误的。

从中国文化研究和宣传的现状看,有两种倾向值得注意:一种是由于对传统文化缺乏全面了解,不懂得古代中国和现代中国具有不可分割的历史联系,把面向世界、学习和借鉴外国先进文化同继承和发扬中国传统文化之精华对立起来,重视前者忽视后者,甚至贬低、完全否定传统文化的价值,因而导致少数人出现一种新的崇洋媚外、数典忘祖、丧失民族自尊心和自豪感的错误倾向。另一种则是对传统文化不是根据对象产生的历史背景和事实真相通过科学分析,如实地给予客观的全面的公正的评价,而是出于主观偏见或某种实用主义的需要,对人对事都只讲好的一面,有意回避其有问题的不好的一面,断章取义加以美化,无原则地给予吹捧,甚至颂古非今,结果是歪曲了历史的本来面目,不能给人提供真实可靠的知识。显然,这两种倾向都不是对待传统文化郑重的科学态度,只能误导人们特别是青年,对精神文明建设起消极的、有害的作用,都是应该防止的。

三

如何看待儒学与人权的关系?人们的认识也不一致。

我个人认为,儒家的封建传统,如纲常名教等等,与现代人权是格格不入的。批判儒家的封建等级思想和伦理道德观念等旧的意识形态,正是中国现代社会革命和改革胜利的文化前提。时至今日,在中国,特别是经济文化比较落后的农村,彻底破除包括儒家思想中的糟粕在内的封建观念的严重影响,仍是实行和改善人权状况的重要思想条件。

要正确认识儒学和人权的关系,我想,首先必须明确人权这个概念以及它产生和发展的背景。

人权是一个社会范畴。人权所讲的人,不是脱离现实生活而孤立存在的抽象的个人,而是在现实社会中生活着的人。这样的人的本质是结成各种社会关系从事生产等各种社会实践。人权的实质是以法律、道德等形式,对现实的人的社会活动和社会关系做出规定,反映和处理他们在社会生活中,根据人人平等的原则,所应有和实有的社会地位、需要和利益。由于人们的社会生活和社会实践是多层次多方面的,人们的社会关系也是多层次多方面的,因而人权也是一个由很多要素所构成的多层次多方面的系统。在一个国家内部,人权的主体是指所有个人,以及由若干个人所组成的群体,以及代表全体人民的共同利益和意志的国家。在国际上,人权的主体是指所有国家。与此相应,人权的客体是由国内人权和国际人权两部分组成。国内人权有三个层次:第一个层次是人的基本权利,包括:生存权、发展权和基本自由权。第二个层次是公民权,主要是政治自由民主权利。第三个层次是人所具有的和应有的一切权利。除以上基本人权和公民权外,还包括其他各种政治、经济、文化和社会福利权利。人权的基本问题是个人和社会的关系。人权的基本原则是在法律和道德面前人人平等。在国家内部是指:社会的每个成员都平等地享有权利,同时履行应尽的义务;个人和社会都要保持权利和义务的均衡。只要权利不尽义务,或者只讲义务没有权利,都是片面的、错误的。在国际上是指:尊重各国的独立和主权,国家不分大小、强弱一律平等。因此,在国际事务中推行霸权主义和强权政治,侵犯别国主权,干涉别国内政,以势压人,以强凌弱,以富欺贫,都是违背和破坏人权的行为。

人权也是一个历史范畴。事实证明:漫长的原始社会没有现代意义上的人权这样的社会现象和社会问题,人们也没有人权观念。随着人类社会从野蛮时代向文明时代的过渡,由于生产的发展,社会财富的增长,分工、交换、生产资料私有制和阶级的产生,人们之间开始产生利益上的矛盾和对立。一部分人,即占人口少数的剥削统治阶级和阶层(奴隶主、农奴主、地主、皇帝、贵族等),得以凭借其对生产资料和物质财富的占有,以及对国家权力的控制,获得政治、经济、文化等方面的特权,从而得以剥削、压迫另一部分人,即占人口大多数的劳动人民,使后者的生存受到威胁,不仅失去了追求幸福和自由发展的可能性,而且实际上丧失了做人的起码资格。正是这种不平等、不自由的现实生活,才使人权问题,成为一个反对剥削统治阶级特权,而使被剥削被压迫阶级以至全体社会成员都能获得生存和发展的同等条件和机会,即所谓自由、平等权利的社会问题,逐渐被人们意识到,并首先由进步的社会力量(通过他们的政治思想代表)提了出来。古代奴隶社会,人民的反抗奴役和暴政的斗争过程中,逐渐产生了追求平等、自由的观念,这是朴素的处于萌芽状态的人权思想。中世纪是君权、神权、贵族及各种封建等级特权统治的社会,人民在黑暗中挣扎,从怀疑、不满到反抗,产生过很多强烈要求推翻封建统治,使人人都能摆脱压迫,享有人的尊严,过上自由幸福生活的思想和行动。这些都为近代产生人权的理论和实践作了准备。

现代人权起源于近代西欧。西欧中世纪封建统治是政教结合的体制,宗教神学在社会意识形态领域占统治地位。随着封建社会内部基本矛盾的发展和激化,人民不堪忍受封建君主和教会反动统治的压迫,实行社会改革的要求日益强烈。而要推翻封建专制制度,首先就必须批判神学,解脱宗教神学思想为核心的封建意识形态对人的思想的束缚。由此产生了从14世纪到18世纪延续长达四百年之久的欧洲文艺复兴运动,这是一场矛头直接指向封建贵族、地主和教会反动统治,解放人民思想的新文化运动。它提倡以人为中心的人道主义,反对以神为中心的神道主义,矛头直接指向封建贵族、地主和教会的反动统治。针对封建制度和教会对人民的压迫,天上对人间的统治,它号召人们回到人间,回到自然,把崇拜和敬仰的对象从神(及其在人间的代表教皇、皇帝、贵族、地主等)变为人自己,把人生的意义从天堂转到人世。思想家们都从某种抽象的、带有普遍形式的人性作为理论前提出发,论证人的一切现实需要和欲望的合理性,主张以人性作为衡量历史和现实的准则,重视个人的价值,维护个人的尊严和权利,要求解放个性,使个人得到自由发展,以及主张待人宽容等等。而人权正是人道主义思潮的政治要求的集中表现。

根据史料记载,人权一词,最早是欧洲文艺复兴运动的先驱但丁(1265—1321)提出来的,它在《论世界帝国》中指出:"帝国的基石是人权。"之后,经过几代人文主义者和进步思想家的酝酿、探索、研究、宣传,才逐渐形成比较系统的、以反对封建专制和等级特权,主张资本主义的自由和平等为核心的人权理论。到17、18世纪,随着封建社会矛盾的激化和革命形势的出现,先进的思想家、政治家们就以"天赋人权"为根据,进一步提出"自由、平等、博爱"的政治口号,要求建立资本主义民主制度,以此作为资产阶级革命的先导和旗帜。人权理论也进一步发育成熟和系统化。并被提升为欧美各国资产阶级民主革命的政治纲领。欧美推翻封建专制统治的资产阶级民主革命胜利后,通过宪法和法律对人权做出规定并依靠政权力量付诸实施,人权开始从理论转变为社会合法的实践。这是前后长达五六百年的历史过程。资产阶级革命胜利的成果之一是规定资本主义社会关系的人权,代替了封建社会关系的等级特权。它的标志是1776年美国的《独立宣言》和1789年法国《人权和公民权利宣言》。这两个宣言的思想基础就是欧洲十七、十八世纪启蒙思想家们提出的"天赋人权"、"主权在民"的理论,核心内容就是强调"自然的、不可剥夺的、神圣的人权",宣布政府和法律必须尊重和维护人民的人权(包括自由、平等、安全、财产以及追求幸福等等)。其实质是废除封建的社会制度,建立资本主义的社会制度,在新的政府和人民之间,以及人们相互之间,实施和保障资本主义的社会关系和行为准则。之后,世界各国发生的资产阶级民主革命,在人权的理论和实践方面,与美、法基本上属于同一类型。这是社会文明发展的一项伟大进步。

资本主义人权也有其历史局限性。1917 年俄国人民发动十月社会主义革命推翻了沙皇的反动统治,消灭了剥削制度,建立了社会主义社会。1918 年俄国发表了《被剥削劳动人民权利宣言》,后来又颁布了《苏联宪法》,在人权立法上,除了吸取资本主义法律中有关人权部分所包含的合理因素外,突出了规定消灭人对人的剥削和压迫,实行人民当家作主所具有的社会主义的自由和平等权利,主张劳动是人人都有权利和义务等等一系列新的人权内容,其实质是实施和保障人们社会主义的社会关系和行为准则。后来中国和其他社会主义国家的人权立法基本上是与此相同的。这是社会文明发展的又一伟大进步。

第二次世界大战以后,两次世界大战血的教训使各国人民和政府深刻认识到维护人权的极端重要性,于是 1945 年成立了联合国,通过《联合国宪章》。1948 年又通过并发表了《世界人权宣言》,这是第一个人权问题的国际文件。之后又通过《公民权利和政治权利国际公约》、《经济、社会、文化权利国际公约》等一系列国际人权文书,它标志人权已经成为当代国际社会共同关心的重大问题。这是社会文明又一大的进步。

如果上述对人权的理解是正确的,那么,就应该以此作为参照来考察儒学在直接涉及人权的基本问题和基本原则上的立场。

现在学者们都一致认为儒学的核心思想是关于"仁"的理论。对什么是"仁",如何实现"仁",孔子本人有很多阐述。我的印象中,"仁"是以孔子为主要代表的儒家表达其政治理想和价值观念的最重要的哲学范畴,它集中体现了孔子的世界观、人生观和价值观。《中庸》说:"仁者,人也。"孔子、孟子都强调"仁"就是"爱人"。这就是说,"仁"的主体和客体都是人,可以理解为普遍地爱一切人(所谓"泛爱众"),以此作为人生的出发点、理想或目的。但在实践上,儒家是反对墨家的"兼爱",主张"爱有差等"的。问题倒不在于儒墨之争,而在于"爱有差等"是封建制度下的历史事实,儒家所主张的"爱有差等"至少客观上是导致肯定一部分人(即所谓大人、君子、劳心者、男人等)享有剥削、压迫另一部分人(即所谓小人、劳力者、女人等等)的特权的合理性。孟子就说:"有大人之事,有小人之事。……故曰:或劳心,或劳力。劳心者治人,劳力者治于人;治于人者食人,治人者食于人,天下之通义也。"(《滕文公上》)

怎样才能实现"仁",做到爱人呢? 孔子认为最根本的是"克己复礼"。而且要求人们必须做到"非礼勿视、非礼勿听、非礼勿言、非礼勿动"。这就是说,必须克制个人的欲望,战胜自己的私心,恢复礼的权威,一切思想和行动都自觉符合而不违背礼的规定,以此作为准则。一个人只有这样做,才算实践了仁。所有人都这样做了,才能实现仁的目标和理想。那么究竟什么是"礼"呢? 孔子本意是指周礼。《左传》引孔子的话说:"礼,经周家,定社稷,序民人,利后嗣者也。"孔子所处的春秋时代，正是"礼崩乐坏"的社会大变革时期，是从奴隶制向封建制过渡的时期。孔子说"吾从周"，"复礼"就是要恢复实行建立在家长制和等级专制主义基础上的周朝的政治体制、社会组织、典章制度、道德规范等社会的上层建筑。这说明孔子当时在政治上是偏于保守的。冯友兰先生认为孔子也承认周礼要有所"损益"（改革），是提倡"温故而知新"的。张岱年先生则认为孔子是"述古而非复古"，但"述而不作，信而好古"，可以说是有尊重传统而轻视创新的倾向。这都可以继续研讨。但无论如何有一点是肯定的，这就是"仁"和"礼"有内在的不可分割的联系，孔子要求人们"克己复礼"，讲的就是人们应该如何做人，如何认识和处理个人与他人、个人与社会的关系，这个社会生活的根本问题。而当时主张"克己复礼"的实质是要个人克制自己的利益和需要，去维护和服从已经落后于时代的社会制度和伦理道德，实际上是压抑个性、维护人与人之间不平等的等级特权。这很难说是能与现代的人权概念相容的。而"克己复礼为仁"正是绝大多数儒学思想家所遵循的一条根本原则。当然孔子之后，特别是进入秦汉，随着封建社会制度的建立和巩固，后继者们对"礼"的涵义的解释也从周礼变为封建社会的礼，即封建的政治体制、伦理道德等上层建筑，即所谓纲常名教等处理人们社会关系的规定。但实质内容仍然是体现统治阶级即封建皇帝、贵族、地主阶级的利益和意志，维护封建专制制度和剥削统治阶级的等级特权。所以就儒家关于"仁"的学说的主要的本质的方面来说，与现代人权（无论是作为对封建特权的否定的资本主义人权，还是主张消灭一切剥削和阶级不平等的社会主义人权）是正相反对的。

为了说明儒学传统与中国人权的关系，还应该回顾中国现代社会变迁的历史。

1840 年鸦片战争失败后，中国开始逐步变成半殖民地半封建社会，封建专制统治已经完全腐朽、没落，人民生活在水深火热之中，国家和民族已处于生死存亡的危急关头。历史事实证明，当时以儒家为代表的封建意识形态，已不能维持旧的封建统治，也不能为新的社会变革提供思想指导和精神武器。为了拯救国家和民族，先进的中国人只能走出国门，向先进的西方寻求救国的真理。从十九世纪七十年代起，一批早期的资产阶级改良主义者开始介绍西方的民主、自由和人权。十九世纪末发生的戊戌变法维新运动，特别是孙中山先生领导的推翻封建制度建立资本主义制度的民主革命，都明显吸收了西方资本主义的民主和人权思想。但辛亥革命的成果不久就被袁世凯窃取，孙中山的三民主义的建国方案无法实现，形成共和形式下封建军阀割据的专制统治局面。封建势力和资本帝国主义相勾结，社会各种矛盾激化，黑暗腐败比前清更甚，民族危机更加深重。辛亥革命之所以未能完成反帝反封建的资产阶级民主革命任务，根本原因是反动势力的强大和革命势力的弱小，大资产阶级中途妥协、背叛革命，广大人民群众没有真正觉悟和组织起来。而其中一个重要原因就是思想领域二千多年封建意识形态统治的根深蒂固，几十代相传，渗透到几乎所有人的思想方式、价值观念、生活方式以至风俗习惯等等，严重地束缚着人们的思想，阻碍着人们的行动。因此要救中国，首先必须进行一场思想革命，为新的社会制度的建立扫除思想障碍，才能做到孙中山所主张的"唤起民众"，这已是当时有志于救国救民的仁人志士的共识。正是在这时俄国爆发并取得了十月社会主义革命的胜利,给了世界和中国以极大的震撼。中国人开始关注和学习西方。1919 年五四新文化运动的伟大历史作用,就在于它高举民主和科学的旗帜,"反对旧道德、提倡新道德,反对旧文学、提倡新文学",实际上是用现代自然科学、特别是以资本主义的民主和人权为核心的新文化,集中冲击和批判了以儒学为代表的封建旧文化,结果是极大地解放了人们的思想,创造了言论、出版、集会、结社自由的环境,为世界各种新思想、特别是马克思列宁主义在中国的传播创造了条件,因而成为进行彻底反帝反封建的新民主主义革命的起点和先导。

五四运动与欧洲文艺复兴运动相比,都是反封建的思想解放运动,但欧洲文艺复兴运动主要是反对宗教神学,而五四运动则主要是反对儒学为主的封建等级传统和伦理道德观念;前者从十四世纪算起到二十世纪前后长达六百年,即便是作为十八世纪法国资产阶级革命前的思想准备的、被称为"文艺复兴以来第二次思想解放"的启蒙运动,也几乎长达一个世纪,而中国从戊戌变法到五四运动前后不过二十年。可是中国封建社会长达二千多年。这一方面说明,当时中国社会变革之急迫、激烈和进步之迅速;但另一方面,后来的历史进程也说明,尽管是人们的社会存在决定人们的社会意识,但旧的社会意识并不都是在社会存在改变之后就立即消失,它有相对独立性,有的甚至可能滞后。即便是在封建制度已经消灭半个世纪之后的今天,由于中国各地区政治经济文化的发展水平极不平衡,封建意识形态的残余仍然严重存在并继续发生着消极影响,彻底消除它对人们特别是经济文化落后的农村和边远地区的人们的思想束缚,仍然是文化建设和人权建设的一项长期而艰巨的任务,对此决不能低估。

四

儒学中可以找到对中国人权建设有用的思想财富。

如我前面所说,必须认识并充分估计到,儒学本身也是一个矛盾复合体,全面分析儒家学说,可以看到,并不是所有思想都是与现代人权对立的。其中确有一部分思想、格言是从一个侧面凝结了几千年中国人民社会实践的宝贵经验,它不只是带有封建时代历史的、阶级的局限性,而且具有普遍意义的人民性和民族性。涉及人们如何处理社会关系的内容,也包含有现代人权思想的萌芽或因素。如,历代儒学著作中强调天地之间人为贵,主张爱人,维护人的人格尊严;在处理人际关系中要求己所不欲,勿施于人、推己及人、平等待人;政治应以民为本;把天人合一的思想贯彻到人们的社会关系中,追求"天下为公",人人平等、彼此和谐共处的"大同世界"的理想等等。又如,在如何处理个人与他人、群体、民族、国家和社会的关系上,儒家的观点实际上是一种建立在封建家长制和等级专制基础上的群体主义(也有人称为整体主义、封建主义的集体主义),其中也有很多忧国忧民、主张国家民族利益优先、强调个人对社会的责任和义务等等,不同于西方个人主义、利己主义的非常深刻和合理的见解。即使是忠、孝、节、义等道德规范,在过滤掉封建伦理的杂质之后,也都有正确的成分。这些都是我们应该予以认真发掘的。继承这份宝贵的文化遗产,并结合当代中国国情和时代特点赋予新的意义,使之发扬光大,正是我们建设包括人权理论在内的有中国特色的社会主义文化的一项重要工作。

应该承认,现在这方面的研究还刚开始,首先需要对有关的历史资料按专题进行系统整理,提倡多学科协作,共同攻关,争取获得一批高质量的、真正能得到广泛认同的研究成果。因此,我建议,今后学术界可以就"儒学与人权",或者更广泛些,就"中国传统文化与人权",这样的课题开展学术交流,以求通过研讨,取得比较全面正确的认识,以利于推进中国特色社会主义的人权建设。

社会历史形态的和合诠释

中国人民大学　张立文

和合形态历史学对于各社会历史发展阶段的探讨,是对于社会历史形态如何融突和合而生生的关注,即社会历史形态如何转换,怎样转换,转换的根据等,以及划分、判断各社会历史形态的标准或尺度等。

一

若以各个社会历史时期占主导的生产工具为标准来区分,可以把人类社会历史形态分为石器时代、青铜器时代、铁器时代、机器时代和计算机时代。以此可基本上把握各个时期的生产、生活水平,产品分配消费状况,以及与之相适应的家庭、社会组织,国家典章制度等。

若以各个社会历史时期占主导的生产对象和产品为标准来划分,可分为渔猎社会、畜牧社会、农业社会、工业社会和信息社会。这五种社会历史形态可以与上述五个时代相对应,可以作为实现渔猎等五种社会历史形态的工具,有了这互相递进的生产生活工具,才有与之相适应的五种社会历史形态。

若从人与自然、人与人融突关系来划分,从人类文明史的宏观关系来看,人与自然关系在特定社会关系形式下的运动形态,大体历经人的自发的社会历史形态、人的独立的社会历史形态和人的自由个性的社会历史形态。马克思在《1857—1858年经济学手稿》中说:"人的依赖关系(起初完全是自然发生的)是最初的社会形态,在这种形态下,人的生产能力只是在狭窄的范围内和孤立的地点上发展着。以物的依赖性为基础的人的独立性,是第二大形态,在这种形态下,才形成普遍的社会物质交换,全面的关系,多方面的需求以及全面的能力体系。建立在个人全面发展和他们共同的社会生产能力成为他们的社会财富这一基础上的自由个性,是第三个阶段。第二个阶段为第三个阶段创造条件。"①人类历史上三大社会形态,是同人与自然关系的三种形式相联系,可以表述为直接的社会关系、物化的社会关系和自由人的联合体。

所谓人的自发的社会历史形态,即人的依赖关系的社会历史形态,是指以自然经济为基础的人的依赖关系。马克思考察了氏族公社制、亚细亚的农村公社所有制、封建农奴制等,以及诸种制度的各种形式。这种所有制的形式是劳动的个人对其劳动的自然条件的原始所有制。劳动者把自己劳动的客观条件看作自己的财产,这就是劳动同劳动的物质前提的天然统一。在这种所有制下,人同自然的关系与人的社会关系合而为一。自然经济再生产的封闭以及与消费的直接统一,个人从属于社会共同体,以家庭、部落、宗族等血缘关系为基础,而构成了与自然的抗衡力量,体现了人的依赖关系是自然发生的那种狭窄的、孤立的关系。在这种关系下,商品经济越是不发达,越是不存在普遍的社会经济关系,把个人互相联结起来的共同体力量——家长制关系、古代共同体、封建制度和行会制度等就必定越大。在这种情境下,生产与消费是在狭窄的范围内和孤立的地点发展着。这便是以自然经济为基础的,以人的依赖关系为特征的最初的自发社会历史形态(模式)。

所谓人的独立性的社会历史形态(模式),是指以商品经济为基础的物的依赖性为基础的人的独立关系。在个人创造出他们自己的社会联系之前,他们不可能把这种联系置于自己自由支配之下。个人对社会共同体的直接依存关系的解除,商品经济的发展,产生了人与自然之间普遍的社会物质交换,商品交换关系渗透到经济生活的一切方面,以便实现生产要素的等价交换和自由流通。人与自然之间直接混为一体的情况的改变,打破了劳心与劳力的统一,使人的这种统一的能力产生分裂,促使分工的产生和个人之间交换的发展;人在与社会的关系中具有独立性。人与社会的联系以物的依赖性即以商品联系表现出来。由分工和交换而形成了全社会的生产关系,使人与自然、人与人的联系普遍化。因为这种普遍联系是以商品交换的物化形式出现的,所以一切劳动关系、社会关系都成了物化的社会关系,物化关系成为人与社会关系的规范,人受物化社会关系的制约和摆布。同时物化社会关系也形成了人的独立性,使人从各种"自然发生"的社会联系中超越出来,个人获得了相对的独立性。这便是人的独立性的社会历史形态。

所谓人的自由个性的社会历史形态,是建立在个人全面发展、社会生产能力转化为社会财富这一共同基础上的自由个性。全面发展的个人不是自然的产物,而是历史的产物。要使这种个性成为可能,智能的发展就要达到一定的程度和全面性,这正是以建立在交换价值基础上的生产为前提的。商品生产无限追逐交换价值的本性,扩大了人对自然的占有和劳动的规模,也扩大着价值的增值、社会关系的作用,同时也使生产过程科学化、自动化。这样的社会基本经济资源从人的直接劳动转化为人的智力资源,有可能为社会成员提供更充裕的自由时间,促成每个个人的全面发展。人的活动(劳动)成为自由自觉的创造性活动,而毋需外在社会关系的强制,获得了个人充分自由,以及人对自然的自由权利。这样的社会相对于"物化社会",可称为"自主社会"。它的基本特征是以自由个性为前提的自由人联合体社会形态,[②]是从商品经济转变为智能经济。它既是人本身知识能力的发展,又与自然建立了一体和合、优化协调的关系。人成为自己的社会结合的主人,从而也就成为自然界的主人,成为自己本身的主人,即自由的人。

这里社会历史三形态,基本上是围绕人与自然、人与社会关系而展开的。在这个展开的过程中以人超越依赖和自由度提高为标志。人类历史的每一进步,都以人超越依赖度和获得自由度的水平为标志。

再以阶级与阶级斗争为核心而建构的社会制度形态来区分,把人类社会历史划为:一是原始社会历史形态。在这一阶段,阶级未明确分野,原始氏族成员过着共同劳动、共同消费的生活,晚期才出现私有财产现象和阶级分野的萌芽;二是奴隶制社会历史形态。在这个社会历史形态中,占主导地位是奴隶主与奴隶这两大阶级的阶级冲突。奴隶主压迫剥削奴隶,奴隶主是奴隶的生死存亡的决定者、支配者,其他社会冲突也很尖锐,但往往被忽视了。事实上每一次奴隶反抗奴隶主的斗争,不仅是奴隶主残酷压迫奴隶的结果,而且与其他冲突尖锐化相联系;三是封建制社会历史形态。在这一阶段凸显地主与农民的阶级斗争,其实,农民与国家政权、特别是皇权的冲突亦很紧张,相反与乡村士绅地主保持一种和谐的张力。特别是中国以血缘宗法制为核心的中世纪,在血缘宗族内部地主与农民的二元对立关系往往被置于血缘宗族关系之下。其间种种错综复杂的关系网络,并非地主与农民的二元对立关系所能统摄;四是资本制社会历史形态。在这个阶段突破了封建制社会历史形态中对人的尊严和个性的扼杀,打破了经济生活的禁欲主义,政治生活的专制主义,文化生活的蒙昧主义。在商品经济的氛围中,人在形式上获得了自由和平等,促进了科学技术的飞速发展,使人类社会的物质财富获得空前充足,超过以往社会之和。以往人们把资本制社会历史形态看成是资本家和工人二元对立的阶级斗争的社会,似有以偏概全之弊。在后现代的信息社会,资本制社会历史形态究竟被什么社会历史形态所代替,换言之,现代资本制社会历史形态的未来发展的趋势是什么?确实很难预料,而需要社会历史的实践;五是社会主义社会历史形态。这是现代与资本制社会历史形态并存的、原设计作为代替资本制社会历史形态而诞生的另一种社会历史形态。在这种社会历史形态中,实行以阶级与阶级斗争为基础的无产阶级专政,其专政的对象无疑是与之对立的资产阶级,并把这个社会历史形态中形形色色的矛盾冲突,统统化约为资产阶级与无产阶级两家。凡是不符合无产阶级利益、观念、思想、行为的东西统统被斥为是反无产阶级专政的,而属于专政之列,这在实际中就扩大、泛化了专政的对象,造成了肃反运动以及各种所谓政治运动的扩大化,打击了一部分老无产阶级革命家,损害了一部分长期与中国共产党患难与共、肝胆相照的民主人士的感情,冲击了一部分群众对共产主义的信仰,在严格的阶级路线、清理阶级队伍以及"龙生龙,凤生凤,老鼠的儿子会打洞"的血统论指导下,扩大了打击的范围,挫伤了他们的情感,这也是后来出现信仰危机的原因之一。

这种教条化的、僵死化的社会历史形态的划分已与现代社会不相符合。于是有人从历史走向哲学,也有人从哲学走向历史,探讨世界历史的结构。雅斯贝斯(Karl Jaspers,1883—1969)认为人类具有惟一的共同起源和共同目标,接近这个起源和目标,为任何认识所不可能,而只能在哲学反思中或在模糊的象征微光中感觉到它。他依此而把社会历史分为四形态:一是史前形态(普罗米修斯时代),为公元前 3000 年以前,史前形成人性的基本因素构成我们生命的根基。二是古代文明形态(历史的第一阶段),在语言、文化、神话的共同基础上形成了不同民族统一体,文字发明,世界帝国形成,人类进入了历史,人才真正成为人。三是轴心期形态(从公元前 800 年到公元前 200 年,以公元前 500 年为中心)。"在那里,我们同最深刻的历史分界线相遇,我们今天所了解的人开始出现。"③轴心期创立了人类仍赖以存活的世界宗教之源端,它是精神和理性的觉醒,它奠定了人类精神统一的基础,使得"所有人都可以分享轴心期人类普遍变化的真实知识。虽然轴心期局限于中国、印度和西方,虽然这三个世界开始并没有联系,然而轴心期奠定了普遍的历史,并从精神上把所有人吸引进来"④。它吸收、融化或淹没了古代文明,而古代文明只有具有了轴心期的那些因素才得以保存下来。现代人类依据轴心期所产生、思考和创造的一切而生存。人类精神的每一次创新都被它所点燃,由它提供精神动力,直至今天,其魅力仍然不减。虽然中、西、印互不联系的独立发展状态已被现代的互联网所打破,边缘、交叉学科的大量涌现亦突破了学科的单一性,但轴心期的精神和理性的觉醒,其给予人类精神的魅力,一直为人们所向往。四是科学技术形态,从中世纪末 15 世纪始,西方现代科学产生,经 17、18 世纪的理论奠基工作,开始了在精神和物质领域的全新发展过程,19 世纪末 20 世纪初科学技术飞速发展,使欧洲具有与世界其他地区所不同的文化特征,并与其他地区特别是亚洲分离,以日耳曼民族为主体的欧洲成为世界的中心联络体。

雅斯贝斯的社会历史形态四阶段论,最后导致了欧洲中心论。对于这四个阶段,雅氏认为是按照间歇(史前与古代文明)——突破(轴心期)——再间歇(科学技术期)——再突破(新轴心期)演化的。在这个历史形态的演化中,间歇为突破储备能量,突破是历史的实现。⑤如果世界历史的演化如雅氏所预见的那样,新轴心期一定既融摄了原轴心期所有的优点,又有新的创造,它将会为人类带来融突和合新的精神文化的亮点。

二

西方关于社会历史形态的种种论述,都带有时代的特征,由于他们对社会历史形态体认的不同,以及契入点、价值观念、研究方法的差异,对社会历史形态的理解亦异。中国与西方异趣,但关于社会历史是不断进步的观念,却早已各自产生,并有相似之处。相当于雅斯贝斯所说的"轴心期",中国的《周易·系辞传》中把社会历史形态划分为"上古"和"后世"两个阶段:"上古穴居而野处,后世圣人易之以宫室,上栋下宇,以待风雨。""上古结绳而治,后世圣人易之以书契,百官以治,万民以察。"⑥"上古"社会历史形态的特点是生产水平落后,人住在自然洞穴中或住在半地穴式的屋中;起初人类没有文字,依靠结绳来记事;人死了用衣服一裹,抛在野地里,既不封埋,亦不树标志。"后世"社会历史形态的特点是"圣人"的出现,这里所说的"圣人"相当于有才能、有文化、有道德的领导者、统治者。他们教人造房屋、宫室,不住洞穴和半地穴,可以挡风雨;并创造了文字;契刻在甲骨、竹简上,就比结绳记事进步;同时设官置署,治理万民。人死了也不再抛置荒野,而是放在棺椁里埋葬,说明对死者的尊敬,也是对生者的尊重。

《系辞传》所说的"上古"相当于"史前时期"的社会历史形态,"后世"相当于"文明时期"的社会历史形态。商鞅在《商君书·开塞》中把社会历史形态分为三个阶段:"上世亲亲而爱私,中世上贤而说仁,下世贵贵而尊官"。社会历史是进步的。韩非吸收了《系辞传》和商鞅的思想,把人类社会历史形态分为三个阶段:

一是上古社会历史形态。"上古之世,人民少而禽兽众,人民不胜禽兽虫蛇;有圣人作,构木为巢,以避群害,而民悦之,使王天下,号之曰有巢氏。民食果蓏蚌蛤,腥臊恶臭而伤害腹胃,民多疾病;有圣人作,钻燧取火,以化腥臊,而民说之,使王天下,号之曰燧人氏。"⑦"上古"之世的特征是人少禽兽多,人不敌禽兽,有人发明构木为巢,避免了被禽兽所伤害,人民就拥护他为王,叫有巢氏;初始人类生吃冷食的蓏果和蛤蜊海蚌,伤害腹胃,疾病很多,有人发明了火,于是便从生吃冷食转变为熟吃熟食,减少了疾病,人民推举他为王,这便是燧人氏。"上古时期"作为史前期,人与禽兽并没有完全分裂,作为当时有才能、有创造的代表,"圣人"出来引导人民趋利避害,构木取火,改变了人类生活,构成了上古社会历史形态。

二是中古之世的社会历史形态。"中古之世,天下大水,而鲧禹决渎。"⑧虞舜之时,洪水泛滥,舜命禹的父亲鲧治理洪水,鲧治水无功,被舜赐死于羽山。相传鲧为舜时"四凶"之一,封崇伯。所谓"四凶"是指不服从舜的制约的四个部族首领。禹继承父业而治水,他疏河决江,十年不窥其家,三过家门而不入,累得身病偏枯,足无爪,胫无毛。由于他接受其父堵塞江河的教训,而采取疏导方法而获得成功,得舜禅位和人民拥护,立国为夏,为夏王朝第一代君主。夏禹时人民生活安定,人民与国家及其人与人之间,均和睦相处,有自然灾害而能得以化解。但从洪水之灾来看,当时自然生态环境已开始遭破坏。

三是近古之世的社会历史形态。"近古之世,桀纣暴乱,而汤武征伐。"⑨夏桀为夏王朝的末代君主,帝发之子,帝履癸为桀。桀为暴君,不务修德,伤害百姓。纣为商朝末代君主,帝乙之子,名受,号帝辛。曾征伐东夷,使中原文化传播到淮河、长江流域。纣好酒淫乐,嬖于姐己。以酒为池,悬肉为林,使男女倮,相逐其间,为长夜之饮,百姓怨望,诸侯有叛者,重辟刑,有炮烙之法,是为暴君。由于夏桀的暴虐,汤兴师率诸侯伐桀,并宣布夏氏有罪,天命殛之,汤替天伐夏,代夏而治理天下,建国为商,为商汤。商纣王昏乱暴虐滋甚,周武王乃率诸侯八百伐纣,战于牧野,纣军倒戈,纣兵败自焚于鹿台。韩非认为近古社会历史形态是以仁德胜暴虐,以善胜恶的历史的进步。人类整体社会历史形态是不断进步的。他说:"今有构木钻燧于夏后氏之世者,必为鲧禹笑矣;有决渎于殷周之世者,必为汤武笑矣;然则今有美尧舜禹汤武之道于当今之世者,必为新圣笑矣。"⑩社会历史是不断演化,而不是倒退的。假如倒退,就会为后世所讥笑,所以不要求修行先王的古道。有人想用先王的政治原则、制度来治理当世,而不与时俱进,适应新时代的要求,被韩非比附为"守株待兔"。

中西关于社会历史形态(模式)的种种论述,见仁见智,至于什么是社会历史形态的本真,实难以论定。从现有的种种诠释来看,都是人的一种设定,它与每个人对社会历史形态的体认直接相关。有些诠释可能得到人们的认同,但将其绝对化,而以为是绝对的真理,排斥、罢黜其他各家学说,似无必要,有多种社会历史形态观的存在,互相论争,对认识的深化并无害处。

三

对于社会历史形态体认的目标,是在于寻找社会历史形态"自我","自我"可能只有一个,但其呈现却是多样的、多元的。因为社会历史形态"自我"是隐藏的、不在场的,人们只能依据"自我"的显现的多样性、多元性来体认其社会历史形态。和合形态(模式)历史学,依据社会历史化生的"融突和合"理论,可分为:

一是神学时代的社会历史形态。这是一个人神浑沌的阶段,约为公元前3000年到前800年之间,相当于中国夏商周(西周)时代,这个时期,凡国家大事,先筮后卜;其它生活之事,疑而不决,亦通过卜筮以定吉凶祸福。夏商周三代都认为他们是受天(上帝、帝)的大命,建国而治理四方,改朝换代亦是天的意志,天之所以改换治理天下的大命,据周公解释是由于不"敬德保民","以德配天"的缘故。于是卜与筮就成为沟通天与人,神与人之间信息唯一途径,龟甲和箸草就成为沟通神与人的信息工具。《尚书·大诰》记载:周"不敢替(僭)上帝命,天休于宁王,兴我小邦周"。现存甲骨文都是占卜形式的巫术活动的记录。武丁卜辞:"丙戌卜,丁亥,王阱擒,允擒三百又四十八。"⑪神人、帝人互渗是这个时期的特色,因此其政治、文化都带有天(上帝、帝)人和合,君权神授、唯德是辅的特征。

神学的社会历史形态在公元前2000年的古埃及的王国时,已形成敬奉赖神的太阳崇拜的神学体系。公元前14世纪到前13世纪,希伯来人首领摩西,带领希伯来人脱离埃及法老统治,进入西奈半岛,并奉耶和华为牧羊人的神,进而为全民族的神。古希腊荷马时代人神交融,人神交融的后代"英雄"既是神,也是人,但亦意蕴着人神分离的朕兆。世界各民族大体上都经历了这个社会历史形态的阶段。

二是智慧时代的社会历史形态。这是一个追求道的智慧阶段,约为公元前800年至前200年之间,相当于中国的东周(春秋战国)。此时周室衰微,诸侯异政,为争盟主权利,你争我夺,战争频繁,各诸侯国为富国强兵,采取了一些政治上、经济上、文化上的改革措施:如反对任人唯亲,主张尚贤使能;确立私有制,井田制衰微;官府下移,私学产生。学术繁荣,百家争鸣。老子贵柔,孔子贵仁,墨翟贵兼,关尹贵清,列子贵虚,田骈贵齐,杨朱贵己,孙膑贵势,王廖贵先,儿良贵后⑫。包括阴阳、儒、墨、名、法、道、兵、纵横、农、杂等,其宗旨都是"议以治国"。但由于时君世主,好恶殊方,故各以其说,取合诸侯。各家从探讨治国之道出发,而展示为天、地、人"三才之道"。道家讲天道是人道的价值根据和来源,以天道自然为价值取向,儒家讲仁义礼智的圣贤之道,奠定人性基础,以人道仁义为价值取向,兵家讲兵道,法家讲因道全法,《易传》讲阴阳之道,而把形而上之道与形而下之器分别开来,以道为形而上学。这个时代是社会开放、学术自由;各家学说,游说诸侯;相互辩论,毫无禁区;以我为主,力辩群雄;僭越旧礼,蔑视名分;高扬理智,追求家园的时代。因此,智慧的时代,也是社会历史以大动荡、大转型的形式显现的时代。人们体验到高岸为谷,深谷为陵的大变化的恐惧和自身的脆弱,呼唤人类精神(包括个体精神)的觉醒和理性的显现。这个时期的思想精神成为中国传统文化的源头活水,每一个新理论思维形态的诞生,都要重新回头诠释智慧时代的这些源头活水,以获得精神动力。这个时期相当于雅斯贝斯的"轴心期"。

三是伦理时代的社会历史形态。这是一个追求道德理性的时代。约为公元前200年到公元1800年,是时间跨度较大的历史阶段。它虽然经过了汉、三国、晋、南北朝、隋、唐、五代、宋、元、明、清等改朝换代,以及理论思维形态的两汉经学、魏晋玄学、隋唐佛学、宋元明清理学的变化,但从国家政权的体制而言,都采取中央集权的君主专制制,并实行郡县制,即尽管不断更换王朝,但君主专制和郡县制没有变。每个王朝为了长治久安,进行一定程度的损益、改革,以适应新王朝的需要,但"万变不离其宗","宗"是指一个能应万变而自身不变的本质性和根源性,它可以制约万变的现象而使其按"宗"的原则演变。"宗"的本义《说文解字》释为"尊祖庙也"。祖庙是祭祀祖宗的地方。尽管有着同一个祖宗的人很多,并不断变化,但这众多人的祖先只有一个,是不变的。他们属于同一宗族或家族。宗族、家族的内在层面是以血缘为纽带联结起来的社会群体,这种血缘性的联结包括基因性的自然层面和道德性的伦理层面。此两个层面的互动互渗,使血缘性纽带的凝聚力和生命力源源不断地延续下去,于是由人而家,由家而国,形成了以血缘宗法性为内层的家国同构的社会历史形态。

这种血缘宗法性结构是以血缘的亲疏为基础,以嫡长子继承制为内涵,形成大宗与小宗、正宗与别子为宗等级的分别。父子血缘关系不是外在契约性的,而是内在根源性的,即骨肉亲情。以父为中心,娶妻生子,构成家,形成了父子、夫妇、兄弟三伦,由家而推及国,由父子而推及君臣,由兄弟而推至朋友,此五伦组成了伦理时代最基本的国家社会关系,其他种种人际关系都可归属此五种关系。此五伦的核心是君臣、父子、夫妇三伦,又据伦辈而定为"君为臣纲,父为子纲,夫为妻纲","三纲"使众人之间构成了上下、等级、隶属的关系,也是一种伦理道德的关系。此五伦之理就是"父子有亲,君臣有义,夫妇有别,长幼有序,朋友有信";五伦的道德规范便是忠君、孝亲、守节、恭敬、诚信。以血缘宗法制为根基而建立起来的君主专制制度,把父子血缘性关系君臣化,孝子出忠臣,在忠孝不能两全的冲突中,首先要尽忠,君臣关系完全成为服从关系,整个社会便笼罩在伦理的服从之中。这便是伦理时代的社会历史形态。

四是求新时代的社会历史形态。约从清末至民国撤离大陆,即从1840年的鸦片战争到1949年中华人民共和国诞生。随着西方用船坚炮利的武力轰开中国闭关锁国的大门,清王朝朝野各派政治势力和知识分子从"天朝帝国"的美梦中惊醒,也使人们对"礼仪之邦"的社会文明产生怀疑,对中国的落后有了切肤之痛。东西方两种不同社会制度和文化碰撞,其实质是中国传统农业文明与西方近代工业文明的激烈冲突,面对这种落后挨打状况,中国人为救亡图存,不仅要师夷技,学西学,而且要采西制,改变中国旧体制、旧道德、旧文化、旧观念;不仅使用西方概念来阐发自己思想,而且要用西方器物、制度、价值观念来改革中国社会,改造人格或国民性。这是一个向西方学习真理,并会通中西古今之学的时代,如把西方进化论、社会契约论、天赋人权论以及自由、平等、博爱与中国传统儒家"泛爱众"、墨子"兼相爱"、佛教的"慈悲"、《礼运》的大同世界、程朱的格致、陆王的心学相结合,呼喊着冲决君主、伦常等等的网罗,以促成社会的进步。

求新是当时社会的主流思潮,可分为四个阶段:(1)早期改良主义运动和前期洋务运动。洋务运动的实现是依"师夷智以造炮制船"为指导思想。派学生赴"泰西"学习军政、船政、步算、制造诸学,并在海防省设洋学局,创办轮、矿、路、电四大政,包括一些民生工业;主张学习西方议院制度,认为这是西方之所以"强兵富国,纵横四海的根源"。(2)戊戌变法运动。中日甲午战争的失败,康有为等发动会试举人向光绪皇帝上书,反对签订丧权辱国的中日"马关条约",提出拒和、迁都、变法三大主张。在政治上主张"立宪法,开国会","以国会立法,以法官司法,以政府行政",行西方的三权分立,改君主专制为君主立宪。在经济上,以"富国为先",发展工商业,维护商人权益,实行专利制度,促进商务发展。在教育上按西方教育制度兴办各级各类新式学堂,教学内容要学习测算、绘图、天文、地理、光、电、化、重、声、汽等西学,改革八股取士的科举制度。在价值观念上,以西方的自由、平等、博爱、天赋人权、民权论、契约论、近代自然科学来取代中国旧学,出现了"家家言时务,人人谈西学"的局面,思想上获得了解放。(3)从辛亥革命到五四运动前夕。戊戌变法的失败,君主立宪的破产,便把人们逼到了只有推翻清王朝君主专制一途,孙中山提出了"驱除鞑虏,恢复中华,创立民国,平均地权"的革命纲领,在与改良派的论战中,进一步批判了传统的君权神授、帝制长存、纲常不灭、尊卑不逾、敬天法祖等思想,特别对纲常名教进行激烈的抨击,主张男女平等,婚姻自由,反对缠足,剪发易服,一切习俗、服饰以"宜时"、"便民"为原则。(4)五四运动。辛亥革命打倒了帝制,也冲击了作为帝制精神支柱的儒教伦理,但辛亥革命换来各军阀政府,他们摧残民主,破坏共和,出卖民族利益,准备接受日本提出的"21条",中国面临亡国亡种的危机。于1919年爆发的"五四运动",其宗旨是提倡民主和科学,建立一个真正的民主共和国。他们认为三纲和忠孝节义为本的中国宗法社会,祸国殃民,罪孽深重。于是他们反对旧政治、旧文化、旧道德、旧宗教、旧艺术以及批判孔子和孔教,并提出"打倒孔家店"的口号。因为旧道德与新政治体制不相容,所谓新政治就是共和立宪制,实即资本主义社会制度;旧道德就是纲常阶级制,两者存一必废其一。在思想上,基本有三派,即自由主义西化派、新儒家文化派和马克思主义派。

求新是这四个阶段的本质特征，故以求新为这一时期的社会历史形态，它显现在政治、经济、文化、制度、道德各个层面，而与伦理时代社会历史形态有异。

五是创造时代的社会历史形态。这是不断曲折、转型、磨难、发展、人祸、创新的过程。人们主观愿望和动机也许是为了发展、创新，但往往不顾实际状况，跨越社会历史发展的水平和阶段，而受到社会历史惩罚，给人民大众带来无穷灾难；有时往往以理想代替创造，从上而下推行，造成虚报假报，欺上瞒下，假大空盛行；有时感情从事，盲目冒进，"一大二公"，废除一切形式的私有制，破坏了社会历史发展规律性。创造是一门学问，是一门很深的学问。创造不仅体现在科学技术上，而且显现在政治、经济、文化之中。科学技术的发明创造将为人类创造无限的物质财富，政治、经济、文化的创造将为人类创造一个完善、优美的生存环境和精神环境。21世纪对人类来说将是创造的世纪，人类的任务不是为了改造世界的实践，而是为了创造世界的实践。在这里改造与创造是大有分别的。改造是指对原有事物加以修改或变更，是对存在之有的修改，以适应需要；创造是指提出或建立前所未有的新方案、新理论、新思维。创造将建立人类不可预料的社会历史形态。

和合生存世界(情的历史世界)的形态历史世界，是生存必然置于其中的历史世界，各种不同的社会历史形态的存在，是一定时空内的生存历史世界的显示。虽然形态历史学学者所在的时代及价值观、政治观、道德观、宇宙观有异，他们不能逃避时代所赋予他们的"前识"和"先见"，但他们依以诠释的历史文本和据以理解的史事有可能是相同的，或者是差异不大的，这就存在着互相认同的可能性。

附注：

① 《马克思恩格斯全集》第46卷(上)，第104页，人民出版社，1979年。

② 关于马克思的社会"三形态"说与"五形态"说的论争及其源流，参见张凌云《马克思的社会形态理论与当代社会主义》，武汉出版社，1999年。

③ 雅斯贝斯：《历史的起源和目的》，第8页，华夏出版社，1989年。

④ 同上书，第28页。

⑤ 参见《西方哲学智慧》第123—130页，中国人民大学出版社，2000年。张尚仁：《社会历史哲学引论》第49—51页，人民出版社，1992年。

⑥ 《周易·系辞下传》，《周易本义》卷3。

⑦ 《五蠹》，《韩子浅解》第465页，中华书局，1961年。

⑧ 同上。

⑨ 同上书465—466页。

⑩ 同上书第466页。

⑪ 《殷墟书契后编》2.24.2。

⑫ 参见《不二》，《吕氏春秋校释》第17卷，第1124页，学林出版社，1984年。

中华地理学在 21 世纪的地位与作用

——易经地理学探索

北京大学地理学系　于希贤　于涌

一　中国古代的地理学发生、发展的总体状况

中国古代地理学是指近现代地理学传入中国以前发生、发展于中国的地理学。人们知道,当今在大学和研究所里研习的地理学,是将地理学分为自然地理、经济地理、人文地理,然后又将自然地理再细分为地质、地貌、气象气候、植被等。将经济地理细分为工业地理、农业地理、交通地理、城市地理等。把人文地理分为文化地理、人口地理、政治地理、行为地理等。这一学科体系是近现代兴起于欧洲,传播至世界,尔后逐步发展起来的地理学。具体说,近代地理学于 19 世纪上半叶,在洪堡(Alcxandcr Von Humboldt)和李戴尔(Carl Ritter)奠定基础后,开始形成,并走向世界范围一元化。

西方近现代地理学传入我国是 20 世纪 20 年代以后的事。在此之前长达数千年间,中国自有一套地理学的科学思维方式和学术系统,以此作为观察研究天、地、人之间的关系,选择不同的人应当居住、生活在不同的环境当中,布置和创建自己的生活空间,处理生产和生活中的地理问题,选址布建人居环境,如国都、城市、村镇和宅居等等。这一套地理学的思维在中国萌芽、产生、形成、发展,行之有效地指导中国人认识自然,协调人与自然环境的关系。这一套地理学思维系统有自己的概念、术语、理论、方法,也建立了一些规律和法则。在中国乃至于在东亚的汉文化圈运用了几千年,解决了历史上经济、文化发展的许许多多的问题,从中创造出若干灿烂的地理科学成就。如同当今医学,把中医学称之为"祖国传统医学"一样,我们可以把西方地理学科学思想体系传入到中国之前的中国古代本土地理,称之为"中

国古代的传统地理学",也即《易经》地理学。即如医学在中国有中医和西医两套系统,中国的古代传统地理学在地理学中的地位就相当于医学中的中医系统。这一套地理学的思维方式、理论基础、学科体系、学术观念与中国传统文化密切相关。

中国古代历数千年传承、积累、演化的中国传统(本土)地理学,又可以称为"易经地理学"。清同治年间刻版的《地理辨证疏》说:"易曰仰以观于天文,俯以察为地理,开后世地理一门。夫易广大悉备,地理实易之一端,故离乎易以言地理者,咸非诣也。"得出了"地理不外易理"的结论。所以称传统地理学为易经地理学是名至实归的。

总之无论源于西方的"地理学"或者源于东方的"易经地理学"所研究的对象都是人们的生活环境,既包括了自然环境又包括了人文社会环境。人们对生活环境的认识,又在很大程度上受不同的科学思想、民族文化思想的影响。所以形成了地理学的两种学科体系、两种思维方式。

二 地理学的两种学科体系、两种思维方式

地理学受科学文化思想的影响很大,从世界文明进程和科学文化发展长河的历史来看,其科学与文明发展因地域而异,其间不停地交流与融合、淘汰与创新。时至今日,其思维方式,归根结底无非是有两种学科体系、两种思维方式和两大源头。一是西方的源头,它有一套建立在分析、抽象、归纳、演绎之逻辑基础上的思维方式与科学方法;另一是东方的文明,它也有一套取象比类、心物感应,象、数、理、气等的思维模式,用它来认识天、地、人和生物界之间有机关系的系统。

东方以中国为渊源的古代地理学,其理论基础认为:大自然的生命在于阴、阳的结合。阴、阳是宇宙间最基本的两种力量。它是深层次的关于物质世界结构的最终原理。先秦时代的《老子》一书提出:孤阴不长、独阳不生,"万物负阴而抱阳"。《黄帝内经》说"天地感而物生化"。万物由阴、阳结合而生成,天地之间因为有阴、阳,有生气和活力所以大气才会呼吸流动以成风;因为有阴阳,草木才能欣欣向荣而生长。因为有阴阳,牛羊成群鸟兽不断,因为有阴阳,人类也才不断生息子孙昌盛。天地间有风、寒、热、湿、燥这些无形的元气;有金、木、水、火、土这些有形的物质。"气"和"形"相交,就生化成彩色缤纷、丰富多彩的万事万物了。总之,"人生有形,不离阴阳,天地合气,别为九野……万物并至,不可胜量"。从那一望无际的太空,到运转不息的日月、星辰;从寒来暑往、周而复始的季节变化到生生不息的动物、植物,其生命的源泉都是阴阳的"幽显其位"。

基于对地理环境的这一总体认识,清代《地理求真》一书总结说:"宇宙间事事物物无一不在阴、阳之中,浮而上者阳之清,天气之所清灵也。降而下者阴之浊,地气之所重质也。向使天地二气不能相交,则阴阳无媾合之情,万物则不能生育。语所谓孤阴不生,独阳不长是也。"

阴阳互补依存,具有均衡、和谐、对称、协调的机制。中国古代地理学思想客观而严密地反映了天地构成和运动变化的道理。人们懂得了这个道理,借助它来仰观天文、俯察地理,探知其中或幽或明的奥秘,追溯事物的起始,跟踪其发展的轨迹,直至终了。于是就会知道天、地、生、人,万事万物生死轮回的规律,其根本之点是万物天地都是有机体。

中国本土的科学文化包括科学之母的地理学思想体系,与渊源于古希腊、古罗马并演化到今天的西方科学体系,长期以来交相辉映、相互渗透而又各自独立发展,可以说是各有所长。中国古代与西方地理科学思想的这一基本差异为世界上不少学者所共识。19 世纪英国的伊特尔(Ernest J. Eitcl)比较了东、西方的科学思想之后认为中国的传统科学思想是"一种精神生命的金带,运动于所有存在的物体之中,并把它们联结为一体"。莫斯科大学汉学家拉平娜教授等称中国本土的科学(包括科学之母的本土地理学在内)是"活的科学",用以区别渊源于古希腊抽象与分析的西方科学。她认为东、西方的地理学早先分属于不同的思想体系。

三 中国古代易经地理学的产生与发展

恩格斯在《反杜林论·旧叙》中说:"一个民族要站在科学的最高峰,就一刻也不能没有理论思维。"《易经》就是中华民族理论思维的最高峰。《易经》是中国文化中一本非常伟大的书,要研究中国传统的科学与文化,不能不重视《易经》。《汉书·艺文志》说:"易道深矣,人更三圣、世历三古。"《易》从萌发、产生、成熟经历了伏羲、文王、孔子三圣三古的漫长历程。《隋书·经籍志》说:"昔伏羲氏始画八卦,以通神明之德,以类万物之情,盖因而重之,为六十四卦。及乎三代,实为三《易》;夏曰《连山》,一说为神农易;殷曰《归藏》,一说为黄帝易;周文王作卦辞,谓之《周易》。周公又作爻辞,孔子为彖、象、系辞、文言、序卦、说卦、杂卦,而子夏为之传。"

《周易》是怎么来的? 它的认识论的理论基础是什么?《周易》里说:"伏羲氏仰观象于天,俯观法于地,观鸟兽之文,与地之宜,近取诸身,远取诸物,于是始作八卦,以通神明之德,以类万物之情。"《易》是经过数千年的衍化过程而一代又一代的更新创造、积累而发展起来的。考古发现,远在六七千年的地层里已有八卦符号出土。江苏青县安墩遗址中发现距今6545 年前后的易卦,山东大汶口文化遗址也出土了距今 5000—6000 年的与八卦有关的图案。世古文献也谈到《连山》为神农易(另一说为夏易),《归藏》为黄帝易(另一说为商易),此后"昔西伯拘羑里,演周易",孔子作传以解释。司马迁在《太史公自序》中说:"《易》天地阴阳四时五行,故长于变。"所以在司马迁的笔下,孔子是周公之后传承中国传统文化的主将。《易经》是群经之首,自然也是经孔子加工整理过的。

《易经》是先哲观天、地,"近取诸身,远取诸物"并进而思考的结果。这就说它将天地万物以及人生内秘的哲学归纳总结于其中。它首先是取之于天道,如天干、地支、天文、气象、季节的哲理,并将天道与人道相对应。说明人道与天道是一体的。人道是根据天道,人要配合天,效法天。《易经》的卦象用几个极简单、空灵的符号,来代表天地间自然界中的种种复杂的情况,以及人的心理、生理、社会庞大组织的千变万化,以此把握在各种复杂条件下的过去、现在与未来。它的认识论的理论基础是人的主观世界与客观世界达到"心物共鸣"。把人看作是大自然当中最为灵通的一员,"智以藏往,神以知来"。总之,《易经》在中国几千年里,涵濡人文之深,涉及学术思想领域之广,是无可比拟的。《易经》不仅对中国的哲学、政治、文学、史学、伦理、民俗、家教、天文、历法、数学、乐律有着重大的影响,而且成为中国传统地理学的理论基础。《易》为群经之首,是灿烂东方文化的源泉,其道至大,无所不包,称其为"宇宙代数学"并不过分。

总之,古人认为《周易》关于乾坤、阴阳的理论。不但适用于自然界,而且适用于人类和人类社会生活。古人把《周易》的阴阳五行学说贯穿到社会生活的各个领域和各个方面;运用《周易》的阴阳五行思想,来指导和安排社会政治生活;运用《周易》的阴阳五行思想来指导和推动社会生产。《周易》的阴阳五行学说,一方面,作为一种天道行规律的反应,有其自然科学基础,具有合理的因素和成分;另一方面,作为一种世界观和世界图式,又归纳社会科学的内秘,对社会历史发展和人的思想、情感有所比象,具东方科学的思维方式。

《易经》是中国传统科学文化思想的精神支柱。这本来是上古占卜人事吉凶用的书,但中国后代的人生哲学亦由此渊源。要占卜人事凶吉,就要包容人生万事的实际。《易经》的卦象欲用几个极简单、抽象、空灵的符号(来代表着天地人生间,从自然界到人事活动的种种复杂情形。而且就在这几个极简单、极抽象、极空灵的符号)上面,我国的先人即把握到宇宙人生之内秘的中心,而用来指示人类各方面避凶趋吉的条理。这可以说,《易经》博大精深,充分显示出古人概括万事万物变化发展的无穷智慧与艺术天才。它体现了中国国民性与中国传统的科学文化的一种特征。

与《易经》的起源时间相近,中国古代的地理学起源是很早的。远在仰韶文化时期,约当距今6400多年。在河南濮阳西水坡,属于仰韶时代的文化遗址有第二、三、四、五层。45号墓在第四层之下,打破第五层和生土。这说明它是仰韶早期。墓主人为一壮年男性,身长1.84米,仰身直肢葬,头南足北,埋于墓室正中。左右两侧,用蚌壳精心摆塑龙、虎图案。蚌壳龙图案摆于人骨架的右侧,头朝北,背朝西,身长1.78米,高0.67米。龙昂首,曲颈、弓身、长尾,前爪扒,后爪登,状似腾飞。虎图案位于人骨架的左侧,头朝北,背朝东,身长1.39米,高0.63米。虎头微低,圜目圆睁,张口露齿,虎尾下垂,四肢交递,如行走状,形似下山之猛虎。另外,在虎图案的西部和北部,还分别有两处蚌壳。

这个图像代表青龙、白虎,天圆地方的中国古代特有的地理学观念远在6400多年前已建立了。青龙在地理上代表东方,颜色为青;季节为春天;在人的心性德得代表"仁";五行当中代表"木";在天文上代表二十八宿中的东方七宿。白虎在西代表西方,颜色为白;季节为秋天;在人的心性德得代表"义";在五行当中代表"金";在天文学上代表西方七宿。天圆代表天为阳;地方代表地为阴。天圆地方代表天地相交,阴阳相交衍生万物。中国古代的这一地理学文化传承了几千年,直到北京天坛建筑群仍然是这一地理学思想的体现。

此发掘简报发表于1988年,此前,中国科学院副院长竺可桢认为"在殷墟时代殆已有四陆(即青龙白虎朱雀玄武四象)"。日人新城新藏认为"四陆起于春秋中期以后"。这一考古发掘的实物证明,我国四象之中的左(东方)青龙,右(西方)白虎的观念至少在距今6400年前的仰韶文化时期就已经出现了。把中国地理学起源的认识,提早了两三千年。

宗周丰京瓦当的四神兽　考古发现,远在晚商先周时期,宗周的丰京瓦当中,已有四神兽的塑饰。"四神之像,虽磨灭而不鲜明,但中央之'羋'字,则极明了。"

在商代武丁时期的甲骨文里,已记录了二十八宿中的火、鸟、昴等星宿。这就使得在国际上争论了几百年的二十八宿起源于中国、起源于印度或起源于阿拉伯这一天文难题,获得了彻底的解决。竺可桢、赵庄愚据《尚书·尧典》中"日中星鸟,以殷仲春"、"日永星火,以正仲夏"、"宵中星虚,以殷仲秋"、"日短星昴,以正仲冬"的记载,用岁差之法测算得四仲星构成一个系统,确属于4000多年前夏朝初年时代的天象。

湖北随县曾侯乙墓的二十八宿与青龙,白虎图像　1978年在湖北随县擂鼓墩发掘出了公元前433年或稍后的曾侯乙墓。"在墓的东室一件漆箱盖的面上,环绕中心的大'斗'字,有一圈二十八宿的古代名称。盖两端绘有青龙、白虎的图像。"图中反映了当时四象与二十八宿早已融于民俗生活之中。其内容又集中体现了《史记·天官书》的记录,即北斗七星的"斗"在当中,二十八宿与四象相对应,系当时完整的二十八宿名称。其科学意义在于它反映了二十八宿与四象之间不可分割的密切关系,它把我国二十八宿全部名称的可靠记载提到战国初期,四象出现的时代也从过去认为的秦汉提早到战国初期。

此后秦汉以来四神兽瓦当已相当普遍。至唐代二十八宿、四象、八卦相配成为民间社会习俗不可分割的一部分。

四　《易经》地理学的主要科学成就

在《易经》学的指导下,中国古代的地理学,在世界上有着极其光辉的成就。在6000年前,先民已能确定东、西、南、北的方向,选择环境、规划布局居住区,在利用地形、水系、注意安全方面已很合理。现已在湖南常德澧县城头山上发现世界上最早的古城遗址,这比原先认为发现于尼泊尔的世界最早的古城遗址(距今约5000年)还要早1000多年。至4000多年前,先哲根据鸟、火、虚、昴四星宿的观察,确定一年366天和四季。当时的人们用气候引起生物活动的规律来确定自然的历法。用生物生长和气候变化之间的关系来确定气候季节,并进而安排农业生产,《夏小正》一书即是对当时物候知识的总结。此后,《山海经》、《禹贡》、司马迁的《货殖列传》、郦道元的《水经注》都是中国古代地理研究的杰作。长沙马王堆出土的地形图是2100多年前绘制的有比例、有与现代等高线相似的山形闭合线,既准确又有立体投影的独特地图。公元 724 年,僧一行等人主持了世界上第一次大规模的子午线长度测量。公元 17 世纪,徐霞客(弘祖)集中国古代地理研究之大成,开近代地理研究之先河。

20 世纪前后西方近代地理科学传入中国。此后,对中国古代的地理学大都借助西学方法来整理研究,凡与西方学术概念相抵牾的中国学术,包括地理学思想在内,往往被蔑视,甚至斥之为"迷信"。自 20 世纪 50 年代以来,由于"信息论"、"控制论"、"系统论"、"模糊数学"、"耗散结构"、"环境生态学"等出现,使自然科学、社会科学获得了重大的发展。在这一形势之下探讨中国古代"究天人之际"的中国古代地理学是有其现实意义的。

五 今天研究《易经》地理学的意义

首先,中国古代地理学是调节人与周围环境、天地之"气",使之和谐互利的科学。是研究人与生态环境互相作用的活的科学。这是全人类的共同财富。只有东、西方地理科学的结合,才能创造 21 世纪新的、全面的地理学。所以在国际上研究中国古代地理学已经成为热门学问。

其次,我们对历史文化名城的保护,对历史名村和著名历史建筑群研究和保护,都离不开中国古代地理学的研究,例如今天北京城的前身元大都的规划布局就是中国古代地理学的杰作。宋代的邵雍把一部《周易》绘制成了一幅图;元代的刘秉忠、虞集把这幅《周易》的图规划布局建成了元代的国都。健德门是"天行健,君子以自强不息",以健为德的乾卦。顺承门是"地势坤,君子以厚德载物",为坤卦。丽正门是离卦。东边有崇仁门,西边有和义门。体现《周易》中的东仁西义。东北的光熙门,代表春天,为震卦;西北的肃清门意为秋风萧杀而肃清,代表秋天,为兑卦。北面坎卦为卦闭不开城门。元大都 50 坊代表大衍之数 50;加上皇宫内五组建筑,共计 55 单元,代表天地之数 55。也即 1、2、3、4、5、6、7、8、9、10 之和。为什么元大都共 11 座城门? 引起中外学者的许多猜测,其实这是阳数 1、3、5、7、9 和阴数 2、4、6、8、10 的中位数,也即 5 + 6 的和。代表天地相交,阴阳相交之和。如果不研究中国古代地理学不了解易经中的卦象,要保护古都,只能是有名无实的空话。

第三,中国当今进行的城市规划、风景旅游规划,亟待加强对中国古代地理学的研究。举例来说历史文化名城中如:苏州龟城、龙盘虎踞南京城、泉州鲤鱼城、开封卧牛城、成都七星北斗城、杭州凤凰城、福州榕城、碧鸡金马昆明城等等,如果不对这城市的历史和灵魂进行了解,如何谈得上对今天历史文化名城的再规划、保护和建设。

总之,中国地理学的发展要立足于自己原有学科的基础上,对于外来的科学"敬其所异,爱其所同"因而能博采众长,使 21 世纪的中国地理学赶上世界的先进水平。

主要参考文献:

1.于希贤:《中国古代地理学史略》河北科学技术出版社,1990 年 4 月。

2. 于希贤:《中国古代风水与建筑选址》,河北科学技术出版社。

3. 于希贤:《中国古代地理学史纲》,河北科学技术出版社。

4. 于希贤:《〈周易〉象数与元大都规划布局》,新华文摘,1999 年 9 月。

5. 于希贤:《中国古代传统(本土)地理学雏议》,北京大学学报,1999 年 12 月。

6. 于希贤:《中国古代仿生学城市规划》,未刊稿。

中华文化如何走向世界

深圳大学文学院　胡经之

世界的经济正在走向全球化,势所必然。世界的文化是否也在全球化? 对此尚有不同说法。但不管如何,世界各地之间的文化交往正在迅速拓展和扩大,因此,中华文化如何走向世界,如何为世界所了解,这种文化自觉就日益显得紧迫起来。

由 近 及 远

中华文化,源远流长,连绵不绝,自强不息,博大精深。

人类历史上,世界曾出现过二十六个文明形态,但在历史发展过程中,很多有过中断,或被融化,有的甚至被历史消解。至今犹存的几种古老文化中,埃及文化就曾因亚历山大帝国占领而希腊化,继而又被恺撒帝国占领而罗马化,后又因阿拉伯人移入而伊斯兰化。印度文化曾因雅利安人入侵被雅利安化。希腊文化、罗马文化曾因日尔曼人入侵而中绝,沉睡了千年,文艺复兴才又发扬光大。古老文明中,只有中国文化历经数千年,一直持续至今而未曾中辍。

中华文化富有凝聚力、融合力和延续力,它不仅融合了各地域的文化如湘楚文化、吴越文化、巴蜀文化等等,同化了多民族的文化,如匈奴文化、鲜卑文化、契丹文化等等,而且,还吸收了外域文化,如佛教文化的中国化,使外来佛教变为中国式的佛教——禅宗,进而又把禅宗融入宋明理学之中,成为中华文化的有机组成部分。中华文化正是在和不同文化的互动交流,相互吸收的历史过程中向先进文化的方向发展,因而具有强大的生命力。英国历史学家汤因比曾和日本社会活动家池田大作对话,谈及中华文化的巨大生命力时说道:"就中国人来说,几千年来,比世界任何民族都成功地把几亿民众,从政治文化上团结起来。他们显示出这种在政治、文化上统一的本领,具有无与伦比的成功经验。"①

在历史上,中华文化长期曾是一种强势文化。梁启超把中国的历史区分为三大阶段:"中国之中国"、"亚洲之中国"、"世界之中国"。在秦统一中国之前的漫长历史阶段,乃是中华文化在本土形成确立的时代,而从秦立国到清代的约二千年间,中国走向亚洲,中华文化在亚洲呈强盛文化之势,并且传播到欧洲,逐渐走向世界。

中外文化的交流,因时渐进,由近及远。从汉代开始,中外文化有了第一次交汇,先是西域文化(中亚和西亚),然后是晋、唐时代的佛教文化(来自南亚)。吸收了外来文化的中华文化,在唐代发展为强势文化,开始向亚洲其他地域辐射、扩散,对日本、朝鲜、越南、泰国等亚洲国家都发生过重大影响。不少亚洲国家都是主动到中国来"取经",吸取中华文化。唐代的日本高僧在赴唐留学归国后,向日本朝廷上奏:"大唐国者,法式备定,珍国也,常须达。"日本当局极为重视,在此后二百年间派出了遣唐使就达十八次,到奈良王朝达于全盛,使团多达五六百人。日本著名的"大化革新",基本上是"中华化",中华文化在此时乃是亚洲的强势文化。后来,欧洲文化在亚洲发展为强势文化,日本的"明治维新"就转而"西洋化",迅速走上了西方现代化的道路,但日本文化中仍然沉淀着唐代文化的遗韵。

中华文化不仅走向了亚洲,而且在16世纪还开始走向欧洲,对17、18世纪的欧洲文化发生了重大影响。但此时的中华文化不是中国主动"送去"的,而是由西方传教师顺便"带走"的。

早在13世纪的元代,意大利已有儒商雅谷、马可·波罗到过中国,写下了中国游记。明万历年间,罗马教廷派遣耶稣会士到中国传教。罗马教廷的目的,是要教士说服中国朝廷,认识基督教的价值,允许在中国传教。但当时中国乃"远东的伟大帝国",西方不敢轻率行事,因而采取"学术传教"的方式,带来了西方的自然科学和哲学、逻辑学、美术、音乐等等,要使中国的有识之士"坦然接受"。这使得中国早期的启蒙学者如徐光启、李之藻、方以智等大开眼界,耳目一新,从而致力于中西文化的"会通"。到了清代康熙,也还注意"西学东渐",通过南怀仁向西方耶稣会士致意:"凡擅长天文学、光学、静力学、动力学等物质科学之耶稣会士,中国无不欢迎。"甚至,还派白晋为钦差,赴法招聘自然科学家携科技书籍来华任教,在宫廷内传播几何、代数、天文、地理、物理、乐理等科学知识。

西方教士来中国的目的是在传教,但在"送来"西方文化的同时,无意中却发现了中华文化的辉煌,回国时就把中华文化也"带走"到西方,从而导致17、18世纪在欧洲掀起了一股"中国热潮"。中华文化在西方的传播,先是在意大利,继而在法国、西班牙、葡萄牙,然后扩及德、英,都引发了对"中国风尚"的追逐。法王路易十四对中国的艺术文化情有独钟,在建造宏大的凡尔赛宫时,特辟了一个瓷器馆,专收藏从中国收罗来的瓷器精品。宫内常举办具有东方情调的化妆舞会,王公贵妇身着中国丝绸刺绣服饰,皇家乐队用中国乐器(笙、笛、锣等)参奏,伴着大家翩翩起舞。1685年,这位法国皇帝还特派六名教士到中国"去考察那些完美的艺术和科学",一次就带回50幅中国画。中国艺术的传入法国,引发了艺术风格的重大转变:从巴罗克风格向洛可可风格的演化。

自 盛 而 衰

中华文化在 18 世纪发展到辉煌的高峰,强势文化"中学西渐",对欧洲启蒙运动、狂飚运动起了推波助澜的作用。西方的启蒙运动、狂飚运动,促使西方物质生产力和精神生产力向世界当时最先进的方向和水平跃进。西方的启蒙学者就在这时高度关注着中华文化。德国古典哲学的先驱者莱布尼茨在为《中国近事》所写的导言中说道:"我们从前谁也不信世界上还有比我们伦理更美满,立身处世之道更进步的民族存在,现在从东方的中国,给我们以一大觉醒。"在他看来,中国和欧洲是当时世界文明程度最高的两个地方,"有时我们超过他们,有时他们超过我们"。"欧洲文化之特长乃是数学的、思辨的科学,……但在实践哲学方面,欧洲人实不如中国人。"法国启蒙大师伏尔泰、狄德罗都曾盛赞中华文化的伟大。伏尔泰把中国说成是"举世最优美、最古老、最广大、人口最多而治理最好的国家"。狄德罗称道:"中国民族,其历史之悠久,文化、艺术、智慧、政治、哲学的趣味,无不在所有民族之上。"为了推动启蒙运动,伏尔泰还把元杂剧《赵氏孤儿》改编为《中国孤儿》,在法国上演,轰动欧洲。德国狂飚运动作家、美学家歌德和席勒都倾心于中华文化,对清代小说《好逑传》甚感兴趣。席勒还曾想把它改编为剧本,虽未成功,但在 1802 年,依据意大利作家戈齐所写的剧本,创作出了诗剧《杜兰朵——中国的公主》,呼唤人的尊严和自由。

中华文化和欧洲文化,在 18 世纪都是世界上的强势文化。中国封建王朝经历了二千年的发展,到康、雍、乾时代达到了顶峰,无论物质文化还是精神文化,都居于世界前列,和欧洲文化一道,堪称先进。当时的物质生产力,总量占世界第一,人口占世界三分之一,对外贸易也长期出超。综合国力的强盛,中华文化的博大,促使中华文化成为当时的强势文化,在世界发生重大影响。但是,这个庞大的封建帝国日益走向僵化,对内拒绝改革,对外闭关锁国,落后的生产关系、政治上层建筑阻碍了生产力的发展,使国力日趋下落。更加可悲的是,康、雍、乾盛世之后,清廷固步自封,闭目塞听,却又夜郎自大,自我陶醉,对西方已经发生的历史巨变,茫然无知。

此时的西方,正在经历着改天换地的历史变革,英国产业革命、法国大革命、美国独立战争等等,风起云涌,西方国家正在向当时最先进的生产力和最先进的文化方面推进。中华文化曾经向世界贡献了四大发明,马克思对其中三项作了高度评价:火药、罗盘、印刷术——这是预兆资产阶级及社会到来的三项伟大发明,火药把骑士阶层炸得粉碎,罗盘打开了世界市场并建立了殖民地,而印刷术却变成了新教工具,并且一般说变成科学复兴手段,变成创造精神发展的必要前提的最强大推动力。中国的三大发明在西方发展为当时世界最先进的生产力,但在中国本土反而不受重视,正如法国作家雨果所说,只"停留在胚胎状态,无声无嗅"。先进生产力使西方突飞猛进,急速发展,反过来要和中国通商。但清廷自雍正朝以后闭关自守,自恃"天朝物产丰盈,无所不有,原不籍外夷货物以通有无",拒绝通商。对西方传来的科技产品,如天文仪、地球仪、望远镜和枪炮等等,轻蔑地视之为"奇技淫巧",只能作为"玩好"。于是,中国和西方的差距越来越大,中国由一个洋洋自得的天朝大国,急剧坠入落后被打的尴尬境地。马克思同情地把这称之为"奇异的悲歌":"一个人口占人类三分之一的大帝国,不顾时势,安于现状,人为地隔绝于世并因此以天朝尽善尽美的幻想自欺。这样一个帝国注定最后在一场殊死的决斗中被打垮:在这场决斗中,陈腐世界的代表是激于道义,而最现代的社会代表却是为了获得贱买贵卖的特权——这真是一种任何人想也不敢想的奇异的对联式的悲剧。"

西方的洋枪洋炮强行打开了中国封闭的大门。鸦片战争之后,中国的国力一蹶不振,洋货洋物也破门而入。随之而来的是更大的历史嘲讽,过去的中华文化是强势文化,西方的牧师、教士不远万里来这天朝大国传教的同时,"带去"了中华文化。尔今是,中国的先知先觉长途跋涉,不辞劳苦地走向西方。如鲁迅所说,"别求新声于异邦",为了摆脱贫困落后而去西方寻找强国富民之方。中华文化很快降为弱势文化。在以前,中国是"输出文化"占优势,而此后,则是"输入文化"占优势。

振兴中华

经过二十年的开放改革,如今,中华文化又在重返国际舞台,中外文化交流正在不断拓展和扩大。经济的全球化,必然会推进文化的全球化,但文化的全球化却并不必然消解民族化。就文化而言,全球化和民族化本应相辅相成,相互补足,相互沟通,和而不同,应是一种张力的平衡关系。但严酷的事实是,作为强势的西方文化,凭借强大的经济实力和先进的传播媒介,可以畅通无阻地向世界各个角落扩散;而弱势文化若想对外传播,却是寸步难行,困难重重。开放改革以来,走出国门去学习西方文化的人越来越多,拿来主义空前高涨,这当然是好事。不从西方文化中吸取营养,后发国家如何去实现现代化!不了解西方已从现代走向后现代,我们又如何及早发现西方现代化中的弊病而避免走弯路以便作跨越式发展!因此,我们还是要与时俱进,不断关注西方的新发展,还需继续"拿来"我们有用的东西。但是,相对于从西方"拿来"而言,我们把中华文化"送去"西方的却要少得多。西方对中华文化的了解,要比我们对西方文化的了解要少得多。这种弱势文化和强势文化的交流,处在"逆差"之中,而且"落差"甚大。

面向当下现实,我们既不能妄自菲薄,自暴自弃,也不能妄自尊大,固步自封,而应自强不息,发奋图强,振兴中华文化,在继续"拿来"域外文化的同时,也要主动向域外"送去"中华文化。中华文化和西方文化应有对话和交流。风水轮流转,新世纪是否就会是东方文化的天下?我并不以为然,"三十年河东,三十年河西"之说,可能只是一厢情愿。但我却赞同季羡林先生所说的,"既然西方人不肯来拿,我们自己只好送去了"②。但这并非是要强加于人,而是如他所言,为了"把中华民族中的精华分送世界各国人民,使全世界共此凉热"③。西方已经经历了现代化而走向了后现代,正在反思现代化所带来的种种弊病,人和物、人和人、人和自我的种种异化,日益暴露。社会矛盾的解决当然只能靠西方人自己去实践,但中华文化的一些重要精神,天人和合,以民为本,群己相济,修身养性,自强不息等等,不也可以成为西方文化发展的一个参照系!

但是,如何将中华文化向域外"送去",却实在不易,就连季羡林先生这样学贯中西的学术大师也承认:"把中国文化介绍出去,是十分困难的一件事。"④这首先因为中国的语言、文字很难为西方人学得。美国著名美学家布洛克曾编选过一本中国当代美学的书在美国出版,他要我把我的《论艺术形象》请人翻译成英文给他。我请一位英文教授帮忙,他虽然完成了此事,但坦率告诉我,这是件吃力不讨好的事,若遇上古典诗词的引语,就更加困难。所以,中国学人很少愿作中翻英的工作。而在语言文字的背后,还有更大的障碍:"在历史上长期的环境影响下,我们中国人的思维模式和思维内容,都与西方迥异。想介绍中国文化让外国人能懂,实在是一个异常艰难的任务。"⑤

为了中华文化的走向世界,中华学人不能知难而退。当务之急是要让西方对中华文化有更多的了解。这就要对中华文化作全面的整理。我们的古籍整理和古迹挖掘日益受到重视,成果被放入世界遗产之列的越来越多。当然,我们不能自满,古籍整理和古迹挖掘还需要不断继续,但中华文化若要让世界所了解,还需要做更多工作。在整理文化的基础上,我们还需要进而作精选,把中华文化的精粹挑选出来,一是向国人普及,二是向域外送出,这就需要有精当的翻译。不仅是古代汉语要转译为现代汉语,更难的是把古代汉语转译为外国文字。我以为,当前应更多出版英汉对照的精粹文本,向域外送去。最近,中华书局作出规划,准备选出中华文化中的精粹,约一百种,译成英语,向国际传播,就很值得称道。向域外直接展示中华文化的精粹之外,紧跟而上的还要有当代中华学人对中华文化的现代阐释,通过对古籍、古迹的现代阐释,不仅让世界了解中华文化的历史涵义,更要进而认识中华文化的当代价值。当然,我们也不是要把中华学人的现代阐释强加于人,域外学人也会对中华文化作出自己的阐释。但这正好可以通过中外交流,相互切磋,达致视界融合,为世界所了解。

近数年间,特别是跨入新世纪以来,中国向西方送去中华文化的力度正在加大,而且取得了颇佳的效果。中华乐曲已经数度走上金色大厅舞台,经过提高加工了的民间艺术,如王洛宾改编的西北民歌、华彦钧的《二泉映月》,经过现代阐释的《春江花月夜》等古典乐曲,以及从传统京戏、地方戏提炼出来的精粹,正在走向西方。随着中国的综合国力的日益壮大,世界贸易的不断扩大,世界将有更多国家要了解中国,因此中华文化的走向世界,乃是必然趋势。

只是,中华文化走向世界,并非要在世上自我称雄,主宰别人,而是要对世界的文化创造作出自己应有的贡献。对此,学贯中西的美学老人宗白华在数十年前就说过一番至今仍能引人深思的话:"将来世界新文化,一定是融合两种文化优点而加以新的创造的。这融合东西方的事业,以中国人做最相宜,因为中国人吸收西方文化,以融合东方,比之欧洲人来采撷东方文化,以融合西方,较为容易,以中国文字语言很难的缘故。中国人天资本极聪颖,中国学者,心胸思想,本极宏大,若再养成积极创造的精神,不流入消极悲观,一定有伟大的将来,于世界文化上一定有绝大的贡献。"⑥ 这并不意味着西方学人就不会吸收中华文化而创造出世界新文化,经历了现代化而走向后现代的西方学人已有不少在关注中国前现代的中华文化,将来也许会有更多人进而关注现代中华文化。但是,中华学人更应自力更生,自强不息,大胆拿来,主动送去。中华文化在盛唐时的光辉灿烂,就是"拿来"、"送去"互动而又加以创新的结果,正如鲁迅所说:"那时我们的祖先对于自己的文化抱有极坚强的根据,决不轻易动摇他们的自信心,同时对于别系文化抱有极恢廓的胸襟与极精严的抉择,决不轻易地崇拜或轻易唾弃。"⑦ 所以,我以为,中华文化若要走向世界,为世界作新的贡献,就必须"拿来"、"送去"多互动,融合中外铸新范。

附注:

① 汤因比:《历史研究》,上海人民出版社 1996 年版。

②③④⑤ 《东学西渐丛书序》。

⑥ 《宗白华全集》,第八卷,第 102 页。

⑦ 孙伏园:《鲁迅先生二三事》,第 36—37 页。

试论古籍整理研究数字化、
信息化的现状与问题

四川大学中文系 祝尚书

随着科学技术的飞速发展,目前人类已进入数字化、信息化时代,这是连小学生都在谈论的话题。古籍整理与研究,作为一门最具中国特色的古老学科和传统学术,在我国建立现代精神文明的伟大事业中占有十分重要的地位,必然成为"信息化时代"的重要构成部分。事实上,我国古籍整理研究的领导机构和学者,早已将数字化、信息化提上议事日程,而数字化、信息化由起步到发展,特别在近十多年来,可谓成绩斐然,但也还存在一些不足和问题。对此,本文拟略作探讨。

一、古籍的数字化、信息化

古人信息的记录和传播,最早的媒介是甲骨、金石,随后是简帛,不用说都很原始;只有到东汉人蔡伦发明了造纸术,[①]才使文字载体发生了革命性的进步。到唐末五代,印刷术的发明和广泛应用,又使传播手段实现了一次飞跃。在我国古代的"四大发明"中,造纸术和印刷术荣居二席,可见信息记录和传播在历史上的重大影响。完全可以说,这二"术"大大提升了人类的文明程度。

近十几年来,数字化、信息化的迅猛发展,其意义当可与印刷术相提并论,而影响或将更加深远。数字化、信息化也给古籍整理研究带来了重大变化,使这门传统学术焕发出青春。

（一）关于古籍的数字化

记载信息的符号及其组合关系，就是数据。将大量文字信息转换为数据，就是我们常说的"数字化"。文字信息的数字化，使人类告别了信息记录和传播的"铅与火"时代，而进入"电与光"的崭新世纪。计算机广泛应用于文字处理，在我国还不到二十年的历史，但却使铅字排版这个传统产业消失了，而崛起了"激光照排"的新产业。记得上世纪80年代，一般人对计算机还相当陌生，甚至充满了神秘感，一台在现在看来很低档的电脑，当时简直是宝贝，不仅宠之专房，配置地毯、空调，而且由专人操作，"闲人免进"，颇给人"金屋藏娇"的感觉。那时的计算机价格，也是一般人所不敢问津的。可没过几年，这"宝贝"便开始进入寻常百姓家。于是，计算机古籍整理与研究，也就是古籍数字化的问题，也在古籍整理研究界适时地被提了出来，全国古籍整理出版规划领导小组、高校古委会将其列为重要课题，并多次召开相关的学术会议，不少大学的文献研究所、古籍整理研究所将"计算机辅助古籍整理"列为本科必修课程或硕士研究生的专业方向。应该说，运用计算机进行古籍整理与研究，在近十几年间，取得了很大进步，培养了不少人才。我个人在上世纪90年代初期，也算是赶在大"潮流"之先，买了一台当时"最先进"的"386"，开始用它进行古籍整理与研究。稍后和同仁编纂《中华大典·宋辽金元文学分典》，就全是操作电脑了。尽管现在已到了没有电脑（如偶遇停电）就不愿动"笔"的依赖程度，但较之先进，我的技术还不高，不过也尝到了"数字化"带来的许多甜头。目前，据我所知，在古籍整理研究工作者中，电脑已基本普及。

文字的数字化与单纯的"打字"不同，它可以随意修改和编辑，而且硬盘储存量特别巨大，你一辈子无论多么"高产"，大概也不可能"写"满一个小容量的硬盘。据我所知，目前的古籍数字化大概有如下三种类型。

一是电子扫描图版。这是将古籍版面用扫描仪扫描为计算机数据，可以《四库全书》电子版为代表。《四库全书》电子版将规模浩大的《四库全书》扫描制作为一百五十多张光碟，使一般读书之家也可坐拥《四库全书》，可谓"暴富"；其缺点是无法进行全文检索，只能一页页地翻看。

二是数据库。如《国学宝典》等，近来已有全文检索的《四库全书》（我尚未用）。电子版《四部丛刊》则是两者合一，既有扫描图版，又有数据库，极便使用。检索型更有利于研究，比扫描型进了一大步，但制作成本较高。

三是电子文本。它为古籍整理研究者所有，普遍保存在个人电脑及众多的"照排部"中。这种电子文本可随意拷贝携带，也可检索。

（二）关于古籍的信息化

数字化是将文字或版图转换为数据，目的在"记录"；而所谓"信息化"，则是指电脑数据通过互联网进行远距离传输，目的在"传播"。数字化是信息化的基础，信息化是数字的社会共享。

互联网在我国的广泛应用,还只是近几年的事。目前的古籍整理研究信息化,也已取得了可喜的成绩,从网站可获得或下载一些相关资料,但就总体论,信息量还较匮乏,尚处于较低的发展阶段。

二、数字化、信息化与古籍整理研究

充分利用古籍的数字化、信息化,以开创古籍整理与研究的新局面,使之更有效地为现代化建设服务,是古籍整理研究工作者的光荣任务。下面就所见所知,并结合笔者本人的实践,略述数字化、信息化在古籍整理研究中的运用。

(一) 数字化、信息化与古籍整理

数字化、信息化运用于古籍整理,大有可为。目前,许多古籍校点本、校注本、资料汇编、研究论文及专著等都是利用电脑完成的。以古籍校点本为例,电脑可在标点、版本校、注释、辑佚等多方面发挥作用。

1.将古籍文本录入电脑,可大大减少因修改而反复抄稿的繁重劳动(这种劳动并无学术含量)。前人常说的"几易其稿",已再没有必要。电脑录入可与古籍标点异步进行,即先在工作本上手工标点,然后再录入;如果校点者自己操作电脑,录入和标点实际上是同步进行。也可用扫描仪获得文本,只是目前的扫描仪功能,对古籍的识别率尚不理想(主要是繁体字、异体字及刻本字形等问题)。

2.辅助版本校勘。对校、理校固需人工,但所谓"本校"、"他校",则有时可求助于电脑,比如用检索法从本书、他书寻找判断依据等,很解决问题。

3.辅助作注。对于古籍校注本,工作量和难度最大的是注释,这当然主要靠注者的知识积累,但电脑也可以帮忙。比如,后人用事常出先秦典籍,或"前四史"、《文选》等书,唐人好用六朝诗句,如此之类,若对上述书籍不很熟悉,或记忆不及,而要一一翻检,那是既费时又麻烦的。若用数据库或电子文本检索,就十分简便。尤其是部分生僻典故,或借用、化用句子的来源,用检索法查询相当有效。

4.用检索法辑佚、编制年谱(或年表)及附录。

应当着重说明,作校注主要靠"人",电脑只是辅助工具。比如古人使事或明或暗,或只取原典的一二字,这需注者判断。如果注者没有广博的学识,凡电脑查不到就以为无出典,那就会漏注。

(二) 数字化、信息化与古籍研究

对于古籍研究,数字化、信息化似乎有更加广阔的空间。

首先是资料查询和积累,古籍的电子文本提供了极大的方便。老一辈学者教导我们说,

你如果用五年时间积累某一研究课题的资料卡片,就可能成为该课题研究的专家甚至权威(已故王利器先生语)。这无疑是当时的经验之谈。但现在,比如用《国学宝典》,在倾刻之间就能生成某一主题词下的成百种书的资料卡片(当然还需核对原书),快捷如探囊取物。这个速度,是读书然后抄书(做卡片)所无法比拟的。用此法获得资料,有人可能会嗤之以鼻,我个人也曾将信将疑,但当相关资料在倾刻间即可获得时,你又不能拒绝。前不久,我为香港景范教育基金会作《范仲淹研究资料辑录》,翻阅书籍不少,最后与电脑生成的资料卡片相核对,就发现漏了一些,有的书虽经查阅,但却失之交臂。

其次是建立数据库,进行穷尽式的统计研究。如不少古汉语研究者及博士生的博士论文,就应用此法对专书(如先秦典籍《左传》、《孟子》、《荀子》、《吕氏春秋》、《史记》等)词汇(如同义词、动词等)进行搜集、排比研究,既可达到穷尽的程度,又十分准确。据载,台湾学者也广泛利用资料库检索词学资料(见《文学遗产》2002年第1期)。

再次是对古代诗、词进行定性、定量研究。如有学者作《宋词作者定量分析》,"对宋代词家的地域分布、进士人数、词作数量分布……作了系统而科学的统计,并进行了定量分析"(亦见《文学遗产》2002年第1期)。也有青年学者用统计法进行诗词的意象研究。这些工作虽也可用手工完成,但那速度与成效是无法比拟的。

数字化、信息化在古籍整理研究中的实际应用,当然还有一些,如编制目录,加人名、地名直线及书名波纹线,自动生成四角号码索引等。也许还有我所不知的更好的方法,而不止上述诸方面。但专用于古籍整理研究的软件似乎太少。随着技术的进步,特别是应用软件的不断更新和开发,必将打开新局面,总结出更新鲜的经验。

三、古籍整理研究数字化、信息化存在的问题

在古籍整理研究数字化、信息化的过程中,也还存在不足,遇到一些问题甚至挑战。

(一)版权问题。已有作家与网站打官司胜诉的案例,可见网上也存在版权。电子文本的公开,可能影响到出版社的销售,又与出版社的出版权发生冲突。曾有人邀我将拙著放到网上,我就有这种担心,犹豫再三,终不敢贸然行事。但如果网上没有足够的信息资源,那就会枯竭、匮乏甚至没有使用价值,成为信息化的障碍。曾见《中华读书报》报道,有人指责《国学宝典》和国学网站侵权。应当指出,《国学宝典》、国学网站很受国学研究(包括文史哲研究及古籍整理)、教学工作者的欢迎。因网站系无偿使用,如何既"无偿"又不侵权,的确是两难选择。有人主张由国家搜集出版社的电子文本,实现资源共享。这个主意不能说不好,只是涉及到经费投入,如果要出版社或个人无偿"捐献",恐怕又行不通。这个问题亟待研究解决,也许企业化操作、变信息的无偿使用为有偿服务等,是不得已而为之的较好选择。

(二)重复劳动问题。实现一部书的数字化,需录入电脑,特别要精心校对,然后生成可放心使用的电子文本,其间投入很大。但现在是"各自为战",重复进行,造成人力、财力浪费

不小。极易交换的电子文本，似不应再重复铅版时代的浪费。当我需用某书的电子文本时，曾有这样的设问：可否建立网上电子文本交易市场？古代的木刻版，已有购买、赠送等转让方式，将电子文本转化为特殊商品(实际上就是上面所说的版本使用权)进行交易，似乎也无不可，它为研究者节省的不仅仅是人力财力，更重要的是时间和精力。

(三)盗版问题。这可谓是电子出版物的"老大难"。有的书使用价值很大，比如目前正在编纂的《中华大典》，有的分典已经出版，但规模大，查阅不便，又价格昂贵，只有较大的图书馆才有力购买，一般读者难以承受。如果制成可检索的光盘，肯定很受欢迎，但怕盗版，出版社只得缩手。国家投巨资编纂的这部书，很难充分发挥其社会效益。加大打击盗版的力度，规范电子出版物市场，才能营造数字化、信息化健康发展的客观环境。

(四)软件的市场化问题。常见新闻媒体报道古籍整理研究软件开发成功的消息，但在市场上却购不到。究其原因，是这些软件往往为研究者自己开发、使用，并未成为商品，或者没有形成规模生产。这是很可惜的。如何使古籍整理研究软件开发市场化，是亟待解决的问题。

(五)建立数字化信息化图书馆问题。古籍的数字化、信息化，各大图书馆应是领头羊。不少图书馆也提出了建数字化、信息化图书馆的口号，但与此目标还相去甚远。对古籍整理而论，最令人头痛的是版本校勘。珍、稀版本一般收藏在各大图书馆，要校书就要出差，花费很大。据报道，有关部门正在联合制作基本古籍光盘，固然是大好事，但似乎仍远远不够。如果有一天全部或主要古籍都实现了数字化、信息化，做到古籍资源的全社会共享，坐在家里即可用光盘或通过互联网校勘各种版本，那无疑是古籍整理研究工作者的莫大福祉。当然，要达到这一步，不可能一蹴而就，或者在21世纪会有实现的一天。

(六)古籍整理研究数字化、信息化，离不开专业古籍出版社的参与。专业古籍出版社欲在21世纪兴旺发达，似宜主动面对数字化、信息化的新形势和新挑战，将电子出版物纳入出版的视野。是否可在出版某书时，同时出版该书的电子版？目前作者所交书稿，大多为电脑数据文本，出版电子版既不难，成本也不高，而读者则得到很大便利，且有更多的选择空间。同时希望力量较强的专业出版社创办古籍整理研究的专业网站。这些出版社一般上与政府部门、下与同行专家学者有着广泛联系，如果能够联合起来共建网站，必将大大推进古籍整理研究信息化的进程。

以上诸问题及个人的某些思考，也许很不成熟，也许还有更重要的问题没能提出，总之希望能引起讨论和关注，为古籍整理研究的数字化、信息化开辟更加广阔的道路。

最后，古籍整理研究数字化、信息化，也遭到部分学者特别是个别老专家的质疑，担心这会使人过分依赖高科技手段，越来越"懒惰"，不愿读书，动辄声称"书在网上"(见某学术研讨会的报道)，而主张信息化的人群，无疑以中青年特别是青年学者居多。对此，笔者以为担心是有道理的，如果不读书而只依赖检索或网上查找资料，再加入一些似是而非的所谓"论点"，便拼凑成"论文"或"专著"(时下不乏此辈)，那很难说是严肃的学术研究。由于网络信息目前还不丰富,用电脑阅读光盘也欠方便,故可能在相当长的时间内,传统的纸质书本将与电子版本、网络并行不悖,甚至读"书"仍将以传统的方式为主。而且,据我的体会,如果完全依赖检索和数据库,几无法进行真正意义上的研究,特别是文学研究更是如此。比如,用数据库或电子文本检索,的确可为研究提供资料,但文学语言千变万化,设主题词并不一定能得到相关资料,更遑论"穷尽";诗文上下关联紧密,检索难免断章取义,不小心就会牛头不对马嘴。但若因此怀疑甚至否定数字化、信息化,回归到"卡片时代",那显然又不合时宜。笔者以为,电脑不可能替代人脑,数字化、信息化只能是古籍整理研究的辅助手段,就是到电脑"智能"高度发达之后,也是如此。书必须读,电脑检索、网络信息也要利用,两相结合,庶可相得益彰。

附注:

①　近见报载,敦煌出土了大批西汉纸张文书残片,说明造纸术的发明远在蔡伦之前。此姑从旧说。

传统文化与爱国主义

北京教育学院　张习孔

一　什么是传统文化?

文化的涵义非常广泛,有着各种不同的看法。文化一词,在中国古代本指"以文教化",与武力征服相对应。如《周易》上说:"观乎天文,以察时变;观乎人文,以化成天下。"西汉刘向《说苑》:"凡武之兴,为不服也;文化不改,然后加诛。"可以说明这一点。近代所说的文化,涵义则大不相同,中外学者的释义也很不一致,举要如下:

中国学者:

1.梁启超在《中国历史研究法》一书中说:"文化是人类思想的结晶。"又在《中国文化史》上说:"文化者,人类心能所开积出来之有价值的共业也。易言之,凡人类心能所开创,历代积累起来,有助于正德、利用、厚生之物质的和精神的一切共同的业绩,都叫做文化。"

2.胡适在《我们对于西洋近代文明的态度》一文中说:"文明是一个民族应付他的环境的总成绩;文化是一种文明所形成的生活方式。"

3.钱穆在《中华文化十二讲》一书中说:"文化既是人生,文化是我们大群集体人生一总合体,亦可说是此大群体人生一精神的共业。此一大群集体人生是多方面的,如政治、经济、军事,如文学、艺术,如宗教、教育与道德等皆是。综合此多方面始称作文化。"又在《文化学大义》上说:"文化既是指的人类生活之综合的全体,此必有一段相当时期之绵延性与持续性。"

4.另外,我国当代著名哲学家张岱年在与姜广辉合著的《中国文化传统简论》中说:"所谓文化,就是对自然的、原始的状态加以改变,使之有一些文采。文化有广义、狭义之分。狭义的文化专指文学艺术。最广义的文化指人类在社会生活中所创造的一切,包括物质生产和精神生产的全部内容。次广义的文化指与经济、政治有别的全部精神生产的成果。我们一般把社会生活分作三个方面：一是经济，二是政治，三是文化。这种意义的文化，就是次广义的文化。"

西方学者：

1.英国人类学者泰勒(E.B.Tylor)曾给文化下过两次定义：

(1)文化是一个复杂的总体，包括知识、艺术、宗教、神话、法律、风俗以及其他社会现象。(《人类早期历史与文化发展之研究》，1865年)

(2)文化是一个复杂的总体，包括知识、信仰、艺术、道德、法律、风俗以及人类在社会里所得一切的能力与习惯。(《原始文化》，1871年)

2.《大英百科全书》对文化一词释义说："人类社会由野蛮至于文明，其努力所得之成绩，表现于各方面的，如科学、艺术、宗教、道德、法律、学术、思想、风俗、习惯、器用、制度等，其综合体，则谓之文化。"

从以上中外学者对文化的释义看，虽然在观念上有所不同，但对于文化的内涵，大体而言，却是基本一致的。即文化是人类群体性生活的积累，智能的开创，举凡有益于人生的共业，都可称它为文化。

同时，凡所谓文化，必有一段时间上的绵延性，必有其传统的历史意义。所谓传统，是和民族与历史不可分的。民族是由血缘、语言文字、生活习惯、共同利害等许多因素，在历史的时间之流中逐渐形成的。民族和民族文化都是历史的范畴，离开了民族和历史，便无所谓传统。传统文化的意义大致相当于过去的民族文化，它可以包括过去的一切文化现象。因此，我们所谓的传统文化，就是指历史上的民族文化。

二　爱国主义是中国传统文化的精髓

爱国主义是对自己祖国的忠诚与热爱。它表面上虽然属于政治范畴，但是从文化意识深层来看，它又是属于道德范畴的，是一种思想信念。列宁曾经指出："爱国主义就是千百年来巩固起来的对自己的祖国的一种最深厚的感情。"(《列宁全集》第28卷，第168—169页)我国历史悠久，有文字可考的历史长达四千年。中华民族的子孙世世代代劳动、生息在自己辽阔富饶的土地上，对自己的祖国和家园，怀有一种深挚的眷恋感情。千百年来，这种感情已经形成一种巨大的精神力量，深深地植根于中国长远的历史土壤之中，激励着中华儿女们奋发向上，勇往直前，这就是中国人民一向具有的爱国主义优良传统。

爱国主义与其他道德规范不同。其他道德规范一般属于调节人与人或人与社会之间的关系，如仁、礼、诚、信等等，而爱国主义则是为了调节个人与祖国之间的关系。从这个意义上说，爱国主义是一种"大节"，是人们必须遵循的道德原则，是传统文化的精髓。

中华民族一向以刻苦耐劳、富有创造力而著称于世。毛泽东同志说："在中华民族的开化史上,有素称发达的农业和手工业,有许多伟大的思想家、科学家、发明家、政治家、军事家、文学家和艺术家,有丰富的文化典籍……中国是世界文明发达最早的国家之一。"(《毛泽东选集》第二卷,第585页)早在奴隶社会时期,中国就有了精美的青铜器,有了甲骨文,有了历法,跻入古代文明社会。进入封建社会以后,我们的祖先不仅创造了"百家争鸣"的战国文化,先进的两汉文化,辉煌灿烂的隋唐文化,而且发明了造纸术、印刷术、火药、指南针等对世界经济文化发展有重大贡献的"四大发明"。《中国科学技术史》的作者、英国皇家学会会员、剑桥大学教授李约瑟认为:在科学技术方面,大约从公元2世纪到15世纪这段时期,亦即到近代科学开始出现的时候为止,中国远比欧洲来得先进。这一评价是符合实际的。

中华民族在她不断成长和发展的漫长岁月里,并非一帆风顺,而是经过艰苦曲折的历程,甚至面临倾覆的厄运,然而终于能够排除万难,转危为安,巍然屹立,继续前进,这在世界文明古国历史上,也是罕见的。世界历史上不少盛极一时的民族后来湮没无闻,而中华民族却一次再一次地衰而复兴,蹶而复振。这是由于中华民族的儿女具有奋不顾身,以殉国家之急的伦理信念和艰苦卓绝的战斗精神。这种精神正是中国人民在优良传统文化涵养下,发扬的刚健有为、自强不息的爱国主义精神。

三 爱国主义在历史上的各种表现

爱国主义是历史的范畴,各个时代的爱国主义既一脉相承,又不断地发展和丰富。在不同的历史条件下,它是有着不同内容的。在历史上,它都有哪些表现呢?

(一)忠于祖国,不惜身殉。

(二)忧国忧民,锐意改革。

(三)使于四方,不辱君命。

(四)抗击外来侵略,保卫民族利益。

(五)反对民族压迫,奋起武装斗争。

(六)故国沦亡,念念不忘恢复。

(七)农民起义和农民战争。

(八)热爱祖国河山,为改造自然进行探索。

上述爱国主义在历史上的八种表现,不过举其荦荦大端,并不全面。历史上的爱国主义还有其他种种表现,例如一些伟大的科学发明家,他们的创造发明,对祖国和人民的精神文明曾作出重大贡献;还有一些文学家、艺术家,热爱祖国山川,关心国家命运,以其艺术天才,抒发爱国家、爱民族的思想感情,对祖国的大自然给以生动的描绘和尽情的歌颂。他们的创作,都是在祖国传统文化的哺育和熏陶下完成的,不仅给我们以美的艺术享受,并能激发人们热爱祖国的豪情。他们也应当称为爱国者。

总之,在马克思主义的国家理论形成以前,凡是其所作所为有利于祖国和人民,对腐朽的现状有所否定,而又在历史上有过杰出贡献的人,无论是统治阶级还是被统治阶级,他们的行动,都值得表扬,都应视为祖国的爱护者。

四 发扬爱国主义传统,为中华21世纪腾飞而努力

世界历史上,曾有过许多优秀民族,创造出许多优秀的文化。但此等民族有的竟然中途夭折,他们所创造的文化,仅供历史上继起民族之追慕效法,袭取利用。远者如古巴比伦、古埃及,近者如古希腊、古罗马皆是。只有中国的文化,源远流长,根深叶茂,是世界仅见的绵延不绝、高峰迭起的文化系统,至今犹生机勃勃,影响深广,使世人叹为观止。这是因为中国人民具有一种以儒家思想为代表的文化传统和刚健有为、自强不息的爱国主义精神,致使中华民族逐步延续扩展,日久日大,以立于不败之地。

中国人民自古以来就有一种维护民族独立,为报国而献身的优良传统。春秋时期,管仲相齐桓公,称霸诸侯,一匡天下。孔子称赞管仲说:"微管仲,吾其被发左衽矣。"(《论语·宪问》)又《左传》哀公十一年记载:齐师伐鲁,鲁军与齐师战于鲁都近郊,童子汪锜战死,孔子对汪锜特予优礼,说:"能执干戈,以卫社稷,无可殇也。"从此以后,维护民族的尊严,保卫民族的文化,便成为中国人民一个根深蒂固的信念。

今日中国的文化,既是中国传统文化的继承与延伸,又是在马列主义指导下的革新与发展。江泽民同志非常重视传统文化对我们建设有中国特色的社会主义的政治经济以及人民生活各方面的影响。早在1990年3月,他在中南海与北京大学学生座谈时曾说:"任何一个民族都有自己的传统,我们中华民族所以能够在世界屹立五千年,就是由于我们有着优秀的民族传统和民族精神。"此后,他在许多公开场合曾经反复阐述了这一思想。

在新的世纪里,世界多极化和经济全球化在曲折中发展,科技进步日新月异,综合国力竞争日趋激烈,和平与发展这两大课题,至今仍未得到圆满解决。霸权主义和强权政治依然存在,国内台独势力和西藏、新疆分裂主义分子仍在大肆活动,天下仍然很不太平。为了实现祖国的富强,人民的富裕和民族的伟大复兴,我们必须深入地了解祖国悠久的文化传统,继承和发扬其中的优秀部分,同时大胆地吸收人类文明的共同成果,改造和建设自己的祖国,使爱国主义升华到理性的高度。由于时代的前进,科学技术的迅猛发展,人与自然、人与人之间的矛盾更加突出,如生态环境的破坏,核武器的威胁,民族和宗教间的冲突,以及国与国之间的信任危机等许多严峻问题,这些都是新的课题。因此,它决定今天的爱国主义是科学的而非蒙昧主义的,人民大众的而非忠于一家一姓的,开放的而非狭隘民族主义的。我们今天的爱国主义,必须充分体现时代精神和创造精神,必须具有世界眼光,结合新的实践和时势的要求,来加以发扬光大。

我国现在正在从事社会主义现代化建设,现代化不能脱离爱国主义。在建设中,爱国主义是凝聚力、号召力和战斗力。它能激起群众的热情,能发挥群众的积极性。而当祖国一旦

受到外来侵犯和威胁时，爱国主义则是团结人民一致对敌的不可缺少的精神武器。因此，在今天，爱国主义传统只能得到加强，不能削弱。中国人民当前的要务，就是要在中国共产党的领导下，认清风云多变的世界形势，不断发扬数千年来历史镕铸成的爱国主义优良传统，在"三个代表"重要思想指引下，贯彻实施公民道德纲要的各项内容，努力钻研科学技术，加快经济建设和国防建设，增强综合国力，为坚决捍卫祖国主权、领土完整和民族尊严，为实现祖国统一，为开创社会主义现代化建设的新局面，为中华 21 世纪腾飞而努力奋斗，直至取得最后胜利。

历史和共时：就技术发展对
传统文化之影响进行的思考

〔美〕哈佛大学东亚系 斯蒂芬·欧文

既然我们在此，是庆祝中华书局的生日，那么，我想以中华书局的一份出版物来开始我的演讲。这份出版物是不久以前的 1997 年，由中华书局影印出版的明代手抄本《吟窗杂录》。这部著作是宋人的一本诗法手册，书后开列了一份详细的校勘记，列举了这部书其他现存版本中存在的异文。这部书，一共印了 2000 册。

在中华书局这个历史悠久的著名出版社的历史上，这不过是一个小小的事件。但是它值得我们反思。对于中国诗学感兴趣的学者来说，这是一个重要的事件。《吟窗杂录》很重要，而且也很难找到。如果在缩微胶卷上找不到它的话，我就只有旅行到中国大陆或者台湾，和图书馆员交涉，在不舒服的空间里面阅读和抄写（同时增加产生笔误的几率），或者花一大笔钱而只能复印寥寥几页。现在，感谢中华书局，《吟窗杂录》的校勘本就放在我的案头，随时可以查看。而且，还有一千九百九十九本一模一样的版本，在书店里、图书馆的书架上或者私人读者的书斋中。它还没有出现在互联网上，但是我可以预见这样的一天。

我们早已习惯了这些现代科学技术和经济的奇迹。商品、图像和知识都被大量复制，在全世界流通。如果某种材料出现在互联网上，那么它就可以得到广泛和及时的传播。

我们也已经了解到，容易复制和得到某样东西并不一定意味着对之加以更多的注意。也许知道《吟窗杂录》的人数较这部书的印数为少，而视之为宝的人就更少。我想不太会有一大批人对这部书感兴趣，虽然那些对之感兴趣的人很感激中华书局重印了这部书。

这里有一个更加重要的问题。传统文化知识和资料的传播远远较以往的任何时候都更为广泛，但是与此同时，对传统文化的了解范围、人们对传统文化的兴趣以及传统文化在人们的生活中扮演的角色都在日益减小。我们都知道，在这两个事实之间存在着某种联系：改变了知识传播的技术文化，同时也改变了知识接受的文化语境。我们大都意识到：我们不能只选择其中之一，而且，这一技术文化不是我们所能决定拥有或抛弃的——它是由个人的力量无法控制的因素带来的变化，而它的结果，我们也无法预计。

这个学术讨论会所探讨的一个主题，是处在技术文化之现在与未来的中国传统文化。但是在这个问题上，我以为我们应该思考全球而不仅仅是全国。人们和自己的文化之间的关系在发生巨大深刻的变化，这是一个相当普遍的现象：新技术在哪里生根，哪里就面临这一情况。而这种新技术，却能够使我们比以往任何一个时期都更广泛而方便地接触到过去的资料。

我已经开始相信，"后现代"是一个十分特殊的时代，而不仅仅是一个时髦的语词。而后现代与现代之间的差异，和现代与传统之间的差异，其间有着质的区别。"现代"和过去仍然保持着一种紧密的关系：一个生活在"现代"的人，可以激进或者保守，反对过去或者死死抓住过去不放。在"现代"，过去仍然十分要紧，它帮助人们消极地定义现在和一个想像中的未来。

也许，因为传统文化对于我们来说比对于"现代人"来说更遥远了，我们不再对它感到那么充满敌意，也没有人再认为传统文化可以被活生生地整体保存下来。我们可以保存实物、地方和仪式，但是它们只能作为碎片，存留于一个已经十分不同的现在。庙宇里有停车场、电灯，往往有中英文的说明牌。同样，后现代人对现代既没有太大的反感，也没有太强烈的好感。因为人们和过去的关系发生了深刻的改变，不管那个过去是近还是远，旧日文化的碎片——无论是现代还是古代——都作为一系列的选择被保存在我们的后现代世界里，并且被复制。这是一个持续选择的文化。

后现代时期的选择形式有其特色：人们的选择往往是固定的，通常是大批量生产出来的。电视台频道是一个好的例子，但是从批量生产出来的衣服选择自己喜欢的风格也遵从同样的规范。互联网看起来似乎是无穷无尽的，但是它的形式基本上是一样的，它提供给我们一系列固定的可能。

不能说结构化的选择是现代、后现代独有的，但是很难说它在古代就达到如此普及的程度。把后现代和现代区分开来的一点，就是"共时性"取代了"直线性"的变化。电影是现代的完美范例：在一个像北京这样的大城市里，有很多电影院，但是每家电影院在一个阶段只上演一定数目的电影。这些电影演过之后，就被下一批电影取代。如此，人们对个体电影的体验是直线性的。现在，人们当然还是会去看最新的影片，但是使得现在的情况有所变化的是录像带、VCD，还有DVD。老电影和较新的电影、外国影片和中国影片，全部都可以同时供应。一个人可以去书店买一本《吟窗杂录》，再去隔壁的音像店买一张三十年代电影的VCD。《吟窗杂录》也许贵一点，但是，它和三十年代电影的VCD都是一个大城市中等收入的人可以买得起的。

我们都知道技术的发展可以导致经济和社会结构的深刻变化。我们也都知道，它能够改变我们和现实世界、社会世界的关系。常有人说，技术——特别是信息科技——改变我们理解和结构知识的方式。

当我们谈到"传统文化",我们意谓过去之文化。当然,五四时期所谓的"过去"和清朝中期所谓的"过去"是不同的,但是,在这两种情况下,现在和过去都被紧密地结合在一个强烈的文化叙事之中。如果我给你一首诗请你阅读,那么,告诉你这是一首唐诗将对你的阅读很重要,告诉你这是一首盛唐诗也很重要。假设你认为这是一首好诗,并开始谈论起盛唐诗之美,然后我告诉你:这其实是一首明朝诗,是李攀龙写的而已。你会生气,会觉得被欺骗了,这是因为了解这首诗的写作年代对于阅读和欣赏这首诗来说是重要的一部分。诗还是同一首诗,但你的感觉变了。要想理解某样东西,我们必须把它放在一个文化的叙事之中:"最新"的电影,"最早的"五言诗。

这不是说叙事已经从后现代文化中消失了,但是从我刚才所讲的可以看出:后现代文化中的知识架构是根本上排斥直线性叙事的。过去是作为一系列同时并存的可能在现实生活中存在的。

让我们假设一种情况。比如说,我想把关于大量古典中国文学的信息输入到互联网上。那么会有一篇关于建安诗歌的讲义,关于晋朝诗歌的讲义,建安赋,北宋词,散曲的参考书目——这是我们如何来给材料进行分类的手段。也许你想按照年代来划分,但是,就像因特网上常常看到的那样,材料和信息的分类可以有许多不同的方法。设想一个年轻人想从因特网上了解中国古典文学,他也许可以对建安魏晋阶段了解甚多而对东汉仍然一无所知,更不用说西汉或者宋齐梁陈了。他可以了解中国文学的很多具体部分,但没有把它们放在一个大的叙事框架里。他可能很容易地就读到所有姓李的作家的作品,或者读到所有关于鸭子的文学,或者所有以"春"字押韵的诗。

这些例子对我们来说很荒诞,因为我们所有人,无论中西,都是成长在一个历史文化的框架里面的,这个历史文化的框架是一种手段,帮助我们整理我们对于过去的知识。你也许没有办法想像除此之外还有别的任何选择,但是我要告诉大家:那些其他的选择正在浩浩荡荡地向我们袭来。如果你对传统印度文化有所了解,你就会注意到:没有历史、没有编年来作为重要的知识架构,一个文化仍然可以运作而且运作得很好。现在,一个拥有电脑、信息库、能够上网的学生,可以用你无法想像得到的方式来整理和结构知识。

这不是教育的失败或者传统的断裂:我相信这只是技术带来的后果。技术的发展,不仅带来材料选择上的变化,也使得对这些材料的整理方式发生变化:新的整理分类结构和传统的大叙事语境是基本上互相冲突的。在这个系统里,传统文化——我们的过去——还会继续存在,但它的存在方式将不再是我们所惯常理解的文化叙事的形式。它将成为很多的碎片,坐在电脑前面的人可以采取种种不同的方式对它进行整理、分类。那些方式不一定是直线性和叙事性的。

历史文化的叙事总是试图追根溯源:它们要告诉我们一个文本是什么时候写下来的,谁写下来的。我们知道什么在先、什么在后,我们也可以讲述一些历史故事联接起这些先后瞬间。文本的作者归属总是和产权拥有紧密联系在一起的——稿费最清楚不过地说明了这一点。如果我们引用一个文本而对作者或"拥有者"不加以承认，这就构成了剽窃。但是，如果你对因特网有所了解，你就会发现，因特网容纳无穷无尽的文本和图像的能力是对旧有知识秩序的重大威胁。文章大段大段被征引，甚至整部作品被全部刊登，却不一定署上作者姓名。某人的某篇作品经过改头换面可以在另一人的姓名下面出现。偷懒的学生想要抄袭的话，可以利用因特网上的丰富材料，他们不用再一个字一个字地抄写，甚至连打字也不用，只要剪贴就行了。

现有的历史性文化叙事，选择什么是重要的、什么是可以被排斥的。这是一种权威话语。这样的权威已经遭到了很多批评，而很多这样的批评都是有价值的，是正当的。在印刷出版界，这些批评导致了——举例来说——妇女文学选集的大量印行。妇女文学向来都是传统经典所不屑一顾的，正如小说、戏剧也是传统经典所不屑一顾的文类一样。但是，印刷出版这些新的妇女文学选集，也仍然还是建立经典的一种努力：因为这些选集选择某些文本而排除其他文本，而且，它们选择的，往往是那些可以证实它们自己的历史文化叙事的文本。印刷出版的选集，产生于一个积极讨论妇女文学的学者圈子；一家出版社接到一部选集稿本，根据作者与编者的背景，决定是否接受出版。而在因特网上，首先，上网者大概可以看到所有的妇女文学作品；其次，可能会有百十来人根据自己的品味爱好自行编辑选集，而这些选集对一个搜寻"妇女文学"关键字的上网者来说是可以同等方便地找到的；最后，在百十来种这样的因特网选集里，也许会有十种以上剽窃了印刷出版的选集。

当然了，也许可以对因特网实行"军管"，但是，因特网技术促成大量的复制，并提供无穷多的方式逃避管制。而且，"管制"这种欲望本身，就是一种保守的企图，想用老价值观来控制技术发展带来的可能性。

我并不一定在意识形态上赞同这个新的知识世界，但是我也不是怀旧主义者。我是在旧的世界里面成长起来的人，已经把它的价值观内化了，因此，我对这些新的可能感到某种不安，并十分清楚我们将会失去什么东西。但另一方面，我也对我所目睹的这个新世界感到兴奋，因为我知道一种全新的知识系统正在形成。

传统文化总是和起源叙事紧密相连：传统文化许诺说，它将向我们展示我们的过去，借以解释我们的现在。它往往充满价值判断，提醒我们现在比过去好或是不好，进步了或是退步了。在过去，传统文化作为定义某一特别阶级的知识，被用作促进阶级团结的手段。在20世纪，它被用来作为定义国家民族身份的工具，作为这样的工具，它成为国立学校系统里面的教科书。在中国，传统文化教育帮助人们在一个不断变化的、十分混杂的当代中国文化中，定义某种基本的汉文化身份。在最近的将来，传统文化还将继续扮演这样的角色；但是，如果我们放眼未来，在21世纪，技术发展使得知识结构在形式上发生深远的变化，这种变化可能将会使得传统文化在此时此刻扮演的这种角色越来越淡薄。

人们总是以为年轻人一般来说对传统不感兴趣。这种想法不一定是正确的。我以为，我们可以这么说:那就是过去已经失去了它的权威:过去不再有趣或者重要仅仅因为它是过去。过去的资料——书籍、图像和想法——必须在一个新的语境里面,和一大堆产生于现在的书籍、图像和想法,站在平等的地位上一争高低。一切都在同一个大洋中沉浮:因特网是对于这种文化处境的最佳比喻,同时,因特网也是这种文化处境的最有力的工具之一。

如我先前所说,我不是怀旧主义者。但是,我们完全可以说:当前发生的这一现象,对于上一个世纪我们再现传统文化的方式来说,是一个深刻重大的威胁。

威胁是好事。它们逼我们改变自己,以适应新的环境。如果传统文化不能改变和适应这个变动中的新世界,它不会面临消亡,但是,它的丰富的材料会在选择的海洋中变得越来越不吸引人。我们身为学者的人,不愿意这么样思考问题,但是,我们无法回避这一事实:传统文化必须在书籍、图像和想法的市场上与其他商品展开公平竞争。学校系统可以逼迫一个学生阅读一首唐诗,但是它不能逼迫他在三十岁的时候买一本唐诗选或者在因特网上点击一个唐诗网站。中国很幸运:在中国,还存留着很多对唐诗的感情;出于种种原因,过去仍然有一个光环。但是这种情景在改变,而且还会继续改变下去。

从长远来看,传统文化唯一的希望,在于学者和教授们负起责任来,找到新的方式来给传统注入活力和生命,而不是"保存"它。

在这里,我们接触到了传统文化真正的力量:这份力量,也许只有当我们把传统文化从起源的文化叙事当中解放出来的时候才能显示出来,只有当我们停止保存它的企图的时候才会释放出来。也许,真正的威胁,并不是针对传统文化资料本身,而是针对我们,针对我们诠释它们的方式。也许,传统文化的学者就好像那些对子女爱护过分的父母,不敢放手让孩子进入社会;但是当孩子离开了父母,他们其实生活得很好。

我们所视为文化史的,未来的一代也许只会视为一种独特性而已。我曾以误把一首明诗当作盛唐诗来打比方。这完全是有可能发生的,但是一般来说,我们对一首模仿盛唐诗的明诗的反应,是对它们的差异感到奇怪:也就是说,虽然明朝诗人可以使用盛唐诗的文字、意象、句法、主题,但是他观照世界的方式和盛唐诗人就是不一样了。不管他多么努力地尝试,有些东西是他不能复制的。

我想,这可以拿来为我们对整个传统文化的体验做一个比方,特别是传统文学、音乐、艺术。它们既非常贴近,非常直接,同时又非常遥远,超出我们的把握。那是我们已经不能够复制的一种再现世界的方式。这种亲切和遥远的双重性质,是我们对古代文本和艺术的爱好的核心。

虽然新的知识架构会在某种意义上消灭历史,历史还是存在的。所有当代的文化产品,尽管十分丰富多样,但它们具有某种共性,一种"时代特征"。除了它的古老之外,传统文化有一种特殊的光环:也就是说,我们可以重新复制古代的文本和图像,但是我们不能再生产那种写作和图像了。它们是独一无二的,而且它们的独一无二超越了我们。

中华文明的古代辉煌与未来命运

——中国传统文化世界历史地位新论

北京大学哲学系　王　东

中华文明的古代辉煌究竟表现在哪里？

对于这样一个问题，我们今天必须从世界文明史的高度，做出实事求是、有根有据、令人信服的科学解答。必须把"最新考古发现"、"古典历史文献"、"现代科学理论"三者结合起来，做出现代科学水平的崭新回答。

凡是自称为炎黄子孙的中国人、华人，无不以中华文明的古代辉煌而感到无比自豪。但若要刨根问底地追问一下，中华文明的古代辉煌究竟辉煌在哪里，则鲜有人能做出准确的回答。

从世界文明史的宏大眼光来看，中华古典文明至少有五个高峰期、辉煌期，在古代世界文明史上处于领先地位，写下光辉篇章：

公元前 10000 年前后，中华文明起源的奠基期与起步期；

公元前 3000 年前后，中华文明起源期与生成期；

公元前 1000 年前后，中华文明雏形期；

公元前 500 年前后，中华文明定型期；

公元 1000 年前后，中华文明的古代转型期。

我们按照"考古发现—古典文献—现代科学理论"三结合的原则，宏观鸟瞰近一万年来中华古典文明的五个辉煌期。

中华文明第一个辉煌期，在距今 1 万年前，中国与环地中海地带，成为世界文明起源的东西两大源头。

在距今 1.5 万年—1 万年前，华中的湖南道县玉蟾岩、江西万年仙人洞，华南的柳州大龙潭、桂林甑皮岩、华北徐水南庄头、山西怀仁鹅毛口、北京怀柔转年等处先后出现农业起源的技术创新，形成"南稻—北粟"二元一体的独特原创农业体系，与以大麦、小麦为主要作物的西亚两河流域，以玉米、马铃薯为主要作物的中南美洲，并列为世界农业起源的三大中心地带。

距今 1.2 万年—1 万年前，华中的江西万年仙人洞，华南桂林庙岩、柳州大龙潭，华北徐水南庄头、阳原虎头梁、山西怀仁鹅毛口、北京怀柔转年，先后出现新石器革命的技术创新。

距今 1.5 万年—1 万年前，华中的湖南道县玉蟾岩、江西万年仙人洞、江苏溧水神仙洞，华南的柳州大龙潭、桂林甑皮岩、华北徐水南庄头、阳原虎头梁、山西怀仁鹅毛口、北京怀柔转年等处，出现陶器的技术创新。

中国"农业—新石器—陶器"这三大技术创新，都是世界最早的，并且独具特色，与环地中海地带并称世界文明起源的东西两大源头。

中国古代文明形成的第二个辉煌期，在公元前 3000 年前后，炎黄时代的中华文明起源期与生成期，在"黄河—长江"这个中国特有的大两河流域，出现了古典农业、多元文化、综合创新，出现了文明时代四大标志"金属工具—书面文字—原始城市—原始国家"，与西亚两河流域的苏美尔文明、尼罗河流域的古埃及文明大体同时，或时间略晚，同为世界文明时代的最早发源地，世界文明起源东西两大中心之一，再加上爱琴海文明、古印度河文明、中南美洲文明，并称为世界六大原创文明。

炎帝与黄帝时代的三十来项发明创造，大体相近，主题是中华文明的起源与形成。过去认为这多半只是一种古代传说而已，不足为据，而今天看来，许多古代传说已为考古发现证实。仅举文明时代起源的四大标志为例：

（1）铜制工具的发明。

据古史传说，黄帝"令采首山之金，始铸刀造弩"。现代考古发现表明，公元前 3000 年以前甚至距今六千七百多年以前，中国已有铜制工具出现；

目前我国发现最早的铜器为姜寨仰韶文化早期的黄铜片和管状铜器，时间为公元前 4790—前 4530 年，距今近七千年前；

在甘肃东乡林家马家窑类型文化遗址中，出土单范制造的青铜刀（长 12.5 厘米）一把，时间约为公元前 3300—前 3000 年左右；

在半坡仰韶文化中也有类似发现，内蒙古西台兴隆洼发现有铸铜鱼钩的陶范，距今已有七千年至八千年；

至 20 世纪 90 年代初期为止，夏代二里头文化以前时期，即公元前 2000 年以前的铜器，中国共出土六十多件，其中铜锥二十一件，铜刀九件。[①]

看来公元前 3000 年前后，黄帝时代已有铜器当为信史，公元前 2000 年前后夏代已进入中国青铜时代，偃师二里头的夏都，已是铜、锡、铅三元青铜时代，已有复合范铸造法这样的中国独特技术创新。

(2)书面文字的创造。

据古史传说,黄帝时代史官仓颉始作文字。

河南贾湖出土了八千年前龟甲刻符,接近于汉字源头。

在中国西部仰韶文化遗址中出土了一批陶器符号,西安半坡发现陶器陶片一百三十三件,有陶符二十七种,临潼姜寨发现陶器一百二十九件,有陶符七十八种。后者时间约为公元前4770年,距今已有近七千年。

山东大汶口文化遗址中,也出土陶符十几种,时间大约在公元前3000年前后。

中国著名学者郭沫若、于省吾、唐兰、李学勤等人,均认为这些陶器上的刻划符号,就是中国汉字的最早起源,也意味着中华文明的熹微曙光,中华文明一大要素的起源过程开始了。[②]

(3)原始城市的出现。

据《易传》的《系辞下》记载,炎帝神农氏开创了原始市场、原始商业:“日中为市,致天下之民,聚天下之货,交易而退,各得其所,盖取诸噬嗑。”又有一种传说讲,神农之城曰:有石城十仞,汤池百步。

而古史传说又记载黄帝始创原始城市:帝始作屋,筑宫室,以避寒暑燥湿,又令筑城邑以居之,黄帝为五城十二楼。

中国考古学最新发现,证明中国原始城市最初确实出现在公元前4000年—前2500年这段时间里,至少有“内蒙古、山东、中南、中原、四川、东南”六个古城群,五六十个古城址:

1984年,在内蒙古包头阿善、凉城老虎山,发现了属于龙山文化早期,公元前3000年前后石砌围墙古城遗址;

1991年,在山东省邹平县出土属于龙山文化的丁公城址,面积十万平方米,时间在公元前2600—前2000年之间,被评为1991年中国重大考古发现之首;

1992年,在湖南省澧县本溪乡南岳村发现城头山古城遗址,最早为大溪文化早期,距今六千年,为目前发现的中国最早古城址;

公元前2500年前后的古城遗址,近年来发现的还有河南省四个:登封王城岗古城,淮阳平粮台古城,郾城郝家台古城,安阳后岗古城;山东省十来个:章丘县城子崖古城,寿光县城南边线王古城等。

(4)原始国家的出现。

按照古代传说,黄帝被推戴为帝,为王权之始,筑宫室,封将相,成为中国历史上第一个创立国家的帝王。

到目前为止,中国考古发现尚不能完全回答中华古代文明形成过程中的国家起源问题,不过已为回答这个问题提供了一些历史线索、历史依据。

公元前3000年前后的炎黄时代,初步形成了雏形状态的中国原始国家;

公元前 2500 年前后尧舜时代,进而形成了初具轮廓的中国早期国家;

公元前 2000 年前后开始的夏代,最终形成比较完整的中国古代国家。

中华文明的第三个古代辉煌期,在公元前 1000 年前后殷周之际的中华文明雏形期,正是中国青铜时代的文明高峰,开创了中华文化的三大元典——《易经》《诗经》《尚书》,在古代世界文明中断期可谓一枝独秀。

第一,殷代后期把中国青铜时代文明发展到高峰阶段,同时也把中华文明形成的四大标志——"铜制工具、书面文字、原始城市、原始国家",发展到一个大大高于炎黄时代起源期的新水平。

第二,西周之初的周公改革,强调家国同构的宗法制度、人伦精神、六艺教育,为中华古典文明的总体框架奠定雏形。

第三,公元前 1000 年前后、殷周之际,《易经》《诗经》《尚书》这三大中华文化元典,都在这个历史转变时代应运而生,成为中国民族文化、民族精神、文化基因形成的源头活水。

在公元前 1000 年前后,曾经辉煌一时的古代文明世界,却处于低潮期、中断期之中,除中国之外的五大原创文明几乎都发生了中断、低落或逆转:

公元前 1750 年前后,印度河流域的原创文明率先走向衰落,进入这一地区,扫荡了古老文明的"雅利安人",还停留在原始社会后期阶段;

公元前 1595 年、前 1516 年,古巴比伦王国先后被赫梯人、加喜特人两次灭亡,后来虽建立起巴比伦第四王朝,但是千年之间始终未能完全恢复元气;

公元前 1250 年前后,当希腊各邦联军用"特洛伊木马"的妙计攻陷这个小亚细亚城邦国家之后,多利亚人却从马其顿与北希腊南下,攻下了中希腊、南希腊和克里特岛,原创性的克里特·迈锡尼文明被扫荡殆尽,一度又回到原始社会晚期阶段,史称"黑暗时期";

公元前 1085 年,古埃及文明进入后期阶段,国家发生了分裂过程,已长达两三千年的古埃及文明如强弩之末,古埃及象形文字也走向死亡。

公元前 1000 年前后的殷周之际,既是中华文明在古代的第二个高峰期,又是中华文明在古代世界文明史上的一个辉煌时期。

中华文明的第四个古代辉煌期,在公元前 500 年前后春秋战国之际到秦汉之际的中华文明定型期,中国有大器晚成的古代"铁器革命—农业革命—交通革命—城市革命—商业革命","老子道学—孔子儒学——孙子实学"成了中华智慧三大源头,并由此引出了百家争鸣的黄金时代,在世界文明轴心期中与古希腊文明形成双峰竞秀的历史格局。

中华文明定型期有五大经济支柱:

第一,是后来居上的铁器革命。

由于中国有当时世界最发达的青铜冶炼技术,因而在铁器革命方面也有领先于世的四大发明:

铸铁(生铁)高温冶炼技术的发明;

铸铁柔化技术的发明创造；

渗碳制钢技术与宝剑制造技术的发明创造；

铁制农具乃至西汉大铁犁的发明创造。

第二，是最先走向精耕细作的农业革命。

铁器革命的后来居上，超前发展，推动着起源最早的中国农业，在公元前500年前后的春秋战国时代，最先从粗放式的原始农业，转向精耕细作的古代集约式农业，这种独步一时的古代农业革命，具有四个领先于世的重要创新：

铁制农具的普遍应用；

牛耕技术的应用推广；

施肥技术的创造发明；

灌溉技术的率先采用。

第三，早熟形态的古代交通革命。

主要包括四大创新：

初步形成以主要都市为中心的全国道路交通网络；

开始建立遍及全国的驿传制度；

人工运河初步沟通全国六大水系；

业已开通水陆两途的国际民间商道——丝绸之路。

第四，超越早期原始城市的古代城市革命。

从春秋战国到秦汉之际，中国发生了古代城市革命，从早期的原始城市，走向早熟形态的中国古代城市，出现了以下五个方面的大飞跃：

城市规模上有大飞跃，出现了一批像临淄这样的三十来万人口的大都市；

城市数量上有大飞跃，大小城市总数达六七百个之多；

城市功能上有大飞跃，商业都会的经济功能大大增强；

城市结构上有大飞跃，走向城市并重的二元结构；

城市体系上有大飞跃，初步构成古代城市群。

第五，早熟形态的古代商业革命。

从春秋战国时代开始，中国发生古代商业革命，从原始形态的商业，走向早熟形态的中国古代商业，其中包括三个方面的重大革命：

商业形态的革命，从非专业化的原始商业走向早熟形态的中国古代商业；

货币革命，出现金属货币、黄金重币乃至统一法币与证券流通；

度量衡革命，建立统一规范、精确的全国度量衡制度。

正是在如此深厚的经济基础之上，在公元前500年前后的春秋战国之际，出现了中国哲学、中国思想、中国智慧的三大源头，也是世界思想史上的三枝奇葩：

第一是老子首倡的道家之学，以"道"为中心范畴，首倡道法自然、天人合一的宇宙观、方法论,开创中国思辨理性之先河,代表了以柔克刚、无为而治的阴柔辩证法。

第二是孔子首倡的儒家之学,以"仁"为中心范畴,首倡仁者爱人、中庸之道的价值观、伦理观,开创中国社会理性之先河,其思想基调代表了一种讲求中庸之道的中和辩证法;

第三是孙子首倡的兵家实学,以竞争取胜、全胜之道为思想主旨,首倡知己知彼、实事求是的实学传统,开创中国实用理性之先河,思想基调代表了一种积极进取的阳刚辩证法。

以这三大源头的综合创新为契机,出现了百家争鸣的活跃局面,在中国思想史、世界思想史上各现异彩。

中华文明定型期的最大历史成果,是逐步建立了具有民族文化基础的统一的古代民族国家——秦与汉。

与单纯靠武力征服而造成的西方强大帝国相比,中国秦汉两代帝国的显著特点是:有统一的民族文字,有统一的民族文化,有统一的国家意识形态。

公元前500年前后,正值世界文明轴心期。出现了东西并峙的两大文化高峰:西方古典文化高峰是古希腊文化,东方古典文化高峰是中国古典文化。

这个时代不仅是中华文明的古代高峰期,而且是世界文明史上一个举世瞩目的辉煌期。

中华文明在古代的第五个辉煌期,是公元1000年前后的唐、宋、元时代,尤其是两宋时代的中华文明转型期,以宋代商业革命为经济基础,推动了儒、释、道三大文化的综合创新,产生了三大发明及一系列科技创新,在西方中世纪出现文化衰退之际,中国文化与阿拉伯文化代表了中世纪世界文明之光。

宋代文化复兴、文化转型,也有深厚的经济基础。首先是宋代商业革命,总体上仍属于古代商业范畴,但也包含近代商业革命先兆,由此带来"交通、工业、农业、人口"这四大领域,在不同程度上也出现了某些近代革命先兆。

以此为背景,推动了中国多元文化的综合创新,特别是儒、释、道三大文化的综合创新。儒家的价值观、伦理观,佛家的思辨性、心性论,道家的宇宙观、方法论,这三大智慧流综合到一起,成为宋代理学、宋代文化的新框架。

说到中国古代文明,中国人向来以四大发明为最大骄傲,殊不知其中三大发明都集中于公元1000年前后这一百年间:

1044年,曾公亮等人编著的中国古代军事技术的第一部百科全书《武经总要》,第一次总汇发表了宋代形成的三个火药制作配方;

1045年前后,平民毕昇发明了活字印刷术;

1086年,宋代大科学家沈括在《梦溪笔谈》一书中,首次明确记载了罗盘制作原理。

宋代科学技术还有十大领域,不仅达到中国古科技鼎盛阶段,而且达到古代世界文明高峰:

(一)秦九韶、杨冶、杨辉、贾宪等人开创的宋代代数学,组成了当时世界上最先进的数学学派,达到了那个时代的世界数学高峰。

（二）宋代天文学高度发达，先后制造五架巨型浑天仪，苏颂等人创造水运仪象台，有组织地进行了五次恒星位置观测工作，留下了著名的石刻苏州星图。

（三）地学有较大发展，乐史的《太平寰宇记》是中国地理学史上的一部继往开来的大成之作，沈括以飞鸟七法绘成《天下州县图》，还出现两幅石刻地图《禹迹图》、《华夷图》，接近于近代地图。

（四）建筑学与技术大发展，李诚编成中国建筑技术的百科全书《营造法式》，俞皓《木工》三卷是中国木结构工艺的总结之作，汴梁和临安这两大都城的建筑技术已达到古代世界最高水平。中国古代造桥技术当时也达到全盛阶段。

（五）水利工程技术大发展，以隋唐大运河为干道，初步形成运河网络，长江三角洲与四川成都平原形成灌溉网络，发展出一整套新的水利工程技术。

（六）农学与技术有重大发展。陈敷的《农书》第一次提出了集约化新农业理论，并蕴涵着生态化农业的新观念；曾之瑾写出了中国的也是世界的第一部农具专著《农具谱》；宋代还有一系列新农具。

（七）中医学与技术有新发展，首创国家制药局、国家药店、国家药典、国家设立的校正医书局，中医学理论上出现"金元四大家"的理论争鸣，首创独立的儿科、妇科、法医学等。

（八）造船航海技术有十大发明创造：平衡舵、船壳包板、铁装甲船、人工船坞、披水板等稳定装置、水密隔舱等防沉技术、过水眼平衡技术、大型海船造船术、船海图、利用八面风技术、航海指南针等。

（九）司马光《资治通鉴》等，标志着史学在宋代发展到新的水平。

（十）哲学上出现了宋代诸子的百家争鸣，为中国与世界展示了新的理论星空。

公元 1000 年前后的世界文明，呈现出"西方不亮东方亮"的历史格局：

西方文化失去了古希腊罗马时代的辉煌，向着中世纪黑暗时代逆转，公元 1000 年后，虽有历史转机，仍是步履维艰；

东西方之间的阿拉伯文化在公元 1000 年前后迅速崛起，超越了西方文化，达到世界先进水平；

两宋时代的中华文明不仅是中国古代文明的鼎盛阶段，而且成为世界文明的东方曙光。

纵观中国历史、世界历史的长河，中华文明的古代辉煌有四大特点：

一是上下五千年：从公元前 3000 年前后炎黄时代的中华文明起源形成期开始，到公元 1000 年前后两宋时代中国古代文明达到鼎盛时期，以后又靠惯性力量与多元文化综合优势，把优势一直保持到 1750 年英国产业革命之前的所谓"康乾盛世"时代，上上下下，大约长达五千年之久。

二是连续不中断：世界文明史上的其他五个古代原创母文明，无一例外地发生中断，惟独中华文明历史长河，虽然也有跌宕起伏，却从未发生断裂，像一条从未断流的长江大河，保持了别具一格的发展延续性。

　　三是五个高峰期:公元前一万年前后,中国最早开始了农业文明起源进程——公元前 3000 年前后,炎黄时代的中华文明起源期,与西亚两河流域古代文明、古埃及文明,同为发源最早、原创性最强的三大古代文明发源地——公元前 1000 年前后,殷周之际的中华文明雏形期,欧、亚、非大陆的 其他四个原创母文明都发生低落中断,惟独中国青铜时代文明独树一帜——公元前 500 年至公元元年前后,春秋战国之际到秦汉之际的中华文明定型期,与古希腊文明呈双峰竞秀之势,再加上古代印度文明则呈三足鼎立之势——公元 1000 年前后,两宋时代的中华文明转型期,以三大发明为代表的中国古代文明达到鼎盛期,在世界文明史上独步一时,至少是与东西方之间的阿拉伯文明比翼齐飞。

　　四是三大领域:中国古典文明在世界上的领先地位,主要表现在三大领域,第一是在哲学智慧、价值观念、人文科学方面,第二是在实用技术方面,第三是在古代自然科学理论方面。李约瑟等人对后两个方面做了比较深入系统的专门研究,而对最为重要的头一个方面至今鲜有专门研究。

　　中国传统文化不能简单归纳为封建文化、历史陈迹,其中蕴含着中华民族精神与文化基因,可以而且应当成为世界新型文明的源头活水与文化基因。对于创造 21 世纪新型文明来说,最重要的是五大核心理念:天人合一的宇宙观——仁者爱人的互主体观——阴阳交合的发展观——兼容并包的文化观——义利统一、以和为贵的价值观。

　　中华文明蕴含的这五大核心理念,充分发掘出来,有助于解决伴随着西方近代文明兴盛一时而产生的当代世界五大危机:天人关系中的生态危机——国际关系中的战争危机——南北关系中的单方面发展与贫困危机——不同文化圈之间的文明冲突危机——西方文明中万能工具理性与狭隘价值理性之间矛盾造成的价值观念危机。

　　中华文明思想宝库中,蕴含着未来世界新型文明的文化基因——这是一个需要我们今后深入发掘的巨大思想库、信息库、文化基因库!

附注:

① 郑光《二里头遗址与我国早期青铜文明》,见中国社会科学院考古研究所编著《中国考古学论丛》,科学出版社,1993 年,第 191—192 页。

② 参见郭沫若《古代文字之辩证的发展》,载《考古学报》,1972 年第 1 期;于省吾《关于古文字研究的若干问题》,载《文物》,1973 年第 2 期;唐兰《从大汶口文化的陶器文字看我国最早文化的年代》,载《光明日报》,1977 年 7 月 14 日;李学勤《试论大汶口文化的陶文》,载《文物》,1987 年第 12 期。

论古代中国儒学对东亚和欧洲的传播

山东大学历史系　孟祥才

儒学是中国传统思想文化的核心,从其产生至辛亥革命前两千多年的漫长岁月里,曾不断地向周边国家和地区以及与中国并不接壤的中亚、南亚、西亚乃至非洲和欧洲传播,对世界历史尤其是世界思想文化的发展产生了巨大而深远的影响。深入研究儒学向外传播的历史,探索其传播的规律,对于促进当今的中外文化交流具有一定的启示意义。

一

儒学创始于春秋时期的鲁国孔子。他聚徒讲学,广收门徒,周游列国,有着数以千百计的弟子,由此使儒学成为一个人数众多的学术教育团体,虽然其弟子的70%以上来自齐鲁,但在秦、陈、宋、晋、吴、楚、蔡、燕等地也有其门徒传播儒学。时至战国。在"百家争鸣"的学术浪潮中,涌现出子思、孟子、荀子等儒学大师,儒学以更大的规模和更快的速度由齐鲁向全国传播。湖北郭店楚简的发现,证明儒学不仅在黄河上下,而且在长江南北已有相当大的影响了。

两汉时期,儒学被封建国家确立为统治思想并在全国范围内得以广泛传播。也就是在这一时期,儒学迈出国门,开始了由近及远向全世界的传播历程。徐福身率数千童男女,数次远航日本,架起了跨海的文化交流的桥梁。秦汉两朝,中国在朝鲜、越南设立郡县,直接对其行使行政管理辖权,这就为儒学在那里的传播提供了制度上的保证,同时,由于两国长期使用汉语言文字,也就为儒学的传播提供了便捷而迅速的工具,汉武帝实行"'罢黜百家,独尊儒术"的政策以后,在京师设立太学,在郡县设立地方学校。大概自此时起,儒家经典作为法定教科书开始在朝鲜、越南流行,汉皇朝派往朝鲜、越南的地方官都能以礼仪教化当地百姓,使之逐渐接受儒家思想的陶冶。如西汉平帝时锡光任交趾太守。"教导民夷,渐以礼义"①。东汉光武帝初年,任延被任命为九真太守,他在那里全面推行汉朝的政治制度和礼义教化,大大改变了当地的生产生活条件与社会风尚:

> 九真俗以射猎为业,不知牛耕,民常告籴交趾,每致困乏。延乃令铸作田器,教之垦辟。田畴岁岁开广,百姓充给,又骆越之民无嫁娶礼法,各因淫好,无适对匹,不识父子之性,夫妇之道。延乃移书属县,各使男年二十至五十,女年十五至四十,皆以年龄相配。其贫无礼聘,令长吏以下各省奉禄以赈助之。同时相娶者二千余之。……其产子者,始知种姓。②。

与五经一起,战国诸子中的大部分也逐渐传到朝鲜、越南,东亚汉文化圈或儒学文化圈初现端倪。

魏晋南北朝时期,尽管中国南北分裂,皇朝更替频繁。但中国与朝鲜、越南、日本等国却加速了交流的步伐。高句丽在公元372年设立"太学",中国的经史著作成为官定教材,百济迎请东晋儒生高兴为博士,使授儒家经典。至迟到7世纪初,百济的五经博士即越海至日本,在那里系统传授儒家经典。

隋唐时期,尤其是盛唐时期,中国封建社会达到了它发展的第二个高峰。作为东亚无可争议的文明中心,唐朝高度发展的文化对周边国家的影响也达到了一个新水平。新罗统一朝鲜半岛三国后,于682年正式设立"国家",传授儒家经典,并从制度上保证熟读经书的士子可以为官。此期中日间文化交流频繁,大批遣唐使扬帆日本海和中国海。日本士子不仅可以参加中国的科考,而且还能担任官吏,更多的士子将儒学的理念带回国,用以规范日本的制度和伦理。如603年日本圣德太子制定的十二阶官位,就是以儒学最主要的道德信条命名的:大德、小德、大仁、小仁、大礼、小礼、大信、小信、大义、小义、大智、小智。695年,日本进行封建化的大化革新,其基本指导思想就是儒学。天智天皇仿唐朝国子监建立的"大学寮"分为"明经道"和"算道",中国的九经《周易》、《尚书》、《周礼》、《仪礼》、《礼记》、《毛诗》、《春秋左氏传》、《孝经》、《论语》被钦定为"明经道"的教科书。

五代宋辽金时期,中国的四大发明陆续向周边国家传播。特别是印刷术的发明极大地方便了文化的传播。10世纪后期,宋朝皇帝将大量儒家经典以及《大藏经》和文学、科技、医药方面的书籍赠与高丽王朝,高丽王朝也派人到中国大量选购图书。与此同时,高丽王朝进一步加强以儒学为中心的国学教育,在国学中设七斋,分别传授五经等经典。此期,日本学者和僧人大量来华,宋朝印行的所有佛教典籍以及经史子集的著作都成为他们的选购对象。在印刷术传入日本和朝鲜以后,他们也开始自行印制大量儒学经典和其他中国书籍。除供本国使用外,还大量回流中国,成为中朝、中日文化交流上的佳话。

元朝代替宋朝后,儒学继续在日本和朝鲜传播。孔子第54代孙孔昭以翰林学士的身份赴高丽讲学,后居水原郡并在那里建立孔庙,使朝鲜的民间祀孔活动从此兴旺起来。13世纪以来,程朱理学开始在高丽传播,涌现出来集贤殿大学士安珦以及白颐正、李齐贤等为代表的第一批朝鲜理学家。

明朝建立后不久,朝鲜李成桂发动政变,推翻了高丽王朝,建立李氏王朝,与明朝建立了更为密切的宗藩关系,随着程朱理学的深入传播,朝鲜知识界曾发起了一个崇儒排佛运动。以成均馆为中心,一方面大力宣传朱子之学,一方面在民间倡导立庙祭孔。《五经大全》、《四书大全》、《性理大全》等著作成为各级学校理学教育和科举考试的经义标准。从明朝后期到清朝前期,朝鲜李氏王朝一直与中国维持着密切的宗藩关系。程朱理学在传播过程中逐渐被朝鲜学者消化,改造、创新,形成了不同的学说和学术流派。如徐敬德的"气一无论"李彦迪的"理气二元论"。被誉为朝鲜理论儒学宗师的李滉及其弟子柳成龙,金城,郑逑等人创立岭南学派。李珥与其后学金长生,郑晔等则创立了畿湖学派。明朝后期,讲求经世致用,提倡怀疑精神的实学思潮成为中国学术思想的主潮并传入朝鲜。而恰在此时,程朱理学空谈心性,脱离社会现实的学风也使朝鲜思想学术界感到厌倦,实学思潮正适应了他们的需要由此导致实学在朝鲜的勃兴,产生了实学的先驱李晬光和以柳馨远、李谖为代表的星湖学派和以柳寿垣为代表的利用厚生学派。

明朝建立后,与日本的关系也较前更加密切,官方的使团梯山航海,不断在中日间来往,僧人在很大程度上成为文化交流的使者,如日本僧人桂庵玄树在华居住七年,悉心研究朱子学,返国后通过讲学活动使朱子学在日本得到迅速传播。日本学者在学习清代理学的过程中也逐渐创立了自己的学派,如以桂庵玄树为代表的萨南学派,以岐阳方秀、玄章一庆为代表的博士公卿派等,从明末到清朝统治中国时期,中日之间的经济文化交流以更大的规模和速度发展。两国僧侣、明朝移民以及一些客居日本的中国商人成为文化交流的使者。清初,明移民朱舜水在复国无望的情况下客居日本,被水户上公德川光国聘为国师,开筵讲学,形成水户学派,在日本儒学界产生了广泛影响。江户时代,程朱理学得到进一步传播。产生了藤原星窝、林罗山、松永尺五,堀吉庵,那波活所等一批著名的理学家,使朱子之学成为日本的官学,在朱子学兴盛之时,王阳明的"心学"也传至日本。17世纪30年代出现了与朱子学派对立的阳明学派,其创始人为中江藤树。其后学有以渊冈山为代表的"德教学派"和以佐藤一斋为代表的"事功学派"。

明朝建立后,儒学在越南(当时名安南)的传播达到了空前的深度和广度。这是因为,明朝出兵消灭了篡取陈朝的胡氏父子后,正式宣布改安南为交趾,设置三司,直接进行统治。明成祖于1415年下令在安南的府、州、县设立学校,一方面从国内选派儒学教师前往任教,一方面大量调集儒学教材满足教学需要。同时选取大量安南学生进入北京的国子监学习,这些人为儒学在安南的广泛传播起了巨大的促进作用。明宣宗时,安南恢复独立,建立黎朝,仍与明朝建立了密切的宗藩关系,此前此后,集大成的理学著作《五经大全》、《四书大全》、《性理大全》源源不断地输往安南,黎朝也自己印了不少这类书籍,通过学校教育和科举制度程朱理学在安南得到了进一步的传播。明朝后期至清朝统治时期,越南经历了黎朝、西山朝和阮朝。这一时期,越南几乎不变样地移植了中国的政治、经济、教育和科学制度,促使程朱理学日益流行。黎朝独尊儒学,将程朱理学定为官方正统思想。阮朝建立后,进一步提倡儒学,广建文庙,仿照明朝嘉靖之制,国君每年亲入文庙祭祀孔子,由此进一步巩固了儒学作为正统思想的地位。以上史实说明,自汉武帝将儒学定为一尊之后,儒学就在东亚文化圈内益广泛的传播。其传播之迅速和顺畅,侵润之广泛和深入,影响之巨大和悠久,在世界几大思想文化体系中几乎独领两千年的风骚,原因何在?

首先,是因为中国与朝鲜、越南山水相连,与日本也是仅隔一苇可航的日本海。如此相近的地理条件,就使中朝、中日、中越的先民们自远古以来就不断交往,不断融合,形成了你中有我,我中有你的亲缘关系,在血缘上十分接近。属同质文化,因而在思想文化的传播中不会出现异质文化接触中的排异现像,所以儒学在这些国家的传播几乎是没有阻力的。

其次,除日本外,朝鲜和越南长期以来或者属于中国中央设府管辖的郡县,实行与中国本土完全相同的政治,经济和教育制度,或与中国处于一种宗藩关系,彼此之间形成了十分密切的政治与文化上的联系,这就使儒学在朝鲜和越南的传播得了制度上的保证,日本与中国,除了短暂的宗藩关系外,一直处于政治上的独立状态。但由于自徐福东渡后彼此就建立了经济文化上的不可分割的联系,而日本的地理位置又使其在古代社会难以建立与欧洲、美洲的联系,它只能翘首西向,将目光盯住中国。而在古代,能够向日本输入思想的也只有中国。

再次,在古代的东亚文化圈中,中国的文明发展最早,思想文化的积累也最为丰厚。当战国时代儒学成为一个成熟的思想体系时,朝鲜、越南和日本有的还没有走出荒蛮之域,最先进者亦不过处在文明之光初现之时,在此后两千多年的岁月里,这些国家虽然不断前进,但却一直赶不上中国的步伐。始终无法从对中国的模仿中超脱出来。如此,儒学对这些国家的传播也就一直呈现高屋建瓴,水之归下的势头,飞流直下,不可遏止。

最后,由于朝鲜、越南和日本等国家与中国的关系始终处于一种思想接受者的角色,他们的思想家在引进中国的思想以后尽管也有所创新,有的甚至创造了带有本民族特点的学派,但从总体上讲,这些思想家与学派只能存在于中国儒家思想那硕大的阴影里。即使他们顶尖的思想家也很难从对中国儒家思想的模仿中超脱出来产生世界级的影响。

应该说,正是由儒学的传播形成了以中国为核心的东亚文化圈,而这个文化圈在古代社会的几度辉煌所展示的正是儒学的强大生命力和无与伦比的魅力。

二

明代以前,中国的儒学尽管也在东亚文化圈以外的地域如中亚、南亚、非洲有所传播,但影响很小,基本上没有落地生根。它与印度的佛教文化,阿拉伯的伊斯兰教文化也有接触与交流,但与以希腊、罗马为代表的欧洲文化基本上处于隔绝状态。13世纪成吉思汗的铁骑虽然横扫欧亚大陆,一度建立起从蒙古草原至中亚、西南亚和东欧的广袤帝国。但伴它而来的主要是商贸的空前活跃和宗教的加速传播。由于此时的蒙古人对儒学尚处于一知半解的懵懂状况,因而基本上没有带来儒学对欧洲的传播。

明朝稳定地建立了在中国的统治以后,一方面继续加强与东亚文化圈的政治、经济和文化联系,一方面派郑和率当时世界上最庞大的舰队远航,密切了与南亚、南洋群岛、印度洋沿岸诸国的经济文化交流,对儒学在这一地区的传播起了促进作用。也就是从明朝开始,中国与欧洲的经济文化交流达到了一个新的阶段。儒学在那里的传播逐渐形成热潮。

传教士是明朝儒学西渐的桥梁。16世纪中期以后,罗马教皇为了将中国纳入其势力范围,派出一批又一批传教士进入中国,这些耶稣会教士们为了顺利传教,就有意识地研究中国文化,学习《四书》、《五经》等儒学典籍,后来,他们又将这些典籍译成欧洲文字传回自己的国家,欧洲才开始认识儒学,惊异在他们的文明之外还有如此辉煌的文明,如此博大精深的思想。最早将《四书》部分的内容译成拉丁文的是意大利耶稣会士利马窦、罗明坚、殷铎泽、郭纳爵等人,但因其译文或未印刷,或印行很少,未能广泛流传,影响不大。但毕竟开启了欧洲人认识孔子和儒学的窗口。接着,比利时籍耶稣会士柏应理于17世纪末奉法王路易十四之命在巴黎以拉丁文出版了他写的《中国哲学家孔子》一书,该书包括《四书》《五经》的要旨及孔子传记,内容比较非富,因而产生了广泛而强烈的影响,引起了德国著名数学家,哲学家莱布尼茨的注意。1711年,比利时籍传教士卫方济在布拉格大学出版了拉丁文的《中华帝国经典》、包括《大学》、《中庸》、《论语》、《孟子》、《孝经》、《幼学》等书,进一步扩大了儒学对欧洲思想界的影响。

在译介《四书》的同时,传教士也对《五经》进行翻译。如比利时耶稣会士金尼阁在1616年将《五经》译成拉丁文,但其书未流传开来。其后,法国耶稣会士白晋于1723年用拉丁文撰成《易经大义》,法国耶稣会士刘应将《礼记》部分内容译成拉丁文,另一法国耶稣会士马若瑟节译了《书经》和《诗经》的一部分,再后,法国耶稣会士宋君荣与法国汉学家德经合作,于1770年出版了法文的《书经》。法国耶稣会士孙璋以拉丁文译成《诗经》,并于1830年在德国出版。此外法籍耶稣会士蒋友仁也译了《书经》部分内容。法籍传教士巴多明著有《六经注释》,赫仓壁以拉丁文译《诗经》,钱德明以法文撰《孔子传》和《孔子弟子传略》。这样,从16世纪末到19世纪初,中国儒学的主要经典及其学说,就通过来华传教士的译介传到了欧洲。通过这些译著。再配以中国史学,文学和科学,地理等著作的介绍,就把中国与儒学展示在欧洲知识界面前,由此引发了17—18世纪欧洲的中国热,在此热潮中,除了中国的建筑园林技术、工艺美术、绘画、文学等引起的轰动外,儒学更是给那里的思想界送去了一股持久的飓风,对欧洲启蒙思想的发展产生了深巨的影响,德国古典思辨哲学的先驱莱布尼茨认定中国儒学是自然神论,其特点是尊重理性,而宋儒讲的“理”就是基督教的上帝。他特别赞美中国的伦理道德,认为此一方面“中国民族较我们为优”而“思辨的科学更较为优越”③。莱布尼茨的弟子沃尔弗更加崇拜孔子及中国哲学,他在德国大学里广泛传播儒家学说,使德国古典哲学的大师康德、菲希特、谢林、黑格尔等都不同程度地受到中国儒学的影响。

在17—18世纪的欧洲"中国热"中。受儒学思想影响最深的首推法国的"百科全书派"。其代表人物狄德罗盛赞"中国民族,其历史悠久,文化、艺术、智慧、政治、哲学的趣味也无不在所有民族之上。"他也十分推崇儒学的"理性",认为"只须以理性或真理"就可以治天下④。霍尔巴赫认为中国哲学充满理性主义色彩。历史上的中国虽然多次被野蛮的征服者征服,但最后总是征服者屈从于被征服者的文化,中国是世界上唯一将政治与伦理思想结合在一起的国家。欧洲"非学中国不可"⑤。

百科全书派"另一位著名代表人物伏尔泰更是一位对孔子和儒学近乎狂热的崇拜者。作为一位自然神论者,他视孔子与儒学为自己的同道。他赞扬孔子"既不作神启示,也不作先知",只是以道德说教吸引人们的信仰。他将孔子的画像悬挂在自己的书房里,并在其下写了这样赞美的诗句:

> 子所言者唯理性,实乃贤者非,先知。
> 天下不惑心则明,国人世人俱笃信。⑥

伏尔泰将中国的宗法社会和政治制度理性化,认为这种社会和制度合乎理性和自然神论:"他们帝国的组织为世界上前所未有的好"。他还以儒学作为抨击基督教神学的武器。认为中国悠久的历史本身就足以驳倒《圣经》的创世说,百科全书派的其他思想家如卢梭和爱尔维修等,也都个同程度地受到儒家思想的影响。在法国受到儒学重大影响的还有重农学派,其代表人物是魁奈。他认为重农学派的重农主张和单一税制与中国儒学"重本抑末"的经济思想和经济主张政策相契合。重农学派的最崇尚的自然法则也就是中国儒家和道家共同崇尚的"道"。魁奈在其所著的《中国专制政治论》一书中,竭力为中国的专制政体辩护,认为中国"合作的专制政治是世界上最好的政治形式,"因为中国的政治制度与伦理道德相一致,闪烁着"理想之光",因为中国的人文科学较自然科学更发达,正好可补西方在这一方面的缺憾。⑦

中国儒学对启蒙时期的英国思想界也产生了积极影响。如休谟也肯定儒学的自然神论倾向。坦普尔在《英雄德性论》中颂扬孔子具有"特殊的天才渊博的学问,可敬的道德,优越的天性。"⑧

欧洲思想界的中国热,至19世纪初开始降温。原因可能是,17—18世纪中国的繁荣已经风光不再,封建社会腐朽没落的真相,已经暴露在欧洲人面前,而对中国儒学内容和实质的进一步了解,使新一代的欧洲人已经难以再对它无条件地献上赞美诗了。

17—18世纪在欧洲出现的以颂扬儒学为主要内容的"中国热"实在是一个十分矛盾的历史现象。与中国宗法封建社会经济相适应的儒学到了面临资产阶级革命的欧洲,竟然受到资产阶级启蒙思想家由衷的颂赞,成为他们构筑启蒙思想的重要资源和反封建反教会的重要武器,而在它自己的祖国,随着反封建革命运动的产生和发展,它却成了被日益猛烈抨击的对象。应该如何来理解这一看起来错位的历现象呢?

一、古代的欧洲产生了希腊、罗马的一批思想巨人,他们的思想达到了相当高的思想水准。在其与俄罗斯、中亚、西南亚、北非等地的文化交流中,欧洲人还没有看到一种在内涵的丰富性,逻辑的严密性和知识的科学性上能与希腊、罗马思想相并肩的思想体系,这使他们长期处于一种自满自足状态。16 世纪以后经传教士译介到欧洲的中国儒学使他们看到了不亚于希腊罗马的思想文化系统,于是惊异感佩之情油然而生,也产生了了解认识的欲望。

二、16—18 世纪的欧洲思想界经历了从文艺复兴到思想启蒙的发展历程,其赖以构筑新思想的主要资料是古希腊罗马思想家留下的资料,他们热切希望找到新的特别是异质的思想资料,而传教士们译介的中国儒学登陆欧洲可以说适逢其时。

三、由传教士译成拉丁文、法文、德文和英文的中国儒学典籍,在经过语言转换后已经与原意有了距离,欧洲的启蒙思想家按照自己的需要对这些思想资料进行改造性的吸纳,他们理解的儒学思想已经与其本来面目有着相当大的差异了。比如,他们以自然神论概括孔子及儒家的哲学思想,以"理性"规范其伦理观念,将中国封建专制政体看成世界上最好的政治形式等,这种偏离儒学本意的解读,不论是无意为之还是有意为之。恰恰都是适应了他们创造新思想的需要。

四、尽管儒家思想与欧洲的传统思想相比是一种异质文化,但二者仍有许多共性的东西。因为相当多的思想体系中都有超越时空,体现人类共同思想感情的内容。这些内容往往能够引发超越时空的共鸣,如儒学中非宗教的理性思考,民本主义的政治文化意识,博大深广的人道主义和人文主义精神,丰富而优秀的伦理道德遗产以及积极进取的人生态度和独立不移的大丈夫精神等。

附注:
①②《后汉书·循吏传》。
③朱谦之:《中国哲学对欧洲的影响》第 225—226 页,福建人民出版社 1985 年版。
④转引李喜所主编《五千年中外文化交流史》第 454 页,世界知识出版社 2002 年版。
⑤⑥同④第 455 页。
⑦同④第 466 页。
⑧范存忠《中国文化在启蒙时期的英国》第 15 页,上海教育出版社 1991 年版。

全球化与文化自觉

　　文化是一个民族全部活动及其成果的历史积淀,它不仅决定了国民对社会现象的根本态度及自身社会行为的价值取向,表现为人们的生产、生活、交往等活动和方式,而且作为一种价值观和哲学思维方式,还以其渗透性、扩张性对社会生活各方面产生深刻影响。文化是维系一个国家和民族的精神纽带,与一个国家和民族的前途和命运休戚相关。江泽民同志在党的十五大报告中指出:有中国特色的社会主义文化,是凝聚和激励全国各族人民的重要力量,是综合国力的重要标志。

　　全球化必然伴随着文化的同质化与异质化、文化的整合与冲突。实际上,这仍然是本土文化与异域文化、传统与现代的关系问题。面对全球化浪潮,面对 21 世纪,如何建设有中国特色的社会主义新文化,如何坚持先进文化的前进方向,使之既渊源于中华民族五千年的文明史,又植根于有中国特色的社会主义实践,具有鲜明的时代特点呢?

一、全球化不可能消灭文化差异

　　在全球化进程中,文化同质化、文化整合(统合)增强的同时,文化的异质化、文化的冲突也同步增长。一方面,信息技术革命和资本的全球性流动为文化广泛而迅速的传播提供了载体、工具和渠道,促进了各民族文化的交流、学习与借鉴。与此同时,由于某些问题本身已经带有全球共性特征,如,能源、环境、暴力恐怖活动等,使得人们开始从人类整体考虑问题,承认人类文化的某些共同性,于是产生了"全球伦理"、"全球意识"等新的文化观念。这样,全球化的进程就使各民族文化自身的本质特征变得模糊甚至有所丧失,呈现出文化同质化、文化统合的发展倾向。另一方面,与文化统合、文化同质化趋势同时发展的还有文化的冲突、文化的异质化。文化冲突和文化的异质化实质上就是文化的民族性特征。正如法国思想家雷吉斯·德布莱所说的那样，在消灭地球上的文化差异这一点上，全球化是完全失败了。

全球化之所以不能消除文化差异，这是因为：

第一，旧的国际经济、文化秩序的存在，使得现实的文化交流具有极大的不平等性，文化全球化在很大的意义上说仍然是西方文化的输出、传播。文化具有不同社会制度意识形态的差异性，具有不同国别民族精神和民族特征的差异性。当前全球化的主角是西方资本主义，主要动力也是发达资本主义国家。全球化实质上是西方资本主义以自己的生产方式和社会制度来整合世界的又一次努力。这些西方发达资本主义国家试图确立自己对当今世界的绝对统治地位，因此，它们会在政治、经济、文化各个领域对其他民族和国家，特别是社会主义国家，进行渗透，用自己的价值观念和政治经济模式来"规范"其他民族和国家。它们凭借自己的先进传媒和经济实力，使自己的文化获得强势地位，又通过文化霸权的扩张，输出自己的价值观念、思维方式和生活方式。由于反对文化霸权主义、维护民族精神和保存民族文化传统的需要，民族情结和民族意识被强化了。

一个民族的文化是一个民族全部历史的创造物，是民族生命与民族精神的不竭源泉。一种民族文化一经产生就会在民族的发展中长期存在而且发生作用。虽然民族文化不是一成不变的，但是，相对于政治、经济的变化而言，民族文化具有更大的稳定性，而且它的变化也始终存在着继承、连续的一面。处于弱势地位的广大发展中国家意识到失去传统会使自己一无所有，而通过强化民族文化的认同，不仅可以凝聚人心、提高国际竞争力，还可以缓解社会转型带来的利益冲突和其他危机，这样，就激起了不同国家对自身文化阵地的坚守和价值观念的强固，加剧了民族国家之间的文化冲突。

第二，文化发展和文化交流具有自身特殊的规律，它总是同一定民族的传统或特点紧密联系在一起的。在文化交流和文化整合过程中，任何文化都是人类共同性与民族性、时代性与地域性的有机统一。文化首先是民族的、区域的，然后才是世界的、人类的，世界的、人类的也必须转化为民族的、区域的。一般来说，越是具有民族性特点的文化，往往越具有文化的价值和生命力，也就越能走向世界。民族文化在走向世界的进程中，其民族性不仅不会丧失，反而会在与其他民族文化的交流和融通中得到强化和锤炼。学习、引进外来先进文化，也不是要消灭或代替民族文化，而是要扎根于民族的土壤，使之本土化、民族化，使异域的东西取得民族的形式和风格，打上民族的烙印。每个民族在接受外来文化影响的同时，必然要对自己文化进行筛选、扬弃，使民族文化发生转型。通过借鉴、学习和吸收外来文化，使之本土化、民族化，通过分析、筛选和扬弃民族文化，使之转型，以适应时代发展的要求，这就是创造民族新文化的过程，这也是文化发展的辩证法。通过这两条途径整合成的新文化，当然也就是民族文化与异域文化、传统与现代的有机统一。

第三，每一种文化资源对经济发展和社会进步的作用都是独特的、不可替代的。就像不同的自然资源会形成不同的市场一样，不同的文化资源也会形成不同的市场。由于政治、经济、文化发展的不平衡,并不是所有先进的文化都集中在一种社会形态或一个国家和民族之中。经济上落后的国家在哲学上仍然能够演奏第一提琴。这正所谓"寸有所长,尺有所短"。季羡林先生曾经指出,两种文化或多种文化互相交流时,产生的现象异常复杂,有交流,有汇流,有融合,有分解,有斗争,有抗拒,有接受,有拒绝。千变万化,很难用一两句话来表达。世界民族,无论大小,无论新旧,都会有自己的文化创造,总会对人类文化的总体有所贡献。哪一个民族都必须承认,谁也不是而且也不可能是人类文化的唯一的创造者、施与者,而非接受者。

不同的社会都会发扬它们独特的文化优势,从而强调市场的不同方面。例如,西方注重培养孩子的自立精神,这有助于激发他们成年以后成为敢做敢为的企业家;非洲部落的血缘关系提供了一张关系网,商人可以通过它获得培训和启动资金;儒家认为长远规划比眼前结果更重要,这使得亚洲社会储蓄率较高。[①]因此,合力文化更能使世界经济充满活力,更能使社会生活充满活力。

综上所述,在全球化过程中,我们应当很公正地考虑文化与文化之间的共同性及差异性,从当今世界所存在的多元文化的事实出发,交流互补、融合创新,来构建世界文化体系;任何国家和民族也只能根据自己的客观实际,对原有文化和外来文化进行客观、科学、实事求是的分析和总结,取长补短,去劣存优,融合创新,来建设自己的民族文化体系。

二、保持文化自觉

所谓文化自觉,是指生活在一定文化中的人对其文化有"自知之明",知晓该文化的诞生、形成过程,知晓该文化所具有的特色和优势,了解该文化所存在的缺陷和不足,了解它在世界文化中的地位和作用,了解它的未来发展方向和发展趋势。简言之,就是要有正确、健康的文化观。雷吉斯·德布莱指出:"20世纪是一个重视自己在经济的生产过程中处于什么位置的时代。在21世纪,至关重要的将是自己处于什么样的文化中、信奉什么样的宗教、说什么样的语言。"实际上,这里说的就是一种文化自觉。

文化自觉的目的是为了加强对文化转型、文化取舍、文化选择和文化改造的自主能力,以适应新环境、新时代。

任何文化都是一定社会和时代的产物,具有社会历史性和时代的局限性。一种文化的先进性不是绝对的,而只是相对的。如,中国传统文化的先进性,只是相对于原始社会和奴隶社会以及同为封建时代的其他国家而言的,它主要是农业文明的产物。西方文化的先进性,只是西方资本主义文化相对于封建文化而言的,它主要是工业文明的产物。世界上没有任何一种绝对完美无缺、一成不变的文化体系。在《文明的冲突和世界的重建》中,塞缪尔·亨廷顿把不同于美国文化的伊斯兰、中国、日本和东正教等文化统统视为异己文化而加以蔑视,宣扬"西方文化优越论"。在我国,有的文化保守主义者则把儒家文化当作国粹,提出"复兴儒学是中国文化现代化的根本途径",宣扬"东方文化优越论"。这两种论调都看不到先进文化的相对性,看不到文化的社会历史性和时代局限性,看不到本民族文化的缺陷和不足,看不到其他文化的优点和长处,因而是片面的,也是缺乏文化自觉的。

未来世界文明的冲突虽然有增强的趋势,但这并不是文化发展的主流,其主流应该是也只能是文化的对话、互补和融合。历史已经进入后工业社会(信息社会或生态社会),新的时代需要有新的文化,而新的先进文化的创造又离不开传统。但是,正如先进的民族文化不可能是纯而又纯的本土文化一样,新的先进的世界文化不可能是某一种纯而又纯的民族文化,而只能是多种文化的融合互补。这就需要各有所长的民族文化充分发挥自己的独特价值,共同为人类文明的发展作出贡献。特别是在全球化过程中,由于异质文化的交流、碰撞,各种民族文化的单一性、局限性会日益凸现出来,人们必须开拓自己的文化视野,把先进的民族文化和先进的世界文化融会贯通起来。

每一种民族文化都有自己生长的土壤和环境,都有自己的作用范围和发展空间。每一种文化体系在经济发展和社会进步中都有着其他文化所不可替代的地位和作用。在某些方面,民族文化有先进和落后之分,但是,在有些方面,民族文化又是难以比较,没有先进和落后之分的。每一个国家和民族在文化方面都有自己的特殊性和特点,正是这种文化的特殊性和特点,正是这种多元文化并存的格局,使得世界五光十色,绚丽多姿。

文化自觉是一个历史性范畴。随着历史时代的不断转换,文化必然改变其形态。随着社会历史的发展,每一个民族、每一个国家的文化既有与现代社会生活相适应的一面,也有与现代社会生活不相适应的一面。每一个民族、每一个国家的文化都必须具有与时俱进的品格,既保持自己民族文化的传统,发掘传统文化的现代价值和世界意义,又必须学习、借鉴外来文化,保持文化的时代性、先进性。也就是说,既要立足于传统,又要面向现代。立足于传统才能面向现代,面向现代才能挖掘传统。

传统文化代表文化的民族性,现代化代表文化的时代性。二者是对立统一的关系。传统文化与现代化的矛盾是历史上任何时代,任何正常发展的国家都必须努力解决的问题,而且,这一矛盾解决的好坏,对一个国家的生存发展影响深远。解决好了,对立面达到暂时的统一,文化才能得到进一步的发展,经济才能繁荣。

与文化自觉相联系,"现代化"也是一个历史范畴,也是一个普遍的历史现象。这种意义上的"现代"是指当时的"现代","现代化"也可以叫做"时代化"。因此,对于不同历史时期的人来说,现代化的内容和要求是不一样的。但是,不管哪个历史时期的现代化,其中一个最重要的内容就是要进行文化交流,在文化交流中各取所需。不进行文化交流,就不可能有现代化。

在全球化过程中,任何一种文化都既不能妄自尊大也不能妄自菲薄。全球化决不是要消灭各种民族文化的差异,把多元多彩的民族文化整合成同质文化。强势文化不要借全球化的强劲东风,一心想着同化其他弱势文化,搞文化霸权主义;弱势文化也不要过分强调文化守成,希望一成不变地保存其固有文化,陷入文化部落主义。

在多元文化交流过程中,要做到知己知彼,尽量消除文化之间的误解和偏见,互相取长补短。既然文化是多元的,而且文化多元化已经成为现今文明发展的一个重要特点,那么,在全球化过程中,我们就要从尊重这一事实出发,处理好文化的同质化与异质化、文化冲突与文化整合、本土文化与异域文化、传统与现代的关系,兼容并包,取长补短,综合创新。

从文化发展和文化交流的趋势,从人类发展的前途来看,世界文化的大汇流、世界文化的到来是不可避免的,尽管这需要极长的时间,几百年,上千年,甚至千年以上;但是这种汇流终究是会来到的。

在未来世界文化的创造中,多种文化互补融合,这将是一个只有赢家没有输家的过程。费孝通先生把文化自觉的这一艰巨历程精辟地概括为:"各美其美,美人其美,美美与共,天下大同。"②

三、全球化进程中中国文化的前进方向

在全球化背景下,我们必须以马克思主义为指导,吸纳和融合世界先进文化的成果,通过文化整合和创新,建设有中国特色的社会主义新文化。这种新文化以培养一代又一代有理想、有道德、有文化、有纪律的公民为目标,是一种面向现代化、面向世界、面向未来,民族的、科学的、大众的文化。江泽民同志高屋建瓴地指出:"我国的文化的发展,不能离开人类文明的共同成果。要坚持以我为主、为我所用的原则,开展多种形式的对外文化交流,博采各国文化之长。"③

2002 年 4 月 28 日,江泽民总书记在考察中国人民大学时又提出哲学社会科学工作者能以发展民族新文化为己任的希望。他说:"希望大家既立足于中国又面向世界,努力继承和弘扬中华民族的优秀文化,积极学习借鉴各国人民创造的有益文化成果。中华文化博大精深,为人类文明进步作出了不朽的贡献,我们应结合时代精神加以继承和发展。同时我们要拓展眼光,积极吸取人类文明的一切优秀成果。只有这样,我们才能更好地建设有中国特色的社会主义文化。"实际上,这就是中国共产党人在新的历史时代的文化自觉。

所谓社会主义新文化,就是要根据马克思主义的基本原理,充分利用世界文化资源与市场,吸收世界各国的先进文化,包括文学、艺术、教育、哲学和科技在内,使之为我所用。换句话说,就是要大搞"时代化",时代的先进文化是反映时代本质和时代精神,体现时代潮流和时代要求的文化。这就要求我们与时俱进,不断地进行文化更新,分析、接受外来文化中适合于中国国情的精华部分,如西方先进的技术、管理经验。而且,不能只安于学习,还要在不断消化吸收的基础上有所创新,有所发展,将异质文化转化成自身发展的营养。

建设社会主义新文化也就是要坚持对外开放,扩大文化交流,吸取人类一切优秀的文明成果,借他山之石来发展自己。先进的科学技术、管理经验和思想文化,不管是东方的还是

西方的,不管是社会主义国家的还是资本主义国家的,都要善于借鉴和学习。世界各国人民本来就时时刻刻生活在文化交流中,并且从中既得到物质利益,也得到精神利益。没有文化交流,就没有人类社会的进步。在中国历史上,对外文化交流频繁活跃的时候,往往就国力强盛,社会生产力发展很快,例如汉唐时期。凡是奉行闭关自守政策,"惟我独尊",拒绝学习外国先进文化,不敢进行文化交流的时候,往往就技术落后,经济凋敝,国力衰竭,例如清朝时期。

当然,每一种文化都有精华和糟粕。对于外来文化不能全盘吸收,照搬照抄,而是要充分发挥主体能动性,实行"拿来主义",根据自己的文化特点有选择地吸收,使之本土化。"以我为主,为我所用",也就是要以本国文化为主,而决不能反客为主或喧宾夺主。内因是最终的决定性因素,外因只能通过内因而起作用,搞全盘西化在理论和实践上都是行不通的。特别是对于各种腐朽文化和反动思潮的渗透和侵蚀,要有效防止和坚决抵制。

所谓中国特色,就是要立足于当代中国的现实国情,继承民族文化遗产,发扬传统文化的精华部分,对其扒梳整理,加以时代的改造,使之与时俱进。也就是对传统文化在扬弃的基础上发扬光大,取其精华,去其糟粕,综合创新,以推进中国现代化。这就是中国文化的转型问题。

当然,实现中国传统文化的转型是一个十分复杂的问题,它必须以世界文化的发展方向和发展潮流为大背景,以对传统文化的理性思考为基础。首先,必须把握"时代",弄清现时代的性质、特点,它的决定性矛盾,发展的主要动力和主要方向,只有对这些因素作深刻分析,才能正确地制定出现阶段的路线、方针和政策。其次,必须熟悉和审视"传统",弄清中国传统文化的优缺点之所在。把现代化等同于全盘西化,否定传统民族文化经过改造、创新所具有的极大的世界意义和现代价值,忽视文化的历史性和民族性,片面强调其时代性,这是极其有害的;相反,把现代化等同于儒学的复兴,否定传统文化对现代化的阻抗,忽视文化的时代性,片面强调其民族性和历史性,也是极其有害的。

总之,不管是对传统文化还是外国文化,都要进行优化选择。在优化选择中建设社会主义现代化,在优化选择中建设社会主义新文化。一切文化都是传统文化的纬线与时代性的经线相织而成的一匹锦。

以全球视野来观照和审视中国传统文化,中国传统文化独特的人文精神,特别是其对人的价值的关注,其奋发有为、自强不息的精神,其倡导万物一体、天人合一、世界大同的宽容精神,其对人与自然和谐关系的探索,其对现实社会的关注,其对人伦关系协调的重视,其强调"和而不同"、以综合见长的思维方式,等等,对我们消除现代社会的弊端,对世界先进文化的建构,都有着积极的价值,必然会产生深远的影响。

在各种文化的交流、碰撞和冲突中,中国传统文化要敢于承认自己的不足,要勇于和善于学习西方文化的长处。中国传统文化产生于农业社会,其文化体系的封建道德性质已经落后于时代。中国文化转型的内容主要有:从重道德轻知识的伦理至上型文化,转变为求真务实、科学理性精神与道德完善精神相统一的文化;从重人治轻法治的专制主义文化,转变为充满社会主义民主法制精神的文化;从重国家轻个体的臣民文化,转变为尊重主体意志、将个体与整体和谐统一的社会主义公民文化。④简言之,在文化形态上,中国文化要学习和吸纳西方科学、理性、自由、平等、正义、民主、法制和创新精神,不断提高文化的创新能力,增强民族文化的凝聚力和国际竞争力。建设有中国特色的社会主义文化体系任重而道远。

附注:

① 唐·拉瓦依:《经济繁荣与文化底蕴》,《参考消息》,2002 年 5 月 20 日第 4 版。

② 费孝通:《反思·对话·文化自觉》,《北京大学学报》,1997 年第 3 期。

③ 江泽民:《在中国共产党第十五次全国代表大会上的报告》,《人民日报》,1997 年 9 月 22 日第 1 版。

④ 周安伯,严翅君,冯必扬:《发展理论与中国现代化》,国家行政学院出版社,1998 年,第 244—246 页。

仁学与人类文明

中华书局　王国轩

仁是儒学的核心。离开仁谈儒学,等于舍本而逐末,舍大体而求小用,不仅无助于儒学的研究,也无助于儒学的继承和发展。

仁的观念是伴随爱而产生的,所以自古以来不绝如缕,没人能使它中断。只是有时弘发,有时隐微,时而畅宣于天,时而潜伏于地罢了。

仁 学 的 演 变

仁是儒学文化的生命线。但至孔子,才形成规模。此后在《易传》、《礼记》、郭店竹简中都有许多关于仁的论述。至《孟子》以心说仁,本心、良心、不忍之心、四端之心,都含有仁,使仁的观念上达于天,下施于政。汉代贾谊、《白虎通》以博爱说仁。唐代韩愈直接孟子,把仁的观念道统化。宋代二程、张载、朱熹释仁为全德并把仁普遍化、本体化。宋元明清以来,以本心说仁、以良知说仁、以万物一体说仁,以公说仁,仁学展现出多姿多彩的内涵。到近代康有为以不忍心说仁倡博爱,谭嗣同创立仁学,倡科学、平等、博爱与自由,使仁学突破三纲的束缚,成为个体发展的生命力。现代孙中山把仁爱作为八德的重要内容。蒋介石不敢否定仁爱。毛泽东寻爱之理,倡公,讲革命队伍之爱。今天人们大讲爱心,如此等等,可见仁是何等重要的学说。关于仁的演变,我于1990年《孔子研究》大连学术讨论会中,概括了七个阶段,现抄录如下:"(一)孔子把仁学规模化,孔子以前即有仁的概念,但不成体系,孔子把仁义礼等众多道德规范联系起来,并规定了层次性,使仁变为最高层次。(二)孟子把仁学进一步内化和外化。孟子把仁向内心推进,提出'不忍人之心'、'四端说'。同时又提出仁政说,把仁外化成政治学说。(三)汉儒把仁学宇宙化。针对秦代严刑峻法而亡国,汉儒提倡德治,把仁提为五常之首,并进一步用阴阳五行论证仁,推向宇宙高度。(四)魏晋把仁学自然化。名教与自然之争是魏晋哲学主题之一,其中名教的内容就有仁义,并试图用自然释仁。(五)韩、李把仁学道统化,博爱谓之仁,仁为道统之核心内容。(六)宋儒把仁学本体化、工夫化。宋儒提出仁是全德,心即理,性即理,理中有仁,仁为四德之首,但又包含四德,把仁提到宇宙本体高度,理学家都讲工夫,认为只有工夫才能复现完善本体。(七)近代仁学向现代思想转化。康、梁、谭等给仁学注入了科学、自由、平等、博爱等思想,这是仁学在历史上根本性的变化。"(《孔子研究》1990年第4期)我认为以上的划分,大体勾勒出仁学发展的风貌。

仁的基本要义

仁如此重要,但仁为何物,其基本精神或要义是什么?这是本文重点讨论的内容。李泽厚教授认为,孔子并没有给仁下一个明确的定义。李氏的说法是正确的。的确,翻看《论语》,孔子只是说何者才为成仁,而没有明确揭示仁的定义。不过这个看法,不是今人发现的,在宋代已有了。二程说:"自古元未曾有人解仁字义。"(《二程遗书》卷十五)朱熹说:"孔子之教许多仁,却未曾正定说出。盖此理真是难言,若立下一个定说,便该括不尽。且只于自家身分上体究,久之自然贯通。"(《朱子语类》卷二十《论语》)

仁既难说,难以用语言表述,那么没办法说仁了吗?我认为可以从两个角度把握它,一个是从历史的发展积累中,一个是从横向的广度中,抽取其要义。发展是动态的,横向是静态的,动与静结合,才能把仁的主要的大义提炼出来。

仁学的基本要义,主要有以下几点:

仁的第一义——生。

生是宇宙两间万物的起点,世界万物,无论是山河大地,还是飞潜萌动,都有不断生长的过程,这是自然法则,是天赋予万物的特质。生生不已是万物永恒的定律,也是天之理,在人即为仁。这种观点在《易经》中得到充分的展现。如《乾卦》四德,元为初始,即春,即仁。元、亨、利、贞描述了天地运行,万物生长的规律,但一切无不以元为之始。体现于人身上则出现了仁义礼智四德。"天地之大德曰生。"《易传》这句话成为后来学者的口头禅。到理学,生意为仁,得到了充分的发挥。二程说:"'生生之谓易',是天之所以为道也。天只是以生为道,继此生理者,即是善也。善便有个元的意思。'元者善之长',万物皆有春意,便是'继之者善也'。'成之者性也',成却得它物自成性须得。"(《河南程氏遗书》卷二上)又说:"万物之生意最可观,此'元者善之长'也,斯所谓仁也。"(《河南程氏遗书》卷十一)朱熹说:"春为仁,有个生意。"(《语类》卷六《性理》三)又说:"生底意思是仁。"(同上)"待得此生意为生,然后有礼智信。"(同上)并进一步发挥说:"仁属春,属木。且看春间天地发生,蔼然和气,如草木萌芽,初间仅一针许,少间渐渐生长,以至枝叶花实,变化万状,但可见它生生之意,非仁爱,何以如此。"(《语类》卷十七《大学》四)当弟子问:"仁有生意如何?"朱熹回答:"只此生意。心是活物,必有此心,乃能知辞逊;必有此心,乃能知羞恶;必有此心,乃能知是非。此心不生,又乌能辞逊、羞恶、是非? 且如春之生物也,至于夏之长,则是生之长,秋之遂,亦是生之遂,冬之成,亦是生之成也。百谷之熟,方及七八分,若斩断其根,则生者丧矣,其谷亦只得七八分;若生者不丧,须及十分。收而藏之,生者似息矣,只明年种之,又复有生。"(《语类》卷二十《论语》)朱熹弟子陈淳也说:"生之性便为仁。"此后以生言仁者不乏其人。如王阳明也说:"仁是造化生生不息之理,虽弥漫周遍,无处不是,然其流行发生亦只有个渐,所以生生不息。"(《王阳明全集·语录一》)。至清代戴震对理学作了总结性的批判。但仍认为"气化流行,生生不息,仁也",又认为"民之质",即具有"生生之德"的仁,但此仁字,不能排除"日用饮食",因为它是保证人具生生之德的物质条件,一旦人遂其生,并能推之天下人,则是仁。戴震还从本体上批判宋明理学对人性先验性的虚构。其深刻度古无有之,但还肯定仁,并把仁赋予生生不已的内容。正是仁能生生不已,才能展现其热爱生命,反对戕残生命的品格,表现了如沐春风,如坐母怀般的爱。

仁的第二义——爱或博爱。

爱是仁的核心内容,离开爱就无从谈仁。爱是仁的起点,又是仁的归宿。孔子讲仁者"爱人"(《论语·颜渊》)。《易·系辞上》也说:"安土敦乎仁,故能爱。"郭店竹简也称:"不爱不仁。"(《五行篇》)《大学》说:"此谓唯仁者能爱人,能恶人,故能爱。"《中庸》称:"仁者,人也,亲亲为大。"又说:"宽裕温柔,足以有宏也。"朱熹认为这两句话讲的是仁,考之《礼记》,绝不是空穴来风。《礼记·儒行》称:"温良者,仁之本也。……宽裕者,仁之作也。"二者互释,都可看出仁者的形貌,内心是充满爱的。此后孟子明标:"仁者,爱人。"(《离娄下》)并提出"恻隐之心"、"不忍人之心",这都是爱的深度表述。同时代的荀子《议兵》也称仁者"爱人"。甚不赞成儒学的《庄子》称:"爱人利物谓之仁。"(《天地》)《韩非子·解老》也称:"仁者,谓其中心欣然爱也。"这说明仁的爱意已是当时人们的共识。到汉代董仲舒说:"仁者,爱之名。"(《春秋繁露·深察名号》)《白虎通》也说:"仁者,不忍也,施生爱人也。"(《性情》)王弼也说:"自然亲爱为孝,推爱及物为仁也。"(皇侃《论语义疏》引)此后理学家都肯定爱为仁的主要内涵,只不过他们更深入地探讨"所以爱"的深层问题罢了。

仁为博爱之说首于贾谊。其根据则为孔子的"泛爱众"思想。贾谊说:"德莫高于博爱人,而政莫高于博利人。"博爱人是由仁引发。董仲舒也讲"博爱",但真正明以"博爱"释仁者则为唐代韩愈,《原道》篇称:"博爱之谓人。"爱或博爱,这是人类最基本的情感,是生命赖以产生、存在、发展的温床,天地运行的起点,是天地万物和人类不可或缺的东西。儒学以爱揭示仁,奠定了儒学之人文主义和人道主义基础。但世界上没有无缘无故的爱,于是宋明理学不满意以情说仁,目光转向探讨爱的深层原因,从而出现了以理释仁的思潮。

仁的第三义——理。

朱熹在《论语》第一篇第二章,为仁下了个定义,即"仁者,爱之理,心之德也"(《四书集注·学而篇》注)。这个定义很重要,朱熹同弟子反复讨论,这就是以理说仁。以理说仁,其本质是把仁学本体化,目的是寻找情的背后根据。

朱熹认为,"性即理",而理中含有仁义礼智等四德,所谓"爱之理"是偏言,是从"分看"得出的。"偏言则一事。"即"爱之理就是仁义礼智上分说。如义便是宜之理,礼便是别之理,智便是知之理"(《语类》卷二十《论语二》)。仁是爱之理,"就是体段上说"(同上)。"爱"是情,不是性,仁是性,性即理,仁发出则是恻隐,恻隐是情。仁是体,恻隐是用。仁是理,不可名状不可见,情则可见,由情才知性。仁的发用则为三段,即"亲亲、仁民、爱物",这是"行仁之事"。仁义礼智各为一事,其发用如下图:

性情发施图

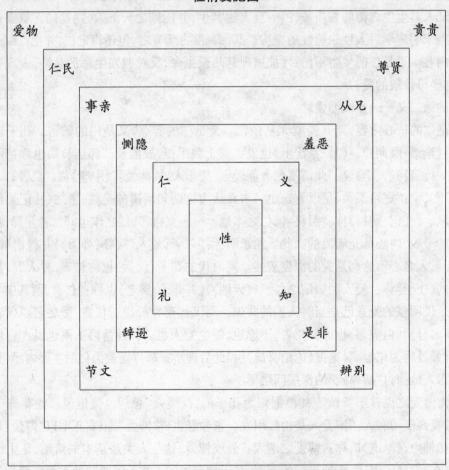

这是从偏言、分看角度提出的。但专言之统说,仁则为心之全德。

仁的第四义——全。

全指全德,仁为全德,是"专言",即从"统看"角度说的。二程说:"仁者,全体;四者(义礼智信)四支。仁,本也。义,宜也。礼,别也。智,知也。信,实也。"(《河南程氏遗书》卷二上)朱熹说:"仁是全体不息。"(《语类》卷二八《论语十》)朱熹又说:"仁义礼智四者,仁是足以包之。"(《语类》卷六)仁不仅包括义、礼、智,而且还包括四端,即情。

仁何以为全德,即仁能包四者。好比五行之木、四季之春,乾卦之元,方位之东,居于首,其生意,一直贯通下来,至冬而收藏,但生生之意并不息灭。从全德出发,礼者则为仁的嘉会和节文,义则为仁之成熟和收获。智则知仁,信则为四者真实无妄。这是从总体上说的,故为全德。至此仁已体系化,可以称为"仁学"了。朱熹反复从不同角度论证四者关系,现制表如下,从中可以见其论证的各个侧面。

阴阳五行之理

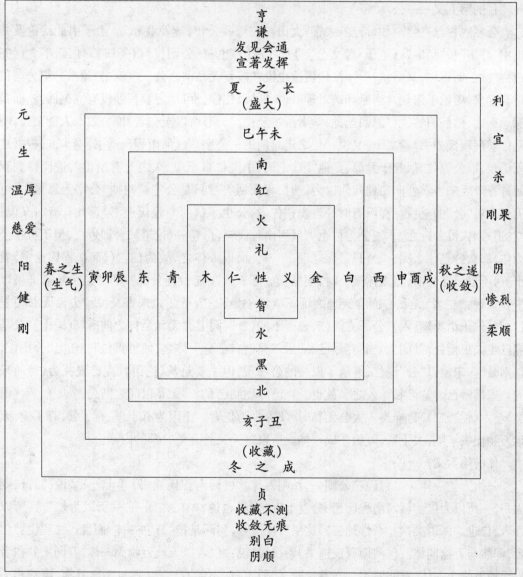

朱熹认为仁只有一个,不赞成把仁分为"大大的仁,小小的仁"。有的学者认为朱熹把仁

分两种，实是一种误解。朱熹说："自古圣贤相传，只是理会一个心，心只是一个性，性只是仁义礼智，却无许多般事，见于事，自有许多般样。"(《语类》卷二十《论语二》)

全德概念有其思想渊源。《周易·乾卦》有元亨利贞四德。孔子把仁规模化，把礼、乐、忠信、孝、弟、恭、敬、宽、敏、惠、刚、毅、木、讷等纳入仁德之中。《礼记·儒行》用温良、敬慎、宽裕、孙接、礼节、言谈、歌乐、分散等德目来形容仁的内涵及气象、作用，使人有全德感。汉儒以五行说五常。这些都是朱熹全德定义的先声。仁为全德为理，何以成其全德和理，在宋明理学家看来，必须克尽己私，方能使全德和理显现出来。于是又以公说仁。

仁的第五义——公。

公私观古已有之。如《诗经·大雅·大田》有"雨我公田，遂及我私"。孟子引此诗论及井田中"公田"和"私事"(《孟子·滕文公上》)。《论语》也有"公则悦"(《尧曰》)，仁则不贪(《尧曰》："欲仁而得仁，又焉贪？")。汉代贾谊也说："兼复无私谓之公。"(《新书·道术》)但公与仁结合起来，殆始于宋代。当尹和靖对程颐说："某以仁惟公可尽之。"程颐没有立刻回答，而是深思久之，然后回答说："思而至此，学者所难及也。天心所以至仁者，惟公尔。人能至公，便是仁。"(《程氏外书》卷二十)又说："仁之道只消道一公字。"(《河南程氏遗书》卷十五)根据这段语录，以公说仁，似起于尹淳，是他"取《论语》中说仁事至思，久之忽有所得"，进而得到程颐首肯。后来当学者向二程问何以为仁时，程氏回答："只是公字。"叫他"公字上思量"。可见程氏对"公"的重视。程氏有时径直说："仁者，公也。"(《河南程氏遗书》卷九)，有时又说："仁道难名，惟公近之，非指公为仁也。"(《河南程氏粹言》卷一《论道》)公即近仁，但不可指公为仁，那么公是什么呢？"公只是仁之理，……公而以人体之，故为仁。"(《河南程氏遗书》卷十五)所以公在仁前，当人体现公时，便是仁。那么人怎能做到公呢？那便是无私心。所以朱熹又说："仁者，无私心而合天理之谓。"(《孟子集注·告子注》)朱熹又说："公而无私便是仁。"(《朱子语类》卷六)"公了方能仁，私便不能仁。"(同上)"无私是仁之前事。"(同上)"公是克己工夫极至处。"(同上)当"克尽己私"后，"只就自己身上体之，便见得仁"。于是"公则仁，仁则爱"。宋儒以"公"说仁，继承了以往的公私观，但主要是从《论语》"克己复礼为仁"而来的。宋儒解己，即"己私"，人之私欲也。克己即克制己私。"无私以间之则公，公则仁。"(《语类》卷六《性理三》)这样当人大公无私时，便称之为仁者。正因为有了理，有了公，有了爱，天地万物便去了隔，去了塞，万物才成一体。所以"仁"又具有了"一"的内涵。

仁的第六义——一。

一指万物一体。二程说："公则一，私则万殊。"(《河南程氏遗书》卷十五)又说："若仁则固一，一所以为仁。"(《河南程氏遗书》卷十五)朱熹也说："'仁则固一，一所以为仁'，言所以一者，仁也。"(《语类》卷六《性理三》)这里所说"一"，实际是指"万物一体"而言。二程说："仁者，浑然与万物同体。"(《河南程氏遗书》卷二)又说："仁者以天地万物为一体。"(同上)"仁者以天地万物为一体，莫非我也。知其皆我，何所不尽，不能有诸己，则与天地万物，岂特相去千万而已哉！"(《河南程氏粹言》卷一《论道》)朱熹认为："仁者固能与万物为一。"但只是说的

"仁之量",即仁所能达到的极至处。王阳明也以"万物一体"论仁。他说:"大人者以天地为一体者也。其视天下犹一家,中国犹一人焉。若夫间形骸而分尔我者,小人矣。大人之能以天地万物为一体也,非意之也,其心之仁本若是,其与天地而为一也。岂惟大人,虽小人之心亦莫不然,彼顾自小之耳。是故见孺子之入井,而必有怵惕恻隐之心焉。是其仁之与孺子而为一体也。孺子犹同类者也。见鸟兽之哀鸣觳觫,而必有不忍之心焉,是其仁之与鸟兽而为一体也。鸟兽犹有知觉者也,见草木之摧折必有悯恤之心焉,是其仁之与草木而为一体也。草木犹有生意者也,见瓦石之毁坏而必有顾惜之心焉,是其仁之与瓦石为一体也。是其一体之仁也,虽小人之心亦必有之。"(《大学问》)这里说明因为有了仁,所以天下万物才能成为一体。纵观一体论者,代不乏人,《周易·复卦传》把一、生、仁统一到一起。《复卦》五阴居于一阳之上,一阳代表生,即体现了"天地生物之心",也就是仁,整个卦是一、生、仁的统一。何以见一和生为仁?《象辞》说"以下仁"可证,《象辞》把九一当作仁,所以称《复卦》"为德之本"。此后惠施说:"泛爱万物,天地一体也。"至魏晋阮籍明揭"万物一体"命题。至宋明更为大多数思想家所主张。不仅二程、朱熹如此,就是真德秀、魏了翁、黄震、薛瑄、湛若水、吕坤等人也都是如此。我曾为万物一体思想作了一个概括说明,现抄录如下:"纵观历代思想家的万物一体论思想,大体可以归纳为以下几点:(一)一体论的依据大体从气、心、性、情四个方面讲的。(二)一体论的内容大都指'仁',或'仁之理',或'爱'。(三)一体论者追求己与人,人与天地万物的和谐性与统一性,提倡有差等或有厚薄地普遍的爱。"(见《明清实学史》第十六章或《呻吟语译注》前言)主张一体论都反对"隔和塞"。如吕坤主张"无分毫间隔",他说:"而今学问,正要扩'一体'之意,大无我之公,将天地万物收入肚中,将四肢百体公诸天下,消尽自私自利之心,浓敦公己公人之念,这是真实有用之学。"(《去伪斋文集》卷五)公和爱即仁,公能开塞去隔,而私则使人我对立,分为胡越了。正是因为有了生、有了爱、有了公、有了万物一体,天地万物便彼此无隔而相通了。于是又引出了另一义来。

仁的第七义——通。

严格说来,通并不是仁的内涵,而是仁的作用。由生、由爱、由理、由公、由全、由一可达到通的境界。通的对立面是隔、蔽、塞,所以许多论仁的学者都要求去隔除塞。《周易》强调通。《乾卦》四德有"亨通",《泰卦》有"天地交而万物通",《同人卦》有"唯君子能通天下之志",《节卦》有"知通塞",《系辞》有"感而遂通天下之故"、"便而通之以尽力",《序卦》有"泰者,通也"。孟子也反对"茅塞"其心(《孟子·尽心下》)。二程也说:"人于天地间,并无窒碍处,大小大快活。"(《遗书》卷十五)当朱熹弟子问"以己"和"推己"区别时,朱熹回答:"推得去则物我贯通,自有个生生无穷的意思,便有'天地变化,草木蕃'气象。天地只是这样道理。若推不去,物我隔绝,欲利于己不利于人,欲己之富,欲人之贫;欲己之寿,欲人之夭。似这气象,全然闭塞隔绝了。便似'天地闭,贤人隐'。"(《语类》卷二十七《论语九》)这里也摈弃闭塞隔绝。王阳明也反对隔蔽,他认为"小人之心"也有"一体之仁",但"苟无私欲之蔽,则虽小人之心,而其一体之仁犹大人也,一有私欲之蔽,则虽大人之心,而其分隔隘陋,犹小人矣"。所以为学应去私欲之蔽，"以自明之明德，复其天地万物一体之本然而已"（《大学问》）。还要去隔离、去狭隘、去简陋。吕坤也求通，所以必须去隔离、去藩篱、去私、去我，实现一体之义。他说："满六合则成一个身躯，无分毫间隔，便是合天下以成其仁。"（《呻吟语·性命》）又说："隔一字，人情之大患。故君臣、父子、夫妇、朋友、上下之交务去隔，此字不去，而不怨叛者，未之有也。"（《呻吟语·伦理》）都强调沟通去隔。这些似乎都是说的仁的作用，而未把通纳入仁之中。到谭嗣同，通方成为仁的内涵。

从思想上审视，唯有谭嗣同才在以往学术基础上明确标举"仁学"，系统而完整地论证"仁学"的内容。读《仁学》令人荡气回肠。《仁学》对三纲的批判，直揭专制主义根源，为个体的发展扫清了道路。其深刻度远远超过"五四"时期人物。其学术规模已不被儒学所限，包含西学（《新约》及算学、格致、社会学之书），佛学（华严及心学、相宗之书），中学除《易》、《公羊》、《论语》、《孟子》、《史记》及陶渊明、周茂叔、陆子静、王阳明、王船山、黄梨州之书外，还包括《墨子》、《庄子》，已突破学术的地域性和学派的界限。其气魄，其远见，非昔日学术所能比。谭嗣同所揭示的方向，正是今日学术的方向，可称之为"新仁学"。但是应看到，谭氏之"新仁学"，不是无根之本，其根仍建在昔日学术的土壤中。正是儒家仁学的博大内涵和精义，滋生了新仁学，也正是"新仁学"，使"仁学"从三纲中摆脱出来，展现其多姿多彩的风貌。谭氏认为"仁"以通为第一要义。通则有四义，即中外通，上下通，男女内外通，人我通。"通之象为平等。"之所以通是"道通为一"。通则废君统，倡民主。通则能自主，倡自由。通则破塞、破界、破国界直至四通八达。谭氏之通，乃仁学之大通。由通必然无隔，无隔则无积怨，无积怨则博爱。通则去愚，倡科学。总之科学、民主、博爱、平等、自由都渗透到"新仁学"中来了。读谭氏《仁学》，我们深感个体处于牢固网罗中，纲纪和伦常织成的网，窒息了个体生命，所以要冲破网罗。但是个体的张扬，不能没有归宿，这个归宿谭氏选择了佛教。这样的归宿，是难以解决问题的。

从以上论述可以看出，生是万物存在的根据和始点，并具有永恒性和普遍性。爱是生命的守护神并赖以同一的基础。只有公和仁爱，万物才能同一，万物同一了，无隔相通了，天下才会和谐而美满。这些可以视作仁学内在的逻辑，也是仁学具有普遍意义的超越之处，很显然，它是既往的，又是未来的。

仁学的意义和作用

对于仁学及儒学的作用，人们用和谐性或普遍和谐性来概括，这几乎成为当代学者的共识。现仅举数家为证。如梁漱溟就曾认为中国文化精神即"以人类为中心的整个宇宙是和谐底"（《中国文化要义》）。方东美于1976年前也提出"从中国人看来，人与宇宙关系，则是彼此相因、同情交感的和谐中道"（《方东美集》，群言出版社，1993年）。我于1988年论述万物一体思想时也曾指出一体论有仁的内涵并指出"一体论者追求己与人、人与天地万物的和谐性与统一性,提倡一种有差等或有厚薄的普遍的爱"(前见注)。汤一介教授于1994年也提出儒学造成"普遍和谐",可分四个层面,即"自然的和谐"以及"人与自然"、"人与人"、"人自我身心内外的和谐"(《评亨廷顿的〈文明的冲突?〉》)。杜维明教授指出:"体现仁义精神的恕道,正是创建和平共存的生命形态不可或缺的中心价值。"强调人价值系统和谐。此后陈来、曹德本等教授也强调和谐,或从四个层面,或从五个层次,总之都看到了儒学的和谐性。所不同的是论和谐者大都没指出何者为体,我和陈来指出应以"仁为体"。真正看到仁的和谐性是牟钟鉴教授,他认为儒学为仁爱通和之学,可以做到三重和谐,即"人与自然"和谐,人与人和谐,人内心的和谐,并指出这三类和谐是人类幸福所系。在海外汤恩比教授早已提出,"人类已经掌握了可以毁灭自己的高度技术文明手段,同时又处于极端的政治意识营垒",因此"最重要的精神就是中国文明精神——和谐"。并以此取代西方文明成为人类主导,"否则整个人类前途是可悲的"。的确是,人类不能和谐共存,不仅人类难以存在,就是整个地球都将被毁。以上这些看法是应该肯定的。不过,仅看到和谐还不够,还要看到其斗争性的一面。其斗争性可从刘述先教授的一句话来表示:"仁的超越原则"没有过时,"今日在美国,外在条件可谓与传统中国完全的不同。然而当代富有理想主义的知识分子,在其国内则反贫穷,反对种族歧视,反暴行,在外国则反侵略,反政治经济垄断,反剥削,反强权政治,何一不是仁心的表现"。这句话证明"仁者必勇"(《论语·宪问》),说明仁爱是抗暴的出发点和归宿点,在古代有"杀身成仁"的仁人,在今天也有以此为出发点,反对野蛮、黑暗、贫穷的志士,因此毫不夸张地说,仁学思想一定会为人类文明作出贡献。

对传统文化的反思与建构

——论苏轼思想的"自己构成自己"

中国人民大学中文系　朱靖华

苏轼是北宋时期极富创造力的"全能作家"。创造力的旺盛,基于主体的先进思想。苏轼的先进思想是什么？表现在哪里？是儒、释、道吗？如何理解苏轼先进思想与儒释道传统文化的关系？当今学者们在分析探讨苏轼思想时,已有了种种不同说法,然而总在儒释道思想圈子里为苏轼思想做定量分析:或云苏轼一生以儒家思想为主导,或云苏轼在贬抑流放时期以佛老思想占主流,或云苏轼思想是儒释道的"混合",或说是"杂糅"。这些说法都有其一定的、片面性的道理,但均未能从苏轼整体思想个性的特质方面、从苏轼思维的发展规律上去分析研究他的思想变革,于是,便始终未能真正理清苏轼思想的脉络,这不能不说是当今学术界的一大憾事。

一、苏轼以其主体性熔铸儒释道的精华

儒释道作为中国封建社会的文化传统思想,曾由于它们精华的光辉性内涵,确对苏轼及封建社会中的众多士子,都发生过重大的影响和制约。但是,"人",作为"社会关系的总和",他的思想具有"活性"的特质,并不简单地被动吸取,他除了受到周围社会生活环境的支配和影响外,还有一个能主动接受这些影响的自我个性主体。从这个主体的特性出发,他或者接受诸外部条件的此种影响或彼种影响,或者因时因地又发生相反的变化,形成一个多维的、复杂的个体。没有这个个体核心的存在,一切影响都将成为空谈。否则,生活在几千年封建社会中的众多知识分子,他们同样在儒释道思想的影响下成长,岂不都被湮没了千差万别的

个性特征,而成为没有什么本质区别的类型性人物了吗? 这样,也就没有了鲜活而颇具特性的苏轼思想的存在。

更何况,儒释道作为个性主体的外部事物,产生于各具其时代特征的社会环境,又各具有其独立的思想体系,因而它们是相互联系而又相互排斥、相互对立的。延续到千百年以后的北宋特定时代,必然与新的社会现实发生着许多牴牾之处。因此,儒释道对苏轼发生影响,便决不可能是整体性的影响,而只能是零散的、片段的、局部的。或者说,苏轼接受它们的影响,是有条件的,是从他个性特质和实用哲学中去批判地吸取,特别当他在遭贬境遇中,经历了一场长期的、复杂的与儒释道陶铸斗争过程之后(或陶铸斗争过程中),必然要对儒释道进行清理、反思、洗濯、扬弃,进行吸取后的重新建构——可以说,从苏轼对待外部影响的态度看,他是一个十分清醒的"主体性"论者,他的思想发展决非模仿或照搬,而是一个活泼泼的变革建构的过程。

儒释道从来都不能桎梏一个真正的人,除非人们把它们当作宗教迷信的"神"来加以盲目崇尚。但即使是"神",也不能完全窒息人们的个性。在马克思主义看来,"神就是人。人只需要了解自己本身,使自己成为衡量一切生活关系的尺度,按照自己的本质估计这些关系,真正依照人的方式,根据自己的本性的需要,来安排世界"(《马克思恩格斯全集》第 1 卷,页 651)。苏轼就是这样一个按照自己的本质、依照人的方式、根据自己的本性需要,把自己当作处理一切生活关系的尺度来安排世界的人。也正因为这样,苏轼才使自己成为区别于封建社会中任何一个受儒释道思想影响的独特的个人,成为一个独具思维模式和思想体系的极富创造性特征的人。

二、苏轼走着"自己构成自己"的思想道路

思维,有其独特的发展道路和规律。按照现代科学认识论的看法,思维是"自己构成自己"的,并具有其特定的方向和角度。黑格尔说:"只有沿着这条自己构成自己的道路,哲学才能成为客观的,论证的科学。"(黑格尔《逻辑学》上卷,页 5)经典作家曾阐发黑格尔的观点说:"自己构成自己的道路 = 真实的认识,不断认识[从不知到知的]运动的道路[据我看来,这就是关键所在]。"(列宁《哲学笔记》)其原因是精神运动的进程具有复杂性,其本质是自己规定自己,自己与自己同一,它必然是自己构成自己。因而我们必须把握、研究、剖析苏轼主体性的自我意识、内在矛盾、实践反思和思维自我构成等,来揭示他主体的思想变革的特征。

1.苏轼"自己构成自己"的第一要素是他的"野性"个性:苏轼接受外部影响的个性主体核心,或者说他的本质、本性,是他的自由"野性"。苏轼在守密州的官场压抑中响亮地喊出了他的天然个性自由道:"尘容已似服辕驹,野性犹同纵壑鱼。"(《游卢山,次韵章传道》)他认为在此污浊尘世中做官为宦,犹如驾车的马驹遭受羁绊,而那巨壑中的大鱼,则可以放纵地任性游泳,那才是真正的自由自在和无拘无束! ——苏轼这种"野性"的巨大文化思想意义

就在于:他以"野性"个性为起点,对封建社会的种种不合理现象和信条发生了怀疑和抗争,从而推演出他对整个人生旅途的肯定和对宇宙真相的领悟、乃至对客观存在价值的认同。苏轼绝没有完整地接受儒释道和百家思想的任何一种体系影响,而是以其"野性"个性的需要来做出选择的。

2.苏轼"自己构成自己"的第二要素是"实用":苏轼曾一再强调他的处世准则道:"皆欲酌古以驭今,有意于济世之用。"(《答虔倅俞括》)他还以"实用"的坐标批判儒家的主导疵病道:"儒者之病,多空文而少实用。"(《与王庠书》)可见,苏轼"自己构成自己"的思想道路,又是以"实用"为其根本的。

重要的是,"实用"—"求实",也正是哲学思想领域中首要的概念之一。"求实"由于注重事实,讲求实际,而具有对存在"重要性"进行选择的必然特征。苏轼通过对儒释道的观察分析、探索和渗透,以其"理智的自由"选择出具有"实用"价值的因素方面,实行了补充和建构自己思想体系的过程。

3.苏轼"自己构成自己"的第三要素是"高怀远度"和"高风绝尘"的人生审美理想:苏轼在元丰四年(1081)谪居黄州进行自我反思时说道:"窃计高怀远度,必已超然。此等情累(指入狱和遭贬),随手扫灭。"(《答李琮书》)又连续在给他友人的信中重复说:"高怀处之,无适不可。"(《与杜道源二首》)

什么是"高怀远度"? 是指高尚的胸怀和高远的器度,大致同于苏轼在《书黄子思诗集后》中所提出的"高风绝尘"的审美理想概念。这表现了苏轼崇尚高风亮节和超脱世俗的韵致。他轻蔑世俗荣华,厌恶腐败黑暗的官场生活,崇尚大自然的泉林山野的洁净无私和洞烛宇宙的自我智慧。他以超然旷达的感情方式把其愤世嫉俗之情上升为超越于个体与时代矛盾之上的历史意识,从而通向了他独特的人生理想,这个理想又使他成为对儒释道进行选择的重要坐标之一,从而更有效地"自己构成自己"。

三、苏轼思想"自己构成自己"的三个阶段

通观苏轼思想"自己构成自己"的发展变迁历程,是经过了集构、解构、建构的三个阶段。这三个阶段,是互相联系、循序渐进、互为因果而集其大成者。

1.集构阶段:

主要指苏轼的少年及仕宦初期的青年时期。苏轼作为一介"寒儒",出身于一个"三世皆不显"的"布衣""世农"家庭,自小就经历着"少年辛苦事犁耕"(《野人庐》)的艰难生活,目睹着"野人喑哑遭欺谩"(《和子由蚕市》)的悲惨现实,他还亲身感受过"小人(指有权势的地主官僚)自疏阔"(《答任师中家汉公》)的冷遇,这就使他早在幼年的心灵里,播下了质朴自然、勤劳诚实,反抗压迫、同情弱者和怜悯贫农的思想感情的种子;并孕育着他崇尚自然、爱好自由的"野性"品性。这些个性和品格的特征,决定了他对儒释道思想吸取的选择性和舍弃性,

成为他一生生命意识的本源。

首先,苏轼是在浓重的儒家家庭环境教育下成长起来的。他七岁知读书,十岁时,父洵赴京师游学,由其母程氏亲授其书,母为他讲读《后汉书·范滂传》时,苏轼立即被这位"登车揽辔,有澄清天下之志"、敢于纠弹吏治、铁面无私、忘记个人生死的仁人志士所激动,而思步范滂后尘,"奋厉有当世志"(苏辙《亡兄子瞻端明墓志铭》)。平时读书,除必诵习的儒家经典外,苏轼还对西汉文帝时上《治安策》的贾谊和唐德宗时指陈弊政、谏议剀切的陆贽赞赏备至,论述古今成败,不为空言,侧重于实用。——儒家的淑世精神和实用为本的思想精华,以及忠孝仁义、诚明中庸等教育遂被选择融进他的幼小心灵之中。

苏轼又以他爱好自然、自由的"野性"和纯真浑朴的品性与老庄道家思想天然相接。他从八岁起,入天庆观从道士张易简读小学,并在阅读了《庄子》之后,顿自惊叹说:"吾昔有见于中,口未能言,今见《庄子》,得吾心矣!"(苏辙《亡兄子瞻端明墓志铭》)苏轼读《庄子》之"得吾心",是由于他自我主体的"有见于中",故诚如苏辙所说,是"得之于天"。——于是,道家的"道法自然"、返朴归真、万物齐一、超然物外、养炼身心等思想精粹,也便铸成了他生命意识的一部分。

苏轼接触佛教思想影响,亦当在其幼年之时,如其父苏洵早年游嵩洛及庐山,与诸寺的讷禅师、宣僧、景福顺长老等结交往来等事,苏轼皆有所闻;其母程夫人信奉佛教,教以莫害幼鸟。"轼年八九岁时,尝梦其身是僧,往来陕右。"(惠洪《冷斋夜话》卷七《梦迎五祖戒禅师》)既是梦中僧,可见佛事已与他主体之潜意识相接了。出仕后,乃与各地僧人法师结友学佛,遍观经书。——于是,释家的真如圆通、慈悲为怀、禅宗顿悟、出世解脱、淡泊明净、怡乐山水等思想精髓,也被苏轼的个性品格所选择,融入了他人生哲学之中。

由上看来,早年的苏轼在出仕前后,确实是有选择地融聚了儒释道三家思想而集构着自己的思想框架。但是,儒家的某些不实用的空洞条文以及释道两教中某些迷信成分和人们难以理解的条框等等,并未顾及,即使是儒释道三家书本知识层面上的条文,虽已通过阅读学习印入了苏轼的脑海,但它们还将随着日后的社会实践给予及时的判别,或扬弃之,或熔铸之,此其一。其二,苏轼初期思想框架的集构范围,绝不仅是儒释道,还有其他有益思想的熔炼和吸纳——他是广收博取的开放性品性。如苏轼对其家族祖先的任侠尚义、薄己厚人、淡薄名利和居家勤俭等遗传气质就十分崇敬和挚爱,颇似具有先秦诸子百家乃至三教九流等的行为迹像。

尤可注意者,苏轼即使已从他个性需要吸取了儒释道的某些精华部分,但在他青年入仕前后的社会实践时期,即已在其内部发生了主、客观矛盾,甚至是激烈的冲突。譬如儒家的"学而优则仕"的信条,在他风华正茂赴京应试途中,以及初次踏上凤翔签判仕途的第一站时,就已产生了种种的忧虑和批判。他高唱道:"人生本无事,苦为世味诱。……今予独何者,汲汲强奔走?"(《夜泊牛口》)"人生百年寄鬓须,富贵何啻葭中莩。……下视官爵如泥淤,嗟我何为久踟蹰!"(《将往终南和子由见寄》)他甚至劝诫年轻的苏辙弟道:"君知此意不可忘,慎忽苦爱高官职!"(《辛丑十一月十九日,既与子由别于郑州西门之外,马上赋诗一篇寄之》)这种在思想孕育、集构过程中的矛盾冲突,很显然是苏轼出身、个性乃至北宋社会大环境矛盾的根本原因所造成。从宋代社会大气候的影响看,宋廷统治者治蜀从来采取高压政策,以致蜀人普遍心怀不满,形成宋史所说的"蜀人不好出仕"的局面;再从苏轼的家庭自赵郡栾城迁蜀以后看,"苏氏自唐始家于眉,阅五季皆不出仕。盖非独苏氏也,凡眉之士大夫,修身于家,为政于乡,皆莫肯仕者"(苏辙《伯父墓表》)。这些祖传因素对苏轼淡漠功名的影响甚大,使他从少小就在心灵深处存有对应举仕宦的内拒力。他的出仕作官,主要是由于父洵的督促和教诲,父"不忍使之复为湮沦弃置之人"(苏洵《上张侍郎书》)而敦促他赴京应举。苏轼曾追忆自己当年的应举入仕,是出自对家长的"孝而恭"、是"幼承父兄之余训,教以修己而治人者"(《谢制科启》)。这些话的深层含义,是说他的应考出仕颇有被迫之意。

2.解构阶段:

苏轼自宋英宗治平二年(1065)从凤翔签判调京师入判登闻鼓院,至宋神宗熙宁年间王安石变法任开封推官时期,他的"尊主泽民"的报国理想已大大增强,特别是在变法与反变法的激烈斗争中,苏轼以他不同改革观点站到了反变法派一边,而连续遭到执政变法派的排斥和打击,此后一生除"元祐更化"的短时间入京升迁外,基本上是在被压制、贬谪和流放的日子中度过。现实的突变,尤其是遭逢奸佞小人诬陷而被捕入狱责贬黄州的大劫难之后,便形成了他思想上的大反思、大动荡、大解构的历史进程。可以说,自元丰二年(1079)谪贬黄州后是他"自己构成自己"的关键构建时期。他说:"谪居无事,默自观省,回视三十年以来所为,多其病者,足下所见皆故我,非今我也。"(《答李端叔书》)说明他已开始与"故我"分道扬镳。而后,又经宋哲宗绍圣元年(1094)遭贬南荒惠州的第二次大反思,绍圣四年(1097)复贬海南儋州的第三次大反思,他已接连地决心另构"新我",从而完成了他一生最高层次的思想解构和建构工程。

(1)对儒家思想的反思和解构:从苏轼贬黄州的大劫难中,他首先对儒家"学而优则仕"的信条进行了集中的反思和"去中心"的解构。

其一,苏轼认识到"从仕废学之荒唐"和"以口舌得官"的可笑,其弊害可总括为一个"贪"字。他自疾道:"轼少年时,读书作文,专为应举而已。既及进士第,贪得不已,又举制策,其实何所有?而其科号为直言极谏,故每纷然诵说古今,专论是非,以应其名耳。人苦不自知,既以此得,因以为实能之,故谈谈至今,坐此得罪几死。所谓齐虏以口舌得官,真可笑也!……妄论利害,搀说得失,此正制科人习气。"(《答李端叔书》)于是,他体验到儒家这一套入仕从政信条是有严重缺陷的,似"木有瘿,石有晕,犀有通,以取妍于人,皆物之病也"。苏轼痛感到"故我"是被儒家"学而优则仕"的"瘿"、"晕"、"通"之"妍"和"华"所迷惑,以至于"遗其实"而遭此大祸。他在主客体矛盾的尖锐斗争中,终于获得了顿悟:"今仆蒙犯尘垢,垂三十年,困而后知返。"(《与佛印十二首》之一)苏轼这里所说的"困而后知返"表现了他对儒家入仕从政、功名利禄的诀别性认识和解构,而与后来贬惠州的"肝胆非一家"(《次韵正辅同游白水山》)、贬儋州的"化为黎母民"(《和陶田舍始春怀古二首》其二)、"心似已灰之木"(《自题金山画像》)等是一脉相承的。

其二,对标志儒家出处行止哲学的"用之则行,舍之则藏"和"穷达"信条,实行了抵制。

如苏轼自杭州通判赴密州太守的途中,他即怀着"世路无穷,劳生有限,似此区区常鲜欢"的心境,唱出了"用舍由时,行藏在我,袖手何妨闲处看"(《沁园春·赴密州早行马上寄子由》)的抉择。其实苏轼早在杭州通判任的"补外"期间,就已有寄弟子由诗云:"杀马毁车从此逝,子来何处问行藏?"(《捕蝗至浮云岭山行疲苶有怀子由弟二首》其二)尤其是晚年撰《东坡易传》时对"行"、"藏"教条做了更精辟的结论道:"夫君子有责于斯世,力能救则救之,……力能正则正之……既不能救又不能正,则君子不敢辞其辱以私便其身……君子居'明夷'之世,有责必有以塞之,无责必有以全其身而不失其正。"(《东坡易传》卷四)可见,使命感使他断然舍弃了"行藏"的儒教信条。苏轼对儒家"穷则独善其身,达则兼济天下"的信条,也采取了自由不羁的解构态度。他在《答陈师仲主簿书》中决断地说:"人生如朝露,意所乐则为之,何暇计议穷达?"他认为"穷达"论是一种"世俗趣舍"的低级行径。故而他在后来贬儋时更加潇洒地唱道:"昔我未尝达,今者亦安穷? 穷达不到处,我在阿堵中。"(《和陶拟古九首》其二)苏轼面对现实的穷达矛盾,将人生意义提高到了宇宙本体的高度,真正树立起了通达洒脱、随缘生灭、任真自适而又观照现实的人生态度。他没有像唐代诗人白居易那样入世行儒、出世行佛、道,厉行"穷达"之人生准则,而是居朝市而不念山林、在山林而不思朝市,无论是"穷"或"达",他都能既行"独善"、又行"兼济"。顺乎自然又保持个体的独立自由,即一切皆置于自我发展的基础之上。

苏轼不仅对儒家的一些思想信条进行着解构,更对儒家的整体哲学思想体系进行着批判和解构。

人们都说,苏轼贬黄州直至贬儋州,仍在专心致力于为《易》、《书》、《论语》作传,他毕生专治儒经,可见其思想是以儒家为根本。这种说法仅见其表面,而未能探究其深层内涵。的确,苏轼自贬黄州以后,曾"专治经书",但他的目的却是"颇正古今之误,粗有益于世"(《与滕达道书六十八首》之二十一)。也就是说,苏轼撰《易传》九卷,是本着"实用"的目的,此其一;其二,自谓"到黄州,无所用心,辄复覃思于《易》、《论语》,端居深念,若有所得。……""又自以意作《论语说》五卷"(《黄州上文潞公书》)。这都说明苏轼"专治经书",并不是教条主义式地致力于全面弘扬儒教的言论学说,而是以"己意"和"实用"来矫其谬误。他又指出自己的"著书讲道"特点道:"窃恐著书讲道,驰骋百氏,而游于艺学。"(《与李通叔四首》之一)这便使我们看到苏轼撰《易》、《书》、《论语》的第三个特点,即"驰骋百氏"、"游于艺学"的解构方法。苏轼有一个自我撰述原则:"幽居默处而观万物之变,尽其自然之理,而断之于中。其所不然者,虽古之所谓贤人之说,亦有所不取。"(《上曾丞相书》)他要"以吾之所知,推至其所不知。"(《虔州崇庆禅院新经藏记》)可见,苏轼实际上是向人们提供了另一种思考人生价值的途径,即以他个人的观万物之变和穷自然之理的态度去创立己言,绝不迷信圣贤模式,也绝不抱残守缺,他反而要超越圣贤文本,以垂其不朽。这些言论,颇有"迂学违世"的离经叛道精神。故苏轼在完成三书之后,曾抚书喟叹云:"今世要未能信",而他坚信"后有君子当知我矣"(苏辙《亡兄子瞻端明墓志铭》)。关于这一点,前人已有人看到了苏轼是用佛老思想乃至诸子百家论驳和补益《易》、《书》和《论语》等儒经著作。如宋代新儒学大师、理学家朱熹便以其儒家偏见公开诋毁和嘲弄苏轼道:"东坡见他(指其父洵)恁地太粗疏,却添得些佛、老在里面,其书自做两样,亦间有王辅嗣(即三国、魏玄学家王弼,他注《易》旨在以新玄学代替汉儒经学)之说以补老苏之说;亦有不晓他说了,乱填补处。"(见宋、陈振孙《直斋书录解题》卷一)这段话从反面给我们提供了有力证据,即苏轼确实是用佛、老补益和解构着《易》、《书》和《论语》,才使"其书自做两样";而他又"间有王辅嗣之说",则说明苏轼的撰述思路极为广博辽阔,是十足的"驰骋百氏"和"游于艺学",充满着独创性和超越性见解。

苏轼在其《易传》中,曾公开指摘亚圣孟子之学多有"未至"之处:"昔者孟子以善为性,以为至矣。读《易》,而后知其非也。"(《东坡易传》卷七)苏轼还自言作《论语说》云:"与孟子辨者八。……辩而胜,则过于孔子矣。"(《论语说》)这也就是说,苏轼发挥自己的创意,自信不仅可以驳倒亚圣孟子,而且更可超越圣人孔老夫子。

苏轼治经最见光彩的地方,莫过于他批判儒家之"性"、"情"论了——"性"、"情"论,堪称是儒学的基础和灵魂。苏轼曾在《韩愈论》中极有胆识地论及情欲乃出于个性时道:"儒者之患,患在于论性。以为喜怒哀乐皆出于情,而非性之所有。夫有喜有怒,而后有仁义,有哀有乐,而后有礼乐。以为仁义礼乐皆出于情而非性,则是相率而叛圣人之教也。老子曰:'能婴儿乎?'喜怒哀乐,苟不出乎性而出乎情,则是相率而为老子之'婴儿'也。"在这里,苏轼极富见地地把儒家"以为喜怒哀乐皆出于情"的传统观念颠倒了过来,他认为喜怒哀乐是仁义礼乐的基础,并皆出之于"性",而非出于"情"。从而尖锐地指出"离性以为情"的儒家论点,是将人们引向无知无欲的状态——成为了"老子之'婴儿'",实在是可悲可叹的浅薄之见。显然,苏轼是主张"性"无善恶论者。

再者,传统儒家从来强调"以礼节情",用先验的伦理、名份、尊卑、等级、道德来规范人的行为和感性生命,即"非礼勿视,非礼勿听",而苏轼却以鲜明的"以情释礼"论点加以对抗。他旗帜鲜明地指出:"夫圣人之道,自本而观之,则皆出于人情。"(《中庸论中》)苏轼便又大胆地倒置了"情"与"礼"的关系,认为"礼"是缘于"情"的,不是"情"受制于"礼"。这样,苏轼便把儒家"以礼节情"的枷锁顿时敲碎,使"情"的自由生命从他身上腾跃而出。

苏轼还以其人性观点批判了正统儒家的"重义轻利"的义利观。孔子说:"君子喻于义,小人喻于利。"孟子说:"仁义而已矣,何必曰利。"是孔、孟皆主张重义轻利,都把"利"看成是与"义"相对立的事物,而称之是"小人"自私行径的表现。但是,苏轼在其《易传》中标举其父洵的"利者义之和"、"义必有利而义和"、"义利、利义相为用,天下运诸掌矣"等鲜明论点,把"义"和"利"有机结合起来、统一起来,把二者看成是治国处世不可或缺的两个重要方面。否则,"义非利,则惨冽而不和"(《东坡易传》卷一)。对于"君"和"民"的关系,不能只要求人民对"君"尽忠讲"义",而更要看重对人民物质满足的"利"。人民生活不得温饱,怨声载道,空谈"义"不及"利",则会失其"君位"而亡其国家。这绝不是危言耸听,而是千载治国真理。苏轼又在解读《贲·彖》之"刚上而柔下"说时,明确提出了"刚柔相济"、"和衷共济"的论点,从而修正了儒家偏重刚强而忽视柔顺的观念,并以之作为处理君臣关系的政治信条。是故苏轼终生仕宦从政,即使谪贬流放,他也总是把"尊主泽民"两者紧密结合起来,而他的侧重点,甚至更为倾向为民争取更多物质利益方面,以使处在封建时代高压政策下苟延残喘的人民群众获得更多的实惠和生存条件。他亲躬耕劳,与渔樵杂处,"伫立望原野,悲歌为黎元"(《正月十八日蔡州道上遇雪,次子由韵二首》其二)。这种关心民瘼的奋斗目标和躬身实践的美德,成为苏轼一生最光辉的亮点,从而赢得了世代人民的爱戴。苏轼以他"儒者之病,多空文而少实用"的总体认识,在长期的反思过程中,对儒家诸信条进行了不断地再认识、再批判和再修正等种种解构工作,从而使他曾信奉的儒学观念获得新的含义和新的生命,并使他的处世哲见和人生理念不断登上新的高峰。

(2)对佛家思想的反思和解构:在中国历史上,确曾存在着这样一个现象,即历代多难命乖的士子往往借助佛、老思想作为自己避世自慰的精神支柱。苏轼也未例外,他在出"乌台"狱遭贬黄州的大劫难中,曾时时焚香安国寺、斋居天庆观,企图借助佛、老取得自我精神慰藉。

但苏轼对待佛教的态度,一直有着自己鲜明的立场。这只要仔细研读他在黄州所写的《黄州安国寺记》和有关友人书信即可发现,他去安国寺焚香念经,在内心中存有个人的六个目的:其一,"自慰自幸":苏轼在《与王定国四十一首》书信之一中说:"某寓一僧舍,随僧蔬食,甚自幸也。……所云出入,盖往村寺沐浴,及寻溪傍谷钓鱼采药,聊以自娱耳。"这就是说:他的"往村寺"、"寓僧舍",并不是专门去归依佛门,而是为了去沐浴洁身、钓鱼采药、聊以"自慰"和"自幸"而已。其二,"解烦释懑":苏轼在给王定国的另一封书信中又说:"惟道怀清旷,必有以解烦释懑者。"他到寺中去拈香揖拜,为的是求得清静空旷、远离尘俗烦恼,达到"解烦释懑"的目的。其三,"期于静"、"安稳无病"、"不造冤业":"学佛老者,本期于静与达……来书云,处世得安稳无病,粗衣饱饭,不造冤业,乃为至足。三复斯言,感叹无穷。"(《答毕仲举二首》之一)这就是说,苏轼学佛老,重在修炼自身的道德品性。又说"焚香独坐,深自省察,则物我相忘,身心皆空,求罪垢所从生而不可得。"(《黄州安国寺记》)这又是说,苏轼学佛,是为了安静独坐,求诸内心,从而抛弃精神上的尘垢世界,以期达到"物我相忘"的寂空境界,这样便不再知道自己有什么罪垢滋生,从而树立起自己"安稳无病"、"不造冤业"的新的旷达、洒脱生活标准。其四,追求实用,佛为我用:苏轼读经拜佛,既不是自度度人,也不是尊佛佞佛,而是为了"求实"和"实用"。他在《答毕仲举书》中,曾以生动而坚定地语言表明自己的立场说:"往时陈述古好论禅,自以为至矣,而鄙仆所言为浅陋。仆尝语述古,公之所谈,譬之饮食龙肉也,而仆之所学,猪肉也,猪之与龙,则有间矣,然公终日说龙肉,不如仆之食猪肉实美而真饱也。不知君所得于佛书者何耶? 为出生死、超三乘,遂作佛乎? 抑尚与仆辈俯仰

(交往、应付)也?"苏轼清楚表明,陈述古的"终日说龙肉",完全是空谈,世界上根本没有"龙",当然也就不会有"龙肉"。倒不如自己的"食猪肉"、"实美而真饱"。最后苏轼以此得出了清晰的结论说:"佛书旧亦尝看,但暗塞不能通其妙;独时取其粗浅假说以自洗濯。若农夫之去草,旋去旋生,虽若无益,然终愈于不去也。若世之君子,所谓超然玄悟者,仆不识也!"即说他的学佛决不是"出生死、超三乘",他不相信人能真正达到"极乐世界"的西方"彼岸",只是"独时取其粗浅假说以自洗濯"罢了。这也即等于是在实际上宣布了自己的不相信佛教。其五,学佛习经可以避开政治,免除灾祸:苏轼贬黄州后,深感"苛政猛于虎"的惨烈,他在形同政治囚犯般的生活境遇里,"多难畏人,不复作文字,惟时作僧佛语耳!"(《与程彝仲六首》之六)为什么"时作僧佛语"? 即僧佛语是不涉及政治的,可以免遭灾祸。所以他又说:"近来绝不作文,如忏赞引、藏经碑,皆专为佛教,以为无嫌,故偶作之,其他无一字也。"(《与王佐才二首》之二)原来,他的"时作僧佛语",是一种自我掩护法,实乃权宜之计。故而"无嫌"也。其六,重友情、非重佛事:苏轼平生出入寺观,是认为僧道中多高人义士,对人情真谊深,与儒士间的"文人相轻"和"相互倾轧"判若云泥。如居杭州的僧友参寥,当苏轼谪居黄州时,亲朋多断绝来往,而他却独不畏艰险,不远千里自杭州赶至贬所慰问。后来苏轼贬海南儋州时他还要挈颖沙弥数千里浮海赴儋探望,后被苏轼苦苦劝止。为此,苏轼早曾感慨万分地说:"谪居以来,杜门思咎而已。平生亲识,亦断往还,理故宜尔。而释、老数公,乃复千里致问,情义之厚,有加于平日,以此知道德高风,果在世外也。"(《与参寥子二十一首》之二)

由上可见,苏轼对佛教一直充满着理性精神,他既学佛却不深究佛理,他遍览佛法,却不亲躬实践——他的内心是佛为我用。他是用"智渡"的方式,"返照"于自身,从而使自己的心灵上升到一个崭新的层次。他已打破了佛家"四大皆空"的消极本性,而是采取了一种入世实用的积极取向。因而他对佛家的批判和解构,似乎较之批判解构儒家教义来,显得更为态度鲜明、锋芒毕露。一直到苏轼病逝常州的前夕,他与径山维琳长老应对"大限将至"的偈语时说:"平生笑罗什,神咒真浪出(任意乱说)!"表明他决不相信佛教迷信的俗说。当苏轼临终失去听、视能力时,维琳长老又"叩耳大声云:'端明宜勿忘(西方)!'"苏轼轻轻回答说:"西方不无,但个里着(力)不得!"(见宋·傅藻《东坡纪年录》)"东坡没时,钱济明(世雄)侍其旁,白曰:'端明平生学佛,此日如何?'坡曰:'此语亦不受!'遂化。"(见宋·惠洪《跋李豸吊东坡文》)这说明苏轼一生学佛,但最终申明"不受",决不将自己的灵魂付托给虚妄无稽的佛教西方极乐世界,表明了他一生至终对佛教的决绝态度。

(3)对道家思想的反思和解构:苏轼自幼读《庄子》书,即惊呼"得吾心矣";又其一生文字,尤在"补外"、谪贬期间,屡引老庄思想之故实,借以自况,可以见出他对老庄思想的偏爱和崇尚。但是,如同对佛教一样,他对道家也时时进行着批判和解构。

苏轼贬黄州的斋居天庆观,其实是与他焚香安国寺的性质基本一致。即他是为了解烦释懑、脱离世尘和求得清闲。他说:"冬至,已借得天庆观道堂三间,燕坐其中,谢客四十九日,虽不能如张公之不语,然亦常合户反视,想当有深益也。"(《与秦太虚书七首》之四)可知,苏轼斋居天庆观谢客四十九日,并不是为了闭门学道,而是找个静处,"燕坐其中","反视"自我得咎之缘由,从而获得"深益"。此其一。其二,"厚自养练":苏轼在《与秦太虚书》中还明确说出他斋居天庆观的目的和根由道:"吾侪渐衰,不可复作少年调度,当速用道书方士之言,厚自养练。谪居无事,颇窥其一二。……寝食之外,不治他事,但满此期,根本立矣。此后纵复出从人事,事已则心返,自不能废矣。"他又在《与宝月大师书》中云:"近来颇常斋居养气,日觉神凝身轻。"可见,苏轼斋居天庆观的目的是专注养生练身,甚至认为如此则可获得"根本立"(指健身)和"为益甚大"的积极效果。

至于对待老、庄学说的精神实质,苏轼却也时持警惕和慎重态度。他说:"学佛、老者,本期于静而达,静似懒,达似放,学者或未至其所期,而先得其所似,不为无害。仆常以此自疑,故亦以为献。"(《答毕仲举二首》之一)苏轼对佛、老学说的弊端是深有体认的,诸如佛家主"静"而导致的懒散,道家主"达"而产生的率性放纵。他就时常反躬"自疑",随时进行自我检讨。并以之自诫诫人,规劝人们千万不可先学其皮毛,仅得其貌似,那将会遗害无穷了。

苏轼对道家思想的批判和解构,还表现在他对避世隐士的看法上。如他终生崇尚陶渊明,又爱其为人之真,而欲以晚节师范其万一。但是,苏轼对陶渊明的避世隐居,却采取了怀疑态度,在人生旨趣上有着重大差异。"君命重,臣节在,新恩犹可觊,旧学终难改"(《和秦少游〈千秋岁〉》词)的矛盾心绪,始终缠绕着他,这就使他一生都欲隐而实未隐,思归田而终生未曾归田。同时,更由于苏轼有着积极入世的基调,和他以险为乐,植根现实实践的高蹈情怀,又恰与陶渊明的怡然自得式的消隐形成鲜明的对比。

苏轼对道家思想的批判和解构,最典型者,莫过于《雪堂记》中所阐发的一大段理性议论了。文中通过"客"与"苏子"(自己)的争辩,突出地表达了他独立自由意识的积极立场。文中之"客",实是道家根本观点的代表者,他主张"人"要摈除心智,形如槁木、心同死灰,以达到天地万物同一的境地。"客"所谓的"人之为患以有身,身之为患以有心",即指此意。故"客"首先询问"苏子"说:"子,世之散人耶? 拘人耶?"所谓"散人",即指嗜佛习道的方外之士;所谓"拘人",即指崇尚儒教而"趑趄于利害之途"的庸人。而"客"却教以"散人之道",认为:"夫势利不足以为藩(蔽蒙)也,名誉不足以为藩也,阴阳不足以为藩也,人道不足以为藩也。所以藩予者,特智尔。"为此,"客"尖锐地批判了苏轼建筑雪堂和绘画雪壁的"智"是毫无价值的,认为那是一种自我"蔽蒙"。故他殷勤邀请"苏子"去做"藩外之游"。然而,"苏子"听了"客"之话后,虽客气地表示"子之所言者,上也;余之所言者,下也",但他却宁愿取其"下"而抛弃其"上"。他以"性之便,意之适"的锐利武器,充分论证了"下"的现实性及其合理性,意即讲求"实用"的重要价值。"苏子"接着对"客"说:"我将能为子之所为,而子不能为我之为矣。"这个"子之所为",是指道家所称颂的"至人"、"圣人"、"神人",但这却如同"龙肉"一般,是现实中所不存在的事物;而"我之为"却是一种不脱离现实又不拘泥现实、既"不傲睨万物",又不汲汲于功名利禄的思想境界。因此,苏轼一生出入佛老,已参透了其精神实质,凡可以吸纳者,则把它们融通为自身的生命意识。但他却始终没有去做道士或和尚,也只是把它当作一种"独取其粗浅假说以自洗濯"的营养资料而已。

3.建构过程:

(1)熔铸儒释道的建构特点:苏轼无论是吸取儒释道思想,或是融通百家精粹,处处无不打下他"个性"和"实用"的深深烙印。所谓"遇事则应,施则无穷"(《祭龙井辩才文》)。苏轼常是把儒释道当作一种思维的工具、一种借以发掘自己内心世界的契机,他所运用的儒释道语词,实是作家情感、心灵与之相互生发的生命外化形式。因此,我们可以这样说:"苏轼走进了儒释道,而又走出了儒释道。"只有从"走出"的视角来观察苏轼思想的熔铸进程,才能真正把握到苏轼思想构成的内核和实质。——哲学上的"选择性"和"重要性",一直是苏轼思想变革发展的杠杆。

苏轼熔铸儒释道和百家思想,逐渐归结到足以代表他人生观世界观的最高座标,即是"高怀远度"。他说:"窃计高怀远度,必已超然。此等情景,随手扫灭。……轼凡百如昨,愚暗少虑,辄复随缘自娱。"(《答李琮书》)又说:"任性逍遥,随缘放旷,但尽凡心(世俗心思),别无胜解。"(《与子由弟十首之三》)我认为这两段话是相互注解、相互补充、相辅相成的。苏轼的"高怀远度"和超然"自娱"的理性概括,就是他要在人生道路上追求一种泊无蒂芥、任性自由、圆融无碍、洞烛社会宇宙的高远境界。而所谓"任性"、"自娱",皆突出他以个性主体为依据的生命本源。苏轼所说的"自娱",也就是他在诗文中屡屡谈及的"自适",其意义也十分重大,他已把它上升到处世哲学的高深层次。如他曾具体解释道:"想高怀处之,无适而不可。"(《与杜道源二首》之一)可见他的"自适"、"自娱",是与其"高怀远度"的人生目标相并相连的。不树立起"高怀远度"的大志,便不可能获得"自适"、"自娱";而想达到"自适"、"自娱"的结果,就必须先标举起"高怀远度"的大旗。苏轼还更深层次地讲解他的"以时自娱"的具体内涵道:"世事万端,皆不足以介意。所谓自娱者,亦非世俗之乐。但胸中廓然无一物,即天壤之内,山川草木虫鱼之类,皆是供吾家乐事也。"(《与子明兄》)他在这里将其"自娱"与"世俗之乐"判然相别,并着重强调他的"胸中廓然无一物"和"世事万端,皆不足以介意"的"高怀"心态。这种"物我相忘,身心皆空"的开阔胸襟,是一般世俗者所无法企及的。尤可引起我们注意者,是苏轼在熔铸儒释道和百家思想以建构自己的思想体系时,也将之归结和纳入到他"自娱"的范畴之中。他说:"窃恐著书讲道,驰骋百氏,而游于艺学,有以自娱,忘其穷约也。"(《与李通叔四首》之一)

(2)苏轼"自己构成自己"的认识论和方法论:其一,综合的特点。苏轼在文学创作上,是个著名的艺术综合论者。如其"诗中有画"、"画中有诗"论(《书摩诘蓝田烟雨图》);书法绘画诗文中讲求"艺心"、"人心"互通共融的"体兼众妙"论和"兼百技"论(《书唐氏六家书后》及《跋秦少游书》)等,都表明了他在艺术方法和认识论方面的以"综合"为落脚点的鲜明特征。表现在思维建构和建构方法上,苏轼同样是一位思想综合论者。苏轼十分反对片面、单一地研究儒释道和运用儒释道思想。他认为,任何偏执一隅、拘泥局部的做法,都会通向错误和失败的道路。他有一段令人惊心动魄的总结性言论道:"自汉以来,道术不出于孔子,而乱天下者多矣。晋以老庄亡，梁以佛亡，莫或正之。"(《六一居士集叙》)这是从历史经验上对执政者片面运用儒释道而导致败亡的沉痛教训，极具警世作用。苏轼高屋建瓴地指出说："夫时有可否，物有兴废。方其所安，虽暴君不能废。及其既厌，虽圣人不能复。……此数者皆知其一，不知其二者也。"(《议学校贡举状》)苏轼在这里实际总结出时代制约思维发展的重大理论课题。苏轼既然深悟"时有可否，物有兴废"的道理，便对千年来的儒释道思想体系进行了深入全面的体察和反思，特别在北宋时期三教发生合流倾向的时代里，他以"实用"立场对三教之精华实行了综合的吸取，从而建构起自己的思想体系。他以生动的比喻和精湛的理念提出自己的独到见解道："孔、老异门，儒、释分宫。又于其间，禅律交攻。我见大海，有北南东。江河虽殊，其至则同。"(《祭龙井辩才文》)即他一方面清楚地看到了儒释道的"异门"和"分宫"，另一方面更看到了三者的殊途同归——江河虽殊，却最终共入大海，形成为浩瀚无际、波涛汹涌、千古难易、生命力极强的崭新事物。这就是说，虽然大海已融汇着长江、黄河及百川的多种水流，但当它们归入了大海，也就变成为另一种质地的新事物——大海。它们便再也不是长江、黄河或百川了。这就形象地描绘了苏轼综合吸取儒释道，最后自己构成自己的思想途径。

其二，矛盾的互融统一：苏轼在将儒释道思想综合吸取时，深刻发现了三者之间的相互对立而又相互统一的特征。如他提出说："庄子乃助孔子者。"(《庄子祠堂记》)他认为庄、孔两者的关系是属于"阳挤而阴助之"的关系。苏轼熟读《庄子》书，深知《庄子》书中诸如《人间世》、《大宗师》、《田子方》、《寓言》、《天下》诸篇都曾称孔子为"圣人"；而在《齐物论》中，庄子甚至还直接用儒者的口吻赞美孔子道："六合(天地四方)之外，圣人存而不论；六合之内，圣人论而不议，《春秋》经世，先王之志，圣人议而不辩。"很显然，庄子并没有完全否定孔子的言行，更没有完全否定孔子的总目标和总纲领。

历史上的儒道双方激烈的对立斗争，但又紧密联系，两者相互依存而又相互补充，最终达到辩证的统一。譬如说，儒家与道家皆产生在春秋、战国的战乱动荡年代，两者都对社会的黑暗现状怀有不满，这样，两者便在共同的社会基础和共有的人文精神方面产生了沟通的渠道。儒家痛心于"礼崩乐坏"，道家疾首于"国家昏乱"；儒家强调"孝慈"(《论语·为政篇》)，道家也主张"孝慈"(《老子》第十九章)；孔子倡导"不患寡而患不均"(《论语·季氏》)，老子也提倡"损有余而补不足"(《老子》第七十七章)；儒家强调仁者爱人，道家主张悲天悯人……如此等等，都可以在深层次上看到两家思路的相互沟通和联结统一的明显内因。

至于儒、释之间和释、道之间的矛盾互融及其对立统一的情况，也大体相似。譬如佛教的"出家"，便与道家的"出世"，在意义上基本相同；而佛学中所主张的"佛性"，则与儒家孟子主张的本根皆善的人性相连相通。故苏轼说："儒、释不谋而同。"(《南华长老题名记》)道教历来想尊为"国教"，而时与佛教激烈斗争，但到了唐代，逐渐形成了三教并尊的形势，至两宋出现了儒释道合流互融的局面，从而也达到了对立统一。这些历史现状，苏轼十分清楚，并是得其风气之先者。所以，他才在其诗文中，毫不掩饰地屡屡同时称颂儒释道的精湛言论和杰出思想,并公开融通三教的学术观点,从而广取博采,依照实用和个性的需要,进行着三教合流的再造工程。

四、建构自由自适思想体系的理论根据及其历史文化意义

总揽以上论述,可以清晰看到,苏轼作为一位典型的主体论者,他的思想通过集构、解构、建构的历程,正在一步步地"自己构成自己"的自由自适思想体系。

所谓"自由自适",即前述苏轼在《雪堂记》中提出的"性之便意之适"命题的理论概括。

可以说,苏轼的一生,本源于他自由的感性生命。苏轼的"野性"自由个性,奠定了他自由自适的思想基础。

1. 自由自适思想体系的建构理论和实践:

折困的人生遭遇终于使苏轼总结出"自己构成自己"的超越性理论——"思无邪"和"无待"。这是他建构自由自适思想体系的理论基础。

(1)"思无邪":"思无邪"原是孔儒解《诗》的一句简单的话,苏轼借用了"思无邪"的文字形式,从内容含义上做出了全新的解释,形成他复杂人生观的极度浓缩理论,并表明他由此而"得道",使之上升到生命本休的高度。他说:

> 凡有思皆邪也,而无思则土木也。孰能使有思而非邪,无思而非土木乎?盖必有无思之思焉。夫无思之思,端正庄栗,如临君师,未尝一念放逸,然卒无所思。(《续养生论》)

苏轼认为,人非土木,谁能无思?但有了思虑,便必然陷入世俗功利的邪路上去。——思虑是产生种种痛苦的根源。而无思虑,则又会失掉主体的思想意志,成为无知觉的土木,那就更谈不上获取精神的超越和自由了。苏轼最后归结到"无思之思"的命题,前一"思"字,是指人对世俗功利(即"邪")的追逐,后一"思"字,则指对污垢尘世醒悟之后所获得的人生价值的思考。苏轼在其贬惠州所写的《思无邪斋铭》中曾详细描述了这种思绪的转换过程(即"得道")道:"夫有思皆邪也,无思则土木也。吾何自得道?其惟有思而无所思乎!于是幅巾危坐,终日不言,明目直视,而无所见,摄心正念,而无所觉。于是得道。乃名其斋曰'思无邪'。"这段话与前段《续养生论》的话语正可相互印证、相互发明。

"思无邪"的思维特点又是什么?苏轼在《思堂记》中再做进一步论析道:

> 嗟夫!余天下之无思虑者也。遇事则发,不暇思也。未发而思之,则未至,已发而思之,则无及。以此终身,不知所思。

这里说的"遇事则发",就是苏轼自称"无思虑者"的主要思维特征。他是倡导人们背离功利私欲的思虑,崇尚"正念"的直观感受体验。他强调的是主体感性生命的自由,而不受任何"邪思"所束缚。所以,"无思虑"应是一种对世界万物的超越,它与"超然物外"、"无往而不乐"的观念直线相接。这种直观的感受体验,不屈从于自身得失的思虑,也不麻木不仁,只跟

随自己的心灵自由飘荡,遵循内在的感性生命而舒卷自如,任随外在事物的变迁却能自适安畅。苏轼结论说:"物至心亦至,曾不作思虑。随其所当应,无不得其当。"(《成都大悲阁记》)因此,苏轼的"思无邪",即"正念",它是一种没有思虑的纯净心灵,它是感性生命的内省、是在扫灭内在思虑基础上的空明澄彻。故而"遇事则发"时,便能取得"随其所当应,无不得其当"的效应。苏轼在哲学理念上把这种无思虑状态称之为"无心"和"一"。他在《终始惟一时乃日新》文中说道:

> 天地惟能一,故万物资生焉。日月惟能一,故天下资明焉。……圣人亦然,以一为内,以变为外。或曰:'圣人故多变也欤?'不知其一也,惟能一故能变。……物之无心者必一,水与鉴(镜)是也。水、鉴惟无心,故应万物之变。

这里的"一",应指天地宇宙永恒不变的规律。由于天地宇宙的规律永恒不变,即"能一",故而万物才滋生出来;正像太阳和月亮的发射亮光,由于它们能够永恒地照耀,所以天下才获得了光明。对于"圣人"来说,道理也是一样:由于他内在意志的"能一",才在外表上表现出各种不同的变化。这就是"思无邪"的内心洁净无虑和感性生命外向流露的"遇事则发"的统一,两者相辅相成,缺一不可。有人只看到圣人"多变"的外向流露,而称之为"故多变",这就是因为他不知其"一","惟能一故能变"的本质特征。苏轼还进而把圣人的"一"推衍为"无心":"物之无心者必一",有如水与镜子,"水鉴惟无心,故应万物之变",从而映照出万物的各种不同变化形象来。苏轼卓有识见地指出,人们只要达到"无心"这一境界,并且"能一",人们就会从风云变幻的社会、动荡不定的人生崎岖中豁然跃出,从而获得稳定的自我,通向精神的超越和自由。

苏轼的贡献,在于他没有把感性生命自由的"无心"(即"思无邪")停留在人与自身的单一层面上,而是将它扩大到人与自然、人与社会的更为广阔的时空之中。他一方面主张生命的超越,另一方面则强调生命超越后的回归,即不仅要在内心及自然界获取自由的生命,还要摆脱束缚,从社会中获得更大的自由——这是一种博大而深厚的生命自由。

有人指出:李泽厚《美的历程》曾正确分析了苏轼诗文中所表达的退隐心绪,深刻地揭示出苏轼退隐心绪的深刻内涵是一种对人生、社会的厌倦和超脱,然而,李泽厚却忽略了苏轼对社会、对人生的回归。实际上,苏轼渴望由"终身处乎忧患之域,而行乎利害之途"的人生超越出来,达到一种"齐得丧、忘祸福,等贤愚、同平万物,而与造物者游"的自由人生境界。即苏轼倡导"思无邪",是极力主张把超越了的自由心灵重新拉回到现实的社会和具体人生上来,在一个制高点上以全新的目光重新审视人与自然、人与社会的诸多关系,并同时正确处理好"出世"与"入世"的矛盾关系。(参阅涂道坤硕士学位论文《文化走向上的苏东坡》)我同意这样的看法,苏轼在《雪堂记》中明确表示:"吾非逃世之事,而逃世之机。"所谓"世之事",即指世事人生,他并不逃避,而"世之机"则指险恶之"机心",及世俗功名利禄之心,他决然逃避之。从而使他的自由心灵世界获得了无比广阔的天地。如同他在《凤鸣驿记》中所说:"古之君子,不择居而安。安则乐,乐则喜从事。"这种不选择居住场地所达到的"安",是内在心灵的自由安适,即来自"无心"。苏轼认为获得"无心"的"安",不是为了"出世",而应是积极地去"从事",亦即在喜乐中去"经世济时"。这一点在苏轼的"思无邪"中显得十分光彩夺目。不过,苏轼的"入世",又与世俗一般意义上的"入世"有着根本的区别。他的"入世",不以追逐私利为目的,并没有丧失自己。而是以"摄心正念"、摆脱思虑、视物平等,"遇事则发"的"能一"为旨归。这样,苏轼便把佛老的"出世"思想经过他精心的吸纳和选择,与儒家"经世济时"的"入世"思想有机地结合起来,从而既赋予了佛老思想以积极的意义,又摒除了儒家思想的庸俗迂腐,达到了"远离人生和深入人生的矛盾的统一"(叶朗《中国美术史大纲》)。获得了"以一为内,以变为外"的感性生命的全面自由。

(2)"无待":从"无思"的思维方式必然通向"无待"的审美实践。"无思",是抛却了对祸福得丧等经验世界的追求,"无待"是舍弃了对世事人生的一切依赖。两者相辅相成。苏轼唱道:"吾生本无待,俯仰了此世。"(《迁居》)这里,苏轼把他的一生都概括为"无待",可见他对"无待"意义的极其重视。苏轼"俯仰了此世"的"无待",脱胎于庄子,但决不是虚无和逃避。他在《墨君堂记》中骄傲的说:"群居不倚,独立不惧。"故其"无待",是对世事变故不惧不馁、无喜无忧,纵浪大化,与自然统一,在清静中求得个体生命自由的实现。他说:"问我何处来? 我来'无何有'(指《庄子》的"无何有之乡")。"(《和陶拟古九首·其一》)"无问亦无答,吉凶两何如?"(《和陶拟古九首·其三》)"回首向来萧瑟处,也无风雨也无晴。"(《独觉》)苏轼抛弃了浊尘,放意于"无待"。人从何处来,又到哪里去? 问答是什么? 吉凶算何物? 皆无所挂心。一切均发自心理本体,不依待任何外在的动因。其生命完全变成一个自足体、一个自然发展的流程,这便使他超越了时空,达到了"也无风雨也无晴"的精神本体境界。于是,苏轼终于在"无思"和"无待"相统一的生活方式中,树立起了他"任性逍遥、随缘放旷"的潇洒人生观,找到了"俯仰间"的"方轨八达之路"(《试笔自书》)——"高怀远度"及"高风绝尘"的审美理想。基于这个审美理想,才使苏轼能在生存的诸多灾难中,寻找到被失落的个体生命的价值,所谓"独立万物表"(《和陶杂诗十一首》其六)、"浩然天地间,惟我独也正"。一种博大无碍、辽阔无垠的胸襟、一种自我完善感、灵魂归宿感、深沉哲理感,溢于言表。

2. 自由自适思想建构的历史文化意义:

苏轼的"无待"和他的"思无邪",以探寻人生意义和生命价值的复杂历程及其走向为宗旨,具有着呼唤自由和独立自主的性质,从某种程度上讲,它似乎已孕含着现代民主的"自由自主"意识的萌芽因素,因而便具有了深刻的认知价值和高度的历史文化意义。它虽然还不能发生撼动封建制度的冲决力量,但也堪称是驱散社会黑暗的一线曙光。它为当时和后世遭受折困的落魄士子提供了追求美好人生理想的蓝本,和探索自由民主思想道路的有益借鉴。联想起明代资本主义萌芽时期的思想先驱者王阳明的"心即性,性即理"(王阳明《传习录》上)和哲人李贽的"童心说",便与苏轼的"无心"、"无思"、"任真"等生命自由论一脉相承;又如"公安派"三袁的"独抒性灵"、"任性而发"(《袁中郎全集·序小修诗》),也与苏轼的"遇事则发,不暇思也"、"任性逍遥,随缘放旷"异代相接;再如"心学"家颜山农说:"只是率性而行,纯任自然,便谓之道。……凡儒先见闻道理格式,皆足以障道。"(语见《明儒学案》)而与苏轼的反儒教禁锢以释放感性生命自由的"性之便意之适"、"思无邪"和"无心必一故能应万物之变"的理论实践极其相近或相似。也就是说,苏轼自由自适的思想体系,延至明代中叶,已对以王阳明、李贽、三袁、汤显祖等为主所形成的轰轰烈烈的浪漫洪流,发生了积极的影响,从而使他们在新时代里谱写出中国文化史上极其光辉、浪漫而富于激情的一页。——苏轼期待"后世"君子对自己理解的愿望,终于在明代中叶的浪漫洪流中实现了。这种异代相接的现象,并不违反历史发展的规律。诚如发生认识论创始人皮亚杰所阐述的:"高级形式的建构不得不经过一段比人们想像得更长得多、更困难、更不可预料的过程。"(《发生认识论原理》)

苏轼"自己构成自己"的自由自适思想体系,是一种涵盖了儒释道精华而又独立于三教思想体系之外的崭新创造。即苏轼一方面融汇三教之精粹,度以己意;同时,又用三教的相互龃龉、相互解构,从而超越三教,创造出自己的思维新形式、新体系。以之与现存的儒释道思想相较,它更具有新颖性、独创性、突破性和真理性的特质。它向人们提供了如何学习和吸取传统文化精华,从而促进自我创造的范例。它启示我们:一个具有坐标式历史地位的解构者,他必须首先是个传统文化的集大成者,从集大成到解构、到建构,表现了他变革发展的三大特质。苏轼是在解构古典传统中,获取了精神与创造的巨大自由,而达到他自然本体状态和境界的。先进思想作为创造性思维,是智力的核心,是人类思维活动的最高表现形式,它为人的创造活动奠定了基础。研究苏轼的先进思想及其创造性思维,就可以明白苏轼为什么会取得那么多在文学艺术、哲学学术、社会科学和自然科学等领域中的丰硕成果。

苏轼是一尊屹立在中国文化史上的创造之神,也是活跃在北宋文化园地里的自由之魂。

主要引用书目:

1.《马克思恩格斯全集》第 1 卷,页 651。及列宁《哲学笔记》,页 84。均为人民出版社版。

2.黑格尔《逻辑学》上卷,商务印书馆 1997 年第 1 版,页 5。

3.孔凡礼点校《苏轼诗集》、《苏轼文集》。中华书局 1982 年、1986 年版。

4.陈宏天、高秀芳点校《苏辙集》。中华书局 1990 年版。

5.《东坡易传》。龙吟点评。吉林文史出版社 2002 年版。

中国传统文化在 21 世纪的地位和作用

北京大学历史系　吴宗国

一、关于中国传统文化

中国传统文化是中国人民在漫长的历史岁月中创造出来的物质财富和精神财富,有着极其丰富的内容。它包含了大量的物质遗存、丰富的科学技术成就、深邃的哲学思想、灿烂的文化遗产和浩如烟海的历史文献,博大精深,是中国人民智慧的结晶。它记录了中国人民战胜各种艰难险阻,开发中华这一方热土的历程,也纪录了中国人民在社会、经济和政治生活中的欢乐和苦难,创造和经验。

利用传统文化来创造适合自己时代需要的先进文化,是中国传统文化的一个重要内容。在这一方面孔子就是始作俑者。孔子创建儒家学说,就是在努力学习当时的传统文化,整理总结文化典籍的基础上,利用传统文化创造出来的新文化。儒家学派在历史发展中所以有那么高的地位,一个重要的原因就是因为他们承担了传统文化的整理、总结和宣传工作。《五经》中的《尚书》、《诗经》、《易经》是上古各种历史文献的结集,在孔子以前就已存在。《春秋》为孔子所撰。《周礼》、《仪礼》和《礼记》成书都在孔子之后。但整理、补充和解释这些古典文献的工作是由儒家学者来完成的,所以后世称之为儒家经典。而更重要的是每一个时期儒家学者,特别是在社会发生重大变化时期的儒家学者,能够与时俱进,吸收当时科学上和思想上的先进成果,把传统的儒家思想与时代结合起来,创造出适合当时需要的新儒学。西汉初年的儒生在利用传统文化来创造自己时代的文化方面做了大量的工作,特别是把法家思想和道家思想有机地吸收到儒家思想中,丰富了儒家思想的内容。在这个基础上董仲舒又根据文景之治以后的情况作了进一步的创造。唐朝的韩愈、柳宗元,北宋的张载、程颢、程颐,南宋的朱熹都是这方面的代表人物。儒家在不同时期的内容是不完全相同的。传统文化只有在继承的基础上推陈出新,进行新的创造,才能发扬光大。

重视传统文化是中国的一个重要传统。值得注意的是,对传统文化重视的程度和对它的态度,直接影响到一个时代的发展。秦朝和唐朝从反正两个方面给我们留下了生动的例证。这可以说是中国人民最大的一个历史经验。秦始皇焚书坑儒,固然是要禁绝以古非今的不满情绪,但同时也割断了与传统文化的联系。这样就不可能利用传统文化中有用的东西来构建巩固新建立的统一帝国所需要的统治理论、典章制度和意识形态体系。唐朝刚建立的时候也遇到类似的问题。当时就有人提出不能行帝道、王道,而要像秦那样"任法律",汉那样"杂霸道"。但在魏徵、王珪的帮助下,唐太宗走了另一条路。唐太宗在贞观之治局面刚刚形成的时候回顾说:"贞观初,人皆异论,云当今必不可行帝道、王道。惟魏徵劝我,既从其言,不过数载,遂得华夏安宁,远戎宾服。"①

要把整个统治集团的思想都统一到行帝道、王道的思路上来,这个过程比唐太宗所说的要复杂得多。这里牵涉到对形势的理解,对传统文化的认识和学习,以及在这个基础上的创造和发展几个方面,而关键则是对传统文化的态度。

唐朝初年总结前代文化成果是一个很显著的历史现象。《隋书·经籍志》是继汉代《七略》之后在总体上对传统文化进行总结的又一次历史性壮举。其中特别值得我们借鉴的是其对传统文化和外来文化的态度。《隋书·经籍志序》对经籍志所收之书有一个总的评价:"虽未能研几探赜,穷极幽隐,庶乎弘道设教,可以无遗阙焉。夫仁义礼智,所以治国也,方技数术,所以治身也。诸子为经籍之鼓吹,文章乃政化之黼黻,皆为治之具也。"它把经史子集各类书籍的作用归结为"弘道设教",认为它们"皆为治之具也"。这就是唐初对传统文化的基本看法。

《经籍志》对两汉以来的经学、史学都提出了一些批评性意见。而对于诸子则云:"《易》曰:'天下同归而殊途,一致而百虑。'儒、道、小说,圣人之教也,而有所偏。兵及医方,圣人之政也,所施各异。世之治也,列在众职,下至衰乱,官失其首。或以其业游说诸侯,各崇所习,分镳并骛。若使总而不遗,折中之道,亦可以兴化致治者矣。"在评论中,不抑此扬彼,也不独尊一家,而是分别指出它们在"兴化致治"方面所起的作用,表现出一种尊重传统、兼容并收、批判继承、继往开来的态度。四部之末还附录了道、佛经典。对于道、佛,《经籍志》认为,"道、佛者,方外之教,圣人之远致也。俗士为之,不通其指,多离以迂怪,假托变幻乱于世,斯所以为弊也。故中庸之教,是所罕言,然亦不可诬也"。也表现一种宽容、兼收的态度。

唐朝初年并没有停留在对传统文化的整理和总结上,而是在认真学习传统文化的基础上,结合唐朝初年的实际情况,利用传统文化的思想材料,进行了许多新的创造。

《群书治要》就是其中的一个创造。尽管这只是一本对传统文化中的经典著作的摘编,但正因为它需要摘选,从中便可以看出它对传统文化,既不是全部否定和排斥,又不是无保留地全盘吸收,而是根据"本求治要"的精神和编纂者的理解,"爰自六经,讫乎诸子,上始五帝,下尽晋年",把传统文化中的精华,有分析地加以摘选、归类和编排,编纂成书,使之成为贞观君臣学习和接受传统文化的教科书。正如魏徵在《群书治要》序中所云:"用之当今,足以鉴览前古,传之来叶,可以贻厥孙谋。引而申之,触类而长,盖亦言之者无罪,闻之者足以自戒,庶弘兹九德,简而易从,观彼百王,不疾而速。崇巍巍之盛业,开荡荡之王道。可久可大之功,并天地之贞观。日用日新之德,将金镜以长悬。"[②]这就为贞观君臣把中国传统政治思想提高到一个新的高度提供了丰富的思想材料。

贞观君臣结合唐初实际情况,努力学习传统文化,从传统的政治理论、历代兴亡的经验教训和对现实情况深刻的理解三者结合的基础上,经过认真的分析和思考,在政治理论上作出了许多新的创造。其中包含了丰富的思想内容,不仅对贞观之治的形成和唐朝的繁荣昌盛具有指导作用,而且对中国和亚洲各国的历史发展产生了深远的影响。而记录贞观君臣论治言论的《贞观政要》,也就成为后代帝王和政治家们的政治教科书。

传统文化对于唐朝文化的发展也发挥了巨大的作用。书法、绘画、音乐、舞蹈在继承传统的基础上,推陈出新,有了飞跃的发展。楷书、草书、山水画、人物画都是在这个时期发展成熟的。洛阳龙门奉先寺的卢舍那佛像更是把传统文化、外来文化和当时的审美观念进行了完美的结合。

传统文化在唐代并不为上层所独享。《五经》在民间传授,并成为州县学的教材。童蒙读物《千字文》、《太公家教》等在民间广为流传。民间教育是以传统文化作为基本内容的。而正是文化的普及为盛唐经济的发展和文化的繁荣提供了深厚的土壤。

可以说,对传统文化的重视、学习,以及贞观君臣由此而创造出来的,不仅指导当时而且影响后代的统治理论,是唐代繁荣昌盛的一个前提。对于这一点唐太宗有深刻的体会。贞观九年他谈到,自己"少从戎旅,不暇读书。贞观以来,手不释卷,知风化之本,见政理之源,行之数年,天下大理而风移俗变"[③]。贞观十年他又谈到:"及为太子,初入东宫,思安天下,欲克己为理,唯魏徵与王珪,导我以礼义,弘我以政道。我勉强从之,大觉其利益,力行不息,以致今日安宁,并是魏徵等之力。所以特加礼重,每事听从。"[④]唐太宗所说的礼义、政道,都是传统政治文化的重要内容。从这里,我们可以看到传统文化对一个时代的发展有着多么重要的意义。

从世界历史来看,任何一个国家,任何一个时期,它的发展都是以前代所创造的物质文化和精神文化作为出发点的。而能够做出新的创造,首先当然是时代需要的推动,但是也只有充分利用前代所创造的物质条件、思想材料和表现形式才能够做到。中国唐代的文化繁荣,意大利的文艺复兴,可以看作是一东一西两个突出的典型。

二、中国传统文化与21世纪

中国传统文化作为世界文化遗产的一部分,在21世纪必将发挥越来越大的作用。中国传统文化的魅力也将越来越显示在世人面前。中国传统文化的神韵将会吸引所有的世人。

传统思想学说，也就是一般所说的诸子百家。说诸、说百，都是言其多，仅把其中的一两家，特别是把儒家，说成是传统文化，那是不合适的。儒家和道家在一些朝代成为指导思想的理论基础，这是历史事实。指导思想的重要性，也是大家深有体会的，所谓一言兴邦，一言丧邦。唐太宗所云贞观初人皆异论，惟魏徵劝我，就是一言兴邦，所以唐太宗才给魏徵那么高的评价。但是仅仅是指导思想那也是不够的，还需要各家亦即各学科的发展。

从历史来看，传统文化对于建立每一个时期的思想学说和意识形态体系都发挥着重要的作用。每个时期的思想家都要努力探寻传统文化中的精华，寻找传统文化与当代相通的东西，或者说一些具有普遍意义的东西，用来架构适合当时需要的思想体系。而对传统文化中原有的思想材料加以发挥或进行新的解释，更是历史上建立新的学说时经常出现的现象。在发展适应 21 世纪需要的思想学说时，吸收传统文化中的精华的工作已经展开，今后必将更大规模地进行。

传统和榜样是巨大的精神力量。传说中的三皇五帝，有不同的说法。但不论那一种看法，都代表着我们祖先对传统的重视。传说中的三皇，伏羲发明网罟，作八卦。炎帝神农氏发明农业，以木作耒耜，还尝百草，教人治病。黄帝发明衣服、舟车、文字、算数、甲子、打井、火食。三皇实际上代表了远古时期文明发展的几个阶段，从渔猎到农业，从农业到文明的全面展开，衣食住行都进入一个新阶段，文字、计算都次第展开。五帝按司马迁《史记》的说法，黄帝、颛顼、帝喾、唐尧、虞舜，这都是脱离洪荒时期，逐步进入文明时期的人物。从三皇五帝的传说我们可以看到两点，一是我们祖先对于传统看重的是什么，是使先人逐步脱离野蛮，从野蛮走向文明时在物质上的和精神上的创造。二是不忘先人在创造物质文明和精神文明上的贡献，并给予永久的纪念。这是一个悠久的传统。炎黄所以能牵动中华子孙的心，正是这种五千年历史传统的作用。

燧人氏钻木取火、大禹治水、愚公移山这些中国人民熟悉的故事，虽然含有传说成分，但其中所蕴含的艰苦奋斗、坚持不懈、自力更生、不断创新的精神，也成为一种传统，并且可以看作是中国传统文化的精神所在。这与许多学者经常引用《易经》中的"天行健，君子自强不息"有异曲同工之妙，但是内涵要更加丰富。这三个传说故事所蕴含的理性精神和科学态度，长期给中国人民以潜移默化的影响。这些都是不可低估的传统。从这里我们还可以看到中国文化传统和西方文化传统的异同。

中国古代传说中的许多英雄人物，历史上杰出的思想家、科学家、文学家、政治家和军事家，中华各民族的民族英雄就是中国历代人民尊崇的榜样。这些传统和榜样是一个伟大的思想源泉，过去、现在和未来都激励着中华儿女奋勇向前。

中国古代的军事家、医学家、数学家、天文学家和哲人在长期的实践中，不仅积累了丰富的知识，而且在各自的领域中形成了自己的理论系统。令人惊奇的是，在这些理论系统中，有许多相通的地方。这实在是中国人民经验和智慧的最高结晶。它对帮助我们进一步探索自然、认识社会、追求人生,创造一个辉煌的新世界,具有不可估量的认识意义。需要我们认真地加以学习、领会和运用。

中国古代的军事家在战争实践中形成了自己的军事理论,战国时期的《孙子兵法》是影响最大一部兵书。它的意义早已超出了军事,在政治、外交、体育和人生等各领域都发挥了作用,并且成为现代管理思想的重要源泉。它的影响也早已超出了中国。

中国古代医学家所创造出来的医学理论至今仍是一个没有被超越的体系。最早的一些理论著作《黄帝内经》等提出了人和自然的统一,人体是一个有机整体,阴阳学说,经络学说,从脉相来诊断疾病等理论。今天的西方医学在这些领域仍然没有突破,也就是说,其中的一些理论正是现代医学所欠缺的。而这些正是建立新的生命科学,创造新的医学所需要解决的问题。

兴化致治历来是各个时代政治家关注的中心,各个时期的政治家总是努力学习传统的统治理论、总结历代兴亡的经验教训,并利用和改造前代的典章制度来建立自己的政治统治。因此,在国家治理、统治理论、决策立法、机构设置、行政管理、对外事务、民族关系、人才培养、官吏任用、财政税收、经济发展、环境保护、社会保障、百姓教化等方面,积累了丰富的经验,并且形成了系统的理论、政策、法律和法规,留下了丰富的文字材料。这些传统政治文化遗产是一笔宝贵的遗产。它的某些内容,例如考试制度,对西方近现代的官僚政治制度曾产生过重要影响。我们如果认真地加以总结,仔细地进行研究,是可以为我们今天的各项工作提供许多有益的借鉴的。

还应该提出来的是史学和古典文学。

以"二十四史"、《资治通鉴》、《通典》为代表的传统史书,其纪传体和编年体的体裁,使其不仅成为纪录历史的工具,而且成为传统文化的载体。许多传统文化的内容,都是通过史书得以流传下来的。要了解和研究传统文化,首先就必须认真地研究历史。

从《诗经》、《楚辞》、汉赋、汉魏乐府到唐诗、宋词,从唐人传奇、宋人话本到明清小说,从元曲到明清戏曲,从唐宋八大家到桐城派古文,这些古典文学作品由于反映了社会生活的各个方面,反映了各阶层人士的喜怒哀乐,抓住了人的共同感情,因此受到了各个层次读者的欢迎。而历代文人总是努力汲取民间文学的精华,采取广大群众喜闻乐见的表现形式。这样不论是诗歌、小说,还是戏曲都形成了雅俗共赏的传统。正因为这样,古典文学的魅力是任何其他文化艺术形式所无法比拟的。

中国古代人文、艺术各领域的成就,不论是历史、文学、哲学,还是音乐、舞蹈、雕塑和绘画,不仅哺育了一代又一代古人,在今天也仍然是滋润年轻一代成长的甘甜乳汁。至少在城市,没有哪一个小孩不是念着唐诗长大的。在创造21世纪的新文化的过程中,这些文化遗产是一个取之不尽,用之不竭的宝库。

三、中华书局与 21 世纪

中国传统文化在新世纪的地位和作用是无容置疑的。但是要真正发挥它的作用是要通过人来完成的。也就是说必须让广大人民了解和掌握传统文化。我们今天能接触到的传统文化产生的时代,至少可上溯到五六千年以前,最晚的清朝,距今也近一个世纪了。因此,需要经过整理和研究,才能把传统文化的精华挖掘出来。需要通过注释、翻译和学术著作乃至普及读物,才能为群众所掌握。我们从事中国传统文化研究的各个学科,其最终目的都是为了把传统文化交到人民手中。

有关传统文化的文献材料浩如烟海,需要经过整理和研究,成为出版物,才能为学者和群众所利用。因此文献材料的整理、研究和出版便成为传统文化能否发挥更大作用的一个前提条件。而肩负着古典文献材料整理和出版重任的中华书局自然便成为前提的前提。我想,这也就是中华书局与 21 世纪关系所在。

大概从我们这一代开始,凡是从事文史研究的人,大多是从阅读由我们的前辈,我们的老师们整理、标点,由中华书局出版的《资治通鉴》、"二十四史"等古典文献步入研究领域的。工作以后,《文苑英华》、《太平御览》、《册府元龟》、《全唐文》等大部头古籍更是日常必备的案头之书。可以说,中华书局所出版的古籍培育了一代又一代的学人。在此我要表示我由衷的谢意。我想这不是我一个人的感受。

为了 21 世纪中国文化的发展,我们衷心希望中华书局在已经取得的巨大成就的基础上,发挥更大的作用。在古籍整理上,校勘、注释还有大量工作要做,但在新的世纪是不是可以进一步向纵深发展。例如把《册府元龟》、《唐会要》、《宋会要辑稿》的内容进行编年,再按内容进行分类排比,重新加以编纂,就是一件很有意义的工作。

为了满足社会上各个层次读者对于有关中国传统文化了解的需要,除了古籍的整理出版,学术著作的出版也是必不可少的。诗、词、小说乃至"四书"、《史记》和《资治通鉴》,经过注释,具有高中文化水平的读者就可以直接阅读。但对其中包含的丰富内容是不可能通过几次阅读就能掌握的,更不用说对传统文化各个领域的了解与掌握了。因此需要出版各个层次的学术著作,向广大群众介绍中国传统文化各方面的内容。

是不是可以分出这样几个层次:顶尖的学术精品,高水平的学术著作,普及性的学术著作。为了迎接中华书局一百周年,是否可以组织出版一百本或每个学科一百本的"中华百年学术精品文库"。其中包括已出版的学术精品,而更多的则是最新的学术成果。普及性的学术著作自然是通俗的,这主要是就其表现形式而言,其内容的学术性同样应该是高水平的。是否可以组织在各个领域最有成就的学者来写普及性的学术著作,把这项工作作为一项系统工程来抓。学术著作是不是也可以写得通俗一些,使一般读者也能读懂并且爱不释手。这样就可以把学术著作和普及读物沟通起来,形成中华书局各类学术著作高水平的学术特点和雅俗共赏的出版风格。

要出好书,就必须有一支高水平的作者队伍。在作者队伍中,老年作者自然是不应忽视的,要充分把他们的学术成果挖掘出来,成为社会的共同财富。但更要注意发挥中青年学者这个群体的作用。中华书局在 30 年代编纂的《辞海》,一直到 70、80 年代才最后完成了历史使命。它的五十三位编辑者中,有的就是当时的在校大学生。30、40 年代的许多大学者年龄都在四十岁上下。1925 年陈寅恪先生出任清华国学研究院导师时 37 岁。钱穆先生 33 岁时开始写作《先秦诸子系年》,37 岁出版《国学概论》,41 岁时出版《先秦诸子系年》。他的史学名著《国史大纲》1940 年出版时他也才 46 岁。向达先生的名著《唐代长安与西域文明》发表时才 33 岁。50 年代初的许多大学者,年龄一般也不超过五十岁。1953 年我进入北大时,邓广铭先生才 46 岁。当时所以能涌现这么一批领导学术潮流的学者,除了时代的因素,主要有三条:第一条是他们都有扎实的学术基础和求实的学风。第二条是在研究方法上有创新,在各自的领域开风气之先,取得了具有开拓性的成果。第三条是有伯乐,他们慧眼识英雄,把这些年青的学者推到学术潮流的前列。年青的学者是可以写出大文章的,而且很多大文章都是在这个年龄阶段写出或打下基础的。中华书局如果能够充当新时代的伯乐,把学术基础好,学风扎实的年青学者调动起来,写出能够领导学术潮流,具有开拓意义的学术精品,并无条件地优先出版,隆重推出,这不仅会大大提高学术著作的总体水平,而且会引导广大青年学子走上踏实研究,奋发有为,开拓创新,勇攀高峰的学术之路。这对于我们民族的未来,将是功德无量的。

附注:

① [唐]吴兢《贞观政要》卷一《政体》,四部丛刊续编史部,上海涵芬楼影印明成化刊本。
② [唐]魏徵等撰《群书治要》,四部丛刊初编子部,上海涵芬楼影印日本天明七年本。
③ [唐]吴兢《贞观政要》卷十《慎终》。
④ [日]原田种成校《贞观政要定本》卷六《杜谗佞》,[日]财团法人《无穷会东洋文化研究所记要》第三辑。

齐鲁文化在传统文化中的
地位及其现代价值

山东师范大学齐鲁文化研究中心　安作璋　王克奇

齐鲁文化是先秦时期形成发展于今山东境内的一种地域性文化。进入秦汉之后,在政治大一统的背景下,随着阴阳五行学说、黄老之学、儒学相继进入统治阶级的思想殿堂,齐鲁文化逐渐由地域文化演变为一种官方文化,最终完成了从地域文化到主流文化的演进过程。齐鲁文化构成了中国传统文化的主干部分,它既是一个历史的范畴,又是一个文化的范畴。作为历史的范畴,即具有其历史局限性,肯定存在着与现代社会不相适应的内容;但作为一种文化范畴,又有其历史超越性,齐鲁文化的现代价值就是这种历史超越性的体现。本文着重就齐鲁文化与中国传统文化的相互关系以及齐鲁文化现代价值的评价问题,谈一些我们的看法。

一

若论及齐鲁文化与传统文化的相互关系,需从以下两个方面加以考察。

(一)从齐鲁文化的历史渊源看,它是古代夷、夏两大文化系统交流融汇的结果,是三代文化的结晶,是先秦时代最先进、最能代表和反映华夏文明本质精神的地域文化。考察中国古代文明的起源,主要有夷、夏两大系统。夷和夏两大文明的交流融汇,塑造了远古的中华文明。对此,傅斯年先生曾提出了"夷夏东西说"[①]。作为古代文明奇葩的齐文化和鲁文化,就是夷、夏文化结合的产物。由于齐文化和鲁文化在各自形成的过程中对夷、夏文化的取舍不同,所以形成了各异的风格。概而言之,鲁文化近夏,齐文化类夷。

夏文化的发展形成了夏、周文化。夏、周二族皆兴起于西方,文化同源且一脉相承。如《礼记·表记》说:"夏道尊命,事鬼敬神而远之,近人而忠焉。先禄而后威,先赏而后罚,亲而不尊。"而"周人尊礼尚施,事鬼敬神而远之,近人而忠焉。其赏罚用爵列,亲而不尊。"夏族较早地进入黄土高原,松厚的黄土易于耕作,以农业经济为基础的定居生活塑成了夏族和周族的一些基本文化特征,即务实的人文主义传统,重视血缘关系的宗法制度,以及"尚德"的价值趋向。王国维先生曾把周文化与商文化相比较说:"周人制度之大异于商者,一曰立子立嫡之制,由是而生宗法及丧服之制,并由是而有封建子弟之制,君天子臣诸侯之制。二曰庙数之制。三曰同姓不婚之制。此数者皆周之所以纲纪天下,其旨则在纳上下于道德,而合天子诸侯卿大夫士庶民以成一道德之团体。"[②]"重礼尚德"是周文化的基本特征。鲁国是西周在东夷地区建立的一个诸侯封国,先为"少昊之虚",后为"商奄之地"。伯禽建国之初,对东夷文化进行了"变其俗,革其礼"[③]的改造。但对东夷文化也有吸收,如对"仁"的接受改造。"夷俗仁",周文化对"仁"的接纳与其"尚德"的特点有关,"仁"的道德观念成为鲁文化的重要组成部分。

东夷文化的发展形成了虞、商文化。东夷、虞、商文化是一脉相承的。他们的特点一是尚武,如传说中的东夷族首领蚩尤善战,死后奉为战神。而后羿也以善射和勇力著称。以至于后来齐国成为兵家的圣地。二是好仁。东夷族的领袖如舜、汤皆以仁德称。所以《说文》段注有"夷俗仁"的说法,后来儒家之"仁爱",墨家之"兼爱",皆产于鲁国决非偶然。三是重智,如历史上常把"伊尹、吕尚之谋"奉为谋略之典范。齐国创立者为周师尚父姜尚,史称姜尚为"东海上人"或"东夷之士"[④],所以在建国之初,对东夷文化采取了宽容的态度,强调"因其俗,简其礼"。在齐文化中,虽有周文化的成分,如"周礼"及其观念,但更多则是对夷文化的继承和发展。

综观齐鲁文化的形成,他们渊源于夷和夏两大古代文明系统,是两大文明系统结合融汇的产物,同时也是夏、商、西周三代文化的结晶。三代,是华夏文明孕育形成的时期。夏、商、西周三代的文明,既有前后相承的关系,又有夷、夏文明相互斗争吸收的背景。而齐、鲁文化作为三代文明发展和夷、夏文化融合的文化硕果,自然成为当时形成中的华夏文化典型代表。以齐文化为例。齐国经济上除了继承周的"重农"传统外,又"通商工之业,便鱼盐之利",成为经济大国;政治上不囿于周的"亲亲、尊尊"的原则,"举贤而尚功",遂有春秋齐桓公首霸,战国东帝之称;学术上兼收并蓄,稷下之学盛极一时。以此为背景的齐文化有泱泱大国之风范。再以鲁文化为例。鲁国建立之初,"变其俗,革其礼",但不能由此得出结论说鲁文化是周文化的简单移植。因为重"礼"尚"仁"的儒家思想没有出现在周的发源地关中地区,而诞生于数千里之外的鲁国,决非偶然。鲁文化是重礼的周文化和重仁的东夷文化结合的产物,而以孔子为代表的儒家思想只能产生在这一特定的地域文化氛围中。鲁文化凝结了华夏文化的本质和精华。总之,齐鲁文化是当时黄河流域最先进的两种文化,亦即周文化和东夷文化嫁接而成的,又优于周文化和东夷文化的一种更高级的文化形态。随着西周的灭亡,周王室的衰落,文化中心由关中地区转移到齐鲁之地,齐鲁文化自然成为当时华夏文明的代表。

(二)从齐鲁文化的结构内容考察,齐文化和鲁文化结合互补,并囊括了儒、墨、道、阴阳五行诸家学说,最终成为占主导地位的地域文化。

在先秦时期,齐鲁文化又可分为齐文化和鲁文化两个相对独立的部分。但由于他们的文化同源和地理位置的邻近,随着齐国对鲁国的兼并,齐鲁文化在政治上的一体化的完成,齐文化和鲁文化加快了融合进程,逐渐形成了统一的文化体系。在齐鲁文化内部,齐文化的特色与鲁文化的特色呈现出结合互补的态势。概而言之:齐文化开放,鲁文化稳重;齐文化讲功利,鲁文化崇仁义;齐文化尚革新,鲁文化尊传统。凡此等等,使齐鲁文化成为一种结构平衡,能进行自我调节并具有再生机制的文化传统。

从思想文化的角度来看齐鲁文化,其内容丰富多彩,儒、墨、黄老、阴阳五行诸家学说兼容并包。齐鲁文化的精神本质和基调是积极的和入世的,体现了一种社会责任感和博爱情怀。且不说儒、墨"乐以天下,忧以天下",席不暇暖,以天下为己任的济世思想,就连主张避世离俗、卑弱自持的道家,一旦溶入齐鲁文化,也变成了"采儒墨之善,合名法之要",强调"与时迁移,应物变化,立俗施事,无所不宜"⑤的黄老之学。而阴阳五行学说不仅"深观阴阳消息",称引"五德转移",而且"要其归必止乎仁义节俭,君臣上下六亲之施"⑥。齐鲁文化丰富的精神内涵及其积极的入世态度,沉重的社会责任感与道义感,使之成为当时最具影响力的地域文化。

由于上述齐鲁文化的素质,最终在秦汉时期完成了它由地域文化到主流文化的进程。齐鲁文化被统治者所接纳,经历了一个颇为曲折的过程。秦统一全国后,为政治大一统提供了一个较为广泛的文化基础,秦始皇对东方的齐鲁文化做了一个友好的姿态,建立了博士制度,主要吸收了齐鲁籍的儒学之士参与谋议,以备顾问。但这种对儒家的承认和任用却由于政见不同而酿成了"焚书坑儒"的惨祸。"陈涉之王也,而鲁诸儒持孔氏之礼器往归陈王"⑦,儒家与秦政分道扬镳。但秦始皇却表现出对阴阳五行学说的浓厚兴趣。《史记·秦始皇本纪》说:"始皇推终始五德之传,以为周得火德,秦代周德,从所不胜。方今水德之始,改年始,朝贺皆自十月朔。衣服旄旌节旗皆上黑。数以六为纪,符、法冠皆六寸,而舆六尺,六尺为步,乘六马。更名河曰德水,以为水德之始。刚毅戾深,事皆决于法,刻削毋仁恩和义,然后合五德之数。"出自齐鲁文化的阴阳五行学说反被用为对抗齐鲁文化基本精神的理论依据。专用法家,实行文化专制主义的秦皇朝十五年二世而亡。汉朝初立,接秦之敝,鉴于秦亡的教训,统治者不得不以黄老学说为政治指导思想。所谓"贵清静而民自定"⑧。黄老学说指导下的"无为政治"为汉初政权的巩固和经济的恢复发展,发挥了积极作用。但黄老学说的采用,毕竟是汉初特殊历史条件下的权宜之计。黄老学说还不能成为长治久安治国方略的理论基础。至汉武帝时,随着经济的恢复发展,政治的稳定,大一统的封建国家进入了它的平稳发展期。为长治久安计,构筑新的上层建筑尤其是观念形态的工作摆到了统治阶级面前。在统治阶级相互比较,反复权衡的选择下,具有深厚的文化底蕴,符合宗法社会的传统背景,内容博大精深的齐鲁文化成为首选对象。其标志是"独尊儒术"政策的出台。须知当时"独尊"的"儒术",已非早期的儒学,而是阴阳化了的儒学,故《汉书·五行志》说:"景、武之世,董仲舒治《公羊春秋》,始推阴阳,为儒者宗。"此外,董仲舒的"天命"颇类墨家的"天志",而黄老的君人南面之术,也为董仲舒所吸收。所以说,汉武帝的"罢黜百家,表章六经",名为儒家独尊,实为对齐鲁文化的尊崇。随着这一划时代意义的举措,齐鲁文化成了官方文化,同时也完成了由地域文化到主流文化的转化。

二

由上述可知,齐鲁文化是齐文化和鲁文化二元一体结合互补的结构,各具特色的两种文化组成了一个文化有机体,我们拟由此出发,通过分析齐、鲁文化的异同和互补,进而探讨齐鲁文化的现代价值。

(一)鲁文化尊传统,齐文化尚革新,二者的结合而形成"变中有不变"的特色思维模式,不仅保证了我们民族文化的延续,而且还是我们今天仍然值得借鉴的方法。鲁文化的基本风格是尊传统,重经训而求稳定。周大夫樊穆仲在评价鲁孝公时说:"肃恭明神而敬事耆老,赋事行刑,必问于遗训而咨于故实,不干所问,不犯所咨。"⑨其中"敬事耆老"和"问于遗训而咨于故实",表现了一种恪守传统,重视祖宗遗训的作风。所以司马迁说:"邹鲁滨洙泗,犹有周公遗风,俗好儒,备于礼,故其民龊龊。"⑩"龊龊"意即廉谨。反映在儒墨之学上,两家皆重视经典与先王遗训。儒家讲"祖述尧舜,宪章文武"。孔子说"述而不作,信而好古"。墨家亦以"祖述尧舜禹汤文武之道"自我标榜。对传统和经训的敬奉旨在追求稳定。其理想政治是"布德于民而平均其政事,君子务治而小人务力;动不违时,财不过用;财用不匮,莫不能使共祀"⑪。平实、稳健,一切都在经验所预期的范围内运行。恪守传统的价值观念和专注于内部稳定的思想构成了鲁文化的特色。而齐文化的风格则是因时因地制宜,通权达变。这似乎成为齐国政治文化的传统。姜尚"修政,因其俗,简其礼,通商工之业,便鱼盐之利"⑫,有一个创造性的开端。管子任政,"俗之所欲,因而予之,俗之所否,因而去之……善因祸而为福,转败而为功"⑬。齐文化崇尚权变和革新。所谓"不慕古,不留今,与时变,与俗化"⑭,正是对这一特点的概括。鲁文化的守经和齐文化的行权相结合,形成了"变中有不变"的思维模式。其典型的表述如荀子说:"与时迁徙,与时偃仰,千举万变,其道一也。"⑮董仲舒也说:"春秋固有常义,又有应变。""《春秋》有经礼,有变礼。"他进一步发挥说:"若其大纲人伦、道理、政治、教化、习俗、文义,尽如故,亦何改哉?故王者有改制之名,无易道之实。"⑯其中讨论的是"经常"与"应变"的关系,但侧重点在于强调"变"中有"不变",反映了对传统价值的恪守和珍视。

中国传统文化的发展,体现了这种"变"与"不变"的统一,诠释了"变中有不变"的规律。

中国的传统文化,历史悠久,历尽沧桑,是世界上唯一没有中断的文明。之所以能够在漫长的千回百折的历史进程中挽狂澜于既倒,历长久而弥新,决非偶然。一种文化,只有在与时俱进中才能获得旺盛的生命力,应变与革新是不可或缺的。但无论怎样"变",作为一个民族来说,它应该有自己永远不变的原则信念。没有传统,没有信念,一个民族也就没有了根,没有了灵魂,也就失去了自立于世界之林的依据。而中华民族,在恪守自己传统信念的同时,又与时俱进,创造了世界文明史上的奇迹。中国共产党人正是运用了这种"变"与"不变"的辩证思维方式,一方面坚持了马克思主义的基本原理,一方面又与时俱进,发展了马克思主义;一方面继承了传统文化的优秀部分,一方面又建设有中国特色的社会主义新文化。

(二)鲁文化以崇尚道义为价值取向,而齐文化的价值观念则表现为功利主义的特征,历久弥新的"义利之辨"奠定了中华民族"重义轻利"的传统精神,这种精神在现代化的进程中仍然有其独特的价值和作用。鲁文化讲重义轻利。如孔子讲"见利思义","见得思义","君子喻于义,小人喻于利","不义而富且贵,与我如浮云","富与贵是人之所欲也,不以其道得之,不处也"[17]。义利相较,"君子义以为上"[18]。齐文化则讲求功利。从齐的文化政策看,姜尚建国,"尊贤尚功"。管子"设轻重以富国,合诸侯成伯功"[19]。皆以获得实利为依归。兵家孙武《兵法》讲"合于利而动,不合于利而止。"[20]更是表现了一种典型的功利主义特征。久而成俗,故司马迁说齐人"设智巧,仰机利"[21]。朱熹说:"齐俗急功利。"[22]贬损之意溢于言辞。齐文化与鲁文化不同的价值取向,不仅在伦理学上具有典型的意义,而且由此引发的所谓"义利之辨",成为具有恒久性的话题。但综观历史上的"义利之辨",不管其背景和过程如何,最终的理论结果都不断强化了"重义轻利"的价值观,正如董仲舒所说:"正其谊(义)不谋其利,明其道不计其功。"[23]道义永远置于功利之上。

趋利之心,人皆有之,它是原始的人性之一,亦是推动社会发展的原始动力。讲求功利,有其合理性。但如果不加限制地放纵逐利行为,往往造成纷争,破坏社会的和谐,反而阻碍了整个社会利益的实现。古人对此早有深刻的认识,所以司马迁说:"余读《孟子》书,至梁惠王问'何以利吾国',未尝不废书而叹也。曰:嗟呼,利诚乱之始也!夫子罕言利者,常防其原也。"[24]儒家的伦理思想就讲对"逐利"行为的限制,提出了一个"义"的概念。"义者宜也。"[25]"义"是一个道德的标准和尺度,在符合"义"的标准中,取利是合理的,反之则是不合理的。此外,在传统文化中,"义"作为一个道德的概念,往往又是一个相对于个体利益的整体利益的体现,所以就有了诸如"民族大义"、"大义灭亲"等提法。基于"义"的上述含义,可知"重义轻利"的价值观念反映了齐鲁文化注重社会的整体利益和道德考虑的取向,应该承认,"重义轻利"的极端强调曾经导致了从"正其谊不谋其利,明其道不计其功"到"存天理,灭人欲"的偏执;但也培养出"只顾耕耘,不问收获"的那种反对急功近利的远见和大气。中国人的牺牲精神不是发源于宗教和神圣情感而是产生于对道德的感悟,所以说"重义轻利"的价值观是不能抹杀的。目前在市场经济的建设过程中,不可避免地产生了一些精神文明滑坡和道德失范的社会现象。除了进一步加强法制建设外,精神文明特别是道德的建设尤为重要,而如何正确处理义、利关系，更是重中之重。我们理解，在今天的形势下讲"重义轻利"或"先义后利"或"义利合一，义以为上"，"义"指国家、民族、人民群众整体的根本利益和符合社会主义市场经济规则的道德标准；而"利"则指个人和局部的利益。"重义轻利"，即要求把国家、民族、人民群众的利益放在首位，其次再谋取局部利益和个人利益。

（三）鲁文化崇王道，齐文化重霸道。西汉学者刘向已看出了二者区别。他在《说苑·政理篇》中说，齐国"尊贤，先疏后亲，先义后仁也，此霸者之迹也"。鲁国"亲亲者，先内后外，先仁后义也，此王者之迹也"，"故鲁有王迹者仁厚也，齐有霸迹者武政也"。王、霸一词早在春秋时就已出现，不过这时的王乃指周天子，霸乃指诸侯霸主，尚无治国方略和文化传统的意义。在中国历史上首先提出王与霸作为治国之道的是战国时的孟子。他说过"以力假人者霸，霸必有大国；以德行仁者王，王不待大"。所谓霸道就是"以力服人"；王道就是"以德服人"㉖。孟子提倡王道，反对霸道，他认为只有实行王道才能统一天下。荀子认为王、霸虽有区别，但是可以相通。"故用国者，义立而王，信立而霸。""君人者，隆礼尊贤而王，重法爱民而霸。""上可以王，下可以霸。"㉗霸道可以补充王道。这就为汉儒董仲舒倡导而为汉武帝所采纳的"外儒内法"、"德主刑辅"的治国方略提供了理论依据。所以汉宣帝曾宣称："汉家自有制度，本以霸王道杂之。"㉘后来唐人令狐德棻在回答唐太宗问"何者为王道、霸道"时，对此又作了明确而具体的解释："王道任德，霸道任刑。"㉙这种德治与刑治相结合、"霸王道杂之"的"汉家制度"，对历代治国方略产生了深远的影响。

这种"霸王道杂之"、德治与刑治相结合的治国方略，正是渊源于齐鲁"王霸之迹"。作为传统政治文化的重要组成部分，对我们今天的治国实践仍有重要的启迪或借鉴作用。随着社会主义现代化建设进程，加强法制建设和"以法治国"成为当今的要务。考虑到中国有两千多年封建社会的历史和长期的"人治"传统，建设"法治"社会是实现现代化的必要步骤。但只讲"法治"还不够，中国有特殊的历史文化背景，重视道德的作用已成为中国人特有的价值观念。再者，"法治"作为一种有形的规范，其作用在于对"已然"的违法行为实行强制性的惩戒，却无法替代"道德"防患于"未然"的规范作用。通过持续深入的道德教育，提倡个人的道德修养，从而提高全社会道德的水准，使每个人达到高度的道德自律与自觉，是社会进步的一个更高的目标。所以江泽民同志提出了"以法治国"和"以德治国"相结合的重要思想。这一治国思想不仅是对毛泽东思想、邓小平理论的继承和发展，而且是对历史上治国经验的科学总结，同时也是对建设具有中国特色的社会主义政治文化作出的重大贡献。

（四）鲁文化强调"内圣"，齐文化尤重"外王"，"内圣"与"外王"的结合不仅为传统文化中的一种理想的人生境界，而且对我们今天人格培养的理论和实践也有着有益的启迪作用。鲁文化的特色之一是它的内向性，即一种内省式文化。这种内省式文化以孔孟学说为代表。孔子"仁"的学说，是一种内在的道德修养和道德自觉。曾子讲"吾日三省吾身"，孟子更将仁的学说加以扩展，提出"性善"理论，"反求诸己"的内省成为道德修养的唯一形式。儒家也讲"外王"，但至少在先秦时期，这种"外王"的尝试是极不成功的，这也反映了鲁文化的特点和局限性。齐文化的特色则是它的外向性或开放性，即一种外王式的文化。综观齐文化，兵家文化讲"兵者国之大事"㉚，是政治兼并的手段。黄老之学讲"兼有天下"㉛，讲"君人南面之术"，为治国平天下的利器。"成伯功"为齐政治文化的基本内涵。受到齐文化的影响，连儒家学术思想的传人荀子也突破了传统儒家思想的樊篱，既"隆礼"又"重法"，既讲王道，又讲霸道。随着齐鲁文化的一体化和儒学独尊，"内圣外王"的结合成为齐鲁文化理想人格理论的典范。

关于"内圣外王"的理论，在我们今天的人才培养和选用干部方面可以提供一些有益的借鉴。我们今天讲的"内圣"，主要指人内在的精神气质和道德修养，这是构成人才的内在素质；所谓"外王"则指人外在的能力，主要指在事业中的创造力。具体的讲，实际就是一个德与才的问题，德才兼备，是我们人才培养的理想目标和选用干部的基本标准。但在现实的人才培养和选用干部中，往往顾此而失彼。特别在今天计划经济向市场经济转型时期，受出政绩、出效率等急功近利思想的影响，在人才的任用和培养上，出现了一种"重才轻德"的倾向。这种倾向的一种必然结果，造成了人才和干部队伍构成的德才失衡，目前出现的一些人才在道德修养上的缺失，以及由于思想道德的放松所导致的腐败现象的滋生，恐怕与此有着直接的关系。加强人才培养中的道德意识、信仰情操、人文关怀方面的教育，树立德才兼备的人才观念，齐鲁文化中的传统美德和人文思想应该具有它独特的价值。

附注：

① 《庆祝蔡元培先生六十五岁论文集》，《历史语言研究所集刊》。

② 《殷商制度论》，《观堂集林》卷十。

③ 《史记·鲁周公世家》。

④ 见《史记·齐太公世家》、《吕氏春秋·首时》。《孟子·离娄》也说："太公辟纣，居东海之滨。"

⑤ 《史记·太史公自序》。

⑥ 《史记·孟子荀卿列传》。

⑦ 《史记·儒林列传》。

⑧ 《史记·曹相国世家》。

⑨ 《国语·周语上》。

⑩ 《史记·货殖列传》。

⑪ 《国语·鲁语上》。

⑫ 《史记·齐太公世家》。

⑬ 《史记·管晏列传》。

⑭ 《管子·正世》。

⑮ 《荀子·儒效》。

⑯ 散见《春秋繁露》之《精华》、《玉英》、《楚庄王》等篇。

⑰ 散见《论语》之《宪问》、《子张》、《述而》、《里仁》等篇。

⑱　《论语·阳货》。

⑲　《汉书·地理志》。

⑳　《孙子兵法·火攻》。

㉑　《史记·货殖列传》。

㉒　《论语·雍也》集注。

㉓　《汉书·董仲舒传》。

㉔　《史记·孟子荀卿列传》。

㉕　《礼记·中庸》。

㉖　《孟子·公孙丑上》。

㉗　《荀子·王霸》、《荀子·大略》、《荀子·君道》。

㉘　《汉书·元帝纪》。

㉙　《旧唐书·令狐德棻传》。

㉚　《孙子兵法·计》。

㉛　《经法》，文物出版社 1976 年版。

传统文化:精神的流动体

——兼谈重构文学史的当代性问题

南开大学文学院　宁宗一

如何对待传统(传统文化和文化传统),这是一切从事文化学术史研究者普遍关注的问题。在我看来,传统体现着本体,本体永远包含正、反矛盾两仪的统一,所以任何民族群体的传统中都包含了消退与进展两种因素。由于接受者条件不同,他或可能接受(选择)着进展的方面,或可能接受(选择)着消退的方面。又由于其自身条件基因的不同,进展的方面亦可导致消退,消退方面又可导致进展。因此,以当代意识观照传统不可笼统地肯定或否定。"作为艺术的文学,既有成为某种文化载体而可以划分先进落后的一面,更有超越文化的功利意义而根本谈不上什么先进不先进的一面……艺术有成就大小的区别,又有深浅精粗的区别,却很难说有什么先进与落后的区别。""艺术发展不是一种取代关系,……鲁迅不能取代施耐庵,毕加索也不能取代伦勃朗。不同时代的艺术之间最终不是一种时间的线性关系,而是一种空间并存的关系。最新的东西可能速朽,最古老的东西也可能长存。这里重要的是质量的区别而不是先后序列的区别。"(参见王蒙《风格散记》,人民文学出版社1991年版,第257页。)因此,传统文化(包括中国文学遗产)作为自在之物时,本无所谓优劣。其所带来的优与劣,主要取决于接受者主体的自身条件。因此,传统对于优越者来说,就是优越的;反之,对于拙劣者来说,就是拙劣的。而把传统理解为僵化封闭的人,他本身就是僵化封闭的;把传统理解为发展开放的人,他本身也就是发展开放的。事实是,文化发展的历史本应理解为本体作用下人类群体精神升华延续的洪流。这洪流是"流"在历史的纵向上的,它在历史上这样的流和那样的流,主要是由于历史的"地形"造成的。重构文化史的新框架是必然的。

重构文化史作为一种科学使命，在我们这代人身上怎样搞法，自然也取决于我们时代的"地形"，取决于我们的文化积累、素养，特别是精神思维的境界和素质。我们既不必沮丧于过去文化史编得多么不成功，亦无须陶醉于过去文化史写得多么好，重要的是我们为文化发展历史的研究开辟了何等的"地形"，甚至新的"源泉"。比如中国文学艺术的发展历史在我们身上"流"得如何，以及历史经验总结得如何，首先取决于我们心灵的"地形"。所以在研究文化史观或文学史学及编写方式、操作方法时，反思我们自身的精神境界和思维态势与学术思维的优势和劣势及其不断更新等问题都是万万不可忽略的。

那么，具体到文学史重写这一问题时，我们很容易涉及到历史意识与当代意识问题。窃以为，二者决不矛盾，历史意识就是尊重历史，而当代意识实质上是对研究者主体的一种科学性要求，强调历史意识，不等于复原历史，事实上，历史是无法复原的，提出"向历史本来面貌逼近"是明智的。当代意识，不能肤浅地理解为和等同为西方新思潮、西方意识。当代意识，应是当代人的科学精神，科学的悟性和思辨力，也包含了对真理的信仰和追求，以及作为一名学者所应有的独立品格和尊严。当然，重写文学史，不应是一部"修正史学"、"平反史学"。因为重写文学史的真正意义不是在于我们能够站在今天的社会政治台阶上，对过去的历史事实按照今天的尺度给予一个既定的评价，而是应当站在当代的文化立场上，提供一个重新认识文学历史现象的新范式。

事实上，以当代意识反观历史，追溯其形成、发展的历史性过程，并从中发现文学在历史发展过程中那些恒常不变的基因，这是可能的。从对历史的观察视野说，如果传统的编年史注重的是通过过去认识现在的话，那么以当代意识重构中国文学史注重的则是通过现在来理解过去。在这个意义上讲：历史研究并不等于研究历史。研究历史只是历史研究的一个领域，即只是历史研究的一个组成部分，它并不等于历史研究的全部内容。但是，在我们的文学史学研究领域中，历史研究在相当程度上曾被认为就是研究历史。历史研究几乎被研究历史所占据了。具体地说，就是单纯地去搜集史料、整理史料、分析史料，而忽视了对历史与现实之间内在联系的研究。文学史研究之所以强调文学史建构的当代性，意在于把历史研究从单纯的史料研究中解脱出来，还其文学历史研究的多重性格。

正是根据这一点，我认为以当代意识重构中国文学史，实际上有一个研究者思维空间拓展的问题，有一个重建阅读空间的问题，也就是说有一个提高精神思维境界的问题，学术思维不随时代更新，文学史无法重写，也写不好。

要重建阅读空间，必须打破单向的、线性阅读方式，开辟多向多元多层次的思维格局，培育建设性的文化性格。然而，这一切非有一种新的阅读心态不可。因为有什么样的阅读心态，就会有什么样的阅读空间。在一个开放的、多层次的阅读空间中，有多种并行的或者相悖的阅读方式和批评方法，研究者可以择善而从，也可以兼收并蓄，甚至可以因时因地而分别取用。但无论如何，阅读心态却是不可以不闻不问的，任何封闭的、教条的、被动的，甚至破坏性的心态都可以导致阅读的失败。所以，为了建构文学史的新体系，必须进行主动的、参与的、创造的阅读,从而才有可能产生出一种开放的、建设的、创造的文学史研究,才能有较为完善的文学史编写的运行机制。

中国的文化传统与"尊孔"、"批孔"

北京师范大学中文系　郭预衡

一

近期以来,读了几位前辈论说世界文化与中国文化的文章和著作,自己也就有所思索。梁漱溟先生在《东西文化及其哲学》中讲到"世界文化三期重现说"时,有云:"质而言之,世界未来文化,就是中国文化的复兴,有似希腊文化在近世的复兴那样。"[①]这是一个美好的预言,也是美好的愿望。

梁先生所谓"中国文化的复兴",也即是"孔子的礼乐"的复兴。这话是他在20世纪20年代之初讲的。到了1974年,他在《今天我们应当如何评价孔子》一文中又引前辈夏增佑所著《中国古代史》云:"孔子一身直为中国政教之原,中国历史,孔子一人之历史而已。"还引前辈柳贻征《中国文化史》云:"孔子者,中国文化之中心,无孔子则无中国文化。自孔子以前数千年之文化赖孔子而传,自孔子以后数千年之文化赖孔子而开。"梁先生说:"两先生之言几若一致,而柳先生所说却较明确。"(《梁漱溟全集》第七卷)

诸公之言,很发人深省,我由此便想到了中国历代的"尊孔"和"批孔"。记得十来年前,季羡林先生在《从客观上看中国文化》一文中讲到西方文化和东方文化时,曾说:"三十年河东,三十年河西。"[②]我看世人评价孔子,也不免循此规律,这里且从"尊孔"说起。

二

孔子在世时,虽是"圣之时者",却似不甚得志,鲁迅曾说:

　　孔夫子的做定了"摩登圣人"是死了以后的事,活着的时候却是颇吃苦头的。跑来跑去,虽然曾经贵为鲁国的警视总监,而又立刻下野,失业了;并且为权臣所轻蔑,为野人所嘲弄,甚至于为暴民所包围,饿扁了肚子。弟子虽然收了三千名,中用的却只有七十二,然而真可以相信的又只有一个人。有一天,孔夫子愤慨道:"道不行,乘桴浮于海,从我者,其由与?"从这消极的打算上,就可以窥见那消息。(《且介亭杂文二集·在现代中国的孔夫子》)

为什么说孔夫子"死了以后"才"做定了'摩登圣人'"呢?这要从汉代的"独尊儒术"说起,而且还要归功于刘邦和武帝。

刘邦本来不是崇儒尊孔的,据《汉书·郦食其传》记载,有个骑士对郦生说:"沛公不喜儒,诸客冠儒冠来者,沛公辄解其冠,溺其中;与人言,常大骂。"说刘邦"不喜儒",这是一段"嘉话"。

但刘邦思想亦有变化,从"不喜儒"到崇儒尊孔,有个过程。这里面起关键作用的,是叔孙通。

史称刘邦初做皇帝,与群臣宴饮之时,"群臣饮争功,醉或妄呼,拔剑击柱"。刘邦"患之"。于是叔孙通献计,与儒生"共起朝仪"。其后即按此"朝仪"行礼。这一举措,立见效果。史称"自诸侯王以下莫不震恐肃敬","无敢谨哗失礼者"。于是刘邦十分满意,说:"吾乃今日知为皇帝之贵也。"

叔孙通趁此机会,立即向刘邦建议:"诸弟子儒生随臣久矣,与共为仪,愿陛下官之。"于是这些儒生都有了官衔,而且各得"五百金"的赏钱,高兴地说:"叔孙生圣人,知当世务。"这是说,叔孙通亦"圣之时者"(详见《汉书·叔孙通传》)。

从刘邦"不喜儒"到封赏儒生,可见儒者的妙用。

再说武帝。武帝时期,"罢黜百家,表章六经"(《汉书·武帝纪》),是为世所称的;但汲黯却说他"内多欲而外施仁义。"(《汉书·汲黯传》)这是怎么回事呢?这说明武帝之崇儒术,未必全心全意,这从此后元帝与宣帝的一段对话中也可看出问题。《汉书·元帝纪》云:

> (元帝)八岁,立为太子。壮大,柔仁好儒。见宣帝所用多文法吏,以刑名绳下,大臣杨恽、盖宽饶等坐刺讥辞语为罪而诛,尝侍燕从容言:"陛下持刑太深,宜用儒生。"宣帝作色曰:"汉家自有制度,本以霸王道杂之,奈何纯任德教、用周政乎?且俗儒不达时宜,好是古非今,使人眩于名实,不知所守,何足委任!"乃叹曰:"乱我家者,太子也!"

所谓"汉家自有制度",这话很有深度。大概从刘邦开始,即已"霸王道杂之"。汉朝家法如此,而元帝有所不知,故宣帝慨乎言之。我在50年前写过一篇《汉代崇儒的真相》,也谈过这个问题(天津《益世报·人文周刊》新第40—41期)。

至于汉代以后,历朝历代之崇儒尊孔,柳诒徵先生的《中国文化史》言之甚详。[3]孔子从"至圣"而逐步上升为"大成至圣文宣王",连孔子的后裔都封为"衍圣公",则柳先生所谓"无孔子则无中国文化",可谓信而有征。与此同时,鲁迅先生所谓"孔子之在中国,是权势者们捧起来的"云云,也非无征不信。

权势者们之捧孔子,不仅见于古代,也见于近代。这是鲁迅亲眼见过的。他说:

> 孔夫子之在中国,是权势者们捧起来的,是那些权势者或想做权势者们的圣人,和一般的民众并无什么关系。……在三四十年以前,凡有企图获得权势的人,就是希望做官的人,都是读"四书"和"五经",做"八股",别一些人就将这些书籍和文章,统名之为"敲门砖"。这就是说,文官考试一及第,这些东西也就同时被忘却,恰如敲门时所用的砖头一样,门一开,这砖头也就被抛掉了。孔子这人,其实是自从死了以后,也总是当着"敲门砖"的差使的。

> 一看最近的例子,就更加明白。从二十世纪的开始以来,孔夫子的运气是很坏的,但到袁世凯时代,却又被从新记得,不但恢复了祭典,还新做了古怪的祭服,使奉祀的人们穿起来。跟着这事而出现的便是帝制。然而那一道门终于没有敲开,袁氏在门外死掉了。余剩的是北洋军阀,当觉得渐近末路时,也用它来敲过另外的幸福之门。盘踞着江苏和浙江,在路上随便砍杀百姓的孙传芳将军,一面复兴了投壶之礼;钻进山东,连自己也数不清金钱和兵丁和姨太太的数目了的张宗昌将军,则重刻了《十三经》,而且把圣道看作可以由肉体关系来传染的花柳病一样的东西,拿一个孔子后裔的谁来做了自己的女婿。然而幸福之门,却仍然对谁也没有开。(《且介亭杂文二集·在现代中国的孔夫子》)

在鲁迅先生看来,袁世凯、孙传芳和张宗昌这些权势者,也和古代的权势者一样,其崇儒尊孔,都是为我所用。从刘邦到袁世凯,虽改朝换代,而尊孔这一文化传统,却历久而不衰。

三

至于"批孔",也可以从古代说起。这里且不说那与孔子并世的隐者对夫子的讥刺④,只说汉代的王充和明代的李贽。

在"评法批儒"时期,王充曾以"批孔"著称。他著有《论衡》,写过《问孔》。但"问孔"并不等于"批孔"。他只是说,孔子的话不见得句句都对,不认为"圣贤所言皆无非"。如此问孔,未可厚非。

王充又写过《儒增》,对汉代的儒书,多所批评。但他批评汉儒,也不等于批孔。他在《正说》中说:

> 儒者说五经,多失其实。前儒不见本末,空生虚说;后儒信前师之言,随旧述故,滑习词语。苟名一师之学,趋为师教授。及时早仕,汲汲竞进,不假留精用心,考实根核。故虚说传而不绝,实事没而不见,五经并失其实。

这些话都是批评当代儒生的,不是批评孔子的。

还有,王充不但不曾批评孔子,他写《自纪》,还曾说过:"可效仿者,莫过孔子。"又说:"鸿才莫过孔子。"

不过,尽管如此,正当举世奉行尊孔之时。王充竟敢"问孔",仍是"冒天下之大不韪"的。再说李贽。

在"评法批儒"时期,李贽也是以"批孔"著称的。说李贽批孔似比说王充批孔有些实据,当年礼部给事中张问达疏劾李贽,就曾说他"以孔子之是非为不足据,狂诞背戾"⑤。李贽《藏书·世纪列传总目前论》中确有关于"以孔子之是非为是非"的言语,他说:

> 前三代,吾无论矣;后三代,汉、唐、宋是也。中间千百余年,而独无是非者,岂其人无是非哉? 咸以孔子之是非为是非,故未尝有是非耳。然则予之是非人也,又安能已? 夫是非之争也,如岁时然,昼夜更迭,不相一也。昨日是而今日非矣,今日非而后日又是矣。虽使孔子复生于今,又不知作如何非是也,而可遽以定本行罚赏哉!

当举世皆"以孔子之是非为是非"之日,李贽出言如此,确实未免"狂诞背戾"。问题似不在于他批评了孔子,而在于触犯了官方儒学的统治。这是有害于当代的政教、有损于世道人心的。

但当大金吾审讯李贽时,李贽却说:"罪人著书甚多,具在,于圣教有益无损。"李贽死后,袁中道撰写《李温陵传》,也说他的著作"大有补于世道人心"⑥。这样的话,不知有谁相信。

四

从以上这些尊孔、批孔的事例看来,历朝历代的权势者大抵都是尊孔的;凡是"知当世务"即识时务的儒生也都是尊孔的。两千年间为世所称的不识时务者只有小半个王充和大半个李贽。历史昭示如此,耐人寻思。

当然,耐人寻思者,更有近世的事。

近百年来,世界大势是发生了空前的变化的,不仅中国自身改朝换代,西方文化也云涌而来,中国的文化之门也不得不开。面临西方文化的冲击,也就发生了新的尊孔、批孔的问题。"五四"运动本来不是"批孔"运动;但提倡"新文化",打倒"孔家店",孔子也就无所逃于天地之间。

当然,在这几十年里,有批孔的,有尊孔的,言论也非一律。这同政治主张似有一些关系。康有为主张变法维新,著《孔子改制考》,建立"孔教",是尊孔的。章太炎主张种族革命,著《诸子学略说》,谓"孔子之教,惟在趋时","儒家者流,热中趋利",是批孔的。但章氏批孔,半途而止。他在《致柳翼谋书》中说自己是因为"深恶长素(康有为)孔教之说",才"激而诋孔"的。章氏之回心转意,和他后期"既离民众,渐入颓唐"⑦,也许不无关系。

此外,刘师培上书端方,有"尊孔"、"读经"的倡议⑧;林琴南《答大学堂校长蔡鹤卿书》说到"覆孔孟、铲伦常",谓"人心丧敝,已在无可挽回之时"⑨。凡此种种,也都是尊孔的。

"五四"以后,仍然批孔而影响较大者,有李大钊的《从经济上解释中国近代思想变动的原因》和鲁迅的《在现代中国的孔夫子》。李大钊说:"中国的劳动运动,也是打破孔子阶级主义的运动。孔派的学说,对于劳动阶级,总是把他们放在被统治者的地位,作统治者阶级的牺牲。"他还说:"孔子主义(就是中国人所谓纲常名教)并不是永久不变的真理。孔子或其他古人,只是一代哲人,决不是'万世师表'。他的学说,所以能在中国行了二千余年,全是因为中国的农业经济,没有很大的变动,他的学说适宜于那样经济状况的原故。现在经济上生了变动,他的学说,就根本动摇,因为他不能适应中国现代的生活,现代的社会。就有几个尊孔的信徒,天天到曲阜去巡礼,天天戴上洪宪衣冠去祭孔,到处建筑些孔教堂,到处传布'子曰'的福音,也断断不能抵住经济变动的势力来维持他那'万事师表'、'至圣先师'的威灵了。"⑩

说"纲常名教","不是永久不变的真理",从经济上作此解释,这在当时是新颖的。但在林琴南看来,很可能也是"覆孔孟、铲伦常"的胡言乱语。

鲁迅的文章,我在前面已经引过,这里不再多说;但有一点要说的是:鲁迅的文章虽然可以说是批孔的,但他批的主要是那尊孔的。鲁迅立论的根据,不是"经济",而是事实。从袁世凯到张宗昌,都有尊孔的故事,鲁迅讲的很有意思。这些故事不像是鲁迅捏造的,却是令人深思的。

五

上面讲了"尊孔"和"批孔",现在要回到"中国文化的复兴"。

什么是"中国文化的复兴"呢?说来说去,不过两个字:"尊孔"。而"尊孔"也正是中国文化的一个传统。

梁漱溟先生讲"未来文化"时,还十分肯定地说:"以后世界是要以礼乐换过法律的,全符合了孔家宗旨而后已。"又说:"我虽不敢说以后就整盘的把孔子的礼乐搬出来用,却大体旨趣就是那个样子,你想避开也不成。"⑪这话是说得非常自信的,似不容置疑。

但我惑而不解的是:"孔子的礼乐"是什么模式?梁先生在这里并没有说,不知他在别处可曾说过。只有鲁迅说袁世凯称帝之前恢复过孔子的"祭典",这"祭典"应是"符合了孔家宗旨"的;孙传芳也曾复兴过"投壶之礼",这是前面讲过的。可惜余生也晚,都没有见过。但这样的典礼,是否可称"孔子的礼乐"、"符合了孔家宗旨"呢?未可知已。

附注:

① 《东西文化及其哲学》第 202 页,商务印书馆 1999 年 7 月第 2 版。

② 《中华文化的过去现在和未来》第 3 页,中华书局 1992 年 4 月第 1 版。

③ 《中国文化史》第二十五章,中国大百科全书出版社 1988 年 3 月第 1 版。

④ 《论语·微子》。

⑤ 《神宗实录》第 369 卷,转引自《明实录类纂》"文教科技卷"第 13 页。

⑥ 《珂雪斋近集》卷 3,1982 年 11 月上海书店重印本。

⑦ 《且介亭杂文末集·关于太炎先生二三事》。

⑧ 刘师培《上端方书》,引自《刘师培辛亥前文选》第 104—105 页。三联书店 1998 年 6 月北京第 1 版。

⑨ 《林琴南文集·畏庐三集》,北京中国书店 1985 年 3 月第 1 版。

⑩ 李守常《史学要论》附录第 186 页,河北教育出版社 2000 年 12 月第 1 版。

⑪ 《东西文化及其哲学》第 199 页。

"中国传统文化与 21 世纪"
国际学术研讨会发言稿

北京大学比较文学与比较文化研究所　严绍璗

各位师长,各位朋友:

感谢中华书局的领导和同仁,在中华书局 90 周年的时候,为我提供一个可以表述我心意的讲台。

在从 1962 年到 2002 年的 40 年间,除 1972 年外,我曾经参加过中华书局 4 次生日寿庆。第一次是 1962 年的 10 月,中华书局 50 周年的时候,当时,我作为北京大学古典文献专业第一届三年级的学生代表,在翠薇路中华书局不大的会议室中参加了庆祝会。国务院副秘书长齐燕铭,北京市副市长吴晗,北京大学副校长翦伯赞、魏建功,还有京城学术界的不少大牌人士都集聚一堂。当时使我们这些大学生十分吃惊的是,庆祝会后中华书局有一个招待会,记得有 4 桌饭。在散会的纷纷嚷嚷中,金灿然同志大声地说:"北大文献专业的几个同学留下来吃饭。"当时,我们这些未入学术之流的后生小辈真有受宠若惊之感。坐下之后,金灿然同志还特别向大家介绍说:"这是我们的学生,就是北大古典文献专业的!"这话在旁人听起来有点蹊跷,怎么北大文献专业的,又是"我们的"即中华书局的学生? 但是当时我们真是感到十分的亲切,使用"热血沸腾"一词也不算为过。

这件事透露出在我国出版史上和教育史上曾经发生过的一件了不起的事情:这就是,一个出版社支持着一个大学的学科建设,而这个大学不是一般的大学,恰恰是 20 世纪我国教育史上最负名望的北京大学。

今天,我国教育改革中提倡"面向社会发展,面向时代需要,实行产学结合"。这当然是很正确的,其实在 50 年代末和 60 年代中期,北京大学和中华书局对于这样一种"大学教育模式"已经有过非常成功的探索和实践。不幸的是,由于历史的阻隔,这一凝聚着上一辈国家领导人和学术先辈智慧的构思,在推行了7年,成功地培养了3届大学五年制本科毕业生之后,以所谓"集封资修大杂烩"的罪名,活活地把她闷死了。今天,不要说我国教育界的新的领导们对此已经一无所知,我相信从事所谓教育史研究的专家们对此也是毫无知晓了,就连90年代由北京大学出版社出版的《北京大学中文系小史》,对于就发生在作者读书的系里的这一丰富的教育历史竟然只字未提。人们的健忘是何等的惊人,一切正在从头开始! 我们曾经有过的历史和成功的,还可以说是辉煌的经验,只有留在我们这些老人的记忆中了。今天,在座的中华书局的已经退休的各位先辈,和在座的北大古文献专业1964年、1965年和1966年毕业的正在退休的我的同学们,正是当年实现由"一个出版社支持一个大学的学科建设"的"产学结合办学"最初的参与者和实践者。中华书局在我国社会主义高等教育建设和发展中的贡献,将由我们来作证!

原来,50年代中期在向科学进军的号召中,我国人文学界的先辈们多次呼吁国家:应该着手培养我国文献典籍整理者的队伍。1958年国家科学委员会主任聂荣臻同志正式批文,请教育部杨秀峰部长考虑研究在大学中设立培养古籍整理专门人才的学科的问题。周扬同志说:我们这个国家,历史悠久,粗算起来大约需要有1千名专家从事古籍整理,在大学中每年培养30—50名古籍整理的专门人才是完全必须的。

所有的指示和批文,最后都落实到决定在北京大学建立我国第一个古籍文献整理专业。专业名称由翦伯赞先生定为"古典文献",很是典雅,由魏建功先生出面组建专业。

杨秀峰部长与国务院齐燕铭副秘书长协商结果是,这个专业虽然以北京大学为教学基地,但是必须以中华书局为依托。由此而开始了我国人文学术内很成功的"产学结合"的办学道路。

金灿然同志是国务院古籍整理出版规划小组的秘书长,中华书局作为我国最具有资历的古籍文献的专业出版社,成为国务院这一机构的办事机构,他们在把自己作为北京大学古典文献专业办学的"依托"方面,表现了空前的热情和主动精神。

作为这个专业的第一届学生,我记得这一届是在1959年9月2日开学的。9月6日,在沥沥淅淅的秋雨中,魏建功先生陪着金灿然同志来看望我们这些刚刚踏入所谓"专门化"门槛的大一学生。金灿然同志当时很兴奋,对我们说:"你们从踏入这个门槛开始,你们就面对着我们国家几千年的历史遗产。你们要把她挑起来,你们挑得动吗? 一个人是挑不动的,我们要大家一起来挑! 我们一挑动,她就醒来了。你们不要以为几千年的历史文献是死的,她是活的! 我们要她活起来为社会主义服务呢!"讲到这里,灿然同志还把手举起挥一挥,好像要证明"历史文献是活的"这个道理。

使我们当时有一点奇怪的是,金灿然的头衔怎么会是个"总经理"呢? 当时,全国几乎没有"总经理"这个名称。我们这帮无知的小儿总觉得,"总经理"当然是"资产阶级"的名词,私下里说,"听说中华书局以前是私营的,他不会是资方的代表吧?"不久,我们就知道了,这个金灿然，竟然是"延安出身"，而且还与范文澜先生一起，为毛泽东主席写作《中国革命和中国共产党》，出过不少的力，真令我们肃然起敬！以后，在北大古典文献专业的学生中，在关于各种传言消息的可靠性论证中，只要说"这是金灿然同志说的"，"这是魏建功先生说的"，就成为认知的默契了。

确实，中华书局在北京大学这个专业的教学方针、教师组合、建立专业资料室和提供实习场所4个方面给予了全面的合作。例如按照中文系的教学方针，中文系的学生在文学史、中国史和中国哲学史三门课程中是以文学史为重点的，中国史和中国哲学史参加大课学习。但是，金灿然和魏建功先生协商，这个专业的学生在中国史和中国哲学史方面必须具备与历史系和哲学系毕业生相等的水平，于是特别邀请张政烺先生、田余庆先生、邓广铭先生和吴宗国先生单独为20个学生讲授中国史，邀请张岱年先生讲授中国哲学史，邀请冯友兰先生讲授"哲学史史料学"，同时，在五年级的时候，增加文史哲三系没有的"中国经学史"，特别邀请顾颉刚先生上课。我们还设立了"中国文化史"课程，由魏建功先生与金灿然同志合作，从中华书局的作者中邀请了一大批先生来讲课，其中有郭沫若、吴晗这样的最大牌教授，还有像席泽忠先生、王伯祥先生、启功先生、向达先生、史树青先生等等当时在专业上已经极有造诣的专家。正是以中华书局为依托，北京大学古典文献专业组成了当时全国人文学术第一流和超一流的教师队伍。这对于我国高等学校的学科建设，起了极为积极的推动作用，也具有极好的示范意义。

当时的北京大学，学校一级和系一级有自己的图书馆，但是，没有一个专业有自己的专业图书资料室。中华书局在1959年到1964年的5年间，完全无偿地赠送北大图书4500余册，在古典文献专业内建立了具有学科特色的专业图书资料室，我们的大量的作业就是在这里完成的。

1963年夏天，我们四年级的时候，全班15个学生到中华书局各个编辑室实习，金灿然同志有一段对我来说是刻骨铭心的讲话。他说：

> 编辑工作好比是艺术设计师，比如一个人蓬头垢面进来，经过一番整理梳洗，当他展现于公众面前时，已是容光焕发，神采奕奕了。一部稿子送进编辑室，经过编辑的精心梳理，几校过后，原先稿子上的错讹谬乱，斑斑点点，已一扫而光，展现在我们公众面前的则是属于我们民族的乃至是属于整个世界的一种精神财富。

这个讲话满含着金灿然同志一种崇高的职业观念，一种高尚的道德情操，一种真正的为人民为祖国服务、为最大多数人服务的思想。这是1963年说的话，多么的光彩！

几十年来，我虽然不在出版社工作，但是我自己一直牢记灿然同志的这个教导。这是一个我们尊敬的长辈以他自己的人生体验对后辈的希望。令我特别感动的是，中华书局的各位同仁，这里有我许多的同学和同事，正是躬身实践着这样的思想，表现出崇高的境界。

假如说50年代末和60年代中期的中华书局与北大古典文献专业的"产学合作"具有一

定的政府行为的话,那么在 80 年代初期开始的在经历了 10 年全民族的苦难之后,重新开始自己新的学术道路的中华书局,以她深厚的学术传统,以她的各位编辑同仁的敏锐的学术眼光,很快地建立起了在新的历史时期中的发展理念,以自己出版社的能力和地位,支持和扶持社会主义人文学术的复兴和发展,并竭尽全力地支持和扶持新学科的成长和发展。

记得 1980 年的时候,杨牧之先生来找我,他对我说:"古籍整理要有点国际的眼光,首先要与国际学术界通气。我现在编辑一个《古籍整理出版简报》,虽说是一个内部刊物,但也是一个阵地。你能不能提供一些国外的,像日本的研究中国古文化、古籍整理出版的材料、消息,《简报》可以发,让大家做学问有一个大一点的眼光。"

各位,这是 22 年前中华书局的一个普通的编辑,在中国社会经历了畸形的时代而刚刚开始迈出新的步伐的时候,立即意识到的即将到来的新时期对于人文学术的要求,以及面对这种新的要求作为一个人文编辑自己所肩负的历史责任。

我今天这样说,决不是逢迎之词。在 1980 年这个年代里,我还经历着与杨牧之先生的观念完全不同的观念处置。

1980 年初中国社会科学出版社出版了我的《日本的中国学家》一书,为此受到日本方面邀请,到日本做进一步的资料收集和学术史的研讨。当我向教育部有关机构办理手续时候,作为我的学术领导的顶头上司,该部的一位官员问我:"你,一个中文系的教员,到外国去干什么?"言辞之间的不肖和鄙薄,成为我永远的记忆。

正是在与当时教育部官员的这样的无知、浅薄和狂妄形成的强烈的比照中,我深深地体验到杨牧之先生和他工作的中华书局,在 22 年前所表现出的这种对于人文学术前沿的敏感性,对于扶持学术发展的责任感,和积极的学术参与精神,是非常令人感动,和令人尊敬的,它体现了真正的中华书局的精神!

从 1980 年下半年开始,《古籍整理出版简报》开始经常刊载一些日本中国学研究的信息,例如《日本学者对〈诗经〉的研究》,《日本学者对〈尚书〉的研究》,《日本学术界对中国文学史分期的见解》等等,并且在 1981 年 7 月以《简报增刊》的形式,专题发刊了《近 15 年来日本史学界关于中国古代史研究的综述》,这份大约有 12 万字左右的综述,为中国学术界提供了一个中国史研究的新的视角,为此,其他书刊连载了数次,不仅如此,这一综述报告在日本也引起了很好的反响。日本东海大学教授藤家礼之助先生特别给综述者来信说:"我对中国学术界竟然如此丰富和如此精确地掌握日本东洋史研究的实态,感到十分的吃惊。这或许证明了贵国在打倒'四人帮'之后,新的学术研究的时期来临了。"

在中华书局内,具有像杨牧之先生这样的学术眼光和学术胆识的,还有很多的同仁。记得在 1982 年的 5 月,有一天,杨牧之先生给我电话,说:"今天中午,总编室的俞明岳主任想约你吃饭,他说想和你谈谈,你来吧!"我赶到新侨饭店,俞主任对我说:"从《简报》上经常看到你,现在算认识了。今天约你出来,没有别的事情,我只是想对你说一句话,你的这个研究方向对头,你要坚持下去,不要看周围没有什么人搞就放弃了。千万千万坚持,这是学术需要的,十年之后,你必有成就! 或许,到那个时候,大家觉悟到这是一门重要的学问,开始动手搞,你已经做了十年了,你就是在领头了。"在临走的时候,他还对我说:"小严,坚持不放松啊!"我和中华书局总编辑室的这位俞主任,真是素昧平生,当他对我说这些话的时候,我真的感到他内心涌动的是对学术的激情。这是一种什么精神? 今天,我们的社会和学术,是多么需要这样一种忠诚于责守,忠诚于历史责任的精神啊!

从此以后,我再也没有见过这位俞主任,他已经作古了。我今天可以告慰于俞先生的是,作为中华书局的一个学生,一个作者和一个读者,我一直秉承着中华书局的这样的精神,牢记着他的希望,为我国的人文学术的复兴和发展,努力奋进,始终如一。

80年代初期,在《简报》之后,中华书局又陆续创建了不少的出版物,像《学林漫录》、《文史知识》、《书品》等,它们在20年的时间里,先后为"日本中国学"这一学科的建设,发表过近40篇文稿。我在这个神圣的讲台上特别要提到的是,原总编办公室黄克先生、张世林先生,原历史编辑室的四任主任谢方先生、魏连科先生、张忱石先生和李解民先生,还有《日藏汉籍善本书录》的责编,资深编辑崔文印先生,以及陈抗先生,梁运华先生和汉学编辑室主任柴剑虹先生,《文史知识》编辑胡友鸣先生,冯宝志先生以及他们各位的上司。二十多年来,他们以自己的忠诚职守,以自己的学术理念,和他们自己所掌握的"出版"的小小的权力,一直支持着我国人文学界以北京大学为中心的一门新的学科——即"日本中国学"的孕育、发生和发展。

1985年,我从日本国立京都大学归来,与陈抗、张忱石诸先生聊起日本的汉籍收藏以及我的打算。他们认为对日本一千多年来收藏的汉籍进行调查和登录,对于中国学术界来说是非常需要的,而我则认为,这个项目如果做好了,就为国人研究"日本中国学"做了一个有力的奠基。当时,历史编辑室主任谢方先生与中华书局的最高领导立即同意立项。现在,一晃已经17年过去了,中华书局的最高领导已经有过几次变迁,历史编辑室先后调换了四任主任,到今天已经没有了这个编辑室的名称,但是,17年来中华书局对这个项目从来没有动摇过。我在日本多年,常常收到崔文印先生、张忱石先生关于对调查的许多建议,令我十分地感动。中华书局用17年的时间,支持一个个人的项目,这在全中国的出版社是没有的!可以说真是独此一家! 办出版要赚钱,这是天经地义的。但是,这个项目已经17年了,从经济核算的立场上,中华书局没有任何的利益,而且已经贴进去了许多的钱财。但是,他们坚持不懈地支持着这个项目。我想,他们支持的是一个事业,是一个新起的学科啊! 现在,启功先生已为《日藏汉籍善本书录》题写了书名,任继愈先生也为本书作了《序文》。崔文印先生在退休之后,继续承担着本书责任编辑的重大责任,正在对我从日本发回的近400万字的原始文稿上的"错讹谬乱,斑斑点点",进行"精心梳理",现在二校已过,估计明年将奉献于社会。我在这里要向中华书局各位表示深深的谢忱和敬意!

上面我说了许多带有个人感情的话。我虽然从未在中华书局工作过,但是,我是受到"中华"教育的人,是获得"中华"学术恩惠的人,我的许多的同学,都是"中华"的人!

"中华"的成功,我感到高兴;"中华"的挫折,我感到担忧。我深深体验到,中国人文学科一切学科的真正的根,在于中华文化本身。我愿意与中华书局共进,愿中华书局更加辉煌!

简 短 的 归 纳

——在"中国传统文化与 21 世纪"国际 学术研讨会闭幕式上的讲话

中华书局副总编辑　熊国祯

各位代表：

　　"中国传统文化与 21 世纪"国际学术研讨会经过两天热烈而紧张的研究讨论，今天就要结束了。我受宋一夫总经理的委托，试做一点简单的归纳。两天的会议内容丰富而生动，气氛热烈而融洽。济济一堂的与会代表，不仅都是活跃在哲学社会科学研究和教学第一线的新老专家和学者，而且都是中华书局的重要作者和忠实读者，是与我们同甘苦共命运的合作伙伴。中华书局的新老编辑能有机会和如此众多而且关系密切的专家学者们一起，共同探讨"中国传统文化和 21 世纪"这样一个文化建设的重大课题，当面进行深入的切磋和讨论，确实是一次非常难得的交流盛会。两个半天的大会发言和一个半天分成四个小组进行的主题报告会，安排得十分紧凑，大家精心准备的发言，或高瞻远瞩，发人深思，或抉隐发微，深中肯綮，无不紧扣主题，要言不烦。特别是小组讨论，代表多而时间少，主持人不得不限制时间，每人 10 分钟左右，许多同志都只好临时压缩发言内容，简单报告论文主旨和大纲，远远不能满足大家畅所欲言的愿望。尽管有这样的限制，会议的讨论仍然是深入实际的，诚恳坦率的，各抒己见，胜义纷陈，中心突出，大小不遗，既有共同的关心和呼吁，也有不同观点间的交流与切磋，无论哪种情况，发言均有理有据，重在沟通和了解。

　　我们的讨论，虚实结合，既有重大原则问题的哲学思考，也有具体实务工作的详细建议。前者涉及到什么是传统文化，传统文化的性质和内容，传统文化的核心是什么，传统文化的发生发展经历了怎样的历史改造过程，中华文明的历史价值，它在世界文明发展史上的地位,传统文化的意识形态性质问题,怎样的态度才是对待传统文化的科学态度,传统文化与民族自信心问题,文化传播与综合国力、经济实力的密切关系,全球化与中国文化的关系,传统文化与现代观念问题,文化建设的战略选择与政策问题等等。我主要是从事古籍整理业务工作的,理论水平很低,无力对上述有关问题的具体论述做出理论上的概括与说明。听了众多专家学者的发言之后,我只是感到:在当今世界形势下,我们应当以历史发展的眼光,实事求是地辩证地看待民族文化遗产,并以平等的开放的建设的心态迎接多元文化的交流、渗透和融合,避免形而上学和绝对化。这样一个粗浅认识到底正确与否,我也毫无自信,大胆讲出来是希望得到批评指教。至于一些比较复杂的理论问题,在今后长期的学习、实践过程中,我们还可以继续讨论和争鸣。

会议关于具体实务工作方面的讨论都和编辑出版密切相关,而且绝大多数发言都是有关中华书局的。我是北京大学中国语言文学系古典文献专业1966年的本科毕业生,毕业后就分配到中华书局,一锤定终生,一干三十余年,一直干到现在。这些有关中华书局编辑出版历史和现状的发言,其中讲到的事情有不少是自己亲身经历或见闻的。当局庆九十周年纪念活动之际,许多专家学者都做了感情充沛真挚动人的发言,缅怀创业先辈的光辉业绩,回忆风雨岁月的同甘共苦,表扬优秀编辑的无私奉献,描述阅读经典的精神享受,深情的回忆与殷切的希望,合作的设想与改进的建议,谆谆的告诫与深深的祝福交织在一起,令人胸怀激荡,思绪万千。我谨代表中华书局的领导班子和全体员工向所有这些美好动人的发言表示衷心的感谢。

编辑出版工作与科研教学工作的确是互相依存互为推动的。作者和读者都是出版社的衣食父母和坚强靠山,离开了作者和读者,出版社就会成为无源之水,无本之木。我们希望同尽可能多的科研单位和高等院校建立一种优势互补、荣辱与共、肝胆相照的友好合作关系。我们中华人是遵纪守法、讲究职业道德的。在遭遇困难的时候,我们坚持再困难也不难为作者,再亏损也不亏待作者。出版工作反过来也的确能够推动科研与教学工作的蓬勃发展。历史事实证明,一个优秀的成熟的骨干编辑,一个科学合理的编辑机构设置,其在学科建设方面所能发挥的组织指挥作用是不可替代的,也是无可限量的。一个出版社的核心竞争力在于拥有多少优秀的成熟的骨干编辑。许多发言讲到要重视青年编辑的教育培养和成熟编辑的尊重使用,道理就在这里。中华版图书和其他社一些图书的质量差别主要就体现在编辑工作含量(编辑工作含量包括规划的制定、选题的策划、作者的选择、版本的调查、凡例的磋商、政治的审读、学术的评判、内容的订补、文字的加工、规格的统一、引文的核对以及必要的附录、索引的添加等多方面错综复杂的工作,不仅仅限于文字标点的校正)上。中华书局老编辑代代相传的优良作风,他们科学求实、严谨细致的无私奉献是极其宝贵的精神财富,我们一定要千方百计地把它发扬光大。

改革开放以来,国家的社会经济形势发生了根本变化,传统的计划经济模式被新的社会主义市场经济模式所取代,出版工作由单纯生产型转变为生产经营型。中华书局面临前所未有的新的挑战。我局近几年的频繁改革和出版方面的集团化改组都是为了适应形势和面对竞争,力求走出一条在市场环境下自我生存自我发展的康庄大道来。不论前面还有多少困难和曲折,不论改革发展的路还有多长,古籍整理和学术著作的出版始终都是中华书局安身立命的主业,长期历史发展积累形成的出版特色和品牌优势只能得到巩固和加强,我们作为国家古籍整理出版规划领导小组办事机构的历史地位也不会改变。知识普及、文化积累、弘扬传统、服务学术是我们的一贯宗旨。困难是暂时的,前途是光明的。我们坚信,凭着中华人的艰苦奋斗,随着国家经济文化的发展兴盛,中华书局一定能够再创辉煌,赢得未来。

会议讨论发言中,对中华书局的编辑出版和经营管理工作提了许多中肯的意见和建议,有的事情我们正在做,比如我们参加了"大中华文库"的翻译出版工作,组织人把一些传统经典作品在搞好今译的基础上再翻译成外文,向国外输出,首批计划的选题有十七八种;还有建立和充实发行网络,解决由于发行渠道不畅而引起的读者买书难问题,我局发行部正在调研和解决过程中;还有电子出版物和古籍整理的信息化建设问题等。有的事情我们原来有一些设想,听了大家发言的启发,我们将尽快组织落实。还有一些问题,会后我们将认真研究,比如重开合作办学问题,外聘特约编审问题等,各方面工作都希望得到大家的鼎力支持。今后,各位有什么意见和想法,请随时随地和我们联系,希望保持交换意见的渠道畅通。

谢谢大家!